섭

주

섭주

박해로 장편소설

MONGSIL
BOOKS

차 례

1. 발굴

5년 복역을 마치고 출소한 최영우는 경북 다흥으로 내려갔다. 아는 사람의 소개로 그 곳에 일자리를 얻었다. 두 번 다시 교도소로 돌아가지 않겠다는 결심으로 최영우는 자신의 활동무대였던 서울을 등졌다.

다흥에서 장기간 합숙을 필요로 하는 그 일은 어느 병원의 부속건물을 리모델링하는 대형 공사였다. 부속건물인 이 <다흥병원 장례식장>은 약 40년 전인 1980년대 말 조윤식이라는 청년이 계모를 살해하려고 네 번에 걸쳐 음모를 꾸민 바로 그 장소였다.

다흥은 안동과 영주 사이에 낀 소도시로, 섭주와도 잇닿아 있었다. 무속과 연관된 괴이한 사건이 많기로 소문난 곳이 바로 이 다흥과 섭주였다.

다흥 출신 국회의원이 부친상을 당해 공사가 연기되었다. <다흥병원>의 전직 병원장이었던 국회의원은 건설시공사 대표를 압박해 장례 기간 동안 공사를 중단시켰다. 이 사실을 모른 채 다흥에 내려왔던 최영우는 묵을 곳이 없어 난감했다.

그는 다흥에 산다는 타일 팀 조장에게 공중전화를 걸었다. 조장은 전화는 받아주었지만 사람을 받아주진 않았다.

"병원 정문에서 25번 버스를 타. 농광중학교 앞이라는 안내가 나올 때 내리면 버려진 집이 하나 나올 거야. 거기서 자도 아무도 뭐라 안 그래."

"장례식장 안에 연장 모아놓은 창고가 있던데 거기서 자면 안 됩니까?"

"김 의원이 조문객들 못 보게 당장 치우래서 따로 모아 놓은 거야. 사람까지 들어앉아 있으면 뭐라 그러겠어?"

"여관비 몇 만원도 절박한데요."

"그러니까 25번 버스 타라잖아. 버스비는 천삼백 원이야. 내일이 발인이니 며칠만 참아. 싫으면 딴 데 알아보든가."

그냥 꺼지라는 소리였다. 그들은 전과자를 믿지 않았다. 말 잘 듣는 외국인 노동자는 넘쳤다. 최영우는 성질을 죽이지 못하면 또 교도소에 갈 수도 있다는 생각에 오기가 생겨 25번 버스를 탔다. 농광중학교 앞에서 내려 인적 드문 길을 걸어가니 정말 조장이 말한 대로 집 한 채가 있었다.

그 곳은 흉가였다.

옛날엔 농가였을지 몰라도 지금은 다 쓰러져가는 오두막이었다. 폭격을 당한 듯 담과 지붕이 절반 이상 떨어져 나갔다. 남아난 부분에는 그을음이 가득했고 장맛비를 맞은 잡풀이 사람 키만큼 무성해서 마당이 안 보였다.

최영우가 손으로 헤치며 나아가니 그곳에 불법체류하고 있던 곤충이며 새들이 날아올랐다. 가장자리에는 수풀에 가려져 안보이던 짚단 더미가 있었다. 수십 년 세월을 견딘 더미였다. 쌓아놓기만 하고 주인이 죽거나 떠난 모양이었다.

나무가 부서지고 쥐똥투성이인 마루 너머로 하나뿐인 방이 있었다. 떨어진 문짝 안에는 거미줄이 가득했다. 벽지를 대신한 신문지는 1973년의 것이었다. 누렇게 변색된 글씨는 세로체였고 한자가 한글보다 더 많았다. 깨진 가재도구가 뒹구는 방은 그런대로 누울만했지만 겁이 났다. 교도소에서 봤던 영화 <곡성>에서 일본인이 살던 산속 오두막과 거의 일치했으니까.

그는 흉가를 나섰다. 30분을 걸어 다시 시내로 나온 뒤 병원 인근에서 짜장면을 사 먹었다. 장례식장은 조문객들로 북적거렸다. 고급 자가용을 끌고 화려한 옷차림을 한 사람들뿐이었다. 최영우는 이미 착수한 리모델링 공사마저 중단시킨 상주의 권력에 혀를 내둘렀다. 게시판을 보니 발인은 내일이었지만 작업 재개는 사흘 후일지 나흘 후일지 알 수 없었다.

'새 출발부터 예감이 안 좋다. 이 다흥이란 도시….'

그가 돌아서는데 정문에서 나누던 수위들의 잡담이 귀로 들어왔다.

"지 조상한텐 충성일지 몰라도 완전 갑질이지."

"표심잡기라 그러잖아."

"난 그 인간 안 찍을래. TV 나오는 거 다 쇼야. 여기 병원장 할 때부터 김 의원은 환자들 피만 빨았어."

"돈 빠는 놈이지. 감기만 걸려도 암일 가능성이 있다고 잔뜩 겁주잖아."

"그렇지. 병원에서 늘 하는 말이 있지. 다흥병원 기계는 전국 최고입니다. 30만원 받을 거 20만원에 검사해 드립니다."

"원가 5만원인데?"

"지가 국회의원이면 국회의원이지 이미 망치 댄 공사까지 중단시킬 건 뭐야?"

"그건 몰랐는데? 벌써 건물 깨부쉈단 말이야?"

"아니, 말이 그렇단 얘기야. 철거는 아직 안 들어갔고 몇 군데 전기만 끊었어. CCTV도 다 수거해갔고."

강도 전과 6범인 최영우의 귀에 'CCTV 수거'가 날아와 박혔다.

간만에 살아난 '직업 정신'의 눈으로 그는 건물을 살폈다. 수거해 간 CCTV란 장례식장 안의 것을 말하는 것일 테고, 바깥에 작동되는 방범 CCTV는 네 개 정도…. 만약 이런 동네에서 도주한다면 머리를 푹 숙인 채 요 골목으로 들어가서 저 길로 해서 그 위의 담을 넘어서….

그는 허탈한 웃음을 지었다.

'나 왜 이러니? 손 씻었다 그랬잖아.'

저녁이 되자 객지의 외로운 처지의 우울함이 더해졌다. 아파트 놀이터에서 김밥과 소주를 삼키고 있는 최영우에게 수위 두 명이 다가왔다. 주부 하나가 '아이들을 지켜보며 병나발을 부는 남자'가 있다고 신고한 직후였다.

"여기서 술 마시면 안 돼요."

가방을 챙겨 일어나던 최영우는 놀이터를 뜨기 전에 물었다.

"아저씨, 혹시 농광중학교 앞에 흉가 알아요?"

수위들은 답하지 않았다. 사람을 무시한다는 생각에 주먹이 부르르 떨렸다. 사고 칠까 봐 서둘러 자리를 뜬 최영우는 수위들의 속삭임을 듣지 못했다.

"귀신 나온다는 집 말하는 거 아냐?"

"노숙자구나. 거기 가려고 그러는 모양인데?"

최영우는 마트에서 맥주와 쥐치포를 사 걸어가면서 먹고 마셨다. 다시 범죄를 저지르고 싶었다. 성공하면 돈을 펑펑 쓰고, 실패해도 교도소로 돌아가면 그만이었다. 바깥세상 어디에도 그를 반겨줄 곳은 없었다. 취기가 돌수록 바뀐 세상이 무서웠고 하루 만에 싹트는 범죄 욕구도 무서웠다.

흉가로 돌아가기는 싫었다. 무섭기도 했지만 비참하기도 했으니까. 그 흉가에 비하면 세 끼 밥 나오고 난방도 잘 되는 교도소는 호텔이었다.

그는 전봇대에 기대어 앉았다. 앉아있던 고양이가 자리를 피했다.

"미안해."

쥐치포를 건네자 고양이가 눈치를 보며 다가왔다. 안전한 곳으로 물어가지 않고 최영우의 손이 닿는 거리에서 뜯어먹었다. 사람 손을 탄 고양이 같았다. 등을 쓰다듬자 고양이가 야옹하며 몸을 밀착해왔다. 출소 후 처음 겪는 따뜻함이었다. 취기와 눈물과 졸음이 동시에 쏟아졌다. 고양이를 어루만지던 그는 잠이 들었다.

동이 트고 있었다. 눈을 떴을 때 고양이는 사라지고 없었다. 파출소에서 하루 자기를 원했지만 어떤 순찰차도 이쪽을 지나치지 않았나 보다. 취객이 있다는 신고도 없었다. 최영우가 있던 곳은 가로등이 고장 난 인적 드문 뒷골목이었다.

일어난 그는 목적지도 없이 길을 걸었다. 오줌이 마려웠는데 10여 미터 앞에 불이 밝혀진 건물이 있었다. 다홍병원 장례식장이었다. 술에 취한 그가 본능적으로 걸어왔던 곳은 아직 출근도 못한 직장이었다.

장례식장 문은 열려 있었다. 몸이 소변보다 더 큰 걸 해결하라는 신호를 복통으로 알렸다. 배를 움켜쥐고 장례식장 안으로 들어갔다. CCTV 카메라가 여러 개 뜯겨 있었다. 복도에는 사람이 없었고 화장실도 마찬가지였다. 그는 변기 위에 앉아 볼일을 보았다. 교도소에선 아무 걱정이 없었는데 사회에선 하나부터 열까지가 걱정이었다.

문이 열리면서 누가 들어왔다. 그 사람이 소변기 앞에 서자 자동으로 흘러내리는 물소리가 들려왔다. 소변 소리는 들리지 않고 그 사람이 내는 신음 비슷한 소리가 들렸다. 문틈으로 보니 검은 양복을 입은 남자가 소변기 앞에서 몸을 비척거리고 있었다.

취한 사람 같았으나 술 냄새는 나지 않았다. 소변이 잘 안 나오는 모양이었다. 여러 밤을 꼬박 새서 그런 건지도 몰랐다. 최영우의 관심을 끈 건 그 남자가 한 손에 쥔 커다란 비닐봉지였다. 종이봉투가 가득 들어 있었다.

갑자기 그 남자가 숨을 길게 뽑더니 가슴을 움켜쥐었다. 봉지가 떨어졌다. 쓰러지는 남자의 일그러진 표정에 최영우는 소름이 끼쳤다. 발성이 막혀 눈코입으로 표현하는 고통은 격렬했다. 가슴께에서 미약한 움직거림이 느껴졌다. 죽어가는 사람을 최영우는 칸막이 안에서 지켜보고만 있었다. 뭘 어떻게 해야 좋을지 몰랐다.

술이 깬 최영우는 화장실을 나와 바깥을 살폈다. 발인을 앞둔 새벽 다섯 시의 장례식장 복도에는 아무도 없었다. 사람이 쓰러졌다고 소리치려다가 입을 막았다. 지금쯤 상주의 가족들은 어딘가에서 쪽잠을 자고 있을 터였다. 이 사람은 조의금을 책임진 사람이 분명했다.

다시 화장실로 돌아가 비닐 안에서 봉투를 끄집어냈다. 역시 빈 봉투가 아니었다. 어느 봉투나 오만 원짜리 지폐가 들어 있었다. 결산 후에 버리는 쓰레기가 아니라 아직 결산 전의 온전한 조의금 봉투였다. 쓰러진 남자의 숨을 빨아들인 듯 최영우의 호흡은 가빠지고 있었다.

그는 남대문 시장에서 산 가방에서 모자를 꺼내 썼다. 주먹으로 그 남자의 가슴을 치는 대신 봉투 다발을 가방에다 집어넣었다. 손이 떨려 몇 장은 바닥으로 떨어졌다. '끄윽' 하는 최후의 신음과 함께 남자의 경련이 멎었다. 최영우는 땅에 떨어진 봉투까지 남김없이 가방에 쓸어 담았다. 가방이 다 찰 때까지 복도에는 아무도 나타나지 않았다.

눈과 입을 커다랗게 벌린 시체의 얼굴이 정확하게 최영우를 향했다. 겁에 질린 그는 서둘러 밖으로 나갔다. 정신이 없는 와중에도 CCTV가 없는 곳을 기억해냈다. 모자를 눌러쓰고 고개를 숙인 채 가로등이 꺼진 길만 걸었다. 걸음은 서서히 달리기로 변했다.

그는 다시 흉가에 도착했다. 그 사이 경찰 사이렌이 울리지 않았고 누가 비명을 지르지도 않았다. 흉가는 어둠에 싸여 있었다. 방 안으로 들어간 최영우는 어슴푸레한 가운데서 돈을 헤아리기 시작했다. 시간이 많이 걸린 만큼 거액이었다.

모두 사천만 원에 가까운 돈이 들어 있었다.

'그래, 이게 결국 내 길이다.'

돈을 차지하기로 결심한 최영우는 가방을 베개 삼아 누웠다. 누런 신문 벽지에 키보다 큰 수풀을 말미잘처럼 거느린 흉가도 흥분한 그에게 두려움을 주지는 못했다. 들킬지 모른다는 현실의 두려움이 미신적인 공포를 압도했다. 그는 잠이 들었고 아무런 악몽도 꾸지 않은 채 깊이 잠들었다.

멀리서 경운기 지나가는 소리에 눈을 떴다. 여섯 시간 정도를 잤다. 햇살이 화창한 정오였다. 머리맡의 돈 가방은 환상이 아니었다. 다시 열어봐도 현금이 가득했다. 앞으로 뭘 해야 좋을지 생각했다.

지금쯤 장례식장은 없어진 돈을 찾느라 난리일 것이다. 여기저기로 찾으라는 지시가 전달될 것이다. 국회의원인 만큼 지시의 이행은 빠를 것이다. 열 명 나설 경찰이 백 명으로 늘어날 상황이니, 바로 튀는 것 보다 일단 숨어서 돌아가는 상황을 주시하는 게 안전하다.

이 흉가는 아무도 접근하지 못할 장소가 틀림없었다. 사람에게 철저히 버림받은 장소였으니까. 그런 만큼 돈 가방을 숨기기에도 최적이었다. 그는 삼십만 원 정도의 현금을 꺼내 주머니에 넣은 다음 마당의 수풀로 들어가 짚단더미를 들어

냈다. 짚단 아래에 또 짚단이 있었다. 돈 가방을 넣고 도로
덮으니 감쪽같았다.

「경북 다흥의 한 장례식장에서 조의금이 사라진 사건이
발생해 경찰이 수사에 나섰습니다. 오늘 새벽, 다흥병원 장례
식장에서 조의금 접수를 맡던 K씨가 급성 심근경색으로 사
망했습니다. 발견 당시 K씨가 자신의 차량에 싣기 위해 지니
고 나갔던 조의금 전부가 사라진 사실이 드러났습니다. 경찰
은 인근 CCTV를 수거해 분석하고 있으나 병원 측은 사건
발생 전부터 장례식장이 대대적인 리모델링에 들어가 대부분
의 CCTV가 작동하지 않는다고 해 수사에 난항을 겪고 있습
니다.」

삼겹살을 구워 먹으며 최영우는 TV를 보았다. 경찰의 대
응은 빠른 편이다. 국회의원의 힘이겠지. 잡히면 보통 2년 받
을 형량이 5년으로 늘 수도 있다.

이렇게 된 이상 가는 데까지 가보는 거다.

그는 이미 범죄자 최영우로 돌아가 있었다. 흥가의 짚단

안에 김장독처럼 묻힌 돈 가방을 생각하니 미소가 지어졌다.

'좀 수그러들 때까지 다흥에서 지내자. 잠잠해지면 서울로 가는 거야.'

그는 뉴스 채널만 골라 주시하면서 하루를 보냈다. 수사상 급물살을 타는 상황은 일어나지 않았다. 오히려 변화는 다른 데서 왔다. 몸살이 찾아온 것이다.

그 몸살은 그냥 몸살이 아니었다.

눈알이 빠지고 머리가 빠개지고 팔다리가 분리되는, 고통으로 충만한 상상 초월의 근육통이었다. 세 번이나 구토를 하면서 최영우는 상한 고기를 판 삼겹살 가게 주인을 욕했다. 하지만 설사 증상은 없었다. 오한이 들면서 이빨이 딱딱 떨렸다.

여관에서 자고 싶었지만 흉가에 묻어둔 돈 가방이 걱정되었다. 들고튀자니 경찰의 검문이 가장 활발할 때였다. 그는 침낭과 손전등을 하나 사서 흉가로 돌아왔다. 짚단을 들춰보니 가방은 안전하게 있었다. 방으로 들어간 그는 진통제를 삼키고 누웠다.

침낭 속은 따뜻했다. 돈을 쓰러 나가기도 싫었다. 뉴스를 보기도 싫었다. 아프니 만사가 귀찮았다. 밖에는 귀뚜라미 소리만 들려왔을 뿐 차가 지나가는 소리도 없었다. 흉가 인근에 불빛이라고는 하나도 없었다.

진통제는 전혀 효과가 없었다. 상상도 못할 몸살이 발끝에서부터 시작되어 다리를 지나 가슴까지 차올랐다. 단계라는 것을 무시하는, 급상승의 통증이었다.

"이, 이게 대체 뭐지…?"

그는 눈을 커다랗게 뜨다가 수면내시경에 들어간 사람처럼 픽 잠이 들었다.

어제와 달리 그는 꿈을 꾸었다.

생애 최악의 악몽이었다. 꿈속에서 그는 흉가의 침낭 속에 누워 있었다. 그래서 꿈인지 현실인지 구별하기가 힘들었다. 개와 고양이가 울부짖는 소리가 들려왔는데 찢어지고 으르렁거리는 외침마다 사악함이 깃들었다. 사람들이 못 보는 걸 볼 수 있기에 짐승들이 그런 소리로 대응 하는지도 몰랐다. 잠들기 전까지 흉가 주변에 개와 고양이는 없었다.

가방을 노리는 침입자일 수도 있어 최영우는 몸살을 참으며 일어났다. 기다시피 바깥으로 나가보니 수풀이 사라지고 없었다. 깨끗해진 마당에 짚단 더미만 높이 쌓여 있었다. 그 위에 처음 보는 사람이 서 있었다. 알몸인 그 사람은 윤곽이 흐릿해 남자인지 여자인지 알 수 없었는데 비쩍 마른 몸에 비해 머리가 대단히 컸다. 양 옆에 뿔이 솟은 머리였다.

손전등을 비추던 최영우가 기겁했다. 그 자가 머리에 쓴 것은 잘려진 소머리였기 때문이다. 어둠 속에서 소머리가 최영우를 빤히 쳐다보다가 지붕으로 풀쩍 뛰어올랐다. 무거운 머리에 비해 메뚜기처럼 빠른 몸짓이었다. 방으로 도망쳐 온 최영우의 귀에 지붕을 뛰는 발소리가 쾅쾅쾅 들려왔다. 최영우는 다급히 침낭 속에 들어가 머리까지 묻었다.

방바닥에 툭, 툭 거리며 뭔가가 떨어졌다. 고개를 빼서 보니 뻥 뚫린 천장 대들보에 앉은 소머리가 그를 향해 돌을 던지고 있었다. 비명을 지르자 소머리는 파리처럼 민첩하게 꽁무니를 뺐다. 최영우의 불안한 눈이 사라진 소머리를 찾았다. 그러자 손톱이 새까만 손이 먼저 나타나 기왓장을 탁 짚고, 이어서 뿔이, 튀어나온 주둥이가 서서히 솟아올랐다.

소머리는 멀리 떠나지 않은 채 최영우의 주변을 맴돌았다. 반응을 보이면 잠깐씩 몸을 피했지만 어디서든 다시 나타나 그를 쳐다보았다. 뻥 뚫린 두 구멍 사이에는 어둠만이 가득

할 뿐 눈알은 보이지 않았다.

"사람 살려!"

잠에서 깨어남과 동시에 악몽은 끝이 났고 소머리 귀신도 사라졌다. 마당으로 나가보니 사람 키만 한 수풀은 그대로 존재했다. 짚단 더미를 들어 올리니 가방도, 그 안의 돈도 그대로였다.

몸살은 더 심해졌다. 그는 통증으로 쓰러져 잠시 일어나지 못했다. 어디선가 소머리 귀신이 쳐다본다는 생각에 그의 눈알은 쉬지 않고 굴렀다.

그는 병원에 갈 수 없었다. 진료 차 신상정보를 알려주면 꼬리를 밟힐 수 있어 대신 약국으로 갔다. 약국에 가서야 처음으로 거울에 비친 자신의 모습을 볼 수 있었다. 이틀 만에 그의 모습은 무섭게 변했다. 얼굴은 퉁퉁 부어올랐고 눈은 움푹 파였으며 피부에 반점들이 돋았다. 입 속에 불덩어리가 들어앉은 것처럼 뜨거웠고 음식을 삼키지 못했다.

약사가 체온을 재더니 36.4도 정상이라고 했다.

"그럼 이 몸살은 뭡니까?"

"그러니까 병원에 가 보시라니까요."

약사가 퉁명스럽게 대꾸했다. 최영우는 욕설을 내뱉고 약국을 나섰다.

걷는 사이 수십 개의 몽둥이가 내려치는 통증이 몰려들었다. 지옥 같은 욱신거림이 그를 놓아주지 않았다. 한 줄기 바람이 얼굴로 불어 닥쳤다. 그는 바람 속에서 '쉭쉭세엑세엑하흐!' 하는 소리를 들었다. 사람이 입으로 내는 휘파람과 비슷했다.

다른 약국에 가보았지만 똑같은 체온에 병원에 빨리 가라는 진단만 내려졌다. 해열진통제를 두 배로 먹었지만 소용없었다. 몸살은 덜어지지 않았고 호흡은 가빠졌다. '쉭쉭세엑세엑하흐!' 거리는 바람은 수시로 불어 닥쳤다. 머리카락도 날리지 못하면서 그의 귀를 고문하는 바람이었다. 거리의 사람들이 중환자 같은 그를 수시로 쳐다봤다. 돈을 훔친 마당에 사람의 관심을 끌면 좋지 않다. 결국 그 곳으로 돌아갈 수밖에 없었다. 흉가로 진로를 정하자 아픈 몸이 조금 가벼워졌다.

흉가는 처음과 다름없었지만 보이지 않는 변화가 있었다. 수풀을 헤치고 나아가니 발부리에 물컹한 게 밟혔다. 산비둘기가 떼로 죽어 있었다. 오늘 아침까진 없던 것들이었다. 하늘에는 먹구름이 깔렸고 멀리에서 천둥이 울려왔다. 가방의 안전을 확인한 그는 방으로 들어가 몸살의 원인을 규명하려고 생각을 거듭했다. 식중독도 아니었고 체포 가능성의 스트레스도 아니었다. 꿈속의 소머리 귀신 때문이라는 생각이 떠나질 않았다.

'잠들 때 또 나오면 어떡하지?'

그는 여관으로 가려고 몸을 일으켰다. '쉭쉭세엑세엑하흐!' 하는 바람이 불더니 그의 몸을 천근만근으로 늘렸다. 잠들지 않으려 애썼지만 소용없었다. 몸살은 그를 기절시켜 잠에 떨어지게 했다.

그가 잠이 들기를 기다렸다는 듯 전위예술가의 춤사위처럼 소머리의 팔이 허공을 턱턱 짚으며 짚단 위로 솟아올랐다. 뼈다귀만 남은 가녀린 팔이었다. 그러나 팔 사이의 소머리는 거대했다. 누런 털이 우북한 머리 여기저기에 피가 말라붙어 있었다. 최영우는 몸이 마비된 채 이 같은 출현을 처음부터 끝까지 강제로 봐야만 했다.

소머리 귀신이 짚단 더미 위로 풀쩍 솟아올랐다. 어느새 수풀은 사라졌다. 소머리는 점점 최영우를 놀리고 겁주는데 재미를 붙였는지 원을 그리며 마당을 빙빙 돌다가 쪼그려 앉아 죽은 산비둘기를 하나둘 공중으로 던졌다. 공기놀이와 비

숫했지만 귀신은 내려오는 비둘기를 받지 않았다. 목이 부러진 산비둘기들은 힘없이 떨어졌다. 가위가 눌린 최영우는 꼼짝도 할 수 없었다.

비둘기에 싫증난 소머리는 최영우를 향해 천천히 몸을 틀더니 네 다리를 이용해 안방으로 다가오기 시작했다. 최영우는 있는 힘을 다해 등을 돌려 벽으로 시선을 외면하는데 성공했다. 눈을 감자 침낭을 건드리는 바스락바스락 소리가 귀로 몰려들었다. 최영우는 그래도 움직이지 않았다.

새까만 손톱이 얼굴을 만졌다. 최영우의 뒤통수에서부터 앞쪽으로 천천히 머리가 들이밀어졌다. 소머리가 그를 완전히 타 넘어오자 둘은 기어이 대면을 했다. 소의 입 사이로 '쉭쉭세엑세엑하흐!'하는 소리가 새어나왔다. 소머리가 팔을 뻗쳐 다섯 손가락으로 그의 눈가를 꽉 쥐었다. 터진 달걀의 노른자처럼 점액질의 눈알이 빠져나왔다. 피가 쏟아지면서 온 세상이 빨갛게 보였다. 소머리가 손을 놓자 눈알은 원상태를 되찾았고 빨간 세상도 사라졌다. 소머리가 혀로 최영우의 정수리를 핥았다.

"아악! 죽이지 마!"

그는 침낭을 박차고 일어났다. 이번에도 꿈일 뿐이었다. 햇살이 밝았지만 고통은 어제보다 더 심했다.

최영우는 병원 대신 한약방을 찾았다. 한약방에서도 진료 접수와 신상정보를 요구해 그는 광분했다. 거울에 비친 모습을 보니 정수리 부분의 머리카락이 한 움큼이나 빠져 있었다. 몸살은 극악무도할 정도였다. 온몸 구석구석을 불붙은 공이 돌아다니는 느낌이었다.

그는 또다시 효과도 없는 해열진통제를 사러 약국에 들어갔다. 약국 텔레비전에서 절도범죄 뉴스가 나왔으나 아나운서의 입에서 말 대신 방울 소리가 흘러나왔다.

"저 여자 왜 딸랑딸랑 거리죠?" 그는 옆의 할머니한테 물었다.

"예?"

"아나운서 입에서 방울 소리가 나잖아요?"

"무슨 방울 소리가 나?"

남의 일에 관심 많은 노인들은 이상한 눈길로 최영우를 바라보았다. 최영우의 눈은 텔레비전에 못 박혔다. 아나운서가 방울 소리를 입으로 토해냈다. 몸이 욱신거리며 화면도 왜곡되었다. 뉴스를 전달하는 척하면서 아나운서는 간사하게 웃었다. 할머니들의 표정을 보니 최영우에게만 들리고 보이는 모양이었다.

체온은 35.9도로 어제보다 내려갔지만 몸은 펄펄 끓었다. 약사는 큰 병에 걸렸을지 모르는데 왜 병원에 안가고 약국만

오냐고 대놓고 짜증을 냈다. 최영우는 약사의 입에서도 딸랑거리는 방울 소리만 들었기에 그가 뭐라는지 알 수 없었다. 얼굴을 알아볼까 봐 이젠 이 약국을 찾지 않기로 했다.

대로변에 경찰이 보였다. 골목길로 몸을 숨기던 최영우는 <설신보살>이란 간판을 보았다. 무당집의 펄럭이는 깃발을 대하자 방울 소리가 잦아들었다. 최영우는 신기함을 느꼈으나 경찰이 신경 쓰여 그대로 지나쳤다.

라디오 볼륨을 높이듯 방울 소리가 다시 커졌다. 바람인지 휘파람인지 모를 소리도 들려왔다. 귀를 막으니 더 커지는 소리가 그를 미치게 했다. 그는 흉가로 돌아가지 않고 여관으로 들어가 강소주 두 병을 단숨에 들이켰다. 돈 가방이 없어지든 말든 살고 봐야 했다. 뉴스 채널을 아무리 틀어놓아도 사라진 조의금 보도는 나오지 않았다. 자막으로 확인한 사실이었다.

방울 소리는 끊임없이 이어졌다. 소주 한 병을 더 마셨다. 취기가 오르자 방울 소리가 약해지고 몸살도 가라앉는 느낌이었다. 쓰러지듯 누운 그는 당장 다홍을 벗어나야겠다고 결심했다. 하지만 잠에 빠져들자마자 흉가가 다시 나타났고 소머리도 짚단 위로 솟아올랐다.

소머리는 몹시 화가 나 제자리에서 원을 그리며 뛰었다. 짚단 더미 위에서 경중경중 뛸 때, 허옇게 트고 발톱이 새까만 발이 타작 질처럼 오르내렸다. 때에 절고 비쩍 마른 몸은 각질로 뒤덮였다. 시커먼 눈구멍 안은 죽음의 암시로 가득 차 있었다. 최영우는 살아서는 저 귀신에게서 못 벗어나리라 확신했다.

눈을 한번 깜빡이자 번갯불이 번쩍거렸다. 꿈은 이어졌지만 장소가 흉가의 침낭 속으로 바뀌었다. 그는 애벌레의 형상으로 침낭 속에 갇혔다. 세상이 빙글빙글 돌았다. 소머리가 침낭을 난폭하게 굴렸다. 벽에 부딪칠 때마다 최영우의 몸은 뼈째 부서지는 느낌이었다. 왼쪽으로 오른쪽으로 쉬지 않고 침낭을 굴린 소머리 귀신은 최영우의 머리칼을 손으로 잡아당겼다. 알몸의 최영우가 침낭 바깥으로 질질 끌려나왔다. 살려달라고 빌었지만 소용없었다.

귀신이 거대한 머리를 갸우뚱거리며 최영우의 남근을 한참 동안 내려다보았다. 그러더니 화가 난 것처럼 짚단 더미 위로 올라 또다시 방방 날뛰었다. 금색 지푸라기가 눈처럼 날리었다. 커지는 방울 소리가 최영우의 귀로 쑤셔 박혔다. 기형의 귀신이 별안간 소머리를 벗었다. 눈처럼 날리는 짚 때문에 최영우는 머리를 박박 깎은 실루엣만 보았을 뿐 얼굴은 보지 못했다.

귀신이 다가와 최영우의 머리에 소머리를 씌웠다. 머리에 맞지 않자 두 주먹으로 뿔을 쥐고 내리눌렀다. 주먹으로 이

마 가운데를 때리기도 했다. 머리는 점점 들어갔지만 꽉 조였다. 빨래를 쥐어짜듯 피가 떨어졌다. 최영우의 뺨이 구겨지고 이빨 새에 혀가 물렸고 눈알이 돌출되었다. 소머리를 쓴 순간 최영우는 이 세상이 아닌 저 세상의 한 풍경을 보았다. 그 풍경은 언어로 쓸 수 없고 그림으로 묘사할 수 없었다. 뱀처럼 기어 다니는 움직임만이 가득했다. 지옥도의 한가운데에서 알몸의 귀신이 경중경중 뛰었다. 온 세상이 무늬를 바꿔가며 움직였으며 방울 소리가 격렬해졌다.

"제발! 제발 그만 괴롭혀!"

잠에서 깨자 최영우는 자신이 누워있는 곳이 여관임을 알았다. 얼굴에는 아무것도 씌워져 있지 않았다. 격렬한 몸살과 과음으로 인한 구토가 한꺼번에 몰려왔다. 방울 소리는 들리지 않았다. 그가 화장실에서 토하고 나올 때 텔레비전은 새로운 뉴스를 내보냈다.

"다홍 장례식장의 조의금 행방이 아직 묘연해 경찰 수사가 진전되지 않는 가운데, 상주인 지역 국회의원이 공사에 들어간 장례식장을 무리하게 사용했다는 의혹이 제기되고 있습니다."

최영우는 모자이크 처리된 어떤 남자가 변조된 음성으로 비꼬는 것을 들었다.

"CCTV도, 배전 일부도 끊은 장소를 무리하게 고인 추모 장소로 활용하려니까 이런 사고가 난 거지요. 그 분한텐 뭐 브라보 마이 라이프 아니겠습니까? 제가 화장실에 있었어도 그런 상황이라면 돈 들고뛰었겠죠."

놈들은 화장실에서 누가 돈을 들고 간 사실까지 알아냈다!

짚단 더미 안이 걱정되었다. 흉가에 있을 소머리가 무섭긴 했지만 그는 여관을 나왔다. 새벽 1시로 바깥은 어두웠다. 숨이 차 쓰러질 것 같아 택시를 타고 농광중학교까지 간 뒤 남의 눈을 피해 흉가에 들어갔다.

어둠이 짙은 수풀 안으로 들어섰을 때 최영우는 온몸을 휘감는 요상한 기운을 느꼈다. 수풀이 그를 짚단 더미 쪽으로 떠미는 느낌이었다. 그는 더미 속에서 가방을 꺼내 방으로 가져왔다. 방바닥에 쏟아 부으니 오만 원권 지폐들과 함께 어제까지는 없던 낯선 물건이 떨어졌다.

"헉!"

그것은 방울과 거울이었다.

두 물건을 둘러싼 수백 명의 신사임당은 이 순간 무당처럼 무섭게 보였다. 방울은 녹슨 자루 끝에 일곱 개의 작은 쇠구슬이 달렸고, 거칠거칠한 거울은 앞이 볼록한 청동거울이었다. 두 가지 다 까마득한 옛날에나 사용되었을 물건이었다.

최영우는 이 집이 왜 흉가로 불리는지 깨달았다. 가방 속에 방울과 거울을 넣은 것은 틀림없이 그 소대가리 귀신이었다. 방울은 딸랑거리는 소리로 다음 차례는 '너'라고 암시했다. 그는 죽기 싫었다.

감옥으로 돌아가도 좋았다. 무조건 살고 봐야 했다. 방법은 한 가지였다. 그는 약국 옆 무당집을 찾아가기로 결심했다.

꽃

설신보살은 일부러 나이 들어 보이게끔 퍼렇게 화장한 눈에 얼굴에는 광채가 흐르는 매력적인 삼십 대 여자였다. 그녀의 뒤편에는 무속 관련 서적에 만화책과 패션잡지까지 놓여 있어 신세대 무속인임을 자랑하고 있었다. 탱화 속의 산신령들이 든든한 백처럼 그녀를 내려다보았다. 척 세운 한쪽 무릎에 팔꿈치를 기댄 그녀는 쥐를 발견한 고양이의 눈으로 최영우를 살폈다.

"몸살이 언제부터 시작됐다고?"

"그 집에 들어가고 이틀째부터요."

마흔 한 살의 최영우는 보살의 반말에도 개의치 않았다.

"그 집은 나도 알아. 거기에 산 사람들이 이유 없이 많이 죽어 나갔어. 무서운 기가 흐르는 집이야."

"보살님도 그 귀신을 안단 말이죠? 대체 그 귀신이 뭐에요?"

보살은 최영우의 기대를 채워주지 않았다.

"거기서 굿을 한 적이 없으니 뭐가 사는지는 나도 몰라. 하지만 그 흉가에 사는 존재가 성조왕신, 성조부인, 성조대도감(成造王神, 成造夫人, 成造大都監[1]), 주왕신(廚王神[2]), 지신(地神[3]), 측신(廁神[4]) 같은 이로운 가택 수호신이 아닌 건 분명해. 그 동네의 토지령도 아니야."

"다홍에 살고 영험한 보살이라면서 뭐가 사는지도 몰라요?"

최영우가 슬쩍 비꼬는 투가 되자 보살의 눈썹이 꿈틀거렸다.

"왜 내가 일부러 알아야 하는데? 난 누가 돈을 주고 의뢰를 해야만 일해. 잘못하다 역살 맞을 지도 모를 그런 장소를 미쳤다고 궁금해 해?"

"직업정신이 부족하네."

그는 몸살로 이를 덜덜 떨면서 말했다.

"다 먹고 살자고 하는 일이지. 한 10년 전에 그 집을 얼핏 지나친 적은 있었는데…."

---

1. 가옥의 주신들
2. 부엌신
3. 앞마당 토지신
4. 뒷간을 지키는 신

"그 소대가리를 봤어? 보살님도?"

"수풀 사이에 독충하고 뱀만 들끓었어. 그런 귀신은 못 봤어."

"그럼 처음부터 거기 있던 게 아니라 10년 안에 나온 귀신이겠네."

"그럴 수도 있겠지."

"아니면 보살님이 못 본 걸 수도 있고."

보살은 손님이 자신의 능력을 과소평가하자 흥 콧방귀를 뀌었다.

"그건 둘째 치고, 지금 선생한테 뭐가 씐 건 확실해. 보통 귀신은 아닌 거 같아. 떨쳐내지 못하면 시름시름 앓다가 죽을 수도 있어."

"굿하면 나을 수 있고요?"

"당연하지."

"비용은 얼마나?"

"그 집이 보통 집이 아니니 최소 오백에서 천만까지 잡아야겠지."

"뭐 그렇게 비싸요?"

"내 목숨 걸고 하는 일이니까."

설신보살이 최영우의 위아래를 살폈다. 네까짓 게 그만한 돈이 있겠냐는 시선이었다. 천만이란 말에 최영우의 표정에 절망이 스치고 지나갔다. 기껏 한 밑천 잡았는데 그걸 굿으로 날리라니. 보살이 돈만 밝히는 돌팔이인지, 거액을 줘서라도 믿어야 할 신령인지 머리가 복잡했다. 보살이 야릇한 웃음을 지었다.

"내가 하나 물어보지. 왜 선생한테 한 달 후도 두 달 후도 아닌 이틀째부터 신병이 시작됐을까?"

"그걸 내가 어떻게 알아요?"

"첫날은 괜찮았다면서?"

"예."

"그 꿈을 꾸기 전에 뭘 했어?"

"그건 왜요?"

최영우는 보살이 절도 사건을 예측한 줄 알고 기겁했다.

"그 집에서 뭘 건드린 후에 신열이 시작됐을 텐데."

"방에 들어가 잤지요."

"그것뿐이 아닐 걸?"

최영우가 입을 다물자 보살이 지그시 노려보았다.

"아무 것도 속일 생각 마. 그럼 도와줄 수 있는 게 없어."

"짚단…을 건드렸어요."

"짚단?"

"예. 마당에 짚단이 몇 층으로 쌓여 있었는데 맨 꼭대기는 꼭 누가 앉는 자리 같았어요. 거길 들춰보고 건드렸는데 이

35

틈날부터 소대가리를 쓴 귀신이 올라앉아 날뛰더라고요."

"아하, 그 집에 사는 령의 터를 건드렸구나. 짚단을 건드리기만 했는데 그 귀신이 나왔단 말이지?"

"예."

보살이 '휘이'하고 휘파람을 불었다. 그녀는 소반 위에 백미를 한 줌 뿌리더니 부채로 그 위를 휘젓다가 최영우의 얼굴까지 쓸어내렸다. 보살의 퍼런 눈이 커다랗게 떠졌다.

"날 속일 수 있다고 생각해? 짚단 안에 뭘 넣었잖아! 어디서 거짓말을 하고 있어?"

겁먹은 최영우의 얼굴을 확인한 보살이 언성을 높였다.

"맞지? 거기 넣은 뭔가가 죽은 귀신을 불러낸 거야."

그녀가 손가락으로 이마 한가운데를 가리키자 최영우는 등속의 뼈가 저절로 휘어지는 기분이었다. 푸른 화장을 한 그녀의 눈은 소머리 만큼이나 무서웠다. 그 아프리카 토인 같은 괴물은 오늘 밤에도 찾아올 것이다. 그를 서서히 죽이기 위해.

시간이 없었다.

그는 보살의 신통함에 어느 정도 신뢰가 갔다.

"사실은 짚단 안에 돈을 넣었어요."

"돈을? 왜?"

"…."

"선생 설마 도 선생이야?"

"도 선생이라니! 노름판에서 땄수다!"

최영우의 거짓말에 다행히 보살은 속아 넘어갔다.

"노름? 아하, 그렇구나! 도박꾼들 돈이라면 부정을 탈 만하지. 혹시 돈에 피가 묻은 적은 없었나?"

"피요?"

"노름판에선 칼부림 같은 것도 종종 일어나잖아."

"몰라요. 피 같은 게 묻었는지 안 묻었는지…. 어쨌든 그일 있고 나서부터 몸살이 시작된 건 맞아요."

보살이 버드나무 가지를 최영우의 얼굴 앞에서 흔들다가 소반 위에 내려놓자 쌀이 좌우로 질서 있게 흩어졌다.

"사악한 터주가 부정한 물건을 알아보고 신통력을 행사했다. 자신의 터에 무단히 들어온 불손한 자에게 꿈으로 찾아가고 몸살로 벌을 내리는 것이다."

"그럼 어떡해야 해요?"

"먼저 그 귀신의 정체를 알아내는 굿을 하고 다음엔 귀신을 달래는 굿을 하고 그게 안 되면 귀신 쫓는 굿까지 병행해야지. 천만 원 이상 잡아야 할지도 몰라."

최영우가 입을 쩍 벌렸다.

어떻게 보면 믿을 만하고, 어떻게 보면 돌팔이 같은 무녀야 둘째 치고, 이 짓거리를 하려고 교도소에 잡혀갈 모험을 했냐는 생각에 참담했다. 그는 품속에서 방울과 거울을 꺼내 보살의 눈앞에서 흔들어 보였다.

"보살님 진짜 영험한 거 맞소? 벌 받는 게 아니라 신 내리려는 것일 수도 있잖아? 이런 것도 나왔단 말이요."

두 물건을 본 순간 설신보살의 안색은 얼음장처럼 굳어졌다.

"세상에! 이런 게 짚단 더미에서 나왔다고?"

"예!"

"왜 이걸 처음부터 안 꺼냈어?"

"보살님이 맞출 줄 알았지!"

"이건 신령(神鈴)이야! 신방울이라고! 그래 맞아, 선생을 해코지 하려는 게 아니고 신이 내리려나 보다."

"아이고, 나도 무당이 되어야 한다 그 말이지요? 오, 싫어. 절대 그렇겐 안 돼. 첨으로 돌아가고 싶어. 그냥 굿도 안 하고 이것도 돌려줘서 아무 일도 없던 것처럼 돌아갈 순 없어요?"

보살은 최영우의 말이 귀에 들어오지 않았다. 그녀의 시선은 최영우의 두 물건에 못 박혀 있었다.

"이상한데···. 이 신령(神鈴)과 신경(神鏡)은 아무래도···."

낮게 읊조리는 그녀의 말을 최영우는 듣지 못했다. 보살은 땅바닥을 쳐다보며 눈을 가늘게 떴다가 크게 뜨길 반복했다.

그녀의 태도가 처음보다 심각했다.

"소머리를 썼다는 그 터주가 선생 거시기를 쳐다봤다고 그랬지?"

"맞아요."

"방방 뛰고 화를 냈다 그랬지?"

"예."

"그 귀신이 아무래도 내림 대상으로 남자보다 여자를 원하는 것 같은데…."

그녀가 최영우가 쥔 신방울로 손을 뻗쳤다. 무녀의 손가락이 방울에 닿으려는 찰나, 최영우의 눈이 캄캄해지면서 아무 것도 보이지 않았다. 어둠 속에서 몹시 화가 난 소머리가 나타나 씩씩거렸다. 기름 먹은 종이에 불이 붙듯 몸살이 일순 간에 격심해졌다.

최영우가 다급히 방울과 거울을 뒤로 빼자 보살은 무속의 성물(聖物)을 건드리지 못했다. 소머리가 사라지고 다시 앞이 보였다.

"왜 그래?"

보살이 물었다. 최영우가 멍한 표정으로 답했다.

"방금 그 귀신이 나타났어요. 보살님이 이걸 못 만지게 했어."

"무슨 소리야? 신이 나타났으면 내가 모를 리가 없는데.

천천히 내게 그 손을 다시 내밀어봐."

다시 그녀가 손을 뻗쳤다. 최영우도 손을 뻗쳤는데 방울이 저절로 딸랑딸랑 소리를 냈다. 보살의 손이 다가올수록 소리가 다급해졌다. 보살이 급히 손을 거두었다. 최영우는 허공을 향해 소리쳤다.

"잘못했습니다!"

음성도 눈빛도 변했다. 그는 환희에 찬 눈으로 방울을 보고 있었다. 보살이 아닌 방울에게 말을 했다.

"하라는 대로 하면 저는 낫습니까?"

"왜 그래 선생? 방울이 말을 걸어? 뭐라 그래? 정신 놓지 마!"

"여기 오길 잘 했네. 여기 오니까 그 분이 내게 말을 걸어요. 그 전엔 괴롭히기만 했는데."

그는 보살 뒤편의 탱화를 바라보며 히죽 웃었다. 보살도 무심코 벽으로 눈길을 두다가 비명을 질렀다. 탱화 속 산신령 눈에서 피가 두 가닥 길게 떨어지고 있었다. 사실은 탱화의 배경을 칠한 붉은 물감이었지만 멀쩡한 그림이 왜 녹아 흘렀는지 알 수 없어 더 무서웠다.

"봐요! 몸살이 사라졌어!"

방울이 소리를 냈을 때 최영우는 신의 음성을 들었다. 그는 세속의 절도죄보다 더 큰, 신에 대한 불경죄를 저질렀음을 깨달았다. 방울과 거울로 계시를 받았는데 그걸 알아채지 못하고 함부로 무속인부터 찾았다. 부정 탈 짓이란 바로 이 방문인지도 몰랐다. 하지만 무녀의 집이어서 그는 신과의 대화에 성공했다. 스마트폰이 와이파이 존에 들어선 꼴이었다.

야단을 맞긴 했지만 최영우는 깨워주지 않는 잠에 빠져든 신을 깨워낸 공로를 일부 인정받았다. 그래서 어떤 일을 하기로 약속한 대신 몸살을 반납할 수 있었다. 그가 앓지 말아야 할 병을 '그 신'은 거두어 가기로 했다. 뭔가에 조종당하는 사람처럼, 혹은 어떤 경지를 본 사람처럼 최영우는 몸도 가볍게 일어섰다.

"가 봐야겠수."

설신보살의 이마에서 흘러내린 땀방울이 푸른 눈화장을 지워 그녀의 얼굴은 귀신처럼 보였다.

"이봐요 선생. 앉아봐. 내가 도와줄 수 있어. 그 물건이 말을 걸어도 무턱대고 따르면 안 돼. 우리처럼 신의 선택을 받은 중개인의 도움을 받아야 한다고. 자, 그걸 내려놔요. 차근차근히 그 신의 정체를 알아보자고."

"그러다가 나 죽으라고?"

최영우가 차갑게 말했다.

"쉭쉭세엑세엑하흐!"

그가 입술 사이로 낸 소리에 보살이 겁먹었다. 최영우는 살가죽이 절로 움직이듯 인상을 크게 부라리더니 뒤도 돌아보지 않고 보살의 집을 나섰다. 그가 지나칠 때 방울이 소리를 냈고 피눈물 흘리던 탱화가 귀퉁이부터 떨어져 나가 대롱거렸다. 손을 떠는 설신보살은 버드나무 가지를 허공으로 휘두르며 살가림 주문을 외웠다.

바깥으로 나온 최영우의 시야는 훤히 트였다. 방울이나 이상한 바람은 더 이상 그를 괴롭히지 않았다. 오히려 그를 인도하고 안내했다. 만약 설신보살이 하라는 대로 했다면 그는 목숨을 부지하지 못했을 터였다. 그는 이제 알았다. 그 소머리를 쓴 귀신은 단순한 잡귀가 아니었다.

설신보살이 버선발로 따라 나와 불러도 그는 듣지 않았다. 최영우의 등을 쏘아보는 그녀의 눈은 불붙은 부적처럼 이글거렸다.

흉가로 돌아온 최영우는 짚단 더미를 들어냈다. 돈 가방 위에 검은 뱀이 한 마리 몸을 감고 있었다. '쉭쉭세엑세엑하흐!' 하자 뱀이 물러나 짚단 아래로 자취를 감추었다. 그는 돈 가방을 들었다. 신이 보호하는 이상 CCTV든 위치추적이든 권총이든 인간이 만든 그 어떤 장비도 그를 잡지 못한다. 검문에 걸리지 않을 걸 알기에 그는 대중교통을 이용하기로 했다. 신은 그에게 이렇게 말했었다.

'다홍이 아니다. 섭주로 가라.'

2. 잠복기

섭주초등학교 3학년 4반 담임 강서경은 마흔이 다가오는 처녀였다. 별명이 'B사감'인데, 남성기피증이 있는 것도 아니고 주변 사람의 이성 교제를 혐오하지도 않았다. 단지 성격이 좀 별났을 뿐이다.

폐쇄적이고 은둔적인 그녀는 사교에 자신감이 없었고 아이들을 가르칠 때도 속삭이듯 이야기했다. 늘 눈치를 살피는 얼굴은 무언가를 무서워했고 도망 못 갈 기억에 사로잡힌 듯했다. 화장을 거의 안 하는 그녀는 계절마다 단벌 정장 하나로 버텼는데 헤어스타일은 언제나 '꽁지머리'였다.

유행을 따르는 데 관심이 없었고 무엇이 유행인지 알려고도 하지 않았다. 동료 여선생은 같은 왕따로 취급받을까 봐 언제부턴가 조언 건네기를 포기했다. 남선생들은 'B사감'을 안주거리로 삼았다.

잘 웃지 않는 강서경은 틈 날 때마다 성경책을 꺼내 읽었다. 이 독서가 그녀의 유일한 여가활동이었는데, 하나님 말씀을 들여다 볼 때 그녀의 눈은 가끔 열기를 뿜었다.

그녀의 아버지 강성주는 목사였다. 그가 속한 종파가 어디인지, 교회가 어디에 있는지는 중요치 않다. 젊은 시절 강 목사는 하나님의 왕국을 지상에 세우겠다는 야심으로 가득 찬 순수한 종교인이었다. 아내와 함께 험지를 마다않은 그는 특히 빈민 구제에 앞장서 사람들의 존경을 받아왔는데 서른 두 살 되던 해에 인생의 중요한 변화를 맞이한다.

일곱 살 된 아들 종혁이 오토바이에 깔려 죽는 사건이 일어난 것이다. 당시 종혁의 옆에는 여덟 살이던 서경이 서 있었다. 아이들을 대동했던 목사의 부인은 불교에서 기독교로 개종한 새 신도와의 찬양에 한창이어서 마당에 아이들을 방치한 상태였다.

이 사건으로 강 목사는 실어증에 걸렸고 종교 활동에 관심을 잃어버렸다. 심각한 우울 상태가 목사를 덮쳤다. 서경과 달리 종혁은 그의 아내가 낳은 자식이었다. 아들을 빼앗긴 현실에 그는 비현실적인 섭리를 느꼈다. 더 이상 하나님 말씀은 없었다. 사탄이 지척에서 느껴졌고 오직 아들이 죽은 사건만이 재구성되었다.

'그 날 거기 가지만 않았어도', '아이들과 같이 있기만 했어도'의 반복 때문에 아내에게 증오심이 생겼다. 목사의 부인은

죄책감에 시달렸다. 목사 역시 하나님의 벌을 받았다는 죄책
감에 시달렸다. 그는 더 이상 서경을 보려하지 않았다.

부부간 대화는 사라졌고 서경은 관심 밖의 아이가 되었다.
신도는 떨어져 나갔고 교회에는 먼지만 쌓였다. 집회도 찬송
도 예배도 없었다. 아내가 집을 나갔다. 사람들은 증오심에
눈이 먼 목사의 잘못이 크다고 수군거렸다. 집안은 폐허가
되었고 거주자의 마음도 폐허가 되었다.

활발했던 서경이 이상한 아이가 된 것은 이때부터였다. 아
직 어렸던 그녀는 응당 받아야 할 보살핌을 받지 못했다.

어느 날 강 목사를 찾은 동생 강애경은 엉망이 된 집을 보
고 충격을 받았다. 말하는 능력을 거의 잃은 서경은 밥도 제
대로 먹지 못해서 비쩍 말랐고 갈아입지 못한 옷은 때에 절
어 있었다. 서경의 과거를 알고 있었지만 애경은 자기가 데
려가겠다고 선언했다. 그녀는 초등학교 교사였고 섭주에 살
고 있었다. 강 목사는 멍한 시선을 벽에다 둘 뿐 더 이상 딸
의 소식을 궁금해 하지 않았다.

서경의 이상한 성격은 치유되지 않았다. 곁에서 본 동생의
죽음과 아버지의 외면이 어린 그녀에게 문신처럼 새겨졌다.
심리적 풍파는 그녀를 일탈케 하는 대신 미련퉁이로 만들었
다. 폭발적 외향보다 극단적 내향으로 침잠한 셈이었다. 고모
는 그녀를 정상적인 여자아이로 되돌리기 위해 노력했지만

아이는 성장하면서 곰 같은 B사감이 되었다.

현실적으로 엄마를, 심리적으로 아버지를 잃은 그녀는 외톨이로 자라났다. 말을 잘 하지 않았고 미소 짓는 일도 없었다. 무엇이건 인생을 즐기는 행위는 죄악이라고 믿게 되었다. 꾸미는 일도 죄악, 어울리는 일도 죄악, 웃는 것도 죄악이었다. 언젠가 아버지의 노여움이 풀리길 기원하면서 성경책만 들여다보았다.

뜻밖에 그녀는 공부를 잘 했는데 아버지의 관심을 받고픈 심정이 그렇게 몰아갔던 건지도 모른다. 동정을 받든 놀림을 받든 그녀는 책을 파고들었고 모 교육대학은 성적이 우수한 그녀를 장학생으로 받아들였다. 고모는 자기 일처럼 기뻐했고 스무 살이 되어서야 서경도 희미한 미소를 보였다.

서경이 교대에 합격한 얼마 후, 강 목사도 실어증과 우울증을 극복했다. 딸 덕분은 아니었다. 스스로의 주장으로는 하나님의 새로운 계시를 받았다는데, 정확히 말하면 어떤 사람들을 사귀게 되면서부터였다. 그들은 정치에 관계된 사람들이었다. 그들을 알게 되면서 강 목사는 '존재의 질문에 대한 시험을 극복했으며 이제 지상에 기적을 만들어 갈 것'이라고 했다. 그는 다시 기도를 했고 활동범위가 넓어졌으며 능란한 달변력을 되찾았다. 사람들이 그의 밑으로 모여들었다.

과거와 달리 그의 예배 주제는 정치와 연관되었다. 애국은 사랑과 동일시되었고 믿음에의 헌신은 곧 나라에의 헌신이었다. 언어에는 힘이 넘쳤고 설득력보다는 카리스마로 사람들을 휘어잡았다. 지지하는 정당이 집권당이 되는 것, 혹은 집권당을 계속 유지하는 것이 그가 바라는 지상의 왕국이었다.

그의 성향이 왼쪽이었는지 오른쪽이었는지는 중요치 않다. 근본적인 사랑의 교리가 나름의 목적에 맞게 희석되고 변형되었다는 사실, 이것이 중요하다. 이 일방적인 믿음으로 그는 죄 사함을 받았다고 확신했던 것이다.

"예전에는 믿음이 부족했기에 부모의 자리를 잃었지만 이제 나는 국가라는 부모 앞에서 회개해 진정한 부모다움을 배웠습니다. 그 부모다움을 자식 같은 모든 국민에게 전하는 것이 나의 의무입니다, 여러분!"

그가 입을 떼면 정치구호 같은 '아멘'이 합창으로 답을 했다. 정신이 이상해진 건지 참 진리의 빛을 본 건지 모르겠지만 이 '부모다움'의 변화 앞에서도 그는 내팽개친 딸을 떠올리지 않았다. 웃음을 되찾고 새 부인까지 얻었지만 서경에게는 뜸하게 전화통화를 하고 거의 만나지도 않았다. 서경은 그 정도의 기쁨으로도 희망을 보았다.

그러나 또 한 번의 충격이 그녀를 덮쳤다. 최근 그녀는 결혼할 뻔했다. 하지만 가까스로 대화를 회복한 아버지 때문에 무산되고 말았다.

모두가 B사감이라 놀려댔지만 서경에게는 결혼을 약속한 남자가 있었다. 동료 선생의 강요에 가까운 소개로 선을 본 그 남자는 서경의 최초이자 마지막 남자라고 알려졌다. 그 남자 이민호는 서경과 성격이 비슷했다. 말수가 적고 늘 남의 눈치를 살피는 소심한 사람이었지만 상대 여성의 특별한 고리타분함을 정확히 이해하는 사람이었다. 일찍 탈모가 진행되어 머리숱이 적었지만 그만큼 배려는 넘쳤고, 남의 말에 귀 기울이는 진지함을 놀랄만한 기억력으로 입증했다.

사람들은 고리타분녀가 고리타분남을 만났다고 놀려댔지만 뭔가 정상적인 궤도로 근접하려는 왕따녀의 변화는 바람직하다는 게 그들 공통의 의견이었다.

이민호가 청혼을 해왔다.

남들이 벙어리 곰이라 부르는 서경의 성격을 절제력과 내색 않는 생각 깊음으로 본 그는 서로의 반쪽이 되자고 용감하게 고백했다. 서경은 겉으로는 차분한 모습을 보였지만 청주로 이사 간 고모와 동두천의 새엄마한테 전화할 때는 흥분했다. 선 본 남자가 나하고 결혼하고 싶어 하는데 현재 안동의 초등학교에서 근무한다고 숨이 넘어갈 듯 말했다.

고모도 새엄마도 크게 기뻐하며 당장 아버지와 의논해 상견례 날짜를 잡겠다고 했다. 이틀 후 아버지가 전화를 걸어 다음 주 토요일 쯤 그 청년을 집으로 데려오라고 했다. 말하는 동안에도 수화기 너머로 어떤 정치구호가 들려온 것 같았다. 예감이 좋지 않았지만 서경은 다음 주 토요일에 민호를 데리고 동두천에 올라가 아버지를 만났다.

분위기는 좋지 않았다.

대화가 얼마 진행되지도 않아 목사는 민호의 아버지가 정치적으로 자신과 극단적인 반대편에 서 있다는 걸 알게 되었다. 그런 사람과 사돈의 연을 맺을 수 없다며 완강하게 반대했다. 민호가 목사의 얼음 같은 맹신을 녹이도록 이해를 구할 때도 서경은 말 한마디 없이 땅바닥만 쳐다보았다. 참는 데 익숙한 서경이었지만 그녀의 뺨은 붉게 상기되었다. 강목사의 언성은 저단 기어에서 고단 기어로 바꾼 자동차처럼 높아졌고 무슨 일이 있어도 이 결혼은 찬성할 수 없다며, 정내 딸을 데려가고 싶거든 자네 아버님의 정치적 성향을 내 쪽으로 바꾸라고 했다.

민호는 실제로 부모를 찾아가 이 제안을 그대로 전달했는데 이 순진한 행위가 오히려 작은 불씨를 대형 화재로 키우고 말았다. 민호의 아버지는 네가 '그 쪽'에 물이 들었냐며 그런 작자의 딸과 결혼하려거든 호적에서 이름을 파 집을 나가라고 했다.

젊은 커플은 좌절감에 빠졌다. 민호는 나중에 용서받으면 된다고 그냥 우리끼리 식을 올리자고 했지만 서경은 겁먹은 얼굴로 고개를 저었다. 아버지를 화나게 하는 일은 절대 할 수 없었다. 민호는 동거라도 하고 나중에 알리자고 했지만 서경의 이마에는 땀이 흘러내렸다.

동거라니! 초등학교 교사가! 소문이라도 나면 어쩌려고.

이렇게 해도 안 되고 저렇게 해도 안 되는 현실에 지친 민호는 결국 떠나버렸다. 그녀는 매달리지 않았다. 전화를 받는 데만 익숙했지 거는 데 익숙하지 않은 서경은 다시 성경책에 파묻혔고 사람들은 그런 그녀를 보며 혀를 찼다. 그러나 성경 위로 떨어지는 눈물은 그녀 말고는 아무도 볼 수 없었다.

민호를 만나기 전과 만나기 후의 서경은 적어도 겉으로 보기엔 그대로였다. 말수 적고 표정 없고 심드렁한 모습의 여선생. 마음의 창을 보고 싶어 눈을 쳐다봐도 특유의 뿔테 안경으로 성채를 쌓은 자신 없는 여자.

그런데 어떤 여선생 하나는 화장실에서 강서경 선생이 우는 소리를 들었다고 했다. 남의 상처에 배려는 없고 그저 남을 웃겨서 관심을 받고 싶어 하는 누군가는 '거 정말 B사감이네'라며 비평을 달았다. 안쓰럽게 여기는 사람도 있었지만 키득거리는 사람이 더 많았다.

어쩌면 화장실의 우는 소리도 팩트가 아닐지 모른다. 하지만 B사감다운 행동이라며 주장하는 소리는 팩트가 되었다. 그녀를 괴롭히는 사람들은 그런 사실을 당연하게 여겼다. 그녀를 동정하던 사람들도 '주류에서 안 떨어지려고' 그들과 동류가 되었다. 침묵은 있어도 위로는 없었다.

세상사에 무지하고 사회활동에 미숙한 사람이라도 관심은 필요하다. 그 사람이 원하지 않을지라도 고난에 처한 사람을 홀로 내버려 둬서는 안 된다. 사람에게 필요한 것은 햇살이지 그늘이 아니다. 그늘에 있는 사람에게 악은 접근하기가 쉽다. 특유의 어두운 색깔이 비슷하기 때문이다.

서경이 붕평마을에 도착했을 때 보슬비는 폭우로 변했다. 검은 하늘처럼 그녀의 마음도 컴컴했다. 비는 순식간에 곳곳에 진흙탕 길을 만들었다. 골목마다 늘어선 장승들도 속수무책으로 젖었다. 관리인은 멀리서 덮개 씌우는 작업에 분주해 서경의 존재를 몰랐다. 궂은 날씨 때문인지 관광객은 하나도 보이지 않았다. 주차장의 차도 그녀의 아반떼 하나뿐이었다. 10월의 가을비가 인정사정없이 퍼부었다.

붕평마을은 인근 안동의 하회마을과 비슷한 고택 문화재로, 섭주의 유명한 명승고적이었다. 하회마을이 빛이라면 붕평마을은 어둠이었다. 예로부터 기이한 일이 많이 벌어진 섭주의 대표적 장소였기 때문이다.

서경은 그 사실을 몰랐고 알았더라도 의미부여를 하지는 않았을 것이다. 하늘을 올려다보는 그녀의 얼굴 위로 죽음보다 진한 허무가 방울방울 떨어졌다.

그녀는 붕평마을의 정자 쪽으로 힘없는 발길을 돌렸다. <칠정자 붕평마을>이란 별칭이 있듯 일곱 정자를 도는 동안 기뻐하고, 성내고, 슬퍼하고, 즐거워하고, 사랑하고, 미워하고, 욕심내는 일곱 마음을 겪은 뒤 진정한 자신을 돌이켜 볼 수 있다는 가르침의 건축양식은 수십 년 동안 관광객들을 끌어들였다. 그녀가 향하는 제선정은 일곱 개의 정자들 중에서 마을 북쪽 끄트머리에 있는 욕망의 정자였다. 2000년대 초반에 올빼미 눈을 가진 무녀의 후예가 한기성이란 청년에게 어떤 의도를 행사하기 위해 동행을 제안한 곳도 바로 이곳, 제선정이었다.

비가 더욱 거세졌다.

제선정에 닿자 민호와의 추억이 떠올랐다. 그와 마지막으로 데이트를 한 장소도 이 곳이었다. 하지만 오늘 그녀가 제선정에 온 건 그 남자 때문도 추억 때문도 아니었다. 얼굴도 모르는 친엄마가 생각나서였다. 어젯밤 꾼 꿈에서 어떤 목소리가 이곳에 오면 너를 낳은 엄마를 볼 수 있다고 가르쳐줬다.

꿈을 믿진 않았지만 그녀는 휴가를 내고 붕평마을로 왔다. 다른 선생들이 이 사실을 안다면 놀려댈 것이다.

'엄마 보여준다 해놓고 흠뻑 비를 퍼부었으니 하늘도 널 우습게보네. 꿈속에서 들려준 목소리만 믿고 마을까지 간 너는 바보 중의 바보고.'

앞에는 낙동강을, 뒤로는 소나무 숲을 업은 제선정은 변함없이 그 자리에 있었다. 정자 지붕은 장대비를 튕기는 소리로 난타공연을 개최 중이었다. 정자 안에는 아무도 없었다. 인근 나무 아래에서 비를 피하는 길고양이들이 그녀를 바라보았다. 계단에 발을 올리려던 서경은 문득 정자 아래 흙바닥에 놓여 있는 뭔가를 본 것 같았다. 누가 몰래 유기한 쓰레기봉투 같은 물건이.

그녀는 보지 않으려고 했다. 지금 같은 심적 분위기에 땅에 떨어진 물건으로 눈 돌린다는 건 코미디 같았으니까. 그러나 며칠 전에 본 뉴스가 떠올랐다. 등산로에서 발견된 토막 사체 쓰레기봉투에 관한 뉴스. 수도권 야산에서 일어난 사건이지만 섭주라고 예외는 아니었다.

그녀는 정자 아래를 보았다.

쓰레기봉투가 아니었다. 비슷한 색깔의 보자기였다. 분홍색 보자기 하나가 흙바닥 위에 놓여 있었고 그 위에 오래된 방울과 청동거울이 놓여 있었다. 현대와 어울리지 않는 그 물건들을 보는 순간 그녀는 자신이 어디에 있는지를 잊어버렸다. 세상이 아득히 추락하는 듯했고 폭우가 하나도 보이지 않았다.

무심코 뻗친 손이 거울에 닿자 머릿속에서 검은 구름이 뭉게뭉게 피어나는 기분이 들었다. 나무와 나무 사이를 연결한 동아줄, 형형색색의 깃발, 칼과 작두의 이미지가 스쳐 지나갔다. 묘한 기분이 엄습하면서 방울이 딸랑거렸다.

정신을 차리자 환각은 사라졌다. 보자기 아래에서 꿈틀거리는 움직임이 있었다. 크고 격렬한 움직임 탓에 방울이 흔들린 것이었다. '쉭쉭세엑세엑하흐!' 하는 소리도 들려왔다. 그녀가 한 걸음 물러서자 보자기를 젖히고 뱀이 솟구쳤다. 기형의 회색 뱀으로, 거의 2미터에 가까운 길이를 갖고 있었다. 땅을 뚫고 솟았는지 몸에 흙이 가득했다.

넘어진 서경이 팔을 노처럼 저으며 뒤로 물러났지만 고대의 용 같은 회색 뱀은 그보다 빨랐다. 폭우에 흙이 씻겨나가면서 축축한 비늘과 다이아몬드 같은 눈이 드러났다. 혓바닥이 슈숙거릴 때 '쉭쉭세엑세엑하흐!' 하는 소리가 나왔다. 서경은 진흙을 집어 던지며 소리쳤다.

"꺄아아! 저리 가!"

똬리를 튼 뱀의 상반신이 풍선처럼 부풀어 올랐다. 입술이 젖혀지며 턱이 비정상적으로 늘어났다. 충분히 사람을 삼킬 수 있을 확장력을 본 서경은 공포에 질렸다.

"야옹!"

뱀이 멈칫거리자 부풀어 오른 상반신이 수축했다. 삼각형 머리가 좌우를 살피는 사이 야옹 소리가 배로 늘어났다. 노란 고양이 한 마리가 비를 맞으며 접근해왔다. 반대편에서 검은 고양이도 다가왔다. 정자 난간에서 얼룩무늬 고양이가 뛰어내렸고 눈처럼 하얀 고양이도 나무 뒤에서 모습을 드러냈다. 네 마리 고양이가 폭우를 맞으며 접근해왔다. 거대한 뱀도, 비를 피하지 않는 고양이 떼도 전혀 서경이 알아오던 동물답지 않았다.

뱀이 몸을 바짝 세우자 큰 키에 고양이들이 접근을 멈췄다. 그러나 곧 그들은 자신들이 수적으로 우세하다는 것을 믿고 털을 곧추세운 후 위협적인 울음을 울어대기 시작했다. 털도 마음도 육체도 헝클어질 대로 헝클어진 유기묘들은 굶주려 있었고 그런 만큼 눈에 깃든 감정은 무자비했다. 고양이들은 그녀를 위해 온 게 아니었다. 공격의 방식은 협력관계, 고기의 차지는 적대관계가 될 터였다.

노란 고양이의 선공으로 무서운 싸움이 시작되었다. 고양이들은 발톱을 펼쳤고 뱀은 이빨을 세웠다. 뱀은 흰 고양이의 허리를 물었지만 다른 세 마리가 빈틈을 헤집고 들어왔다. 흰 고양이를 집어던진 뱀이 검은 고양이의 몸통을 감았다. 뚜둑. 뼈 부러지는 소리가 났다. 검은 고양이가 눈알과 혀를 내놓으며 꿈틀거렸다. 얼룩 고양이가 목에 올라타 양 발톱으로 뱀의 머리를 연타했다. 뱀은 몸을 회전시켜 얼룩 고양이를 물어 집어던졌다. 뱀의 허리께에서 핏방울이 떨어졌다.

길 반대편에서 스무 마리는 족히 될 고양이 떼가 폭우를 튕기며 달려왔다. 맨 앞장을 선 거대한 몸집의 고양이는 한 쪽 귀가 없었는데 온갖 싸움을 겪은 만만치 않은 상대임을 짐작케 했다. 기형 뱀도 이쯤에는 당황하지 않을 수 없어 싸움보다 후퇴를 선택했다. 그러나 전광석화처럼 사방을 에워싼 고양이들은 도주를 허락하지 않았다.

곰처럼 몸집이 큰 회색 고양이가 뱀의 꼬리를 물고 움직임을 제압했다. 흰 고양이가 뱀의 목을 물었다. 뱀은 꼬리로 쳐 기절시키고 나뭇가지에 몸을 꿰뚫어 적의 수를 줄였지만 고양이 떼의 공격은 전술적이었고 빈틈이 없었다. 여러 마리가 한꺼번에 가세해 구석구석을 물자 일대 다수의 힘겨루기가 펼쳐졌다. 물소 한 마리를 공격하는 사자 떼의 모습이었다.

고양이들이 양쪽으로 잡아당기자 뱀의 몸이 일직선으로 팽팽해졌다. 아래턱까지 물려 이빨을 쓸 수 없는 뱀은 커다란 눈알만 이리저리 굴렸다. 아무리 몸이 2미터 남짓이어도 마릿수 20을 당할 순 없었다. 서경의 눈과 뱀의 눈이 마주쳤다.

뱀이 괴력을 쓰자 고양이들이 진흙을 묻히며 질질 끌려갔다. 대장 격이었던 귀 없는 고양이가 날아올라 뱀의 정수리를 물어뜯었다. 머리 살가죽이 열리며 피와 뇌수가 쏟아졌다. 뱀의 눈알이 저절로 이리저리 돌아갔다. 노란 고양이가 뱀의 위턱을 물어뜯었다.

10여 분에 걸친 싸움은 끝났다. 묘해전술(猫海戰術)에 패배한 뱀은 질질 끌려가고 뒤집히고 내동댕이쳐지면서 피를 뿌렸다. 고양이 두 마리가 합세해 허리 부위를 이빨로 끊어내자 뱀의 몸이 반 토막 났다. 잘린 몸은 그래도 움직였고 고양이들은 더 많은 고기를 차지하려 저희끼리 싸웠다. 징그럽고 사악한 집단난투극이 벌어졌다. 뱀의 몸은 사등분이 되고도 꿈틀거렸다.

그제야 고양이들은 휴전에 동의했다. 보기에도 끔찍한 단체 식사가 펼쳐졌다. 눈을 뜬 채 아직도 혀를 날름거리는 뱀의 머리까지 귀 없는 고양이의 입 속에서 와작와작 씹혔다.

서경이 나무를 잡고 구역질을 했다. 어떤 고양이도 그녀에게 관심을 두지 않았다. 서경이 몸을 일으키자 바람이 보자기를 날려 보냈다. 폭우의 기세는 그대로였고 아무도 그곳에 나타나지 않았다. 그녀가 떠나도 고양이들은 게걸스런 식사에 여념이 없었다.

간신히 주차장에 도착한 서경은 차 문을 연 후 시동을 걸었다. 차는 과속으로 S자를 그리며 나아갔다. 마을을 벗어나자 빗줄기가 가늘어졌다.

✿

"아이고, 서경아! 이게 무슨 일이니?"
현관문을 연 서경을 보고 윤 여사가 깜짝 놀랐다.
"차 가져 갔었잖아? 우산은 어쩌고?"
서경은 아무 대꾸도 하지 않았다. 윤 여사는 수건을 가져와 우두커니 서있는 서경의 머리카락을 비볐다.
"어디서 이렇게 흙을 묻혔니?"
서경은 땅바닥만 쳐다보았다. 윤 여사는 눈치도 없이 나오는 대로 말해버렸다.
"설마 민호 만난 거 아니지?"
민호의 이름을 듣자 서경이 고개를 들었다. 윤 여사는 아차 싶어 입을 다물었다. 서경은 말없이 방으로 들어갔다. 윤 여사는 플로라를 따라가는 그로스 부인5처럼 종종걸음으로 딸을 앞질러 침대 위 이불보를 매만졌다.
"샤워부터 해. 감기 걸리겠다."

---

5. 헨리 제임스의 『나사의 회전』의 여자 아이와 나이든 하녀

"엄마, 나 오늘 이상한 걸 봤어요."

서경이 새엄마의 얼굴에 시선을 두었다.

"뭘 봤는데?"

조각조각 난 뱀의 형체가 떠올랐다. 그녀가 붕평마을에서 본 걸 말하려는데 마치 필름을 거꾸로 재생시킨 것처럼 뱀이 온전한 모습으로 합쳐졌다. 거울에 비친 침대 위에 거대 뱀이 혀를 슈슛거리며 자신을 노려보고 있었다. 서경이 고개를 흔드니 아무 것도 없었다. 윤 여사는 평소와 다른 딸의 모습이 이상했다.

"응? 뭘 봤는데?"

"아, 아니에요. 고양이들이 떼를 지어 다니더라고요."

"고양이?"

"길고양이 떼가…."

"그게 뭐 이상한 거라고? 삼계탕 끓여놨으니 샤워하고 얼른 먹어라."

윤 여사는 서경의 어깨를 두들긴 후 조용히 문을 닫고 나가 시편을 읊조렸다.

"오직 주께서 나를 모태에서 나오게 하시고 내 어머니의 젖을 먹을 때에 의지하게 하셨나이다. 내가 날 때부터 주께 맡긴바 되었고 모태에서 나올 때부터 주는 나의 하나님이 되셨나이다."

민호 때문에 비를 맞고 돌아다녔던 거야. 또 지 애비를 원망했겠지. 그 청년과 혼사만 잘 되었다면…. 윤 여사는 안타까운 기도를 마쳤다.

서경은 옷을 갈아입지도, 샤워를 하지도 않았다. 침대에 누운 그녀의 뇌리 속을 악몽 같던 기억이 침입해 들어왔다. 소리를 내며 씹던 고양이의 입, 씹히면서도 돌아가던 뱀의 눈알…. 그녀는 휴지통을 붙잡고 우웨엑 구역질을 했다. 몸이 으슬으슬해지더니 한기가 느껴졌다. 비를 그렇게나 맞았으니 당연했다. 몸을 오므린 그녀는 눈을 감았다.

아무리 기다려도 서경이 안 나오자 윤 여사가 문을 살짝 열었다. 서경은 깊이 잠들어 있었다. 샤워도 하지 않고 옷도 안 갈아입어 젖은 옷이 침대를 더럽혔다. 이러니까 사람들이 너를 손가락질하고 우습게 보는 거지. 왜 다른 애들처럼 못 사는 거니…. 윤 여사는 혀를 차며 서경의 몸에 이불을 덮어주었다. 표정에 안쓰러움이 가득했다. 부엌으로 나온 여사는 갓 데운 삼계탕을 도로 냄비 안에 부었다.

서경은 제선정에 있는 꿈을 꾸었다.

현실과 달리 꿈속의 계절은 가을이 아닌 여름이었다. 그녀는 넓은 모래사장에 서 있었다. 현실의 모래사장은 폭우에 젖었으나 꿈속에서는 햇살이 강했다. 누런 사각 돛을 세운 나룻배가 낙동강을 나아갔다.

사람은 타고 있지 않았다. 전봇대, 전깃줄 따위 문명의 요소는 이곳에 존재하지 않았다. 식당 표지판과 방향 안내문도 사라졌다. 마치 백 년 전 과거로 돌아간 모습이었다. 강 건너 소나무 숲은 절정의 푸르름으로 여름의 전성기를 누렸다. 구름이 그 위를 느긋하게 흘렀다.

제선정 안에는 아무도 없었다. 그녀는 어떤 기억에 흠칫해 정자 아래를 보았다. 불안한 기대와 달리 뱀도, 고양이도, 분홍색 보자기도 없었다. 푸른 잡초가 돋은 황토만이 있을 뿐이었다. 그 위로 '欲'이라는 한자가 선명했다.

눈앞이 캄캄해지면서 번갯불이 번쩍거렸다. 감은 눈 속에서 그녀는 암흑의 공간을 보았다. 꿈틀거리는 이미지와 징그러운 껍질 문양이 어둠을 채워 나갔다. 그것은 복사해서 붙여넣기를 하는 것처럼 여백을 채워 나가는 뱀 무늬의 형상이었다. 그녀는 '하늘에 계신 하나님 아버지'를 불렀다.

번갯불이 사라졌다. 뱀의 환영도 사라졌다.

조금 전까지는 없던 뭔가가 발밑에 생겨났다. 산산이 흩어진 회색과 붉은색의 조각들, 그건 갈기갈기 찢긴 사람의 신체였다. 갑옷을 입은 채로 수난을 당한 그는 옛 시대의 장군이었는데 몸집이 매우 컸다. 머리도 손도 정상적인 사람의 두 배였다. 일당백으로 싸우다가 무참한 난도질을 당했는지 분리된 신체가 수 미터 밖까지 흩어졌다.

모래사장 위에 놓인 투구 쓴 머리는 피 흘리는 눈을 부릅떴고, 그 뒤편에 떨어진 오른팔은 장검을 꼭 쥐고 있었다. 검에는 피에 달라붙은 고양이털이 수북했다. 조각난 회색 갑옷 위로 스프레이 칠 같은 피 색깔이 섞여들었다.

너무나 끔찍한 광경에 서경은 눈을 돌렸다. 눈부신 여름 햇살이 다시 제선정으로 쏟아지면서 까마득한 거리에서 이쪽을 향해 달려오는 어떤 물체가 등장했다.

한가로이 노닐던 청둥오리 떼가 도망쳤다. 먹구름이 흰 구름을 밀어내면서 주위가 어두워졌다. 달려오는 것은 네 마리의 말이었다. 사람이 타고 있었지만 햇살이 번쩍거려 모습을 알아보기 힘들었다. 말들은 눈 깜짝할 사이에 제선정까지 접근해 왔다. 서경은 달아났지만 맨발이 모래에 폭폭 빠졌다. 어설프게 달려가는 그녀의 옆으로 빽빽한 소나무 숲이 지나갔다. 말들이 바짝 추격해왔다. 그녀는 돌아보다가 넘어져 엉덩방아를 찧었다.

백마, 흑마, 황마, 적마의 네 마리였다. 말 위에도 장군들이 타고 있었다. 넷 다 금빛 찬란한 갑옷 위에 뱀 무늬처럼

64

생긴 화려한 전포(戰袍)를 둘렀다. 투구 아래로 한 번 보면 잊히지 않을 얼굴이 드러났다.

백마에 탄 장수는 살찐 얼굴에 찢어진 눈을 갖고 있었고 긴 창을 손에 쥐고 있었다. 흑마에 탄 장수는 덥수룩한 수염에 눈이 하나 밖에 없었는데 날이 구불구불한 칼이 무기였다. 황마에 오른 장군은 말고삐를 잡지 않고 양 손으로 비파를 연주했다. 그는 젊었으나 머리칼이 백발이었다. 적마에 오른 장수는 양손에 쥔 불덩이처럼 두 눈도 붉은 얼굴도 화염처럼 타올랐다.

그들은 사천왕을 연상시키는 비현실적인 무장들이었다. 무녀의 탱화 속처럼 배까지 내려오는 수염에 휘날리는 눈썹을 가졌고 구슬처럼 커다란 눈을 부라렸다. 그들 역시 몸집이 컸지만 조각조각 찢겨 죽어 있는 회색 갑옷의 장군만큼 크지는 않았다.

서경을 추격하던 그들이 죽은 장군을 발견하고 일제히 말에서 내리더니 무릎을 꿇고 곡을 했다. 애달픈 곡은 길게 이어졌다. 서경이 도망치다가 나뭇가지를 밟았다.

딱!

네 장군이 고개를 들었다. 다시 말에 오른 장군들이 다가왔다. 서경은 뒷걸음질 치다 소나무 숲으로 들어갔지만 고목에 등을 부딪쳐 퇴로가 막혔다. 다가온 말들이 그녀를 찍어

누를 기세로 앞발을 치켜들었다. 눈이 찢어진 백마 장군이 창을 번쩍 쳐들었다. 서경이 손으로 얼굴을 가렸다.

그 때 뒤편에서 등장한 그림자 하나가 그녀에게 그늘을 드리웠다. 소나무 숲 안에 어떤 존재가 또 있었다. 그녀가 뒤돌아볼 때 백마장군의 창이 가슴으로 날아왔다. 숨이 끊어지기 직전, 그녀는 비명을 지르면서 잠에서 깼다.

어느새 아침이었다.

서경은 난생 처음 겪은 악몽에 몸을 떨었다.

아침 준비를 하던 윤 여사는 깜짝 놀랐다. 중환자처럼 변한 서경이 겁먹은 얼굴로 서있었다. 어제부터 생긴 몸살이 악화되었다. 그녀의 악몽을 모르는 윤 여사는 당장 병원으로 가자고 했다. 당연한 제안에도 서경은 파랗게 질렸다.

"어제도 휴가 냈는데 어떻게 또 휴가를 내요?"

"학교가 문제니? 폐렴이면 어떡하려고? 당장 병원부터 가자."

"안돼요. 출근해야 해요."

몸살과 악몽 말고도 서경을 내리누르는 통증은 더 있었다. 자신이 출근을 하지 않으면 사람들이 괴롭힐 것이라는 심리적인 고통이었다. 그녀는 학교의 모두가 자신에게 피해를 주고 있다고 생각해왔다. 교직원도 경비원도 아이들도 심지어 학교에 세워진 이순신 장군 동상까지도.

많은 선생들이 그녀를 괴롭혀 온 건 사실이었다. 별 변화 없는 시골 초등학교에서 찍어놓은 왕따를 괴롭히는 일은 은근한 재밋거리였다. 위한다는 구실로, 가르친다는 핑계로 약자를 괴롭힌 당사자들은 자신이 선생이라는 사실을 잊었다. 사실 괴롭히기보다 무시하는 선생 쪽이 더 많았는데, 가해자는 소수였지만 받아들이는 서경의 체감은 비정상적으로 컸다. 선생들 모두가 퇴근을 해서도 자기를 괴롭힐 생각만 하고 있다고 굳게 믿을 정도였다.

"가야 해요."

서경의 이마에서 땀방울이 떨어졌다. 안되겠다 싶어 윤 여사가 직접 학교로 전화했다.

"안녕하세요. 거기 섭주초등학교 교무실이죠?"

"예. 맞습니다. 누구십니까?"

"저는 강서경 선생 엄마예요."

"아, 그러세요? 안녕하십니까?"

"애가 많이 아파서 출근 못 할 것 같아요."

"어제도 휴가였는데…. 어디가 아픈데요?"

"자고 나니 열이 펄펄 끓어요. 독감 같은데 병원에 가봐야 겠어요."

"10월인데 독감이요?"

"비를 많이 맞았어요."

"비를 왜 맞아요?"

윤 여사는 상대방의 말투가 당혹스러웠다. 상대방은 한술 더 떠 어이없다는 한숨을 드러냈다.

"어제도 4반 자습만 시켰는데…."

"거짓말 아닙니다. 많이 아파요."

"아프겠죠. 제가 뭐라 그럽니까? 그런데 강 선생님이 직접 전화 안 하시고 어머니가 하시네요."

윤 여사는 비꼬는 기색이 역력한 남자 선생의 목소리에 충 격을 받았다. 그는 신분도 안 밝히고 목소리에는 짜증이 묻 어났다.

'뭐 이런 곳이 다 있지? 설마 서경이한테만 이러는 건 아 니겠지?'

"너무 안 좋아 보이는데도 한사코 출근하겠다니까 제가 전 화했어요."

"어머니가 계신 줄은 몰랐네요."

"여기 안 살아요. 애 보러 어제 내려왔어요."

"아버지만 있는 줄 알았는데…."

윤 여사는 '당신 이름이 뭐에요?' 하고 묻고 싶은 걸 간신히 참았다.

"새엄마입니다."

"아, 예. 죄송합니다. 강 선생하고 통화 좀 되겠습니까?"

윤 여사가 서경에게 전화기를 건넸다. 서경은 눈동자를 다급히 깜빡거리고 고개도 돌리는 등 당황한 기색이 역력했다.

"강 선생, 많이 아픕니까?"

"예. 저… 몸살이 심해요."

"거 비 오면 피할 일이지 왜 맞고 다닙니까? 그래, 휴가처리 해달라고 전화한 거죠? 허, 이거 담임이 이틀이나 자릴 비우면 학부형들이 안 좋아할 텐데."

"병원에 갔다가 오후에 출근할게요."

서경이 충동적으로 말했다. 윤 여사의 눈이 휘둥그레졌다. 남자 선생의 목소리가 밝아졌다.

"아! 그러실래요? 혹시 어머니하고 어디 가기로 하신 건 아녔나요?"

"아뇨! 그런 거 아니에요."

"그냥 물어본 겁니다. 그럼 이따가 뵙죠. 진료 잘 받고 오세요."

전화를 끊자마자 윤 여사가 따졌다.

"이 꼴로 어떻게 출근을 해? 쉬어야지."

"이틀이나 자릴 비울 순 없어요."

"방금 전화 받은 사람 이름이 뭐니?"

"왜요?"

서경의 얼굴에 불안이 스쳐지나갔다.

"무슨 전화를 그렇게 받아? 사람이 아프다는데 무슨 엄마가 없는 줄 알았다느니 그 따위 소릴 하고 있어?"

"원래 그런 사람이에요."

윤 여사가 통화한 사람은 교무부장 배준철이었다. 위로는 아부하고 아래로는 갑질하는 그를 서경은 무서워했다. 윤 여사는 서경의 긴장한 표정을 보고 그만하기로 했다.

"알았어. 오후에 출근하더라도 당장 병원부터 가보자."

"많이 안 좋아 보여요?"

"거울 좀 봐. 몇 달은 앓아누운 모습이잖아."

서경은 거울을 바라보았다. 새엄마의 말이 맞았다. 윤기 빠진 머리칼, 빨갛게 충혈된 눈, 끓는 물에 덴 것 같은 피부는 단순한 감기 증상이 아니었다. 네 장군이 등장한 악몽이 떠올랐다. 그들을 생각하자 몸살이 극심해졌다. 식사를 하려던 서경이 구역질을 했다. 정성스레 차린 윤 여사의 음식은 하나도 넘어가질 않았다. 새엄마의 걱정은 심각했다.

"푹 자면 좀 가라앉을 줄 알았는데…. 어제 자다가 깨지 않았니?"

"아뇨. 계속 잤어요."

그녀는 기이했던 꿈을 생각하고 있었다. 윤 여사가 뭘 확인하려는지 TV 뉴스로 채널을 돌렸다.

"그럼 넌 몰랐겠네. 어젯밤 아파트가 진동해서 깜짝 놀랐잖아. 주민들도 막 밖으로 나오고 난리도 아녔다."

"아파트가 왜 진동해요?"

"붕평마을 쪽에 약한 지진이 일어났대."

"지진…. 붕평마을에서요?"

서경은 뱀과 지진과 꿈을 연결시켜 보았지만 아무런 상관관계도 없었다. 그러나 불길함을 떨칠 수는 없었다.

그녀가 옷을 갈아입는 사이 윤 여사는 설거지를 했는데 고무장갑이 미끄러워 그릇을 놓쳤다. 스테인리스 그릇이 바닥에 떨어지며 탕! 소리를 냈다. 그러자 어디선가 엄청난 음향으로 트로트 <야간열차>의 후렴구가 들려왔다.

내 야망 싣고! 내일을 향해! 가자가자가자 당진열차야!

놀란 건 윤 여사였다. 벽을 뚫고 들어온 고음도 그랬지만 어느새 코앞까지 온 딸의 얼굴이 무서웠다. 지나칠 정도의 불안이 표정을 가득 채웠다.

"이게 무슨 소리니, 서경아?"

"윗집에 이상한 아저씨가 살아요. 일도 안 나가고 계속 집에만 있는데 내가 인기척만 내면 똑같은 노래를 반복해."

"매일 저런다고? 일도 안 나가고?"

"응."

"하이고, 계속 듣다간 노이로제 걸리겠는데."

"벌써 걸린 거 같아요."

"직접 만난 적은 있어?"

"왜 만나요? 무서워 죽겠는데."

"내 말이 그 말이다. 저런 사람하고 절대로 만나면 안 돼."

윤 여사는 주위를 둘러보았다.

"이 아파트, 지은 지 20년 넘었다 그랬지? 전세 만기가 언제니? 새 집 알아보자."

서경은 대답 없이 목도리를 감았는데 그조차 힘든지 숨을 헐떡였다.

"도와줘?"

"아뇨, 괜찮아요."

"알았어. 차 시동 걸어 놓을게. 얼른 나와."

"동두천에 언제 올라가요?"

"여기 며칠 더 있을 거야."

"난 괜찮으니까 올라가요. 아버지 혼자 있잖아요."

"그 애긴 나중에 하고 얼른 병원부터 가자."

윤 여사가 먼저 바깥으로 나왔다.

서경은 속삭이듯 얘기하고 움직일 때도 소리를 안냈지만 윤 여사는 딸의 집에 숙달되지 않은 상태였다. 탕탕거리는 그녀의 발소리에 복도식 아파트 어딘가에서 <야간열차>가 또 울려 퍼졌다.

내 야망 싣고! 내일을 향해! 가자가자가자 당진열차야!

"세상에, 아침부터 저렇게 틀어대도 제지하는 이가 아무도 없다니."

자기도 소음을 내면서 상대가 내는 소음은 못 참는 모양이었다. 매일 집에만 틀어박혀 있다니 상태가 안 좋은 사람이 분명했다. 이런 곳에 절대 아이를 둘 수 없다 다짐하며 그녀는 엘리베이터를 탔다.

서경은 휴대폰을 가방에 넣으려다가 소스라치게 놀랐다. 핸드백 안에 어제 본 방울과 거울이 들어있었다. 제거 시술을 받은 지 하루 만에 원상태로 돌아난 종기처럼 두 물건은 뻔뻔하게 핸드백 안에 자리를 잡고 있었다.

'이게 왜 여기 있지? 난 건드린 적도 없는데!'

전화벨이 울려 그녀는 움찔거렸다. 얼른 내려오라는 새엄마의 전화였다. 서경은 거울과 방울이 든 핸드백을 그대로 쥐고 집을 나섰다. 어지러워서 현관문이 쾅 닫혔다.

내 야망 싣고! 내일을 향해! 가자가자가자 당진열차야!

노래가 복도에 크게 울려 퍼졌다. 벌써 세 번째 반복이다.
"또라이 같으니!"
서경이 자신도 모르게 내뱉었다. 그녀는 거친 말이라곤 평생 해본 적이 없었다. 핸드백 속에서 방울이 한번 딸랑거렸다. 미워하는 대상에 대한 어떤 경고음 같았지만 그녀는 알지 못했다.
내려가니 윤 여사가 서경의 차에 시동을 건 채 기다리고 있었다. 두 사람은 병원으로 갔다. 진료 결과 모든 징후는 정상이었고 체온조차 36.1도였다. 의사는 주사와 투약 처방을 내렸다. 아무 효험도 없을 것임을 서경은 막연히 깨달았다.
'뭔가 다른 이유가 있어.'
"네 꼴이 이 모양인데 체온 36도 나왔다고 어떻게 정상이란 말이니? 종합 병원에 가보자!"
윤 여사가 흥분했다. 서경은 더 흥분했다.
"싫어! 학교로 가야 해요! 안 가면 선생들이 날 가만 안 둘 거야!"

정오가 조금 못 되어 서경은 섭주초등학교 교무실로 들어갔다. 윤 여사는 딸의 고집을 못 꺾어 결국 홀로 집에 돌아와야만 했다.

교무실에 선생들이 모여 있었다. 어서 점심 먹으러 가고 싶은 얼굴들에 불만이 가득했다. 그들의 시선이 집중된 게시판에는 <가을 현장학습 계획>이란 매직펜 글씨가 선명했다. 교감이 강연 하듯 떠들어대고 있었지만 서경은 아무 소리도 듣지 못했다. 오직 방울 소리만 들려왔다. 그녀는 핸드백을 꼭 움켜쥐었지만 그럴수록 방울은 격렬하게 울어댔다.

교사들이 그녀를 돌아보고 뭐라 말했다. 아픈 건 어떠냐는 입 모양새 같았지만 방울 소리 때문에 한 마디도 알아들을 수 없었다. 아무도 핸드백을 쳐다보지 않았고 소리에 반응하는 이도 없었다.

서경과 가까운 네 선생이 놀란 표정을 지었다. 서경을 가장 괴롭히는 임미화, 매사 싱글벙글인 김윤수, 자기 보신에만 급급한 교감 정길성, 유일하게 서경에게 친절한 동갑내기 송선희였다. 이들은 업무적으로 가까운 사이였고 지금 교무실에서의 거리도 가장 가까웠다.

"강 신생, 괜찮소?"

방울 소리가 사라졌다.

"예, 교감 선생님."

서경이 핸드백을 꼭 붙든 채 답하자 송선희가 일어나 다가왔다. 임미화의 시선이 핸드백으로 쏠렸다. 김윤수는 호기심이 반짝이는 눈으로 서경을 바라보았다.

"너 왜 이러니? 몸이 얼음장 같잖아."

선희가 서경의 이마에 손을 댔다.

얼음장이라고? 열가마가 아니고?

서경은 아무런 대꾸도 못했다. 김윤수가 고개 들어 서경을 바라보았다. 질문의 주체는 자기라는 듯 어흠하고 정길성 교감이 말했다.

"아침에 교무부장이 어머님 전화를 받았소. 병원엔 갔다왔소? 뭐라 그래요? 안 좋아 보이는데?"

"의사도 모르겠대요."

"모른다고?"

"체온도 정상이고 열도 안 난대요. 근데 저는 열이 나요."

그녀는 선희를 바라보았다. 선생들 몇이 낄낄거렸다. 열나는 거하고 얼어붙은 거도 구별 못하냐는 웃음. 선희가 그들을 똑바로 쳐다보자 웃음이 멎었다. 교감이 물었다.

"약은 드셨소?"

"네…."

"그럼 오후 수업 가능하겠소?"

"가능할 거… 같아요."

임미화가 눈을 흘겼다. '네, 선생님!' 대신 '할 거 같아요' 따위로 대답하는 넌 항상 치가 떨려. 뭘 해도 임미화는 서경이 미웠다.

"음. 그럼 믿고 맡기겠소. 4반 아이들에게 오늘도 자습만 시킨다면 고양이 같은 학부모들이 발톱을 드러내지 않겠소?"

고양이! 발톱! 서경의 눈앞이 컴컴해지면서 거대 뱀을 물어뜯는 고양이 떼의 악몽이 살아났다. 이리저리 끌려 다니면서 피와 살점을 뿌렸던 뱀, 내장을 쏟으며 잔혹하게 죽었던 고양이들….

"앉아요, 서 있지 말고."

정길성은 다른 선생들을 돌아보았다.

"자, 그럼 이번 소풍은 경주로 확정이오. 점심들 맛있게 드시고."

교감이 나가자 선생들도 흩어졌다. 선희가 물었다.

"비 맞았다며? 왜 그랬니?"

"꿈에 엄마가…."

서경이 뭐라 답해야 좋을지 몰라 말을 얼버무리는데 임미화가 다가왔다.

"너 그 남자 만나고 왔지?"

임미화의 신경질적인 눈알은 닭을 사로잡은 삵과 비슷했다.

"예?"

"헤어진 남자 만나러 갔냐고?"

"아뇨."

"그럼 뭔 생각으로 비를 맞은 거야, 미련하게?"

"……"

교무부장 배준철이 전화를 끊자마자 직원들에게 소문을 낸 모양이었다. 서경은 아무 대꾸도 못한 채 쓸데없는 소리를 한 새엄마를 원망했다.

선희가 임미화를 바라보았다. 선배고 뭐고 이걸 한번 조질까 말까 망설이는 듯한 시선이었다. 임미화도 선희를 마주 보았다.

"송 선생, 뭐 나한테 할 말 있어?"

"서경이 많이 아프잖아요."

"누가 모른대?"

그러더니 선희는 무시하고 서경을 잡아끌었다.

"할 말 있어. 잠깐만 나가자."

서경의 몸이 끌려가 핸드백이 바닥에 떨어졌다. 그녀는 다급히 핸드백을 주워 책상 위에 올려놓았다. 교무실을 막 나서려던 김윤수가 이 광경을 보았다. 선희가 따라붙자 임미화가 돌아섰다.

"둘이서만 할 얘기야. 너도 끼게?"

선희가 허리춤에 손을 척 얹었다. 임미화는 서경을 연행해 가는데 급급해 이를 보지 못했다. 바깥으로 나가자 임미화의 잔소리가 시작됐다.

"네 몸은 예약제로 아프니? 내가 부탁 좀 하니까 바로 아프고 말이야. 그리고 티 좀 내지 마라. 실연당한 여자 모습은 너한테 안 어울리니까."

그녀는 팔짱을 낀 채 짝다리를 짚었다.

"그래도 친척이니까 내가 챙기는 거야. 모르는 사람 같으면 너한테 신경이라도 쓸 것 같니?"

임미화가 목소리를 낮추었다.

"너 내가 말한 시나리오는 다 완성해놨어?"

"아뇨. 제 컴퓨터에 그 파일은 없었어요."

"없다고?"

임미화의 눈에 노여움의 빛이 번졌다.

"식사들 하러 안 가십니까?"

김윤수가 소리쳤다. 그 옆에는 정길성 선생도 있었다. 교감을 보자마자 임미화가 물러났다.

"나중에 애기하자."

임미화가 떠나자 선희가 다시 나타났다.

"다 들었어. 임미화가 말하는 거 2019 소방훈련 시나리오
지? 너한테 떠넘긴 거지?"

"뭘 엿듣고 그래?"

"지가 해야 할 일인데 왜 네가 하냐는 말이야?"

"그냥 조금 도와 달라는 것뿐이야."

"돕는 거 좋아하네. 다 떠넘겼으면서. 나 같으면 갑질 신고
해버릴 거야. 언제까지 그럴 거니? 한번 길 내면 계속 당해.
따지고 보면 친척도 아니라면서? 똑 부러지게 그만 하세요
말하라니까?"

"나 수업 들어가야 해."

"지금은 점심시간이야."

비틀거리는 서경은 선희를 밀치지 않고 옆으로 피해서 걸
어갔다. 선희가 고개를 설레설레 저었다.

직장만이 사회적 관계의 전부였던 서경에게 가장 가까운
넷은 송선희, 임미화, 김윤수, 정길성이었다.

송선희는 모든 게 서경과 반대되는 여자였다. 외모가 빼어
났고 활동엔 자신감이 배어 있었다. 서경이 꽃잎을 오므리는

이미지라면 선희는 활짝 펴는 이미지였다. 덕분에 학부형들에게 인기가 좋은 선생이었다. 약자를 돕고 정의를 실현하는 청소년기를 보냈는지는 잘 모르겠지만 그녀는 서경을 왕따시키지 않았고 기회만 있으면 도움을 주려 했다.

이유는 몰랐다. 오빠의 친구인 민호를 소개시켜 준 것도 그녀였고 연애의 기술에 관해 조언한 사람도 그녀였다. 민호가 떠난 후에도 그녀는 서경을 비웃지 않았다. 서경과 동갑인 노처녀였지만 하고 싶은 일이 워낙 많아 일부러 결혼을 안했고 후회하는 맘도 없었다.

세상에는 새끼고양이의 얼굴을 해도 능구렁이 같은 인간이 있는가 하면, 암사자의 분위기를 풍겨도 천사의 날개를 가진 사람도 있는 법이다.

임미화는 사십대 중반의 이혼녀였다. 눈이 큰 미인이었으나 늘 화가 나 있는 얼굴에 심술까지 더해져 갈수록 우중충한 얼굴이 한 번도 개지 않았다. 잘 사는 학부형한테는 아양을 떨었지만 아이들을 은근히 차별했다.

서경이 첫 발령을 받았을 때 강 목사가 학교로 온 적이 있었는데 먼저 목사를 알아본 사람이 임미화였다. 그녀는 떠난 목사 아내의 외가 쪽 친척이었다. 당연히 강 목사는 그녀를 기억도 못하는 처지였지만 임미화는 그를 기억하고 있었다. 이 인식에는 마누라를 쫓아낸 남자에 대한 공격적인 면모가 있었는데 당황한 강 목사는 '딸을 잘 부탁한다'는 미소로 위기를 넘겼다. 그 말을 기다리기라도 한 것처럼 임미화는 예스로 답했다.

목사가 돌아가자 임미화는 애완동물을 하나 얻은 사람처럼 기뻐했다. 친척 같지도 않은 친척이라는 관계로 서경을 곤란하게 만드는 일이 시작되었다. 임미화는 드러나지 않는 간섭으로 서경을 지배하려 들었다. 늘 짜증이 나있고 울화통 치미는 세상에서 훌륭한 화풀이 대상을 찾아낸 것이다. 잔머리를 굴려 업무를 떠넘기기 일쑤였고 자기가 잘못한 일도 서경한테 짜증을 냈다.

서경의 성격마저 파악이 되자 악행은 도를 넘었다. 민호와 헤어지고 온 서경에게 한다는 위로는 구박의 분위기를 풍겼고 '내가 진즉에 다 알아보라고 그랬잖아, 건강진단서도 끊어봐야 하고 집구석에 빚은 없는지, 종교가 무엇인지도 알아봐야 하고' 나중에는 체념적인 운명론 '거봐라 안 될 결혼이라니까'까지 내세웠다. 등산을 좋아하는 그녀는 대인 관계에서도 상대방이 넘기 쉬운 산이라고 판단하면 제멋대로 오르내렸다.

김윤수는 서울에서 온 신참 선생이었다. 아이인지 청년인지 분간이 안가는 그는 매사 활발했고 아이들에게도 인기가 좋았다. 진지함은 부족했고 심심풀이 해소만이 삶의 목적 같왔다. 왜 서울에서 이 시골인 섭주까지 왔냐고 물으면 그냥 요라는 답만 되풀이했다.

　그는 의외로 서경에게 관심이 많았다. 언젠가 회식 자리에서 서경에게 다가온 그는 '누나'라고 불러도 되냐고 장난을 쳐 그녀의 얼굴을 빨갛게 만들었다. 그처럼 인생이 간단한 김윤수가 서경은 부러웠다. 겉으로 웃는 사람이 속으로는 울고 있다는 말이 있는데 김윤수와는 거리가 멀어보였다. 김윤수는 '누나와 나는 어딘가 공통점이 있는데 그게 뭔지 모르겠어요. 그걸 밝혀내는 게 선생인 나의 숙제 같아요'라고 말했다.

　서경은 그가 여자들을 놀리는 데서 어떤 쾌감을 느낀다고 생각해 상대하지 않았다. 당시 현장을 목격한 임미화는 남선생하고 노닥거렸다는 구실로 아무 죄도 없는 서경을 괴롭혔다. 그러면서도 자기가 총각 선생들과 노닥거릴 때는 내로남불의 미소를 얼굴 가득 지었다. 김윤수는 서경이 당한 뒤탈도 모른 채 혼자 즐거워했다. 서경과의 공통점이 뭔지 그가 알기는 했을까?

　교감 정길성은 전형적인 중간관리자로 퇴직연금을 안전하게 받는 것만이 삶의 목표였다. 학교에 문제가 생기면 해결하는 능력이 뛰어났는데, 이 와중에 부하 직원이 피해를 입어도 신경을 안 썼다. 직원 상호간의 인간관계보다 업무의 안정성이 우선이었다. 연금에 탈이 없어야 하니까. 그런 만큼 여선생을 향한 행동에도 각별히 조심했고 서경한테도 늘 조심히 대했다.

하지만 서경이 안보는 데서 가끔 못마땅한 표정을 지을 때가 있었는데, 언젠가 서경은 돌아서다 마주친 거울 속에서 교감의 그 표정을 확인했다. 정길성은 급히 얼굴색을 바꾸었으나 서경은 다 기억했다. 교감은 어쨌거나 계급은 깡패요, 능구렁이 J교감이 반달곰 B사감보다 상전이지 않은가 하며 스스로를 위로했다.

몸살 때문에 오후 수업을 간신히 견디고 있는 서경에게 또 임미화가 찾아왔다.

"너 소방훈련 시나리오 다른 사람한테 얘기 안했지?"

"안했어요."

"송선희가 아는 것 같던데?"

"얘기 안했어요."

"정말 네 컴퓨터에 작년 파일이 없다고?"

"네."

"그럴 리 없을 텐데…."

서경의 업무용 컴퓨터는 출산 때문에 휴직한 윤정아 선생의 컴퓨터였다. 작년에 윤 선생은 재난재해 대비 강화 지시로 자체 소방훈련 시나리오를 만들었는데 금년 시나리오는 임미화가 맡기로 한 상태였다. 그녀는 윤 선생의 컴퓨터를 쓴다는 이유로 서경에게 그 일을 떠넘겼다.

'아무 것도 할 거 없어, 작년 거 그대로 쓰고 날짜만 바꾸면 돼.'

진짜 그렇게 간단한 일이라면 서경에게 시키지도 않았다.

"혹시 네가 일부러 지운 거 아니지?"

"네? 아니에요 언니!"

서경의 이마에 땀이 맺혔다. 임미화는 찔리는 게 있어서 서경이 땀을 흘린다고 생각했다. 가라앉지 않는 몸살로 서경은 고통 받고 있었다.

"아냐. 아까도 윤 선생하고 통화했는데 문서함에 시나리오 파일이 있다 그랬는걸."

"없었어요!"

"나 엿먹으라고 일부러 지운 거 아냐? 솔직히 말해봐."

"아니에요."

"넌 곰 같은 얼굴 하고 있어도 가끔 보면 그게 가면이고 안에 여우가 들어앉은 거 같아."

그녀는 취조하러 온 게 아니었다. 고문을 하러 온 거였다.

"인생 그렇게 사는 거 아니다. 하나밖에 없는 친척 언니한테."

서경은 억울했다. 컴퓨터에 정말 소방훈련 시나리오는 없었다. 하지만 말할 수 없었다. 임미화가 무서웠고 서 있기 힘들 정도로 욱신거렸으니까.

두 사람의 대화는 복도에서 이뤄지고 있었다. 창가에 검은 털, 흰 털, 아이보리 색이 섞인 털실뭉치가 풀쩍 뛰어올랐다. 고양이를 본 서경이 기겁했지만 임미화는 얼굴이 밝아졌다.

"어머나, 삼색아! 너 어디 갔다 왔니? 한동안 안 보이더니?"

고양이가 꼬리를 세우고 임미화에게 다가왔다. 삼색이는 작년 이맘 때 운동장 구석에서 발견된 유기묘였다. 아이들의 정성으로 살아남아 섭주초등학교 터줏대감이 되었는데 캣맘 임미화를 가장 잘 따랐다. 임미화는 고양이를 어루만지면서 서경을 돌아보았다.

"다시 잘 찾아봐! 네가 감히 날 속였다고 생각하진 않아! 널 의심하다니 내가 미쳤지. 그럴 꾀도 없을 텐데. 네가 못 찾은 게 분명해!"

고양이가 임미화의 손길에 기분이 좋아 가르릉거렸다.

"알았지 서경아? 꼭 찾아봐?"

서경은 큰 뱀을 갖고 단체식사를 벌인 고양이 떼가 생각나 우욱 헛구역질을 했다.

"왜 그래?"

임미화가 고개를 들었다. 서경이 비틀거리며 교실로 들어갔다. 임미화의 놀란 눈길이 서경의 등에 못 박혔다.

'어머머…. 저게 혹시…?'

당장 조주애를 불러 서경이 입덧한 건지도 모른다 말하고 싶어 입이 근질거렸다. 조주애는 임미화와 성격이 비슷하지만 한 등급이 낮은 악녀였다. 조주애보다 더 등급 낮은 악녀도 있었다. 악녀들의 수다가 스트레스 해소를 활성화시키고 지루한 학교생활을 버틸 에너지를 주었다. 그녀는 삼색이를 놔주고 조주애를 찾으러 건물 밖으로 뛰어나가다가 이순신 장군 동상 옆에 서 있는 김윤수와 송선희를 발견했다. 임미화는 흠칫 출입문 뒤에 숨은 채 그들을 지켜보았다.

'저것들이 사귀나?'

"아까 방울 소리 못 들었어요?" 김윤수가 물었다.

"무슨 방울?"

"강서경 선생님 걸어올 때 방울 소리가 났잖아요."

"못 들었는데."

"이상하다. 나한테만 들렸나?"

"뜬금없이 무슨 소리야?"

김윤수는 질문으로 대답을 대신했다.

"그럼 강 선생님이 핸드백 꼭 끌어안고 있던 건 봤어요?"

"못 봤어! 밥맛없게 왜 여선생을 살피고 그래?"

"가방 안에 방울이 들어있을 지도 몰라요. 그건 그냥 방울이 아니야. 나는 알아. 그건⋯."

김윤수가 알 수 없는 말을 지껄였다. 임미화 역시 방울 소리를 들은 적은 없었다. 그러나 서경이 뭘 숨겨놓은 것처럼 핸드백을 꼭 끌어안던 광경은 기억했다.

"앗, 저기 간다. 내가 한번 물어봐야지."

김윤수가 서경을 발견하고 달려갔다. 그는 휴대폰을 꺼냈는데 송선희가 말려도 막무가내였다.

서경은 교실로 들어가려다가 띠링하고 들어오는 문자를 확인했다.

─누님! 몸은 괜찮아요?

돌아보니 김윤수가 따라왔다. 서경의 입에서 한숨이 나왔다. 이 철없는 미남 선생은 친화력이 너무 좋아 여자한테는 아무나 누님, 남자한테는 아무나 형님이었다. 층간 소음 남자에게 무심코 거친 혼잣말을 내뱉은 것처럼 서경은 김윤수에게서도 어떤 암시를 받았다.

'이 사람⋯. 비밀이 있는 남자야! 뭔지는 모르겠지만⋯.'

"몸살은 좀 어떠세요? 아직도 안 좋아 보이세요."

김윤수가 따라왔다. 서경은 약간 구부정한 자세로 김윤수를 바라보았다. 그가 자신을 은밀히 관찰한다는 건 지나친 상상일까?

"김 선생님, 그러지 마세요."

"뭘요?"

"그냥 강 선생이라 부르시라고요."

"예? 알겠습니다! 강 선생님."

김윤수가 바짝 다가왔다.

"왜 이래요? 저리 가요."

"전에 말했죠? 선생님하고 전 공통점이 있는데 그게 뭔지 모르겠다고요."

"저리 가줘요, 제발."

서경이 곤란한 표정을 짓자 김윤수가 입을 닫았다. 코너에서 등장한 조주애 선생이 문제집 담은 박스를 들고 낑낑거렸다. '제가 갑니다, 누님'하고 김윤수가 달려갔다.

'왜 안하던 짓을 하는 거지?' 서경은 김윤수의 의중이 궁금했다.

교실로 돌아왔지만 서경의 몸살은 가라앉지 않았다. 아이들이 공중으로 솟고 땅속으로 가라앉는 듯 사물의 원근감이 뒤죽박죽이었다. 반장이 일어나 인사를 하는데 아이의 입에서 차렷이 아니라 방울 소리가 나왔다.

당황한 서경이 교탁을 쳐다보았다. 핸드백은 교무실에 있다. 그런데 소리가 난다. 그것도 심하게. 이마와 관자놀이에서 땀이 흘러내렸다. 아이들이 평소와 다른 선생님의 모습에 당황했다.

"방울 소리가…. 방울 소리가…!"

그녀는 교실 밖으로 나가려 했지만 온 세상이 빙글빙글 돌았다. 머릿속에서 전원이 꺼지는 기분이었다. 암전이 찾아오며 그 사이를 어떤 사람이 걸어왔다. 알몸에 피를 묻힌 그 사람의 머리는 뿔이 솟은 소였다. 비명 지르는 아이들이 비스듬해졌다. 서경은 정신을 잃고 차디찬 바닥에 쓰러졌다.

서경은 또 꿈을 꾸었다.

그녀는 여덟 살 때로 돌아가 있었다. 그 곳은 어느 단독주택 마당이었는데 절에 다니던 부부가 기독교로 개종한 지 얼마 안 돼 아직 불교적인 색채가 남아있었다. 불상을 들어내고 불기 달력과 염주를 걷어도 바닥과 벽에서 떼어낸 허연 흔적은 불가의 흔적이 고스란했다.

서경은 정신 나간 눈으로 마당을 빤히 바라보고 있었다.

열려진 대문 앞에 하얀 실루엣이 서 있었다. 소복을 입은 여자였다. 바람에 옷깃이 날렸지만 여자는 꿈쩍도 하지 않았다. 서경은 문득 정신이 들어 옆을 바라보았다. 커다란 오토바이에 깔려 고통스럽게 숨이 막혀가는 동생인 종혁이었다.

빛이 번쩍이며 꿈의 내용이 바뀌었다.

어제 꿈처럼 눈부신 여름 백사장이 다시 펼쳐졌다. 제선정은 멀리 떨어져 있다. 어제 그녀는 소나무에 등이 막혀 장군들의 창칼에 당하기 직전이었다. 그런데 오늘은 소나무 뒤에 숨어 있어 무사했다. 마치 19금 영화를 전체관람가로 바꾼 장면 같았다.

저만치 앞에서 네 장군이 그녀를 찾고 있었다. 회색 갑옷 장군의 토막 난 신체는 여전히 모래사장 위에 흩어져 있었다. 장군들이 휙휙 돌리는 고개마다 살기가 넘쳤다. 네 마리 말은 코로 더운 김을 뿜어내며 같은 장소를 빙빙 돌았다. 햇볕이 강했지만 장군들도 말들도 더운 기색이 없었다. 서경은 들킬까 봐 숨소리도 내지 않는 가운데 그들을 관찰할 기회를 얻게 되었다.

화난 얼굴의 이목구비는 전장에 나온 장수라기보다 경극 배우 같았다. 갑옷은 장식이 화려해 전투보다 전시의 목적이 두드러졌다. 이런 복장으로 적군과 싸우다가는 장식물에 걸려 역습당하기 알맞았다. 망토가 붙은 전포와 비늘이 붙은 갑옷, 그리고 등에 멘 거대한 깃발도 실용보다는 위용이 돋보였다. 깃발에는 뱀이 그려져 있었다.

그녀의 뒤로 검은 그림자가 그늘을 드리웠다. 맞아, 소나무 숲 속에 누가 있었잖아. 그림자가 한 걸음 한 걸음 다가올 때 그녀는 돌아보았다.

사극의 죄수처럼 보이는 사람이었다. 한 손에 비단뭉치 같은 걸 들고 있었지만 다른 쪽은 팔이 너덜거렸다. 수십 개의 화살이 몸에 꽂혀 있었고 온몸이 피투성이였다. 산발한 긴 머리 사이로 얼굴이 드러났다. 잘 생긴 용모였지만 부리부리한 두 눈 사이에 눈 하나가 더 있었다. 눈이 세 개인 남자였다. 서경이 비명을 지르려 하자 남자가 손에 쥔 비단을 펼쳤다.

서경의 눈이 비단에 쏠렸다. 현실의 그녀는 어떤 브랜드 옷을 봐도 욕망이란 걸 느끼지 못했는데 이 비단 옷은 달랐다. 뱀 껍질과 비슷한 문양이 새겨진 비단 옷은 고귀한 신분의 아가씨만이 입을 수 있는, 다른 세상 신의 옷이었다. 어쩌면 공주마마의 옷인지도 몰랐다. 섬세한 자수의 옷을 펼친 순간 강렬한 욕망이 머리부터 발끝까지를 에워쌌다. 눈이 셋인 남자는 치수를 재듯 서경의 앞에서 비단 옷을 펄럭거렸다. 서경은 남자가 무서워 몸을 돌렸으나 어느새 다가온 네 장군이 그녀를 포위했다. 죽음이 눈앞으로 다가왔다.

그 순간 그녀는 눈을 떴다.

✿

"여기가 어디야?"

"양호실이야. 어머니 오시라고 했어."

서경은 양호실 침대에 누워있는 자신을 발견했다. 선희가 그녀의 손을 잡고 있었다. 양호선생이 다가왔다.

"세상에 강 선생. 대체 무슨 일이 있었던 거야? 몸이 왜 이래?"

서경이 몸을 일으키자 양호선생이 앞에 앉았다.

"서경 씨, 병원에서 치료 받은 거 맞아?"

"주사 맞고 약 처방 받았어요."

"독감이래?"

그녀는 고개를 저었다.

"그 사람들도 모르겠대요. 체온이 정상이라니까."

"그럼 학교 체온계도 고장이 아니네."

양호선생은 36.2도를 표시하는 체온계를 들어보였다.

서경은 앓고 있는 병이 꿈과 관련 있다는 느낌을 어렴풋이 받았다. 기독교 신자인 그녀에게 맨 처음 떠오른 단어는 '마귀'였지만 비단옷에 대한 기억은 아련하고 좋았다. 서경이 선희에게 물었다.

"내가 교실에서 쓰러졌어?"

"그래. 교탁에 얼굴이라도 부딪쳤으면 어쩔 뻔 했어?"

서경은 머리를 만졌다. 부딪쳐 아픈 데는 없었다.

"반장이 그러는데 네가 넘어질 때 칠판지우개가 먼저 떨어졌대. 신기하게도 베개 역할을 했다나."

선희가 특유의 바다 같은 눈으로 그녀를 뚫어지게 쳐다보았다.

"어제 가을 소나기 치고는 세게 왔잖아."

"맞아. 난 붕평마을에서 비를 맞았어." 서경이 탄식하듯 답했다.

"거긴 왜 갔는데?"

"꿈에…. 아, 아냐…."

"뭐라고?"

"뭘 자꾸 알려고 해?"

서경의 목소리 톤이 저도 모르게 높아져 서랍장을 열던 양호선생 김순영이 돌아보았다.

"아니, 난 그저…. 어젯밤에 거기 지진도 나고 해서…."

선희가 말을 얼버무렸다. 서경은 붕평마을에 간 이유가 헤어진 남자 친구 때문임을 인정하라는 그들의 속셈을 알았기에 기분이 상했다. 붕평마을에서 자주 데이트한 사실을 그들은 알고 있을 거라고 서경은 생각했다. 노크 소리가 났다.

"정길성입니다. 강 선생 깨어났어요?"

"예, 교감 선생님. 들어오셔도 되요."

교감이 들어왔다.

"강 선생. 넘어졌다던데 안 다쳤소?"

"예. 괜찮아요."

"천만다행이오. 내가 판단을 잘 했어야 하는데 무리하게 수업을 허락했소. 많이 안 좋아 보이니 집에 가 쉬도록 해요."

'왜 내 건강을 당신이 판단해? 왜 당신들은 항상 나를 못 믿는다는 식으로 쳐다보지? 그런 고귀한 비단옷은 구경도 못 할 잡것들이….'

이상한 반발심이 내부에서 치솟았지만 그녀는 대답을 달리했다.

"그래야 될 것 같네요, 교감 선생님. 죄송합니다."

"어머님 오신댔죠?"

"예."

교감이 묻자 선희가 답했다. 서경은 학생이 된 기분이라 얼른 이 사람들한테서 벗어나고 싶었다. 복도에서 투덜대는 소리가 들려왔다.

"씨팔, 이런 것까지 다 치우네."

"뭐야? 누가 욕을 해?"

교감이 나갔다. 양호선생도 따라 나갔다. 서경을 바라보던 선희는 그녀의 눈에서 이상한 빛을 보았다. 예전에는 숨기기 급급했으나 지금은 아프면서 드러난 빛이었다. 억눌린 분노를 암시하는 듯한 빛.

욕을 한 사람은 학교 시설보수 팀의 임씨였다. 그는 한 손에 쥔 쓰레받기 위를 빗자루로 덮은 채 지나가고 있었다.

"임달구 씨, 뭣 때문에 백주 대낮에 욕을 하고 그래요?"

"아! 교감 선생님. 뱀이 나왔습니다."

"뱀?"

"예. 수돗가 옆 화단에서 잡았어요. 내가 이 학교에 근무한 이래로 뱀을 잡아보기는 처음이네요."

"저런, 물린 애는 없고?"

"예. 제가 빨리 잡아 죽였습니다."

"잘했어요. 어디 한번 봅시다. 어떤 뱀인지."

임달구가 빗자루를 치우자 마디진 허연 배를 하늘로 드러낸 까치독사가 나타났다. 김순영이 으하고 비명을 질렀다. 선희는 임달구를 향한 서경의 이글거리는 눈빛에 또 놀랐다.

"짐 챙겨야지 서경아."

서경이 대답 없이 신발을 신었다. 그녀는 임달구의 뒷모습을 한번 쏘아본 후 걸어갔다. 교무실에 들어서자마자 임미화가 다가왔다.

"니네 반 오늘 내가 맡게 됐다."

서경은 바늘로 찌르는 것 같은 임미화의 속삭임을 들었다.

"가지가지 한다. 너 내가 시나리오 얘기해서 이런 거지?"

"아니에요. 아파요. 정말 아파."

서경은 창밖으로 시선을 두고 있었다. 고개를 요리조리 돌리는 모습이 환자 같지 않았다. 서경이 뭘 해도 마음에 안 드는 임미화는 그 모습에 또 미움이 끓어올랐다.

"언니가 묻는데 어딜 보고 말하니?"

임달구를 내려다보던 서경은 임미화의 말에 그녀에게 고개를 돌렸다.

"미안해요 언니."

"이런다고 떠난 사람 안 돌아온다. 아무리 연애 경험이 없어도 그렇지 티 좀 내지 마라. 시간 지나면 아무 짝에도 쓸모없는 짓이야."

서경은 입을 다물었다. 지금 그녀의 머리 위에 냄비를 얹으면 부글부글 끓고도 남을 지경이었다. 임미화의 뺨을 한 대 치고 싶었다. 아프기 전까지는 느껴보지 못한 감정이었다.

"시나리오는 내가 알아서 할 테니 그냥 둬."

원래 자기가 해야 할 일인데도 임미화는 선심 쓴다는 듯이 말했다. 교감이 들어왔다. 서경은 임미화도 교감도 보기 싫어 자리를 벗어났다. 몸살로 이마에 땀방울이 배였다. 사람들이 말없는 눈길만으로 그녀를 관찰했다. 그녀가 나가면 일제히 쑥덕거릴 것이다. 서경은 쓰러질 것 같기에 화를 참기로 했다.

"푹 쉬고…. 하여튼 빨리 낫고 오시오."

빨리 출근하라는 해석에 서경은 교감의 인사에도 반감을 느꼈다. 서경은 6학년 교실을 지나치다가 수업 중인 선희를 불렀다.

"엄마 전화번호는 어떻게 알았어?"

"네 폰 봤어. 비밀번호가 안 걸려 있길래…."

선희의 투명한 눈이 서경을 똑바로 바라보았다. 서경은 아무 말도 하지 않았다. 그녀는 휴대폰을 손에 들고 수업에 들어갔다. 아이들의 신고로 쓰러진 그녀를 가장 먼저 발견한 사람은 선희였다. 왠지 그녀가 다른 목적으로 전화기를 훔쳐 본 건 아닐까하는 생각이 들었다. 아프니까 자꾸만 이상한 의심이 들었다.

10분 후, 심각한 표정의 윤 여사가 학교에 나타났다. 그러나 서경의 마음은 임 씨가 잡았다던 뱀에 가 있었다. 윤 여사는 선생들에게 인사를 건넨 뒤 딸을 감싸 안고 나갔다. 서경은 주차장으로 갈 때 임달구가 푸대 자루에 죽은 뱀을 넣는 걸 보았다. 뱀은 반 토막이 나 있었다. 서경이 우웩하고 헛구역질을 하자 임달구가 피식 웃었다. 서경을 우습게 보는 이는 선생들뿐만이 아니었다.

항상 서경에게서 시선을 떼지 않는 임미화는 교무실 창밖으로 서경이 구역질 하는 모습을 보았다.

"저거… 저거…. 설마가 진짜 아냐?"

그녀는 잊고 있다가 조주애에게 전화를 걸어 자신이 본 것을 얘기했다. '입덧'이란 단어가 무책임하게 등장하자 수업중임에도 조주애는 어머어머 하고 소리를 질렀다. 그녀는 비슷한 성향의 선생인 장영화에게 즉각 문자로 내용을 전달했는데 악녀들의 뒷담화에는 팩트와 관련 없는 추측성 살이 잘도 붙었다.

이 입 함부로 놀린 살에는 살(煞)이 따르기 마련이라는 걸 그녀들은 결코 알지 못했다. 조심하는 게 좋았을 것이나 이미 때는 늦었다.

서경은 조금씩 변하고 있었다.

윤 여사는 서경을 다른 병원에 데려갔다.

"증상은 비슷한데 감기가 아닌 거 같은데요. 체온이 36.3도 정상이에요."

"그게 무슨 소리에요? 그럼 애가 왜 이 모양이에요?"

의사의 진단에 윤 여사의 음성은 절로 높아졌다.

"환자분이 초췌하고 아파 보이는 건 사실입니다. 하지만 근육통만을 호소하지 발열은 없습니다."

"그래도…."

"체온계를 세 개나 써봤잖습니까? 독감과 관련한 몸살은 아닙니다. 보호자 분도 환자 분 이마에 손을 대보세요."

윤 여사가 대보니 과연 열은 없었다. 서경은 온몸의 근육들이 데모라도 하듯 여기저기서 욱신거려 눈을 뜨고 있기도 힘들었다.

"어제 무리하게 운동하지 않았나요? 단순 근육통일 수도 있거든요."

"운동한 적 없어요. 비를 많이 맞았어요."

"그럼 계속 지켜보면서 체온 측정을 해봅시다. 오한이 드는 시간, 열감을 느끼는 시간을 체크하세요. 비타민 주사라도 한 대 놔드릴까요?"

"진짜로 아프다니까요!"

서경이 일어서자 질겁한 윤 여사가 따라 일어섰다. 서경은 어서 뜨뜻한 방안에 들어가 눕고 싶었다. 병원은 질색이었다.

의사는 모녀가 들으라고 쳇! 하는 소리를 일부러 크게 냈다. 윤 여사는 다른 병원에 가자 말했지만 서경은 집으로 가자고 했다. 차 안에서 눈을 감자 2미터가 넘는 회색 뱀이 보였다. 눈이 셋인 남자. 그가 내민 펄럭이는 비단옷…. 서경이 눈을 감았다가 떴다.

"대체 내게 무슨 일이 일어나고 있는 거지?"

"뭐라고?"

윤 여사가 돌아보았지만 서경은 답하지 않았다.

"교감 선생님, 저랑 얘기 좀 하세요."

쉬는 시간에 송선희가 교감을 찾았다.

"무슨 일이오?"

"강서경 선생이 아픈 원인을 대충 알 것 같아요."

"파혼이 원인이오?"

"아뇨. 임미화 선생님이 강 선생을 너무 괴롭혀요."

"어떻게?"

교감은 어떻게든 피하려던 자연 재난을 기어이 만난 고대 제사장의 표정을 지었다.

"친척이라는 이유로 강 선생을 구석구석 장악하려고 해요. 가스라이팅에 그루밍에 학대가 말도 아니에요. 무슨 마약처럼 중독 쾌감이 있나본데 알고 보면 친척도 아니에요. 소방 훈련 시나리오까지 강 선생한테 몰래 떠넘겼어요."

"그게 정말이오?"

"예."

교감은 생각에 잠겼다.

'큰일이군. 갑질 문제가 요새 사회적 이슈인데 학교 이름 오르내리면 내가 가장 크게 다친다!'

그는 헛기침을 하고 멀쩡한 손톱을 바라보았다.

"이건 남자인 내가 함부로 끼어들면 곤란한 문제인데…."

선희는 자기 몸 안 다치는데 급급한 교감이 못 마땅했다.

"그냥 방치했다가 인터넷에 글이라도 올라오면 감당하실 수 있겠어요? 책임자인데 왜 그동안 몰랐느냐고 따지면 어떡할 건데요?"

교감의 눈과 입이 떡 벌어졌다.

"그럼 안 되죠!"

"애들까지 수군거리는데 분명 새나가게 되어 있어요."

"애들도 수군거린다고?"

"요즘 애들이 모르는 게 있을 것 같아요?"

교감은 심각한 얼굴이 되었다.

"그게 정말이라면 일이 커지기 전에 막아야지. 하지만 이런 건 신중을 기해야 할 일이오. 임미화 선생인들 가만있겠소? 무고라고 길길이 날뛰겠지. 팩트 체크가 우선이오. 강서경 선생이 당사자니까 정말 갑질을 당한다고 생각하는지 그것부터 알아봅시다. 만약 사실이라면 처벌을 원하는지도 물어봐야겠지. 강 선생과의 대화는 기록으로 남겨야 우리 모두 안전할 것 같소. 신중에 신중을 기해야 해요. 강 선생이 나으면 내가 한번 따로 만나보리다. 물론 여선생님들 선에서 먼저 자체 해결을 보면 좋겠지만…."

"얼렁뚱땅 넘기다간 더 큰일 터져요. 강 선생은 임미화 선생을 겁내요. 당연히 처벌을 원하지 않는다고 말할 거예요."

교감은 눈치를 보다가도 어느 순간 눈에 힘을 주면서 말했다.

"그래도 이런 일은 어느 한 쪽 말만 들어선 안돼요. 앞뒤를 냉철하게 따져봐야지. 강 선생은 아무 말도 않는데 송 선생이 너무 남의 일에 관여하는 건 아니오?"

선희는 답하지 않았다. 그녀는 오늘 하루 서경에게, 이어서 교감에게 비슷한 성향의 말을 반복해 들은 것이다.

"교감 선생님 계세요?"

임달구의 목소리였다. 교감은 송선희에게서 벗어난 게 반가운지 급히 말했다.

"여기 있소. 왜 그래요?"

"뱀이 또 나왔어요. 이거 보세요."

"뭐!"

임달구가 문을 열고 들어와 쓰레받기를 들이밀었다. 아직 덜 죽은 검은 뱀이 꿈틀댔다. 송선희가 당장 치우라며 소리 질렀고 임달구는 소싯적 장난꾸러기 같은 행위가 즐거운지 싱글벙글이었다. 뱀이 계속 나오는데도 그는 119를 부르지도 않고 스스로 치웠다. 처음엔 욕을 했지만 이제는 즐거웠다. 잡은 뱀으로 할 일이 있으니까.

선희가 교무실을 나왔을 때 복도에는 김윤수가 있었다. 그는 손으로 딸랑딸랑 거리는 시늉을 했는데 얼굴에는 호기심인지 악의인지 구별 못 할 미소가 가득했다.

모녀가 아파트에 도착했다.

윤 여사가 식사를 준비하는 사이 서경은 인터넷으로 신병(神病)에 관해 몰래 검색을 했다. 기이한 꿈과 연결된 채 방울이나 거울을 발굴해 신이 들리는 내용이 어딘가 와 닿았다.

교회 다니는 여자한테 신들림이라니!

그녀는 충격 받았다.

아무 것도 모르는 윤 여사는 찬송가를 불렀는데 또다시 <야간열차>가 부실시공 건축자재를 통과해 흘러들어왔다. 이쪽에서 군사훈련을 하면 저쪽에서 대응훈련을 하는 식이었다. 후렴 부분은 '가자가자가자 당진열차야'였다.

<안동역에서> 가수가 영월 공연을 가면 노래가 <영월역에서>로 바뀌고, 구례 공연을 가면 <구례역에서>로 바뀌듯, 이 <야간열차>도 당진공연을 녹화해 둔 것 같았다. 노래를 튼 사람은 비정상적인 행동으로 똑같은 부분을 끊임없이 재생시켜 이웃들에게 심리적인 두려움을 전파시켰다.

윤 여사가 찬송가를 멈추었다. 천장을 바라보는 서경의 노이로제는 점점 상승하고 있었다. 임미화의 괴롭힘은 집에 와서도 생각이 나는데 집에는 집대로 또 다른 스트레스가 그녀를 기다리고 있었다. 언제까지 이렇게 살아야 하나.

"저 싸이코 자식은 내가 소리만 내면 저런 식으로 반응해! 죽여 버리고 싶어!"

자신이 낸 욕설에 놀라 서경은 눈을 동그랗게 떴다. 핸드백이 보이지 않는다는 사실을 깨달은 건 그때였다. 방 안은 물론 거실을 찾아봐도 없었다.

'학교에 두고 왔구나! 누가 뒤지기라도 하면 안 되는데!'

"관리실에서도 저 사람 알고 있니?"

윤 여사가 반복되는 <당진열차>에 질린 얼굴로 물었다.

"모르겠어요. 누가 저런 사람을 상대할까요?"

서경은 불안해하고 있었다. 방울과 거울이 든 핸드백을 두고 왔기 때문이지만 여사는 그 사실을 몰랐다.

"좀 누워라. 물수건이라도 갖다 줄게. 내일도 안 좋으면 동두천 병원에 가보자."

"아니, 난 학교에 가야···."

말을 맺지 못한 서경은 어지럼증 때문에 의자에 풀썩 앉았다.

"엄마. 대체 내 몸이 왜 이럴까요?"

윤 여사가 결심했다는 듯 손을 닦고 돌아섰다.

"그래 서경아. 후련하게 얘기해봐라! 민호 때문에 비를 맞은 거지? 네 아버지도 참 별난 양반이야. 그까짓 정치 성향이 다르다고 애들 결혼까지 막을 건 뭐니? 그래도··· 우리 집 가장은 네 아버지니까 그 분 의견을 무시할 수도 없고···. 하지만 네가 아직도 그 사람을 못 잊었다면 내가 설득을···."

"민호 씨 때문에 거기 갔던 게 아니에요!"

"그럼 봉평마을엔 왜 갔니?"

"나도 모르겠어요. 큰 소리 내서 미안해요."

서경이 윤 여사의 손을 꼭 잡았다. 인심 좋은 윤 여사는 교회 일에 지나치게 열성적이고 좀 고집스런 구석이 있긴 해도 듣는 귀가 막히지는 않은 사람이었다. 슬하에 자식이 없이 남편과 사별하고 혼자 살아오다가 강 목사를 만난 그녀는 계모답지 않게 서경을 친딸같이 대해주었다.

"엄마, 내가 무슨 애길 해도 다 믿어줄 거죠?"

"그럼, 당연하지."

서경이 윤 여사의 눈을 똑바로 바라보다가 고개를 끄덕였다.

"내가 봉평마을에 간 게 중요한 게 아니에요. 거기서 뭘 발견한 게 중요해요. 내가 무슨 물건을 주웠는데, 그러니까 이런 내용을 어떤 드라마에선가 본 것 같아요. 내가 거기서 뭘 주…!"

"뭘 주웠는데? 왜 그래?"

서경의 표정이 공포에 질렸다. 발음이 제대로 나오지 않았다.

"주… 워었는데… 깜빡… 교무시일에….."

서경이 숨이 막힌 사람처럼 목에 손을 올렸다.

"왜 그래?"

"뭘 주… 워…었…느…으…으…냐아! 어!… 어!… 마!"

"서경아! 서경아! 왜 그래? 숨 쉬어!"

"어… 어… 마… 어… 엄!"

서경의 입이 저절로 움직였다. 윗입술이 오른쪽으로 움직이고 아랫입술이 왼쪽으로 틀렸다. 보이지 않는 손이 잡아당기듯 입술이 반대 방향으로 밀려났다. 눈을 커다랗게 뜨고 입이 돌아간 딸의 모습에 윤 여사는 대경실색했다.

"서경아! 그러지 마 무서워! 왜 그래 대체?"

"으… 어…마!"

"아이고나 세상에! 도와줘요! 누가 좀 도와줘요!"

윤 여사가 소리 지르자 노래 볼륨도 극악무도하게 커졌다.

내 아망 싣고! 내일을 향해! 가자가자가자 당진열차야!

서경이 발작을 일으키며 쓰러졌다. 경련은 지속되었다. 기절하기 전, 그녀는 자신에게 가해진 신체적 위해의 원인을 알아냈다. 그건 질병의 안면마비가 아니라 현실과 꿈 사이를 활보하는 존재들이 협박한 입막음이었다. 윤 여사가 119를 눌렀다.

"제발 빨리 와주세요! 우리 애가 입이 돌아갔어요! 숨이 막혀 죽을 것 같아요!"

<당진열차>의 볼륨이 커지고 벽인지 바닥인지를 주먹으로 치는 소리도 들려왔다. 서경을 끌어안은 윤 여사는 천장을 바라보며 기도문을 외웠다.

서경은 또 꿈을 꾸었다.

오토바이에 깔린 동생 종혁의 고통에 찬 표정과 대문 앞에 서 있는 소복 여자의 실루엣이 잠깐 스쳐지나가고 붕평마을이 나왔다.

사약을 받으려는 대역죄인 같은 남자가 그녀 앞에 서 있었다. 손목이 사슬로 묶인 그는 공주마마가 입을 법한 비단옷을 받들고 있었다. 한쪽 팔이 너덜거렸지만, 옷은 곱게 개켜져 있었다. 그가 세 개의 눈으로 그윽이 바라볼 때 서경은 죽음을 예감했다. 그는 사람 사는 세상과 관련 없는 신령스런 존재였다. 기독교적 세계관도 이 영적인 장소에서는 통하지 않았다.

그녀는 제선정에서 건드리지 말아야 할 것을 건드렸고 영험한 뱀이 죽는 순간에도 구경만 했었다. 그녀가 알지 못하는 어떤 이유로서 그녀는 언제나 존재해왔지만 믿지는 못했던 무속 신앙의 한 비밀을 알게 되었다. 어머니 태(胎)속 같은 전통 신앙은 출생의 비밀까지 일깨웠다.

죽는 게 나아. 난 태어나지 말아야 할 존재였어.

서경이 슬픈 표정으로 남자 앞에 섰다. 그 모습을 본 세 개의 눈에서 빛이 번져왔다. 남자가 사슬을 철컥거리며 비단옷을 펼쳤다. 비단옷이 나비처럼 펄럭였다. 무한으로 물결치는 뱀 무늬의 천을 본 순간 무서움은 욕망으로 바뀌었다. 서경은 저도 모르게 손을 뻗쳤다. 등 뒤로 사천왕 같은 네 장군이 형벌을 집행하러 다가왔다. 세 개의 눈이 무서운 빛을 발하면서 장군들을 노려보았다. 장군들이 창칼을 거두었다. 그는 장군들에게 사로잡힌 죄수가 아니라 귀양을 왔음에도 그들을 거느린 위대한 존재처럼 보였다.

비단옷에 서경의 손가락이 닿을 때 발치에 기화요초(奇花瑤草)가 돋아났다. 파란 싹은 금세 꽃을 피우고 열매를 맺었는데 어여쁜 새끼 뱀들이 꽃과 꽃 사이를 누볐다. 서경과 옷이 하나가 되자 남자에게도 혜택이 주어졌다. 먼저 사슬이 끊어졌다. 이어서 혼탁이 정화가 되며 피칠갑이 된 옷이 바람에 펄럭이는 도포 자락으로 바뀌었다. 산발한 머리칼이 잘 묶은 백발로 바뀌었다. 죄수 형상의 남자가 사라진 자리에 신령스런 절대자가 나타났다.

그는 속세에 근거하는 인간이 아니었다. 서경의 감각이 닿지 못하는 곳의 우주만물과 인연을 쌓은 장엄한 법체(法體)였다. 여전히 눈은 세 개였지만 인자하게 머금은 미소와 삼라만상을 초월한 표정은 대자대비의 석가모니를 연상케 했다. 아니, 무당의 탱화에서 본 '산신령'과 비슷했다. 그는 나이가 들었으나 옥을 깎아놓은 듯한 미남이었고 몸 구석구석마다 넘치는 존재의 무게감으로 범접할 수 없는 신비를 풍겼다.

그는 서경을 그대로 지나쳐 산산조각 시체가 된 장군 앞으로 가서 긴 시간 동안 곡을 했다. 네 장군이 무릎을 꿇었다. 서경은 달아나려 했지만 발이 떨어지지 않았다. 아직 비단옷이 세 눈을 가진 남자에게 있었기 때문이다. 그 옷을 갖고 싶었다. 모두가 슬픈 울음에 정신이 팔린 이 때, 운만 따라준다면 세상에 하나밖에 없는 옷이 자기 것이 될 수도 있었다.

그녀가 통곡의 현장으로 한 걸음 옮길 때 소나무 숲 속에서 또 다른 움직임이 있었다.

'아니, 누가 또 있잖아.'

서경이 오른편으로 고개를 돌렸다. 손톱이 새까만, 상처투성이의 손이 나무를 잡더니 이어서 몸체가 드러났다.

서경은 살아있는 소가 두 발로 걸어 나오는 줄 알고 경악했다. 하지만 그건 살아있는 소의 머리를 오토바이 헬멧처럼 뒤집어쓴 알몸의 여자였을 뿐이다. 죽은 소의 목에서 떨어진 피로 그녀의 몸은 붉게 채색되었다. 서경이 비명을 지르자 엎드려 있던 남자가 돌아보았다. 세 개의 눈에서 빛이 났다. 서경에게 흥미를 느낀 게 아니라 소머리 여자를 보고 반응한

것이었다. 거대한 소머리가 천천히 고개 돌려 서경을 바라보
았다.

서경이 눈을 떴다.
윤 여사는 곁에 있었지만 그 곳은 집이 아니었다.

🌳

윤 여사는 섭주병원 응급실에서 기도를 하고 있었다. 장대
같은 소낙비가 아직도 멎지 않았다. 며칠 사이 희한한 날씨
의 연속이었다. 여사의 주기도문은 이어졌지만 떨리는 가슴
은 진정되지 않았고 집회에 나간 남편은 전화도 받지 않았
다.
서경이 눈을 떴다. 천장을 향한 두 눈이 공허했다.
"서경아! 정신이 드니?"
윤 여사가 서경의 몸을 흔들었지만 눈은 다시 감겼다. 딸
이 꿈속에서 세 눈의 남자와 소머리 여자와 만나고 있음을
윤 여사는 알지 못했다.
"서경아, 자지 마! 눈 좀 떠봐, 응?"
어깨를 흔들자 서경이 게슴츠레 눈을 떴다. 그녀는 최면술

에 걸린 사람처럼 천천히 입술을 벌렸다. 비뚤어진 입은 정상으로 돌아왔지만 뚝뚝 끊어져 나오는 말은 여사를 놀라게 했다.

"나는 태어나지 말아야 할 존재였어…. 낳은 어머니는 날 버리고 길러준 어머니는 도망가고 아버지는 날 외면했어…. 사람들은 날 괴롭히고 욕하고 속이기만 해…. 새엄마는 좋은 사람이지만 아무 것도 몰라…. 애 못 낳는 여자라서 나한테 잘해주나 봐…. 내가 거기서 방울과 거울을 주웠어…. 모든 게 거기서부터 시작 됐어…. 아버진 내 엄마가 누구인지도 말해주지 않았어…. 아버진 기어이 그 말까지 했어…. 종혁이 대신 니가 죽었어야 했어, 종혁이 대신 니가 죽었어야 했어…. 도망간 엄마한테 한 말이지만 난 다 들었어…. 그건 나한테 한 소리야…. 이제 나 죽나봐…. 나 죽나봐 엄마…. 장군들이 날 가만 두지 않아…. 눈이 셋인 남자가 그렇게 시킬 거야…. 호두까기 인형 장군이 고양이들하고 싸우다 죽었는데 난 구경만 했거든…. 난 이렇게 죽을 거야…."

성경이 땅에 떨어졌다. 윤 여사의 다리에 힘이 풀렸다. 서경에게 임종이 찾아왔다는 무서운 확신이 엄습했다. 한층 무서운 건 그녀가 한 말이었다. 어떻게 내가 애 못 낳는 여자란 걸 알았을까!

병상이 흔들리고 링거액이 부르르 떨렸다. 서경의 몸에 무서운 발작이 시작되고 절망에 찬 음성이 입에서 나왔다.

"엄마! 나 죽나 봐! 나 죽어요!"

링거액이 떨어져 박살났다. 서경이 피가 흐르는 팔을 휘저었다. 정신이 무너진 윤 여사이지만 자신을 친엄마처럼 따르는 아이를 이대로 죽게 내버려둘 순 없다는 거룩한 의무감이 생겨났다. 주저앉았다가 일어난 윤 여사는 성경에 의지하지 않고 서경을 부둥켜안은 채 소리쳤다.

"안 돼! 죽으면 안 돼, 서경아! 누구 좀 와줘요! 우리 애가 죽어가요!"

간호사들이 들어왔다. 혈압은 무섭게 떨어졌고 산소포화도도 비정상이었다. 의식을 찾지 못한 서경의 호흡은 가빠졌다. 산소호흡기를 가져와라, 심장제세동기를 가져와라 다급한 고함들이 오갔다. 윤 여사는 서경의 손을 잡고 있었지만 간호사에게 밀려났다. 살아날 가망은 없어보였다. 간호사 한 명이 침상에 올라탔고 의사가 심장마사지를 준비했다.

윤 여사는 무릎을 꿇고 기도했다. 의료진은 더 이상 윤 여사를 밀치지 않았다. 간호사가 서경의 옷을 열어젖히려 할 때 거짓말처럼 발작이 멎었다. 머리칼이 땀으로 달라붙긴 했지만 서경은 평온한 얼굴을 회복했다. 호흡은 안정되고 얼굴에는 미소가 생겨났다. 눈가에 흐르는 눈물은 그녀를 거룩한

성녀처럼 보이게 했다.

"세상에…. 바이탈이 순식간에 정상으로 돌아왔어요. 이런 경우는 처음 봐요."

간호사가 말했다. 서경의 호흡도, 혈압도, 맥박도 모두 정상으로 돌아왔다. 윤 여사는 아멘하고 눈물을 흘렸다. 하지만 서경을 살린 건 그녀의 기도가 아니었다.

의료진이 달려왔을 때도 서경은 꿈을 꾸고 있었다.

그녀는 어느새 일어선 다섯 명에게 원형으로 둘러싸였다. 네 명의 장군과 세 눈의 남자. 드라마처럼 이어지던 꿈은 항상 앞부분이 조금씩 생략되어서 느닷없는 시작이 당혹스러웠다.

그녀는 땅바닥에 산산이 흩어진 시신을 보았다. 회색 투구를 쓴 거대한 머리는 아직도 눈을 뜬 채였다. 서경은 이 장군이 누구인지 알았다. 고양이들과 싸우다 죽은 회색 뱀이었다. 쥐떼와 싸우다 죽은 호두까기 인형이 생각났지만 이건 동화도 거짓도 아니었다. 상상이 구체화되는 꿈이면서도 엄연한 현실이었다.

"제가 그러지 않았어요! 고양이들이 그랬어요!"

다섯 명의 신적 존재에게 서경은 소리쳤다. 바로 앞에서 그녀를 쳐다보는 세 개의 눈이 너무나도 무서웠다. 그러나 눈은 그녀를 보고 있지 않았다. 눈은 그녀 너머를 보고 있었다. 반면 서경의 눈길은 그가 손에 쥔 비단옷에 가 있었다.

그녀는 이 옷에 손대면 안 된다는 걸 알고 있었다. 미지와의 접촉은 이 세상의 허용과도 어긋났고, 그녀의 종교와도 어긋났고, 교육자의 행동지침에도 어긋났다. 하지만 불행만을 맛보며 살아온 한 여인의 가냘픈 욕망으로 그녀는 옷을 잡아 당겼다.

새까만 팔이 툭 튀어나와 비단옷의 반대 자락을 붙잡았다. 세 개의 눈은 바로 이 팔의 주인공을 보고 있었다. 서경이 돌아보니 거대한 소머리가 옷을 붙잡은 채 자신을 노려보고 있었다. 서경도 지지 않고 비단옷을 꽉 쥐었다. 세상 모두에게 무시 받고 살아왔어도 이 옷은 포기할 수 없었다.

서경이 물질의 욕망에 사로잡히긴 처음이었는데 왜냐하면 의식이 확장되는 꿈의 세상에서는 그 어떤 사회적 제약도 존재하지 않기 때문이었다.

옷이 찢어져도 개의치 않는 힘겨루기가 펼쳐졌다. 천이 팽팽해졌다. 서경의 얼굴과 소의 얼굴이 용을 썼다. 세 눈의 도인이 두 여자의 싸움을 바라보았다. 비단옷은 찢어지지 않았고 오히려 잡아당기는 두 사람을 가까이로 끌어당겼다.

빛이 일어나면서 두 사람이 하나로 합쳐졌다. 소머리가 허공으로 날아가고 서경은 차갑고 독성을 가진 어떤 물질이 자신 안으로 들어오는 기분을 맛보았다. 방울이 딸랑거렸고 거울이 그녀를 비추었다.

비단옷이 치수에 맞게 입혀지면서 서경의 얼굴에 다른 여자의 얼굴이 겹쳐졌다. 소머리가 사라진 그 여자는 반짝이는 눈에 피부가 하얀, 조선 시대 그림 속에서 등장할 법한 고전 미인이었다.

무엇보다 인상적인 건 현대의 성형수술도 따르지 못할 커다란 쌍꺼풀이었다.

서경이 여인의 미모에 놀라고 있을 때 어둠의 지식이 머리 안으로 들어왔다. 밤의 비밀과 대자연의 실체가 이어서 몰아쳐 왔다. 현실 속에서는 연식 오래된 컴퓨터가 최신 업데이트를 맞이한 듯 혼수상태의 서경은 병실에서 윤 여사에게 이상한 소리를 늘어놓았다. 이 지식의 흡수는 어마어마할 정도로 장대해서 그녀는 격렬한 신통에 휩싸여 비틀거렸다. 바로 그 때 실제의 그녀는 병원에서 응급사태를 맞이했다.

쌍꺼풀의 여자가 자신의 몸에 내리자 서경은 일반인이 모르는 지혜에 통달했고 그들이 할 수 없는 능력을 보유하게 되었다.

장대비는 인근의 다흥시에도 내렸다. 상갓집의 돈을 차지한 최영우는 더 이상 몸살을 느끼지 않았다. 그는 방울과 거울을 갖다 놓은 섭주 붕평마을 쪽을 모텔 창문을 통해 바라보았다. 더 이상 악몽은 없었기에 그곳에서 어떤 일이 일어나는지 몰랐다. 궁금해 하지도 않았다. 소머리 귀신이 사라지자 남은 것은 거액의 돈 뿐이었다. 폭음을 하며 그는 기뻐했다.

설신보살 역시 창밖을 바라보고 있었다. 사람의 눈에 보이지 않는 무서운 일이 섭주 쪽에서 발생했다. 머리칼을 풀어 헤친 그녀는 흰 소복까지 입고 있어 귀신처럼 보였다. 뒤편 골방에서 기분 나쁜 냄새가 풍겨왔다. 투명 커튼 너머로 누워있는 여자의 실루엣이 비쳤다. 설신보살이 그 쪽을 향해 말했다.

"할머님 말씀이 다 맞았어요. 그 놈이 섭주에 신물을 갖다 놨어요. 그 물건의 임자가 여자여서 놈은 살아날 기회를 얻은 거예요. 조금 전에 어떤 여자가 그 귀신을 받았나 봐요. 누군지는 모르겠지만 앞으로 무서운 일이 벌어지겠죠. 어마어마한 신통력을 얻게 됐으니까요."

골방 안에서는 아무런 대답도 들려오지 않았다. 그 곳에 누워있는 여자는 오래 전에 죽은 사람의 백골이었을 뿐이다.

폭우가 심해졌다.

섭주종합병원에 벼락이 떨어져 병원 설립자인 김유기 박사의 동상을 직격했다. 동상의 머리가 날아가 마당에 대기 중이던 택시 창문에 금을 내고 정원으로 떨어졌다. 마치 어떤 흉사에 대한 하늘의 선전포고 같았다.

빗물이 창문으로 흐르는 가운데 윤 여사는 아직도 서경의 손을 놓지 않았다. 서경은 편한 모습으로 깊이 잠들었다.

강 목사가 밤늦게 집에 돌아왔다. 그는 오늘 하루 열변을 토하고 돌아왔지만 박수와 환호 덕에 피곤을 느낄 새도 없었다. 성령과도 같은 아드레날린이 아직도 몸 곳곳을 누볐다. 그는 어떤 대통령을 지지하라거나 혹은 구속시키라거나, 어떤 정당을 도와야 한다거나 해산시켜야 한다는 정견을 종교관과 연결시켜 스스로의 영혼을 고양시켰다. 이 영혼의 고양은 천국행과 직결되는 문제라 그는 지상의 사소한 문제에 신경을 쓰지 않았다.

동두천의 강 목사는 섭주의 아내와 딸이 어떻게 되었는지 알지 못했던 것이다. 아내의 방문이나 딸의 와병은 그가 마이크에 토해내는 성스러운 말씀에 끼어들 자격을 얻지 못했다. 열광적인 연설과 에너지 넘치는 예배만이 그의 전부였다. 그의 주장은 이 나라의 현실에 열광하거나 실망했을 때 '어떻게 주님이 나를 찾아왔는가'였다. 주님의 방문은 정치적 견해와 동일어였지만 그는 정치라는 말을 삼갔다.

― 근신하라 깨어라 너희 대적마귀가 우는 사자 같이 두루 다니며 삼킬 자를 찾나니 너희는 믿음을 굳건하게 하여 그를 대적하라 이는 세상에 있는 너희 형제들도 동일한 고난을 당하는 줄을 앎이라

베드로전서 5:2 글귀에 목사가 밑줄을 그었다. 다음 예배에 이 글귀를 인용할 생각이었다. 그가 지지하지 않는 세력에 대적마귀라니, 이보다 좋은 표현은 없었다. 그는 목을 주무르며 컴퓨터로 유튜브를 검색했다. 오늘 집회가 영상으로 올라왔는지 궁금했다. 윤 여사와 서경은 여전히 관심 밖이었다. 윤 여사는 서경이 아픈 사실을 목사에게 알리지 않았다. 밖에는 비가 내렸다.

집회 동영상은 올라오지 않았다. 유튜브 메인 화면엔 최근 들어 여기저기 출몰한 뱀과 관련한 사고 영상이 많았다.

어느 유명한 사찰에서 법회를 여는데 불전함에서 얼룩무늬 뱀이 솟아올라 신도들이 떨어져나갔고, 모 군부대는 야외 훈련 도중 세 명의 사병이 독사에게 물려 병원으로 이송되었다. 뱀을 건드린 진돗개가 목을 물려 거품을 뿜다가 죽는 영상이 있었고, 말미잘처럼 꿈틀거리는 수십 마리 뱀이 땅굴 속에서 발견된 영상도 있었다. 동물학자들은 가을철 이상 고온 현상이 겨울잠을 준비하는 뱀의 감각에 혼란을 초래했다고 출몰 원인을 분석했다.

강 목사는 그 어느 영상도 재생하지 않았다. 뱀은 악의 상징이었다.

그는 컴퓨터를 끄고 텔레비전을 켰으나 뉴스에서도 뱀 사건을 다루었다.

「다음은 사고 소식입니다. 3일 전 포르투갈에서 내한한 국제 서커스 예술단인 산투 포르투(Santo Porto) 단원이 서울에서 창원으로 이동 도중 운전자의 졸음운전으로 사고를 당했습니다. 오늘 오전 11시 경 산투 포르투 단원들이 다섯 대의 승합차에 나눠 타고 영덕 고속도로를 지나던 중 나들목 인근에서 선두 차량 한 대가 졸음운전으로 가드레일에 부딪쳐 전복되었습니다. 이 사고로 두 명이 다쳤으며 차 뒤에 실려 있던 우리가 훼손되어 타고 있던 동물들이 도망쳤는데요. 다행히 벵갈 호랑이는 사육사에게 돌아왔지만 아마존 산 아나콘다가 실종된 상태입니다. 현재 경찰은 수색팀을 나누어 이 아나콘다를 찾고 있으며 사고 인근의 가축 농장과 민가에 조심해 줄 것을 당부한 상태입니다. 전문가들은 한국의 자연환경이 아나콘다가 살기에 적합한 환경이 아니며 몸집이 10여 미터 길이라서 목격자의 눈에 띄기도 쉬워 포획은 시간문제라고 했습니다.」

"세상 말세로군! 또 뱀! 그것도 아나콘다라니! 나라꼴이 말이 아니니까 이런 거야."

그는 피식 웃음을 터트렸다. 그의 반대편에 있는 정치세력을 뱀에 비유해 볼까하는 생각이 스쳐지나갔다.

밤늦게까지 학교에 남아있던 섭주초등학교 시설보수 팀 임달구는 대기실에서 케이블 채널로 <대추나무 사랑 걸렸네>를 보고 있었다. 대기실 바깥의 대추나무에서 움직거리는 기미가 있었다. 예상대로 나선형으로 몸을 말아 내려오는 얼룩무늬 뱀이었다. 그는 준비해 둔 빗자루로 쳐 뱀을 떨어트렸다. 뱀은 바닥에 떨어져 하악하고 입을 벌렸다. 빗자루로 머리를 연타하자 꿈틀거리던 뱀은 죽었다.

임달구는 뱀을 자루에 넣었다. 자루 안에는 두 마리 뱀이 더 있었다. 학교에 늦게까지 남은 이유는 한 마리라도 더 잡기 위해서였다. 교감은 그가 뱀을 땅에 묻은 줄 알고 있지만 아니었다. 임달구는 잡은 뱀을 모조리 시골로 가져갔다. 농장 주인 그의 동생은 양계장도 운영한다.

'그나저나 뱀이 왜 이리 자주 나오는 거지?'

낮 동안 임미화는 고양이와 사랑에 빠져 정신이 없었다. 삼색이의 머리를 쓰다듬을 땐 생각 안 났는데 퇴근하고 나니 서경이 생각났다. 곰 같은 게 몸이 아픈 걸 핑계로 여우 흉내를 내는 게 영 마음에 안 들었다. 눈을 부라리며 '내 컴에 파일 없어요!'하고 대드는 꼴이라니….

어서 출근 시간이 오기만을 기다렸다. 삼색이와 서경이가 다 그리웠다. 임미화에게는 귀여워해 줄 대상만큼이나 괴롭혀서 스트레스를 풀 대상도 필요했다. 조주애, 장영화와 없는 사실로 서경을 마구 씹어댄 가해자로서의 행위는 일절 떠오르지 않았다.

교감은 골치가 아팠다.

'퇴직도 얼마 안 남았는데 왜 자꾸 까다로운 문제를 나한테 갖고 오지? 여자들끼리 해결하면 될 일을 왜 남자인 나한

테 떠 넘기냐 말이야. 정작 당사자 B사감은 아무 말도 없는데…. 좋은 게 좋은 거 아냐?'

송선희는 서경을 생각했다.

'도와줘야 해. 가만히 두면 애가 더 망가져. 인생에는 새로 태어나야 할 때가 있는 법이야. 더는 늦출 수 없어. 나도 그랬잖아?'

김윤수도 서경을 생각하고 있었다. 그는 서경이 교무실에 핸드백을 놓고 간 사실을 알고 있었다. 알고 있으면서도 말하지 않았다.

'B사감 핸드백에서 분명 방울 소리가 났어. 아무도 못 들었겠지만 난 들었어. 그런 방울 소리는 엄마한테서도 들은 적이 있거든.'

윤 여사는 침대에 엎드려 잠이 들었다. 성경책은 그녀의 팔꿈치 옆에 놓여 있었다. 섭주에서 놀라운 일을 하도 많이 겪어 그녀가 몸살이 날 정도였다. 그래서 아직 의식을 회복 못한 서경이 잠결에 빙그레 웃는 광경을 보지 못했다. 만약 그 모습을 봤다면 겁에 질렸을 것이다. B사감이 아니라 뱀을 연상시키는 음흉한 미소였으니까.

서경은 비단옷을 입고 공주님이 되는 꿈을 꾸었다. 서서히 비가 멈추고 있었다.

3. 발현

머리칼을 쓰다듬는 느낌이 좋아 윤 여사는 일어나기 싫었다. 그녀가 열일곱 살 때 눈을 감은 엄마의 손길 같았다. 그런데 쓰다듬는 사람이 오히려 그녀더러 '엄마'라 불렀다. 윤 여사가 번쩍 눈을 떴다.

서경이 일어나 앉아 있었다. 병마의 기운은 사라지고 없었다.

"일어났구나, 서경아! 아아, 네가 일어났어."

"계속 내 곁에 있었던 거야?"

"오늘도 못 일어나면 대구로 이송할 작정이었어."

"몸살도 떨어지고 이제 괜찮아. 앞으로 병원 갈 일 없을 거야."

음성이 단호했다. 윤 여사가 서경의 이마에 손을 대보았다. 축축하게 뜨겁고 어두웠던 기운이 사라졌다. 눈빛은 또렷했고 기분도 좋아 보였다. 좀 이상한 표현 같지만 겨울잠을 달게 자고 일어난 동물 같았다. 트레이드 마크 같던 묶은 머리를 풀고 안경도 벗은 서경은 예뻐 보였다. 눈에는 어제까지 없던 쌍꺼풀이 생겼다.

'얘가 안경 안 쓰면 원래 이렇게 인물이 좋았나?'

윤 여사는 병마의 흔적으로 서경의 살이 빠졌고 쌍꺼풀도 일시적으로 만들어진 것이라고 생각했다.

"누가 나 찾아오지 않았어요?"

"송선희 선생. 너한테 전화 왔는데 응급실이라니까 김윤수라는 선생하고 같이 왔었어."

서경이 휴대폰을 보니 선희의 문자가 와 있었다.

─진짜 깜놀 했다. 병가 처리됐으니 치료나 잘 해. 계속 아파 걱정이네. 또 들를게.

"혹시 내 핸드백 갖고 오진 않았어?"

"핸드백? 아니."

서경이 벌떡 일어났다. 아직 안정을 취하라는 충고도 무시하고 서둘러 옷을 갈아입었다. 윤 여사는 아팠던 만큼 건강미를 몇 배로 회복한 딸의 모습이 놀라웠다. 서경이 더 이상 존댓말을 하지 않는다는 사실은 문제되지 않았다. 죽음의 위기를 함께 겪었으니 그만큼 둘 사이가 가까워졌다는 징조였다. 그녀와 어울리지 않기는 했지만.

"엄마, 아버지한테 전화했어?"

"아니. 좀 바빠서 오늘 하려고 했어."

"잘했어. 나 같은 거 신경이나 쓰시겠어?"

서경이 툭 내뱉었다. 마지못해 퇴원을 허락한 의사에게 서경은 인사도 하지 않았다. 대신 안 하던 행동을 했다. 새엄마의 팔짱을 낀 것이다. 놀랍긴 해도 기쁜 마음이 더 컸다. 윤 여사는 서경이 혼수상태에서 지껄인 헛소리를 다 기억하고 있었지만 이처럼 좋은 분위기에 찬물을 끼얹기 싫었다.

"가, 엄마."

"니가 건강하니 너무 좋다 서경아. 배고프지?"

"응. 나 살아있는 거 먹고 싶어."

"살아있는 거? 뭐든지 다 사줄게. 가자. 배부르게 먹고 기도도 하러 가고!"

윤 여사의 오판이었다. 서경은 더 이상 기도하러 나가지 않았다.

❀

"뭘 그렇게 보니?"

윤 여사는 딸의 얼굴을 보았다. 신호대기 중인 차 안에서 서경은 혼이 빠진 사람처럼 수족관 물고기들을 보고 있었다.

"살아있는 거 먹고 싶다고 했잖아."

서경은 차를 유턴해 횟집 '나는 자연산이다' 앞에 정차했다. 노숙자 하나가 횟집 앞 양지 바른 곳에서 햇볕을 쬐고 있었다. 서경이 횟집 안으로 들어갔다.

"아저씨, 저 수족관에 오징어 두 마리만 주세요."

"회로 드시게요?"

"예."

"금방 썰어 드릴 테니 거기 잠시만 기다리세요."

금년 가을에 나온 오징어는 몸집이 크고 움직임이 활기찼다. 하지만 윤 여사의 기억으로 서경은 생선회는 물론 소고기, 돼지고기도 좋아하지 않았다. 서경은 수족관의 물고기들을 유심히 바라보았는데 이상하게도 물고기들이 그녀를 피해 수족관 구석으로 도망쳤다. 그녀가 이동하면 물고기들도 반대방향으로 헤엄쳤다.

"자, 다 됐습니다."

사장이 오징어회 포장 꾸러미를 내밀었다.

산 오징어는 썰어도 얼마 동안은 움직거린다. 서경이 안을 보니 잘게 썬 오징어가 전혀 움직이지 않았다. 게다가 어디로 빼돌렸는지 다리가 하나도 없었다.

"아저씨 이 오징어, 오전에 썰어놨던 거랑 바꿔치기 했네요."

"예? 그게 무슨 소리예요?"

횟집 사장의 얼굴에 기묘한 꿈틀거림이 지나가더니 이내 어조가 강경해졌다.

"그거 방금 썬 거예요, 손님."

"움직이질 않는데요?"

"기계로 썰어서 그렇죠. 기계로 썰면 오징어가 그냥 죽어요."

"그럼 다리는 어디 갔는데요?"

"거기 있잖아요."

사장이 짜증을 내며 손가락으로 포장을 툭 짚었다. 다리가 하나 있긴 했다. 움직이지 않는 다리. 움직이든 안 움직이든 두 마리니까 최소 10개 이상은 있어야 했다.

"아저씨, 장사 왜 그렇게 하세요? 이거 아침에 횟감용으로 썰어놓은 건데 빨리 팔아야 하니까 바꿔치기 한 거잖아요? 제가 어리숙하게 보이세요?"

"무슨 그런 말씀을 하세요? 왜 의심을 하고 그럽니까, 손님?"

"바꿔줘요."

"뭘 바꿔줘요? 방금 썬 건데."

윤 여사가 불편한 낌새를 눈치 채고 차에서 내렸다. 노숙자도 어느 때부턴가 다가와 상황을 구경했다. 서경이 화난

131

얼굴로 소리 질렀다.

"다시 썰어줘요! 아저씨가 사기 쳤잖아!"

"사기라뇨?"

"빼돌린 오징어 내놓으라고요!"

"이 손님이 못하는 말이 없네? 내가 여기서 장사한 지 20년이야! 20년! 수낭면 공무원 연수원에 온 외지손님들도 맛집이라고 우리 가게만 찾아!"

"맛집이고 맛 간 집이고 오징어나 바꿔달란 말이야!"

서경의 돌변에 윤 여사가 겁을 먹었다. 사장의 얼굴이 벌게졌다.

"야, 너 뭐라 그랬어? 맛 간 집? 말 다 했어?"

"서경아, 너 왜 이러니! 사람 다 쳐다보게 길에서….'

"저 사람이 사기 쳤어. 새 오징어는 감추고 죽은 오징어를 팔았다고. 저기 찬장 한번 열어봐 엄마."

모녀의 눈길이 찬장을 향하자 횟집 사장이 휴대폰을 꺼냈다.

"안 되겠네. 경찰 불러야지!"

버튼을 누르지도 않았는데 윤 여사가 붙잡았다.

"아저씨! 이거 얼마에요?"

"2만원이요."

사장이 휴대폰을 내렸다. 서경의 고함은 멎지 않았다.

"봐, 엄마. 걸지도 않을 전화였다니까. 경찰 부르라 그래! 찔리는 거 있을 테니까."

"찔리는 거?"

사장은 당장이라도 회칼을 집을 기세였다. 윤 여사가 지갑을 꺼내며 말했다.

"애가 많이 아팠다가 이제 퇴원했어요. 돈 여기 있어요."

"흥, 정신병원에서 퇴원했나 보지? 내가 오징어 두 마리에 목숨 건 줄 알아? 어디 또라이 같은 게 와서…."

"이보세요! 또라이라뇨? 함부로 말하지 마세요! 귀하게 키운 딸이에요! 자요, 돈 받아요. 너도 그만해, 서경아."

"그래에…. 이름이 서경이로구나. 오냐, 함 보자. 마주칠 날 있을지 없을지."

횟집 사장이 입술을 말았다. 겁이 더 상승한 윤 여사는 씩씩거리는 서경을 차로 끌고 갔다. 횟집 사장은 모녀가 떠날 때까지 노려보다가 왜 여기 자빠져 있냐며 노숙자에게 화풀이를 했다. 차가 출발해도 서경의 화는 멎지 않았다.

"서경아, 동네 창피하게 왜 이러니?"

"내 동네지 엄마 동네 아니잖아!"

서경이 악을 쓰자 차가 덜컥거리며 시동이 꺼졌다. 소심한 윤 여사는 횟집 사장보다 이제 딸이 더 무서워졌다. 서경의 반응은 분노조절장애자 같았다. 차조차 그녀의 눈치를 보듯

조용하게 시동이 걸렸다. 잠시 후 씩씩거리던 숨이 평온해지
더니 윤 여사의 팔에 서경의 손이 얹혔다.

"미안해 엄마. 내가 그 동안 좀 많이 참고 살았나 봐."

윤 여사의 얼굴에 미소가 나타났다. 다가오는 허리케인을
바라보는 옥수수 밭에 세워진 허수아비의 무력한 미소였다.

애가 좀 변한 것 같아….

횟집 사장은 주위를 살핀 후 조리실 칸막이를 들치고 찬장
에 넣어둔 오징어를 꺼냈다. 갓 썬 오징어 다리가 힘차게 꿈
틀거렸다.

"주문 받은 거 곧 나갈 거라 썰어 놓고 바꾸긴 했는데. 저
기서는 안 보일 텐데 내가 바꿔치기 하는 걸 어떻게 봤지?"

코너에 몰렸던 물고기들은 서경이 사라지자 다시 수족관
안을 유유히 헤엄쳤다.

모녀가 탄 차가 섭주초등학교를 지날 때였다. 서경이 차를
세웠다.

"엄마, 여기서 기다려. 잠깐 들어갔다 올께."

"안 가도 된다고 아까 전화까지 했잖아?"

"핸드백만 찾아올게."

서경이 내리자 윤 여사는 차에서 기다릴 수밖에 없었다. 서경은 건강미가 넘치는 걸음으로 운동장을 지나 계단을 오른 후 교무실 문을 벌컥 열었다. 학생들보다 더 시끄러운 잡담이 뚝 멎고 교무실 안의 시선들이 서경에게 집중되었다. 김윤수는 입을 쩍 벌렸다. 모두가 서경이 입원 중이라 믿었고 병자의 몰골을 예상했었다. 어색한 침묵이 흐르자 교감이 먼저 나섰다.

"아니 강 선생…. 많이 안 좋다더니 그새 퇴원한 거요?"

"예. 다 나았어요."

서경이 시원하게 답했다.

"오늘은 올 필요 없는데 굳이 나왔소?"

"물건 좀 찾아가려고요."

"정말 좋아 보이시네요. 어제까지와는 얼굴이 달라요."

다가온 김윤수가 서경의 얼굴을 빤히 쳐다보았다.

"이야, 강 선생님 쌍꺼풀 수술했어요?"

"내가 쌍꺼풀 수술하려고 거짓말로 입원했다는 거예요?"

"그런 말이 아니고요. 없던 쌍꺼풀이 생겨서 그렇죠."

"지독하게 아파 봐요. 살도 빠지고 다크서클도 쌍꺼풀도 생기지."

"맞습니다. 선생님 눈이 매력적이란 건 오늘 처음 알았습니다. 엄청 아름다워지셨어요."

서경이 김윤수에게 고개를 약간 들이밀었다. 김윤수의 눈이 호기심에 반짝였다. 서경이 김윤수만이 들을 수 있는 입모양으로 말했다.

"왜 누나라고 안 불러요?"

"아, 넵! 알겠습니다!"

김윤수도 입모양으로 답한 후 빙그레 웃었다. 교사들은 튼튼해지고 말이 많아진 서경과 복종하는 연하의 연인 같은 김윤수를 놀란 눈으로 바라보았다. 어떻게 된 일이지? B사감이 변했어…. 임미화, 조주애, 장영화의 눈에 경악과 시기와 미움이 소용돌이를 쳤다.

송선희가 삼각자로 김윤수의 어깨를 툭 쳤다. 김윤수가 머리를 긁적이며 자리에 앉았다.

"서경아, 병원에서 뭐래?"

"그냥 가벼운 대상포진이래." 서경은 거짓말을 했다.

"어젠 네 모습 보고 정말 죽는 줄 알았어."

"와줘서 고마워. 다른 사람은 안 믿어도 넌 내가 진짜 아팠던 거 알지?"

"정말 무슨 일 생길 줄 알았어."

"저도 증인입니다 누님! 진짜 아프셨지요. 누… 강 선생님."

김윤수가 말했다.

"그렇잖아도 우리도 단체로 문병 가려고 했었소. 바로 못 가봐서 미안하오."

교감이 마음에도 없는 소리를 했다. 다른 선생들은 대꾸를 못하고 달라진 서경의 얼굴만 바라보았다. 임미화의 분노는 기름통에 채워지는 난방유 눈금처럼 급상승했다.

"넌 응급실하고 성형외과하고 같이 간 모양이네?"

"아닌데요."

"얼굴이 분명히 달라졌잖아. 평소 니 얼굴하고 틀린 걸? 뭐 그렇다고 니가 이뻐졌단 말은 아니고."

서경이 임미화를 똑바로 바라보았다. 그러자 임미화는 뭔가 발견한 사람처럼 서경의 얼굴을 뚫어지게 보더니 알아들을 수 없는 말을 지껄였다.

"이럴 수가…. 설마 니 얼굴은…."

"임 선생님! 어제 송 선생님이랑 면회 갔을 때 강 선생님은 응급실에서 혼수상태셨어요."

김윤수의 목소리에 임미화가 시선을 돌렸다.

"혼수상태 겪은 얼굴이 아닌데?" 임미화는 흥하고 돌아섰다.

"뭘 찾으러 왔니?" 선희가 물었다.

"핸드백을 두고 갔어."

"그럴 줄 알고 제가 서랍에 잘 모셔놨습니다."

김윤수가 서경의 책상을 가리켰다. 서경은 우아하게 웃으며 김윤수를 쳐다보았다.

'이 자식이 설마 내 핸드백을 뒤져보진 않았겠지? 나름 매너는 좋은데 쥐새끼 같은 구석이 있어.'

그녀는 서랍을 열고 핸드백을 꺼냈다. 송선희, 임미화, 김윤수의 눈길이 서경에게 모아졌다. 김윤수는 서경이 서랍을 세게 당긴 동작과 핸드백을 부드럽게 들어 올리는 동작이 일치하지 않음을 확인했다. 첫 번째 동작이 일부러 소음을 내 감춰왔던 성깔을 드러낸 것이라면, 두 번째 동작은 본인만 아는 어떤 이유로 소리내기를 자제한 것이다.

교감이 서경을 불렀다.

"저, 강 선생. 기왕 나온 김에 잠깐 시간 좀 내줄 수 있겠소?"

"왜요?"

"물어볼 게 좀 있어요."

"그러세요."

"저기 상담실로 갑시다."

서경이 핸드백을 메고 교감의 뒤를 따랐다. 이 때문에 복수의 칼날을 갈던 임미화는 반격의 기회를 얻지 못했다. 김윤수가 어깨를 으쓱하며 송선희를 바라보았다. 송선희는 팔짱을 낀 채 서경의 뒷모습을, 어쩌면 핸드백을 바라보았다.

상담실에 교감과 서경이 앉았다.

"요새 혹시 누가 강 선생을 괴롭히지 않나요?"

"저를요? 아닌데요?"

"정말 아니죠?"

"네."

"아, 난 그 때문에 스트레스를 받아온 건 아닌가 생각했소."

"왜 그런 생각을 하신 건데요? 이전에는 그런 말씀 없었잖아요?"

서경이 도전적으로 대꾸했다. 교감은 눈이 까만 병아리에서 벼슬 돋친 닭으로 급변화한 B사감의 태도에 당황했다.

"알아야겠는데요? 왜 그런 생각을 하신 거죠?"

"요즘 기운도 없는 거 같고···. 다른 선생들 앞에서 강 선생이 주눅 든 것처럼 보여서···."

면담 제안한 교감이 오히려 면담 받는 사람처럼 두 손을 가지런히 모았다.

"다른 선생이라면 임미화 선생님 얘기하는 건가요?"

교감이 고개를 끄덕였다.

"제보를 받았소. 혹시 임 선생이 자기 할 일을 강 선생한테 시키고 그랬소?"

서경이 답이 없자 교감의 말이 많아졌다.

"아, 도와주려 그러는 거니 오해 마요. 내게 얘기하면 쓸데 없는 싸움으로 안 번지도록 잘 타이르리다. 속으로 쌓으면 오히려 그게 병이 된다오. 임 선생이 소방훈련 시나리오 쓰 라고 그랬지요?"

"그 년은 저 혼자 처리할 수 있어요."

"예? 뭐라고요?"

"금년은! 금년 모든 일은! 제가 처리할 수 있! 다! 고! 요!"

"아, 내가 잘못 들었나 봐요."

"벌써부터 보청기 알아보실 연세는 아닌데요?"

강 선생이 고개를 젖히고 웃었다. 교감의 눈이 휘둥그레졌 다. 강 선생이 처음 보인 경박한 웃음은 한참이나 지속되었 다.

"근데 임 선생 일을 왜 강 선생이 해요?"

서경이 웃음을 뚝 그쳤다. 그녀가 한동안 말이 없자 교감 이 조심스럽게 물었다.

"강 선생, 괜찮소?"

"왜요?"

교감은 그녀의 정신 상태를 의심했다.

"강 선생을 걱정해서 그러지요. 모두가 선생님을 걱정해요."

"왜요? 왜 내 걱정을 해요?"

"…."

"말씀해 보세요? 왜 내 걱정을 해요?"

"그러니까…. 그 파혼 건 이후로 강 선생이 많이 힘들어하는 줄 알고…."

서경이 눈을 감았다. 분노가 연기처럼 피어올랐다.

나는 그 남자를 잊었는데 아직도 모두가 그 남자 얘기만 한다. 정작 내 얘기는 하지 않는다. 왜? 「강서경 전기」에서 강서경은 주인공이 아닌 조연이라고 판단을 내렸으니까! 개코도 모르는 저 인간들이! 모두가 나를 결혼에 미친 여자인 줄로만 알잖아!

주먹이 부르르 떨렸다. 가슴 안쪽에서 힘이 솟아올랐다. 꿈틀거리고 혀를 쉿쉿거리는 힘이었다. 교감은 뱀을 만난 쥐처럼 몸을 움츠렸는데 그 꼴을 보니 서경은 기분이 새로웠다. 그녀는 새로운 힘, 가지지 못했던 능력을 느끼고 있었다.

정길성 교감이 당황했다. 평소 얌전한 사람이 저지른 총기 난사 사건을 떠올리는 그에게 서경이 물었다.

"제보는 누가 했죠?"

"제보자는 밝힐 수 없어요."

"송선희잖아요?"

서경이 탁자를 내리치자 창가에 있던 화분이 떨어졌다. 겁이 난 교감이 이실직고했다.

"송 선생이 강 선생을 많이 걱정했어요!"

"그럴 줄 알았어요."

"내가 말했다고 하지 마세요."

"알았어요! 이제 집에 가도 되죠?"

교감은 서경의 왼쪽 눈에서 불가사리 모양으로 번득이는 녹색 빛을 본 착각에 빠졌다.

"가도 좋아요. 주말 편안히 쉬시고 월요일에 봅시다."

서경이 당당하게 일어나 밖으로 나갔다.

복도에서 조주애와 장영화와 마주친 서경은 두 선배에게 인사하지 않았다. 두 여자는 서경이 사라지자마자 악의 넘치는 수다를 나누었다. 상담실에서 홀로 황망해 하던 교감은 무심코 뒤편 창밖을 돌아보다가 비명을 질렀다. 건물 기둥에 뱀이 나선형으로 몸을 감고 있었다. 기둥은 하나인데 뱀은 여러 마리였다. 앉아있던 위치를 고려하면 서경이 뱀을 못 봤을 리 없을 텐데 말도 없이 나갔다. 교감은 문을 열고 소리쳤다.

"누구 임달구 씨 좀 오라고 해요! 뱀이 다섯 마리나 나왔어!"

김윤수와 송선희가 교무실 구석에서 대화를 나누고 있었다. 누가 보면 사귀는 줄 알 정도로 둘은 거리가 가까웠다. 대화의 내용은 그 누구도 몰랐다.

"누님, 어제 내가 강 선생님 핸드백에서 방울 소리 난다 그랬잖아."

"또 그 소리야? 왜 어제 병원 갔을 땐 핸드백 안 챙겼어?"

"강 선생님이 찾으러 올 줄 알았거든요. 그 안에 정말 방울이 있었어요."

송선희가 인상을 찌푸렸다.

"이 재수 없는 인간아. 여자 핸드백까지 훔쳐보냐?"

"확인하려던 거였어요. 난 봤어. 그건 그냥 방울이 아니라 신방울이야."

"미쳤구나. 서경이가 무당이 됐단 말이야?"

"체온도 정상으로 나오는 그 몸살, 난 대번에 알아봤어요. 신병 걸려서 앓은 거라니까! 굿을 했는지 뭘 했는지 몰라도 병이 나으니까 몸이 가벼워진 거예요. 하루 만에 외모가 바뀌고 말투가 바뀌는데 이상하지 않아요? 성형수술 절대 아냐. 뭐가 씐 거라고!"

"무서워, 김 선생! 자꾸 그런 소리 하지 마."

"왜 내가 서울 놔두고 이 시골까지 온 줄 알아요? 우리 엄마가 무당이거든. 집안 내력에서 감추고 싶은 유일한 비밀이에요. 어릴 때부터 비슷한 걸 봐와서 저런 현상이 뭔지 감이 와요. 틀림없어. 강 선생이 무속과 연관된 어떤 일에 연루된 거예요."

"정말 핸드백 안에 방울이 있었다고?"

"천으로 묶인 낡은 손잡이에 작은 방울 일곱 개가 달린 거죠. 딸랑딸랑딸랑…."

"그만 해."

"직접 물어봐야 하는데…. 앗, 저기 강 선생님 온다."

서경이 확실한 걸음걸이로 두 사람에게 다가왔다. 평소와는 다르게 모델처럼 자신감 넘치는 포즈였다.

"서경 누님! 안 아프시니까 정말 좋네요."

서경이 아부하는 김윤수를 무시하고 선희에게 다가갔다.

"임미화가 괴롭힌다고 네가 교감한테 일렀니?"

선희는 서경의 강경한 태도에 조금 당황했다.

"언젠가 바로잡아야 될 일이라고 생각했어."

"너도 그 여자랑 별로 다를 게 없다는 생각이 드네."

"무슨 소리니?"

선희가 정색했다. 김윤수는 분위기가 심상치 않자 입을 다

물었다. 서경이 허리춤에 한 손을 척 짚었다.

"내가 언제 네 도움 필요하댔어?"

"그 여자랑 다를 바 없다니 그게 무슨 소리야?"

"남의 인생을 멋대로 판단하고 끼어드는 거 말이야. 내가 당면한 문제에 손 놓고 있는 줄 알아? 그러니 참견 좀 말아 줄래? 임미화가 부리는 건 히스테리고, 네가 부리는 건 가끔 오지랖이라고 생각해. 아, 그리고."

서경이 걸음을 옮기다가 돌아섰다.

"남의 휴대폰 함부로 안 봤으면 해. 난 니들과 달라서 비밀번호 같은 거 안 걸어놓거든."

선희는 한동안 말을 잇지 못했다. 그녀는 특유의 투명한 눈으로 서경을 바라보았다. 서경이 눈에 힘을 불어넣자 선희처럼 색깔이 투명해졌다. 당황한 선희가 시선을 피했다.

"네 전화기로 어머니한테 연락한 건 미안해."

"민호 씨 문자라도 왔을까봐 궁금했겠지? 네가 소개시켜 준 남자 말이야. 모두가 그 사람 얘기밖에 없더라."

"아니야!"

"모르지. 내가 네 속까진 알 수 없으니."

"내가 도와주는 게 그리도 못 마땅해?"

"응."

얘기 끝났다는 듯 서경이 걸어 나갔다. 선희의 얼굴은 발갛게 상기되었다. 김윤수가 옆으로 바짝 다가왔다.

"거봐요 누님. 성격도 이상하게 변했잖아. 신이 내리면 저렇게 된다니까."

"이번에도 방울 소리가 들렸어?"

"응."

"왜 내 귀엔 안 들렸을까?"

"그랬잖아. 난 무당아들이라고."

김윤수가 눈을 깜빡거렸다.

그는 핸드백을 열었을 때 분명 굿판에서나 어울릴 무속 방울을 보았었다. 그러나 청동거울은 못 봤다. 그는 어머니가 무속인이라는 흑역사 때문에 서울이 아닌 지방으로 온 사실을 밝혔지만 섭주가 무속과 관련해 어떤 곳인지는 알지 못했다.

정문 근처에서 임미화가 고양이 삼색이를 쓰다듬고 있었다. 수업이 시작되었음에도 그녀는 운동장에 있었다. 일부러 기다린 게 틀림없었다.

"서경아. 이리 와봐."

서경은 그녀에게 가긴 했지만 일부러 몇 초 뜸을 들이다가 움직였다.

"왜요, 언니?"

"교감 선생님이 널 왜 불렀니?"

"그거 알려고 일부러 여기서 기다린 거예요?"

임미화가 고양이에게서 손을 뗐다. 검은 머리칼이 하얘지는 기분이었다. 노예가 굴종을 거부하고 봉기의 기세를 보인 까닭이다. 놀람 다음엔 격렬한 미움이 찾아들었지만 그녀는 목소리를 부드럽게 가다듬었다.

"나밖에 너 걱정할 사람이 누가 있겠니? 넌 내 친척인데? 다른 선생들이 뭐라 이간질하든 난 널 보호해야지."

"친척이라고요?"

"네 엄마는 내 이종 언니잖아."

"그래서 피가 비슷한 모양이네요. 엄마는 날 두고 도망갔지만 언니는 남편이 도망갔잖아요. 합집합 중에서 둘 다 문제 있는 부분집합이네요. 비슷한 교집합 유전자가 어디 가겠어요?"

쨍그랑!

임미화의 머릿속에서 장독대 깨지는 소리가 났다. 기어 다니는 벌레가 날개를 갖춰 하늘로 오른 격이었다. 아무리 팔을 휘둘러도 잡지 못하는 벌레. 그녀는 고양이처럼 손가락을

폈다 오므리면서 서경에게 한 걸음 다가갔다. 사실 겁이 나긴 했지만.

"너 뭔가 믿는 구석이라도 생긴 것 같은데. 교감한테 고자질했지?"

"소방훈련 말이죠? 등신 같은 교감이 어떻게 알겠어요?"

"누가 제보를 했어. 내가 소방훈련 시나리오 작성을 너한테 시켰다고."

"그럼 제보한 사람을 잡을 일이지 왜 내가 고자질했다고 그래요?"

임미화는 서경의 지적에 말문이 막혔다가 한층 강경하게 나섰다.

"송선희가 범인이야. 난 너한테 도와달라고 한 거지 시키지 않았어."

"틀렸어요. 교감은 그런 말 안했어요."

"그럼 뭘 물었어?"

"언니한테 모든 걸 보고해야 하나요, 내가?"

"난 널…"

"내 상관이에요? 교육청 감독관이에요? 취재기자예요? 친언니예요?"

"너!"

"왜 위하는 척 하면서 사사건건 사람을 지배하려고 그래요? 그게 재밌나 봐요?"

"네가 감히…!"

"할 일이 그렇게도 없어요? 시간이 남아돌면 어려운 애들 불러 집안에 힘든 일은 없는지 당신처럼 학대하는 엄마는 없는지 그런 거나 알아봐요. 말 받아주고 사람대접 해주니까 내가 만만하게 보여요?"

"너…. 언니한테 그게 무슨 말버릇이야!"

"언니 같은 소리하고 자빠졌네! 니가 왜 내 언니야? 병신 같은 년아!"

서경이 뱀처럼 혀를 쑥 내밀자 임미화가 기겁했다. 삼색이가 서경을 향해 이빨을 드러냈다. 서경이 입을 오므리고 '쉭쉭세엑세엑하흐!'하는 휘파람을 토하자 고양이가 임미화의 발 뒤로 숨었다. 임미화도 한 순간에 살집이 늘어났다가 원래대로 붙은 서경의 얼굴에 식겁해 물러섰다. 마치 바통을 이어받은 것처럼 고양이는 임미화 뒤에, 임미화는 고양이 뒤에 숨기가 반복되면서 둘은 후퇴를 거듭했다. 서경이 하하하 웃으며 운동장을 나섰다. 임미화는 고양이를 안은 채 몸을 떨었다.

"저게 왜 저러지? 다른 사람 같잖아! 얼굴도 분명 '그 여자' 얼굴로 바뀌었어!"

임미화는 김윤수와 다르게 뭔가를 알고 있었다. 겁에 질려 눈물까지 보인 그녀는 얼른 조주애와 장영화에게 알려야겠다고 결심했다. 그래야만 무서움이 덜어질 테니까. 그러나 조주애는 갑자기 이빨이 아프고 장영화는 혀가 아파 둘은 임미화에게 신경 쓸 틈이 없었다. 두 동료의 급성질환이 임미화는 불길했다. 서경을 씹을 때 팩트에 악의적으로 붙인 살이 급살로 되돌아온 것 같았기에. 왜 팔다리도 아닌 이빨과 혀가 아프냐고!

서경은 윤 여사가 기다리는 차 앞까지 갔다가 뒤돌아보았다. 벽이 가로막고 있어도 교감의 집무실 뒤편이 보였다. 임달구가 다섯 마리의 뱀을 포대에 넣으며 쾌재를 부르고 있었다. 뱀을 빨리 치우라고 교감이 호통을 쳤다.

"왜 그래, 서경아? 핸드백은?"

새엄마의 목소리에 서경은 밝게 웃었다.

"여기 있지롱!"

딸랑거리는 소리를 윤 여사는 듣지 못했다.

"오징어를 왜 그렇게 먹니?"

윤 여사가 말했다. 서경은 오징어 조각을 젓가락으로 들어

올린 후 혀를 길게 내밀어 낼름 삼켰다. 초장에 담그지도 않은 채로. 윤 여사의 말을 들은 서경이 기분이 나쁜지 젓가락을 놓았다.

"왜 안 먹어?"

"이거 죽은 거야. 활어도 아닌데 엄만 화도 안 나?"

"아직도 횟집 사장 생각하는 거야?"

"벌이나 받았으면 좋겠어. 꼭 오늘 밤에."

"너 몸살은 다 나은 거니?"

서경이 매력적인 쌍꺼풀 진 눈으로 씩 웃었다. 안경을 벗고 머리만 풀었는데 애가 이리도 다르게 보이다니…. 윤 여사는 서경의 '약간' 바뀐 얼굴에 여전히 의문이 들었으나 굳이 말하지는 않았다. 서경이 애교를 부렸다.

"엄마 고마워. 엄마 아니었으면 난 벌써 죽었을 거야."

윤 여사는 이 뜻밖의 칭찬에 가슴이 뭉클했다. 그래서 내가 애 못 낳는 여자란 걸 어디서 들었냐고 물으려던 걸 또 한 번 미루었다. 그녀는 예뻐진 딸의 얼굴을 흐뭇하게 바라보았다.

'어쩌면 서경이가 평범한 아가씨로 돌아올 징조인지도 몰라. 아깐 화장품 가게 앞을 한참이나 바라보기도 했잖아. 집에 와서도 거울만 쳐다보고. 여자 나이 사십이지만 그래도 늦지 않았어.'

"널 보니 잠자는 공주라는 동화가 생각난다."

"정말이야 엄마? 내가 공주라고?"

서경이 윤 여사의 목을 끌어안았다. 여사는 서경의 낯선 행동에 당황했지만 기분은 좋아 어린아이처럼 등을 다독거렸다. 서경이 더 세게 끌어안자 식탁 위의 콜라병이 넘어졌다. 콜라가 번지자 윤 여사가 핸드백을 잡아당겼다. 줄곧 서경의 곁에 놓인 핸드백이었다. 서경이 탄환 같은 기세로 달려들어 윤 여사의 손등을 찰싹 때렸다. 윤 여사가 눈을 동그랗게 떴고 그런 그녀를 보는 서경도 당황했다.

"앗! 미안, 엄마! 나도 모르게…."

"네 가방이 젖을까봐 그랬어."

"난 엄마 손 버릴까봐 그랬지."

서경이 티슈를 꺼내 흘린 콜라를 닦았다. 윤 여사는 집에 돌아온 서경이 핸드백을 손닿는 거리에 둔 사실에 의혹을 느꼈다.

'혹시 저 안에 내가 봐서는 안 될 거라도 있나?'

"아, 이 오징어 못 먹겠어."

서경이 닦은 화장지와 오징어회를 쓰레기봉투에 넣었다.

"반이나 남았잖아?"

"죽은 오징어야! 살아있지가 않았다고!"

"냉동실에 뒀다가 라면 끓일 때 넣으면 될 텐데."

"먹고 배탈이라도 나면 어떡해!"

서경의 언성이 높아지자 볼륨을 잔뜩 높인 트로트 노래가 대응했다.

내 야망 싣고! 내일을 향해! 가자가자가자 당진열차야!

서경의 고개가 위로 올라갔다.

"저 씨팔 놈의 새끼 또 지랄 개시하네! 집구석에 처박혀 안 나가기 대회 있으면 세계 챔피언일거야."

윤 여사의 입에서 주여! 하는 탄식이 나왔다. 서경이 무슨 사고라도 칠까봐 걱정되었다.

"저, 서경아, 나 월요일 쯤 동두천 올라갈 생각이거든. 너 혼자 있어도 괜찮겠니?"

"계속 혼자 있었는데 무슨 뜬금없는 소리야?"

"너 방금 한 말은 평소 네 모습과…."

서경이 말을 자르고 소리쳤다.

"아! 월요일이면 엄마 없으니까 우리 내일 드라이브 가자! 지금 단풍이 절정이니 그거도 보고 영덕 강구항에 가서 제대로 된 활어도 먹자!"

"그래…. 그거 좋은 생각이다. 너 회가 몹시 당기나 보구나."

"살아있는 거 삼키는 건 다 좋아. 근데 아버지한테 안 가도 돼?"

"어차피 집회 활동 때문에 바쁘셔. 난 너랑 며칠 더 있고 싶고."

"그래 엄마! 엄마랑 드라이브 간다니 진짜 좋다."

서경이 등 뒤로 다가와 윤 여사의 목을 끌어안았다. 핸드백을 한 손에 쥔 채로. 핸드백 지퍼는 굳게 잠겨 있어 내용물이 보이지 않았다. 윤 여사는 서경의 손을 쓰다듬으며 주님께 감사의 인사를 올렸다.

'주여, 늦은 나이에 얻은 이 아이는 내 친딸이나 마찬가지입니다, 이제 주님의 은총으로 정상적인 아가씨가 될 것 같습니다. 물론 약간의 적응기는 있겠지요, 그래서 성질도 부리고 욕설도 내뱉나 봅니다. 부디 시험을 이기고 좋은 아가씨가 되게 해 주소서. 우리 모녀에게 나쁜 일 없이 항상 좋은 일만 일어나게 해주소서.'

그러나 윤 여사는 뒤쪽에 있는 서경의 눈을 보지 못했다. 서경의 두 눈은 찢어지도록 천장 쪽으로 몰려 있었다.

가자가자가자 당진열차야.

그 날 밤 서경은 푹 잤다. 신령한 존재들은 더 이상 꿈으로 찾아오지 않았다. 몸살도 없었다. 동생이 오토바이에 깔리는 꿈을 꾸었지만 아주 잠깐일 뿐이어서 일어날 때는 기억도 나지 않았다. 서경은 눈 셋의 도인과 장군들이 이제 자신과 함께 있다고 믿었다. 신통력이 실제로 하나둘 이루어졌고 또 이루어질 테니까.

'나는 자연산이다' 사장은 전화를 받았다. 새벽 2시 20분으로, 장사를 끝낸 사장이 막 잠이 든 때였다.

"여보세요, 나는 자연산이다 사장님이세요?"

"그런데요, 누구세요?"

"경찰인데요. 가게에 좀 와보셔야겠습니다."

"경찰이요?"

졸음에 감기던 사장의 눈이 커졌다.

"신고 받고 왔는데 수족관이 터져서 근처가 물바다에요. 물고기도 다 죽은 거 같네요."

"뭐요?"

사장이 가게로 달려갔다. 활어를 넣어둔 대형수족관이 터

155

져 유리 파편이 즐비했다. 흐른 물이 인근 주택가까지 흘러 갔다. 생계수단인 생선들은 골든타임을 놓쳐 한 마리도 살아 남지 못했다. 광어도 우럭도 멍게도 새우도 모두 변사체로 발견되었다. 그런데 보이지 않는 어종이 있었다. 어제 영덕에서 30마리나 배송 받은 오징어가 한 마리도 보이지 않았다.

사장은 경찰과 함께 CCTV를 확인했다.
"저기 저 사람이구먼."
경찰이 말했다. 화면 안에 한 남자가 어슬렁거렸다. 그는 횟집 사장도 안면이 있는 노숙자였다. 낮에 봤던 모습 그대로였으나 달라진 점이 하나 있었다. 왼쪽 팔목에 빨간색 스카프를 감고 있었는데 색깔이 하도 튀어 눈에 잘 들어왔다. 그는 술 취한 사람처럼 비틀비틀 걸어오더니 손에 든 돌멩이를 휘두르기 시작했다. 두 번, 세 번 때리자 수족관이 깨지면서 방류하는 댐처럼 물을 토해냈다. 물에 젖으면서도 노숙자는 오징어를 주웠다. 오징어는 물을 뿜으며 저항했지만 한 마리도 예외 없이 노숙자의 가방 안으로 들어갔다.
"낮에 온 놈입니다. 이 동네 자주 돌아다니는 거지지요."
"무슨 시비라도 붙었었나요?"
"아뇨. 시비는 다른 사람하고 붙었는데 저 놈이 옆에서 구경했어요."

"누구요?"

"어떤 손님이 오징어를 바꿔치기해 팔았다고 행패를 부렸어요."

"그 손님이 저 사람하고 아는 사이인가요? 그렇게 보였나요?"

"아뇨. 그렇진 않았어요. 절대 아닐 거예요."

"저 사람 이 동네에 자주 나타난다 그랬지요?"

"예. 우리 가게 앞에 자주 찾아왔어요."

"이쪽 순찰을 강화하겠습니다. 잡히는 대로 연락드리죠."

"교도소 들어가려고 일부러 저런 거 같은데 잡아도 손해배상 못 받겠죠?"

"돈 없다 배 째라 하면 그렇게 되는 거죠."

"흐이구…."

사장이 손바닥으로 이마를 때렸다. 체념적으로 화면을 보던 눈이 가늘어졌다.

"근데 저 사람이 수족관 깨고 걸어 나갈 때… 팔목에 뭐가 움직인 거 같지 않았나요?"

"팔목이요?"

"빨간 스카프가 움직인 거 같았어요."

그들은 화면을 앞으로 돌려보았다.

"글쎄요. 제가 보기엔 그냥 화면이 흔들린 것 같은데요."

"잘못 봤나 보군요. 꼭 뱀이 팔목을 감은 거 같아 보여서…."

아침이 되자 모녀는 영덕으로 출발할 준비에 바빴다. 윤여사는 남편에게 서경이와 함께 주말을 보낼 거라고 전화했다. 딸의 몸살도, 입원 사실도 모르는 강 목사는 알았다고 간단히 답했다.

"서경이 바꿔줄까요?"

"됐소. 잘 있다면서."

윤 여사는 부녀의 거리가 천국과 지옥만큼 멀다는 사실을 잘 알고 있었다. 서경의 남동생이 사고로 죽고 나서 그랬다고 한다. 시간이 그만큼 지났는데도 못 받아들이나….

서경이 다가왔다. 윤 여사가 활짝 미소 지었다.

"준비 다 했니? 이야, 넌 줄 몰라보겠는데."

서경은 생머리를 풀어헤치고 안경을 쓰지 않았다. 세트로 된 하트형 목걸이와 귀걸이가 잘 어울렸는데 즐겨 입던 바지 대신 긴 치마까지 입었다.

"너한테 그렇게 예쁜 쌍꺼풀이 있는 줄은 몰랐어."

"안경 쓰고 다녔으니 못 알아본 거겠지. 나 이뻐, 엄마?"

"세상에서 제일 예뻐."

민호를 완전히 잊은 거야. 결혼은 못 했지만 그 덕에 애가 새롭게 태어났어. 그래, 지금 생각해보니 그 몸살은 극복의 열병이었던 거야.

고지식한 면모가 있는 윤 여사는 자신의 믿음을 기정사실화했다.

"아버진 뭐래?"

"응…. 너하고 함께 주말을 보낸다니까 잘 생각했대."

"내 얼굴 보면 또 죽은 종혁이 생각할 걸?"

윤 여사는 대꾸하지 못했다.

"엄만 준비 다 됐어?"

"응. 난 다 됐다."

"그럼 가자, 엄마. 가자가자가자 영덕 열차야!"

"그러고 보니 오늘은 그 노래가 안 들리네."

"소주 댓병 처마시고 곯아떨어졌겠지. 루저 새끼."

"저…. 서경아."

"응?"

"너 아프기 전엔 말투가 이렇지 않았잖아?"

"내 말투가 어떤데?"

"안하던 욕도 하고 좀 불량스러워진 거 같아서."

"요새 애들 다 이래."

"그건 맞는데 넌 선생님이잖아. 그런 말 하는 애들을 가르치고 교정해야 하는 선생님이잖아."

"엄만 내가 다른 여자들처럼 사는 게 싫어?"

"그건 아니지만 숙녀는 숙녀답게 말해야지."

서경은 거울에 얼굴을 비춰보며 말했다.

"숙녀는 맞는데 엄마, 착하게 살면 바보 소리만 들어."

"그래도 앞으로 욕은 하지 말자, 응? 요새 교회는 나가지? 내일 우리 교회 같이 가자."

"욕은 안 할게."

모녀가 주차장으로 나올 때까지 당진열차는 들려오지 않았다. 서경이 키득거렸다.

"운행중단인가? 아니면 철도의 날인가?"

윤 여사는 딸을 힐끔거리며 엘리베이터를 탔다.

바깥 날씨는 화창했다. 서경이 운전하고 윤 여사가 옆에 탔다. 늦가을 토요일이라 행락 차량이 많았다. 섭주를 벗어나 청송을 지날 때 고속도로 주변의 붉은 단풍이 그녀들을 맞았다. 서경은 수다를 늘어놓으며 속도를 높였다. 안전벨트를 맸음에도 윤 여사는 손잡이를 꽉 잡았다. 평소처럼 고리타분한 침묵이나 교회 이야기는 없었다. 서경은 무속의 바리공주 이야기를 들려주었고 윤 여사는 딸의 선생다운 지식이 대견했다. 그들이 신나게 이야기하며 질주하는데 10미터 앞의 느티나무 뒤에서 경찰이 튀어나와 길가에 차를 붙이라고 손짓했다.

"아차, 너무 밟았나?"

서경이 차를 세우자 경찰관이 다가와 경례를 붙였다.

"신호 위반하셨습니다. 붉은 신호에 지나가면 어떡합니까?"

"죄송해요. 사실은 아빠가 아파서 엄마랑 급하게 가는 길이에요."

"오늘 그렇게 말씀하시는 분이 다섯 번째입니다. 면허증 주세요."

"한번만 봐주세요. 딱지 끊기면 오늘 하루 기분이 정말 우울할 거예요."

"지금 끊기면 앞으로 위반 안 하시게 됩니다. 벌금 무서워서 조심하게 되지요. 자, 면허증 주세요."

윤 여사가 끼어들었다.

"전 객지에 살아요. 애 아버지 빨리 나으라고 사찰에 기도드리러 가는 중이에요. 좀 봐주세요."

"그 차 뒷좌석에 성경책 아닙니까? 사찰에 가서 아멘 하시게요?"

서경이 면허증을 주었다. 순경의 시선이 면허증에 쏠린 사

이 서경은 한 손을 운전대에 올린 채 눈에 힘을 주었다. 그
녀의 눈은 느티나무를 향했다. 거짓말에 소질 없는 윤 여사
는 젊은 순경에게 쩔쩔맸다.

"뒤에…." 서경이 말했다.

"뒤에 성경이요?" 순경이 말했다.

"아뇨, 경찰아저씨 뒤에…"

순경은 갑자기 어깨가 간지러웠다.

"아악!"

윤 여사가 비명을 질렀다.

순경은 나무를 타고 내려온 뱀이 어깨에 앉은 상황을 깨닫
고 몸이 굳어버렸다. 앞으로 상반신을 내민 황갈색 뱀이 천
천히 순경의 얼굴로 고개를 틀었다. 슈슷거리는 혓바닥 앞에
서 그는 단속 스티커를 떨어트렸다.

"가만히 계세요!"

서경이 소리쳤다.

"이건 독사야! 119 좀 불러주세요!"

"독사 아니에요."

서경이 손을 뻗었다.

"서경아! 뭐하는 거니!" 윤 여사가 서경의 소매를 붙잡았
다.

"가만히 있어 엄마. 무는 뱀 아니야."

서경이 순경의 턱 아래로 팔을 뻗치자 뱀이 방향을 바꿔 서경의 팔목을 감았다. 서경은 그대로 천천히 차에서 내려 한쪽 손으로 머리를 쓸어 넘기며 앉았다. 뱀은 인사라도 하는 것처럼 서경을 향해 고개를 들다가 땅으로 내려온 후 풀숲으로 기어갔다. 순경이 나무에 기대 한숨을 쉬었다.

"어떻게 된 거죠?"

"그 나무에서 내려왔어요."

윤 여사가 말하자마자 순경은 급히 몸을 뗐다. 그는 서경에게 물었다.

"동물 조련사세요?"

"아뇨. 전 초딩 아이들을 조련해요."

'초딩 아이들'이란 복수형 명사를 언급할 때 그녀의 눈은 뱀이 사라진 자리에 고정되었다.

"덕분에 목숨을 건졌습니다. 남자인 제가 부끄럽네요."

"아저씨가 남자란 걸 부끄러워해야 할 때는 10분 전이었어요."

"예?"

"제네시스 운전자. 그 아가씨도 나처럼 신호 위반했는데 봐줬잖아요. 아양을 떠니까."

"그걸 어떻게… 아세요?"

"제 친구에요."

순경은 멍한 얼굴을 했다. 서경이 면허증을 탁 뺏었다.

"법 적용을 사람 외모로 판단하면 안 되죠."

서경이 늘씬한 뒤태를 자랑하며 차 안으로 들어갔다.

"그냥 가도 되죠? 생명의 은인이니까."

순경은 멘붕 상태가 되어 모녀가 떠나가는 걸 지켜보기만 했다. 윤 여사가 물었다.

"너 그게 무슨 소리니? 10분 전 제네시스 운전자라니? 우린 아무도 만난 적 없잖아?"

"그냥 넘겨짚은 거지 뭐."

서경이 깔깔거렸다.

윤 여사는 갈수록 서경이 보여주는 일이 놀라웠다. 메뚜기도 못 잡는 아이가 뱀을 잡다니! '법 적용'이란 말을 언급했을 때 흐르던 도도한 표정이라니! B사감이 아니라 경찰청장의 모습이었다.

토요일이라 섭주초등학교 운동장은 텅 비었다. 연못 뒤편에서 고양이 삼색이는 햇볕을 쬐고 있었다. 자신의 털을 연신 핥던 삼색이는 뭔가를 발견하고 눈을 동그랗게 떴다. 자신 말고도 몸을 둥글게 만 채 햇볕을 쬐는 동물이 있었던 것이다. 갈색 뱀이었다. 호기심이 인 삼색이가 다가가 앞발로 툭 건드렸다.

뱀이 입을 벌려서 오지 말라는 경고를 보냈다. 건드림은 때림으로 바뀌었다. 삼색이의 앞발 펀치가 한 대 두 대 빠르고 잦아졌다. 뱀이 덤벼들면 민첩하게 뒤로 물러났다가 다시 앞발을 날렸다. 임미화가 서경을 괴롭혀 온 모습과 비슷했다. 뱀은 공포에 질렸고 기세를 얻은 삼색이는 더욱 거리를 좁혀 앞발질을 했다.

번쩍 들어 기회를 보다가 탁하고 내려치는 펀치. 작은 뱀은 후퇴했고 삼색이는 진격을 늦추지 않았다. 이 때문에 옆의 나뭇가지를 칭칭 감고 내려오는 녹색 뱀을 보지 못했다.

녹색 뱀은 축축하고 무늬 없는 몸에 눈이 새까맸다. 그로기 상태에 빠진 갈색 뱀이 움직임을 멈추었다. 삼색이가 갈색 뱀의 꼬리를 물고 질질 끌고 가려 할 때 나무 위의 녹색 뱀이 기습했다. 피하려 했으나 늦었다. 독을 품은 이빨이 삼색이의 목을 파고들었다. 삼색이는 몸을 흔들어 적을 떨쳐버린 후 내뺐으나 몇 초 후부터 몸이 말을 듣지 않았다. 입에서 침을 질질 흘리며 방향 감각도 잃었다. 갈지자를 그리던 삼색이는 화단 구석까지 간신히 도착한 후 쓰러져 죽었다.

영덕 강구항은 관광객들로 인산인해를 이루었다. 새로 뚫린 고속도로 영향이 컸는데 대게 시장을 지날 때는 호객행위 때문에 차가 나아가지 않을 정도였다.

"안 되겠다 엄마, 우리 해상공원부터 가자. 거기도 바다 전망이 괜찮아."

북적이는 인파가 질색이라 윤 여사는 군말 없이 찬성했다. 굼벵이 걸음을 하던 차는 큰길로 들어서자마자 속력을 내 순식간에 삼사해상공원에 도착했다. 큰 주차장에 비해 차량은 별로 많지 않았다.

"좀 썰렁하지? 바다도 망향탑도 축제장도 다 이 주차장 너머에 있어. 어디부터 보고 싶어?"

"바다 가자 서경아! 난 바다가 너무 좋아."

"엄마 고향 인천이잖아? 어릴 때 바다 숱하게 안 봤어?"

"서해 바다하고 동해 바다는 또 다르지."

"바다 위로 걸어본 적은 있어?"

"그런 데가 있어?"

"그럼."

주차장에 서려던 차는 다시 야외 공연장을 지나 해상 박물

관 곁의 가파른 길을 내려갔다. 서경의 얼굴엔 야외활동이 주는 에너지가 가득했다. 윤 여사는 멀어져 가는 경북대종을 돌아보았다. 멋진 전망대를 갖춘 종 옆에 올라가보고 싶었다. 거기 서면 강구항이 한눈에 내려다보인다고 했다. 하지만 차는 내려가고 있었고 서경의 기쁨이 너무 커서 다시 말을 바꾸기는 어려웠다. 서경은 조급증에 빠진 것처럼 행동했다.

내리막이 끝나고 시야가 트였다. 푸른 동해바다가 장엄한 모습을 드러냈다. 햇살이 수평선을 황금빛으로 물들이고 갈매기 떼가 창공의 댄스파티를 벌였다. 윤 여사의 얼굴이 밝아졌다.

"여기 전망이 이렇구나! 꼭 숨겼다가 보여주는 거 같네!"

"당연하지 엄마. 바다 위를 걸으면 더 신기할 걸."

"동해 바닷물 정말 깨끗하다. 넌 여기 자주 왔니?"

"민호 씨랑 몇 번 왔어."

서경이 아무렇지도 않다는 듯 말했다. 기회다 싶어 윤 여사는 물었다.

"그 사람하곤 완전 끝난 거지?"

"끝내길 잘했지. 그런 어리버리남하고 어떻게 살아?"

"정말 그 남자 때문에 붕평마을에 간 거 아니었니?"

"엄마 자꾸 그러지 마. 반복 재생은 짜증이야."

윤 여사가 입을 다물었다. 서경의 쌍꺼풀 진 눈이 가늘어
졌다.

"지금 생각하니 선희가 일부러 그런 남자를 소개시켜 준
거 같아."

"왜?"

"뭐든지 지보다 열등하면 좋은 거잖아. 남친도."

"설마! 선희 좋은 애던데?"

"좋다면 좋은 애겠지. 노처녀들은 히스테리를 함부로 안
드러내니까."

윤 여사는 서경이 민호에게 폭 빠져 전화할 때 흥분한 사
실이 기억났지만 이젠 잊기로 했다.

"앞으로도 기회는 많아! 우리 서경이한테 일등 신랑감은
넘치게 있겠지! 안 그러니?"

자신이 위안하려고 건넨 말에 서경이 장단을 안 맞춰주자
윤 여사는 삼성 라이온즈 팬들 틈에서 엘지 트윈스를 응원하
다 들통 난 심경이었다.

"저기야 엄마. 다 왔어."

"우와!"

윤 여사가 탄성을 내질렀다. 차가 목적지에 닿았다. 바다
위에 인공적으로 만들어놓은 원형 산책로가 있었다.

삼사해상산책로는 바다 속에 튼튼한 철근을 박아 그 위에 교량을 설치한 관광지였다. 말 그대로 바다 위를 걸어 다니는 인상적인 길이었다.

이곳에 오르면 행차하는 임금, 귀양 가는 선비, 인당수 앞의 심청, 홍해 앞의 모세 등 수많은 인물에 감정이입을 할 수가 있는데, 항간의 소문에는 무속 공포 소설을 쓰는 박모 작가가 아이디어를 얻기 위해 섭주에서 똥차를 끌고 한 시간이나 달려와 이 위를 빙빙 돌다가 뭔가 계시를 받은 표정으로 내려가는 광경이 가끔 포착되었다고 한다.

겁이 많은 윤 여사는 난간을 잡은 채 3미터 아래 철썩이는 푸른 파도를 보았다. 서경은 두 걸음 쯤 앞에서 척척 걸음을 옮겼다. 동해바닷물은 하나님의 사랑처럼 푸르렀고 날씨도 모녀의 방문을 경축하듯 맑았다. 이미 많은 사람들이 산책로에 모여 있었다. 대부분이 연인들이었는데 나이를 불문하고 짝을 이룬 그들의 얼굴에는 행복의 기대가 넘쳐흘렀다.

바다 위 즐비한 암초에는 갈매기 떼가 훈련소 신병처럼 대오를 갖춰 앉아 있었다. 어린아이들이 산책로에 오르자 벌써부터 날개를 펄럭이는 녀석들도 있었다. 갈매기들은 아이들이 던져주는 과자를 기다리는 중이었다. 과자가 날면 갈매기 떼도 날아오르는데, 사람들이 손만 들어도 갈매기들은 파블로프의 반사효과처럼 날개를 펴거나 부리를 까딱거렸다.

"엄마, 거기 서 봐."

서경은 윤 여사를 다리 한가운데 세우고 휴대폰으로 사진을 찍었다. 아이처럼 신나게 뛰어다니며 윤 여사를 이끌었다. 윤 여사는 발밑이 꺼지지나 않을까 걱정이었다.

"천천히 걷자 서경아. 천천히."

"으이구, 노인네 티내네. 저기요."

서경이 옆에 서있던 커플 중 남자를 불렀다.

"엄마랑 왔는데 사진 한 장 찍어주실 수 있어요?"

"당근이죠!"

친절과 장난기로 얼굴을 도배한 남자가 서경의 휴대폰을 받았다. 모녀는 난간에 등을 대고 활짝 웃었다.

"저, 조금 위험하게 보이는데요. 약간 앞으로 나오세요."

남자의 여자친구가 손짓하자 서경은 못마땅한 표정으로 앞으로 나왔다. 무수리한테 충고를 들은 중전마마 같았다. 어느새 윤 여사는 서경의 팔을 꽉 붙들고 있었다. 때마침 어린아이들이 과자를 뿌리기 시작해 갈매기 떼가 날아올랐다. 얼떨결에 남자는 갈매기 떼가 뒷배경을 장식한 걸작 촬영에 성공했다. 우연이 빚은 예술에 기뻐하며 서경은 찍어준 남자한테 기대다시피 웃었다. 이 반응에 남자의 여자친구 안색이 굳어졌다. 윤 여사가 팔을 잡아당겼다.

"서경아, 좀 어지럽구나. 이만 가자."

"재밌는데 벌써 가자고? 힘들면 엄마 먼저 저기 벤치에 앉아 있어."

"힘들진 않은데 아래를 보니 아찔해서….."

"그러니까 저기 가서 앉으라니까!"

분위기를 방해 당하자 서경은 곁에 남이 있건 말건 큰 소리를 냈다. 윤 여사가 모기만한 음성으로 답했다.

"그럼 조금만 더 있다가 와."

"알았어!"

결국 윤 여사 홀로 벤치로 가서 앉았다. 서경은 양손을 엉덩이에 얹은 채 치마를 나풀거리며 홀로 둘레길을 돌았다. 파도가 시원하게 철썩였다. 사진을 찍어준 남자의 여자친구는 이상한 여자라며 인상을 찌푸렸다.

서경은 다리 중간쯤에 서서 머리를 쓸어 넘겼다. 녹색과 파란색이 뒤섞인 바닷물은 깨끗했다. 불순과 불결을 정화하는 이미지였다. 돌아가기가 싫어졌다. 그냥 여기서 살았으면 하는 생각이 들 때, 서경은 3미터 아래 바다 속에서 어떤 것을 보았다. 물이 깨끗하고 투명해 안이 선명하게 보였다. 거대한 물고기의 사체 같았다. 돌고래가 아닐까 생각하는데 물살이 일렁거려 정확히 보이지는 않았다.

과자 던지는 아이들이 늘어났고 멀리서 날아온 갈매기들까지 합쳐져 하늘은 하얀 날개짓으로 가득 찼다. 파도가 일렁이며 한 차례 썰물이 빠져나갔다. 수심이 낮아지고 일렁거림이 약해지자 바닷속 생물의 정체가 드러났다. 돌고래보다 더 큰 뱀이었다. 생선과 똑같은 색깔의 거대한 뱀이 죽은 채 물속에 놓여 있었던 것이다. 쉭쉭세엑세엑하흐하는 소리가 텔레파시처럼 그녀의 머리로 전달되었다.

"아악!"

서경이 머리를 잡고 신음을 토하자 그녀 주위의 갈매기들이 일제히 멀리 날아갔다. 몇 마리는 꽥꽥거리며 비명을 질렀다.

사진을 찍어준 남자의 여자친구는 신경이 쓰이는지 계속 서경을 바라보고 있었다.

"저 여자 좀 봐. 아까부터 혼자 생쇼를 해. 화보 촬영하나?"

"갈매기들이 왜 이렇게 울어대지?"

"저 여자 좀 보라니까! 내 말 듣고 있어?"

"머릴 붙잡고 있는데? 어디 아픈가?"

"관종이야. 또 누구하고 얘기 나누고 싶은 거라고. 너 저기 갈 생각은 하지도 마!"

"그게 아니고…."

"너보다 최소 열 살은 많은 여자라고!"

"그게 아니고…. 저 여자 주위로 갈매기 떼가 모여들고 있어…."

❧

서경의 눈은 거대한 죽은 뱀에 쏠려 있었다. 밀물이 오고 또 물살이 일렁거려 뱀의 몸은 흐느적거렸다. 어쩌면 그것은 긴 돌인지도 모르고 사람들이 버린 철근 쓰레기인지도 몰랐다. 단지 보는 사람의 착시일 수도 있었다.

누군가 지르는 비명이 들렸다. 고개를 들자 왼쪽 뺨이 칼에 베인 듯 아파왔다. 헬리콥터 같은 날개소리가 났다. 서경이 뺨을 잡을 때 눈앞에서 닭이 푸득거리는 듯한 움직임이 있었다. 깃털이 떨어지고 송곳 같은 부리가 얼굴을 쪼아댔다. 하나가 아니라 여러 개였다가 다시 수십 개로 늘어나는 고통이었다.

그녀는 피아를 식별할 수 없는 어지러움 속에서 팔을 휘저어댔다. 베개를 터뜨린 것처럼 하얀 털이 흩날리고 꽥꽥거리는 소리가 귀를 어지럽혔다. 문득 정신을 차리고 눈을 뜨니 피를 묻힌 갈매기 떼가 악의적으로 그녀를 둘러싼 채 쪼아대고 있었다.

사람들의 비명이 들렸지만 푸드덕거리는 소리는 다른 잡음을 흡수해버렸다. 눈을 뜰 수 없었다. 참을 수 없는 통증이 몰려들었다. 깃털들이 날아들고 또 날아들었다. 그녀는 절망적으로 팔을 휘저었다. 자신이 어디 서 있는지 몰랐다. 사람들이 소리쳤다.

"거기서 나와요!"

"떨어지겠어! 어떡해!"

"관리인 어딨어?"

"아저씬 뭘 촬영하고 있어요! 사람 죽게 생겼는데!"

사람들이 발을 동동 굴렀지만 가까이 다가가려는 이는 아무도 없었다. 서경은 보지 못했지만 사람들은 하나부터 열까지 다 보았다. 스무 마리가 넘는 갈매기 떼가 한 여자에게 미친 듯이 덤비는 광경을. 자연의 조화와 어긋난 광경은 평온한 관광을 비정상적인 악몽으로 바꾸어 놓았다.

사람들은 공포에 질려 구경만 할 뿐 나서질 못했다. 앞뒤 가리지 않고 뛰어간 이는 윤 여사 한 명뿐이었다. 어지러워 산책로 행을 포기한 그녀가 지금은 뛰고 있었다. 진정 모성애란 이렇듯 위대한 것일까, 친자식조차 학대해 죽이기도 하는 세상에서. 그 누구도 두 사람이 친 모녀가 아님을 몰랐다.

"도와줘요! 내 딸 좀 살려줘요!"

윤 여사가 미친 듯이 휘저어대는 팔짓에도 갈매기 떼는 꿈쩍도 하지 않았다. 갈매기는 윤 여사의 점퍼까지 물어뜯었다.

"위험해 엄마! 오지 마!"

서경이 윤 여사를 떠밀었다. 윤 여사는 뒤로 나동그라졌지만 딸의 힘 조절 덕분에 갈매기 떼의 공격권에서 벗어날 수 있었다. 사람들이 달려가 윤 여사를 부축했다.

서경이 피로 물든 얼굴을 쳐들었다.

"무엄하다! 소금물의 하찮은 가금 주제에!"

푸른 바닷속 깊은 곳에서 한 줄기 광채가 솟구쳐 올랐다. 서경의 왼쪽 눈이 반응해 불가사리 모양의 녹색 빛이 파생되었다. 다른 사람 눈엔 이 빛이 보이지 않았지만 갈매기 떼는 독수리를 만난 듯 일제히 서경에게서 몸을 거두어 창공으로 도망치기 시작했다. 운 나쁘게도 동작이 느린 한 마리가 날개를 붙잡혔다. 서경의 양손에 붙잡힌 채 갈매기는 고통스럽게 꽥꽥거렸다. 얼굴에서 피를 흘리며 머리는 까치집이 된 서경의 모습은 끔찍했다. 갈매기들은 동료가 잡히자 멀리 날아가지 못하고 서경의 주변을 빙빙 맴돌았다.

낮지만 단호한 속삭임이 서경의 입에서 나왔다.

"네게서 날개를 거두어가겠다. 토룡으로 윤회해 기어 다니는 법을 배워라!"

손에 힘을 주자 갈매기의 어깻죽지에서 마분지 찢어지는 소리가 났다. 극도의 고통으로 머리는 거의 360도 가까이 돌았다. 서경의 의도는 날개를 찢고 발을 뽑아내는 것이었지만 가공할 힘은 그 이상의 충격을 선보였다. 내장과 피를 터뜨리며 갈매기는 정확히 절반으로 찢어졌다. 사람들의 비명도 같이 찢어졌다. 그 광경을 본 한 여자는 기절했다.

눈에서 빛이 사라진 서경이 바닥에 털썩 주저앉을 때도 좌우로 갈라진 갈매기는 피와 깃털의 침대 위에 누워 꿈틀거렸다. 다시 암초로 돌아간 갈매기 떼는 머리를 까딱거리면서 서로의 눈치만 보았다. 철없는 아이가 과자를 던져도 반응하지 않았다. 파도가 높이 치며 다리 위까지 소금물을 날려 보냈다.

윤 여사가 서경을 붙들었다. 서경은 윤 여사에게 머리를 기댔다.

"나 집에 가고 싶어, 엄마."

"그래. 돌아가자."

윤 여사가 울먹였다. 그녀는 순진하고 큰소리 한번 못내는 신도가 언제나 그렇듯 주님부터 찾았다. 하지만 서경은 다른 신을 부르고 있었다.

돌아오는 길의 운전은 윤 여사가 했다. 서경은 영덕의 피부과에서 치료를 받았다. 흉터가 걱정이라 여사는 안절부절 못했다. 갈매기의 습격소식을 들은 의사는 상처가 깊어 흉터가 남을 수도 있다며 희망적인 이야기를 하지 않았다. 윤 여사는 손수건에 눈물을 찍었지만 서경은 콧방귀를 뀌어 의사의 불신을 샀다. 윤 여사는 점점 딸에게서 이질적인 느낌을 받았다.

서경은 돌아오는 차 안에서 계속 잠을 잤다. 그녀는 꿈을 꾸었다.

꿈속 배경은 옛 시대의 제선정이었다. 눈이 세 개인 남자가 정자 위에 있었다. 서경이 올라가려 하자 네 장군들이 막았다. 그래서 서경은 육골분시(肉骨分屍)로 산산이 흩어진 회색갑옷 장군과 함께 아래에 남겨졌다. 장군의 두 눈은 감겨 있었고 뜯겨나간 팔은 칼을 쥐고 있었다. 그녀는 정자 위를 향해 소리쳤다.

"왜 그러세요? 제가 뭘 잘못했나요? 가르쳐주세요."

천둥이 치고 주위가 컴컴해졌다. 곧 억수같은 비가 쏟아지기 시작했다. 귀를 찢을 듯한 귀신의 울음이 들려왔다. 웃는 소리 같기도 했고 에로틱한 교성 같기도 했다. 고양이의 울음을 알아챈 잘린 머리가 피 눈을 부릅떴다. 장검을 쥔 팔이 꿈틀거렸다.

"한을 품어 눈을 감지 못한 거로군요."

서경은 무릎을 꿇고 평강공주가 온달에게 한 것처럼 장군의 눈을 감겨주었다. 그러자 부르르 떨던 팔은 평화를 찾았는지 장검을 땅에 떨구었다. 하늘이 개이고 비가 그쳤다.

서경이 고개를 들자 눈이 셋인 남자가 미소 지었다. 갑옷 입은 네 장군은 일렬로 선 채 미동도 없이 서경을 바라보았다. 그 때, 찢어진 눈의 백마장군이 투창 자세를 잡았다. 반사적으로 서경은 팔로 앞을 막았다. 장군이 서경을 향해 창을 던졌다. 서경은 비명을 지르며 넘어졌다. 창은 그녀의 앞 모래사장에 깊숙이 박혔다. 창에는 천 조각이 붙어 있었고 거기엔 계시가 적혀 있었다.

서경은 이제 뭘 해야 할 것인지 알았다.

갈매기 떼는 그녀를 위한 시험의 장이었는지도 모른다.

집에 들어오자마자 서경은 싸늘하게 말했다.

"엄마, 미안한데 지금 동두천으로 돌아가세요."

"그게 무슨 소리니? 난 일주일 쯤 더 있을 생각인데?"

"왜?"

허연 붕대 사이로 형형히 빛나는 눈이 새엄마를 쏘아보았다. 윤 여사는 덜컥 겁에 질렸다. 두 손으로 갈매기를 찢어버린 동영상은 그녀의 뇌리에서 끝도 없이 반복 재생되었다. 그녀는 침착하게 말했다.

"너 다쳤잖아? 내가 간호를 해야지."

"됐어. 나 혼자 하면 돼. 흉터는 금방 가라앉을 거야."

"의사 선생님이 평생 갈 수도 있다 그랬는데."

"돈 벌려는 수작이야. 자, 짐 챙겨. 얼른 나가야 막차 탈 수 있어."

"대체 왜 그래? 뜬금없이 이 시간에 올라가라니."

"아버지 혼자 계시잖아. 나도 혼자 있고 싶고."

"월요일에 올라가기로 했잖아. 내일 교회에도…,"

"혼자 있고 싶다니까!"

"나 보내놓고 뭘 하려고?"

예리한 질문에 서경이 새엄마를 빤히 바라보았다.

"내가 뭘 하든 엄마가 상관할 문제가 아냐."

"알아야겠어!"

"왜?"

"니가 걱정되니까!"

"왜 걱정 돼?"

"니가…."

그녀는 '좀 이상해'라는 말을 차마 하지 못하고 '아프니까'로 바꾸었다.

"내가 애야? 마흔이 다 되가는 사람이라고!"

"넌 내 딸이고 난 네 엄마잖아 서경아. 어려운 일이 있을 땐 같이 아파하고 같이 기도해서 극복해야지."

"친엄마 아니잖아!"

서경이 소리쳤다. 번개가 떨어져 나무를 부러뜨린 기세였다. 윤 여사는 무거운 숨을 몰아쉬다가 서서히 땅바닥으로 시선을 떨구었다. 능지처참 당한 갈매기를 본 것보다 더 큰 충격이 몰려들었다. 둘 사이의 침묵을 깬 건 노래 소리였다.

내 야망 싣고! 내일을 향해! 가자가자가자 당진열차야!

윤 여사는 상처받은 표정으로 방을 나가서 자신의 가방을 찾았다. 떨리는 손으로 소지품을 가방에 밀어 넣었다. 달려오는 소리가 났지만 돌아보지 않았다. 서경이 등 뒤에서 윤 여사를 끌어안았다. 화난 음성이 당황한 음성으로 바뀌었다.

"미안해 엄마! 내가 엄마한테 그렇게 말하다니. 미쳤나봐!"

"···."

"용서해줘요! 내가 잘못했어!"

"틀린 말도 아니잖니?"

"진심이 아냐! 요새 스트레스가 너무 많아서 그랬어."

서경의 손 위에 윤 여사의 손이 얹혔다. 두 사람은 마주 보았다.

"내게 어떤 심한 말을 해도 괜찮을 유일한 사람이 있다면 그건 바로 너야 서경아."

"정말이야 엄마?"

"그럼."

"나 엄마 딸 맞지?"

"이 세상 하나밖에 없는 내 딸이지."

"정말 고마워 엄마."

모녀가 서로를 안았다. 붕대 안의 눈이 히죽 웃었다. 서경이 가방을 열었다.

"짐 꾸리는 거 도와줄게."

"꼭 날 지금 보내야겠니?"

"응. 지금은 그랬으면 좋겠어."

"진짜 혼자 있고 싶어서 그러는 거지?"

"응."

사실 윤 여사는 서경이 극단적 선택이라도 할까 봐 두려웠다. 그녀가 보인 기행은 충분히 그런 예감을 가능케 했다.

"대신 하루 한 번씩 엄마한테 전화해줄 수는 있지? 이번만큼 너하고 많은 대화를 나눠 본 적이 없었던 거 같아. 그게 너무 좋아."

"그럼, 그럼! 전화 꼭 할게."

"서경아. 그런데 너 혹시 내가 애 못 낳는 여자라는 건 누구한테 들었니?"

"그런 소리 한 적 없는데?"

"했어. 혼수상태일 때."

"처음 듣는 얘기야. 정말 엄마가 애 못 낳는 여자야?"

"애가 안 생겨서 전남편 어머니한테 많이 시달렸었어. 네 아버지 말고는 아는 사람이 없어서 아버지한테서 들었나 했지."

"난 몰랐어. 그런 건."

서경의 표정은 거짓이 아니었다. 미안한 감정만이 눈에 가득했다. 윤 여사는 더 물어봐야 답도 나오지 않을 것 같기에 다시 짐을 꾸렸다. 서경이 윤 여사를 차에 태워 시외버스 터미널로 갔다. 야밤에 붕대 감은 얼굴이 대합실에 나타나자 사람들이 쳐다보았다.

"이만 돌아가. 사람들이 자꾸 우릴 본다."

윤 여사가 여행가방을 들고 돌아섰다. 피 한 방울 안 섞여 있음에도 그녀는 인정 많고 착실한 여자였다. 존재도 모르는 친엄마와 집 나간 엄마 이상의 존재였다.

'난 할 일이 많을 거야 엄마. 앞으로…. 바닷속의 존재가 내게 암시했어. 그러니까 엄마가 옆에 있으면 안 돼. 다칠 수도 있어.'

서경은 윤 여사의 손을 잡았다.

"엄마, 아깐 심한 소리해서 미안해. 진심이 아니란 거 알아줘. 어쩌다 갈매기도 죽이고 지금 내가 제정신이 아니야. 혼자 쉴 시간이 필요해. 우리 친엄마는 날 버린 여자야. 두 번째 엄마도 날 두고 도망갔지. 지금 내 앞에 있는 엄마만이 진짜 엄마야. 두 엄마는 가짜야. 나 혼자 둬도 걱정 안 해도 돼. 앞으로 나 바보처럼 살지 않을 거야. 사람들이 그 동안 날 바보 취급 해온 걸 알아. 하지만 이제 새 인생을 살 수 있어. 내가 장담할 수 있어. 엄마 비밀을 알아낸 건 어쩌면… 성령이 내린 걸 수도 있어. 그러니 아무 걱정 말고 아버지나 신경 써줘. 사랑해 엄마."

서경의 변화는 좋은 현상일 수도, 나쁜 현상일 수도 있었다. 마귀들 많은 이 세상에서 자립할 수 있다는 건 좋은 현상이었지만, 이미 마귀에 사로잡힌 듯한 행태를 간혹 보인 건 나쁜 현상이었다. 하지만 상점 주인과 싸우고, 뱀을 잡고, 갈매기를 찢던 이미지는 다시 떠올리기 싫었다. 이번 여정에

서 서경이 친딸로 다가온 결과, 그것만이 윤 여사에겐 중요
했다. 주여, 이 아이를 보호해주소서.

"나도 사랑해, 서경아."

모녀가 포옹했다. 윤 여사는 눈가를 훔쳤지만 서경의 눈에
서는 불가사리 형태의 빛이 희미하게 번쩍였다. 서경의 몸이
차갑다는 사실에 윤 여사는 놀랐다. 펄펄 끓는 열에 시달린
후여서 그런가? 그녀는 <동물의 왕국>에서 변온동물이란 단
어를 들어본 적이 있었다. 왜 그 단어가 떠오르는지 그녀 스
스로도 몰랐다.

윤 여사를 보낸 서경은 차를 몰고 돌아왔다. 집으로 가지
않고 손님이 거의 없는 변두리 상가를 찾았다. 그녀는 꿈을
생각했다. 백마 장군이 던진 창의 천 조각에는 고양이 猫
(묘) 자와 죽일 殺(살) 자가 한자로 쓰여 있었다.

그녀가 먼저 들른 곳은 정육점이었다. 파리가 풀풀 날리는
이 정육점의 주인은 할머니였다. 아들이 주인인데 곗날이라
멀리 갔다고 했다. 나이 많은 할머니는 시력도 좋지 않아 손
님이 얼굴에 두른 붕대에 의심을 품지 않았다. 그래도 가까

184

운 지점은 잘 보는지 돼지고기를 예술로 썰었다.

정육점을 나온 서경은 이번엔 농약 판매점을 찾았다. 거기서도 별 탈 없이 원하는 물건을 구매할 수 있었다. 그녀가 산 두 가지의 물건은 각각 고기 파티를 벌일 수도, 극단적 선택을 할 수도 있는 물건들이었다.

그날 밤 늦은 시각, 그녀는 외출을 했다. 잘 도착했으니 항상 건강에 신경 쓰라는 새엄마의 문자를 받고 나서였다. 외출을 끝내고 돌아온 그녀는 '내 야망 싣고! 내일을 향해! 가자가자가자 당진열차야!'가 울려 퍼지는 와중에도 숙면을 취할 수 있었다. 악몽은 없었다.

다음 날 새벽 일찍 일어난 그녀는 지역 방송을 내보내는 뉴스 채널을 틀어보았다.

「경북 섭주의 민속촌 붕평마을에서 고양이들이 집단으로 죽은 끔찍한 사고가 발생했습니다. 붕평마을은 국립공원이 있는 통악산과 인접해 있어 이곳에는 평소 유기묘들이 많기로 소문난 장소인데, 고양이들 사체 주변에 남아 있던 돼지고기 조각에서 농약 성분이 다수 검출되었습니다. 경찰 관계자는 고양이에게 원한을 가진 사람이 고기에 농약을 발라 고양이들이 자주 다니는 길목에 뿌린 것으로 추정하고 있습니다. 경찰은 현재 CCTV를 분석하여 수사에 박차를 가하고 있습니다.」

"박차 같은 소리하고 자빠졌네."

모자이크 처리가 되었지만 서경은 화면에 비친 고양이가 회색 뱀 공격대의 대장인 귀 없는 고양이임을 알았다.

"삼가 명복을 빕니다옹!"

그녀는 정말 애도라도 하듯 눈을 감았다. 방울 소리가 울려 퍼졌다. 어둠 한가운데서 회색 갑옷의 거인 장군이 늠름하게 걸어왔다. 산산이 찢어진 그의 육신은 이제 말끔히 붙어 있었다. 그는 서경을 향해 큰 절을 올린 후 일어났다. 방울 소리가 잦아들었고 조금씩 그의 모습이 희미해졌다. 차가운 뱀 눈이 힐끗 미소를 지을 때 장군의 형체는 완전히 사라졌다.

"이제 편히 쉬세요, 장군."

서경은 눈을 뜨고 거울 앞으로 갔다.

붕대를 풀어보니 상처가 말끔히 가라앉아 있었다. 오히려 쌍꺼풀은 더 선이 뚜렷해져서 그녀는 연예인처럼 탈바꿈했다. 찰과상의 붕대를 푼 게 아니라 성형수술 후의 붕대를 푼 것이나 마찬가지였다. 시간 가는 줄 모르고 자신의 모습을 거울에 비춰보던 그녀는 박수까지 쳐가며 크게 웃었다. 그러자 언제나 듣던 트로트 노래가 또 들려왔다. 신나게 웃던 서경의 표정이 종잇장처럼 무섭게 구겨졌다. 커다랗게 뜬 상태로 데굴데굴 구르던 눈알이 천장으로 향할 때 그녀의 입에서는 쉭쉭세엑세엑하흐하는 기묘한 숨소리가 새어나왔다.

"이제 네 노래는 바뀔 거야. 안타까운 네 가죽만 녹고 녹는다. 밤이 깊은 저승역에서. 하하하하!"

갑자기 픽하고 전등이 꺼졌다. 온 세상이 컴컴해진 가운데 노래도 끊겼다. 신경을 끊을 것 같은 침묵 가운데 어디선가 피어오르는 휘파람 소리가 서서히 귀를 잠식해 왔다. 뱀의 움직임 같은 휘파람은 거울 속에서 나왔다.

서경은 아무 말도 하지 않고 눈알을 굴려 거울을 바라보았다.

거울 안에는 또 다른 서경이 서 있었다. 코와 입이 없고 산발한 머리 가운데 비정상적인 눈 두 개만이 있는 서경이. 조물주가 만들다가 악독함에 치를 떨어 포기한 듯한 형상이었다. 거울 밖의 서경과 거울 안의 서경이 서로를 쳐다보았다. 서경이 눈알을 굴리자 거울 속의 눈알도 따라 움직였다. 서경이 길게 푼 머리를 양쪽으로 헤치자 거울 속의 여자도 머리를 양쪽으로 헤쳤다.

서경이 혀를 내밀자 거울 속 여자의 맨살이 찢어지면서 구멍이 생기더니 검은 뱀의 머리가 튀어나왔다. 이 한 마리를 신호로 그녀의 뒤에서 수백 마리의 뱀이 등장해 경주라도 벌이듯 기어왔다. 뱀들은 식탁을 타고 의자를 타고 냉장고를 타고 서경을 타고 기어올랐다.

거울 속의 광경이라 다행이었다. 형형색색의 움직거리는 무늬들로 거울이 들쑥날쑥해 보였다. 거울 앞까지 바짝 다가온 뱀들이 표면에 머리를 부딪기 시작했다. 하지만 아무리 부딪쳐도 이쪽 세상으로 나올 수는 없었다. 수천 마리의 뱀들에게 에워싸이고 파묻힌 거울 속의 서경은 둥그런 눈알만이 남아 바깥의 서경을 뚫어져라 쳐다보았다.

눈과 눈이 마주쳤다.

몸이 극심하게 간지러웠다. 서경은 몸을 타고 오르는 수천 마리의 뱀을 느꼈다. 어느새 자신이 거울 안에 있고 또 다른 서경이 거울 밖에 있었다. 거울 밖의 서경은 예쁜 코와 입을 회복했지만 거울 안의 서경은 코가 묻히고 입이 붙어버렸다. 뱀에 묻힌 서경의 둥그런 눈에 거울 밖 여자의 본래 모습이 비쳤다. 커다란 소머리를 얼굴에 뒤집어쓴 귀신이었다. 서경이 눈을 한번 깜빡이자 소머리 귀신은 섭주초등학교 3학년 4반 교사의 모습으로 변해 있었다.

입이 붙고 뱀에게 묻힌 서경은 한 마디 말도 못 한 채 멀어지는 그녀를 바라볼 뿐이었다. 자신과 똑같은 모습을 한 여자가 하하하 웃으며 대문을 열고 나갔다. 큰 웃음소리에 호응해 가자가자가자 당진열차도 이어졌다. 꿈이 아닌 현실이라는 증거였다.

차민승 형사가 붕평마을에 도착했을 때는 기자들도 물러가고 고양이 사체도 모두 치운 상태였다. 나름 정리를 했어도 폴리스 라인 안에는 참혹한 흔적이 여기저기 남아 있었다. 각양각색의 고양이털은 고통의 몸부림을 그대로 보여주었고 산발한 핏자국은 피를 토한 개체가 한두 마리가 아님을 알려주었다. 차 형사는 관리인을 찾았다.

"평소에 붕평마을에 와서 고양이를 괴롭히거나 하는 사람은 없었나요?"

"관광지라서 외지 손님들이 주로 왔죠. 얼굴을 기억할 만큼 자주 오는 사람은 없었습니다."

"유기묘들인데 밥 주는 사람들이 가끔 있었을 거 아닙니까?"

"저희가 못하게 했어요."

"개체수가 늘어나서?"

"예, 군수님이 너무 많으면 관광에 역효과라고 했어요."

다른 관리인도 거들었다.

"밥 챙겨오는 분들이 간혹 있었는데 작년에 '생태계 파괴 방지를 위해 고양이에게 사료를 주는 일은 자제 바랍니다'라고 공지한 이후로는 거의 없었습니다."

"특별히 수상한 사람은 없었어요?"

"문화부 공무원들하고 기자들도 계속 그걸 물었는데 저희 기억으로는 없었어요."

"음, 어쨌든 고기에 농약을 발라 고양이를 죽인 건 확실하니 이건 심각한 범죄입니다."

"예. 저희도 이런 사건으로 붕평마을이 이슈화되면 안 좋으니 무엇이든 협조하겠습니다."

"붕평마을이 중요한 관광수입원인데 군수님이 걱정할 만하겠네요."

차 형사 앞으로 고양이 한 마리가 긴장한 걸음으로 다가왔다. 화려한 무늬를 가진 뱅갈고양이였다. 누가 키우다 버렸는지 지금은 야생화가 진행돼 인위적인 아름다움이 많이 훼손된 상태였다. 고양이를 키우는 차 형사는 뱅갈고양이를 유심히 바라보다가 무릎을 굽히고 손을 뻗었다.

"이쁘구나. 너 제보할 거 있니? 이리 와 볼래?"

고양이가 큰 눈으로 차 형사를 똑바로 바라보았다. 당장 눈물이 떨어질 것 같은 그 눈은 견딜 수 없는 심적 고통과, 말 못하는 짐승으로서의 억울함과, 네가 범인이 아니냐는 추궁이 고루 담겨 있었다. 한 마디로 강한 자를 향한 약한 자의 절망적인 눈길이었다. 관리인이 말했다.

"걔는 이름이 냥순이인데 지난달에 새끼를 낳았어요. 먹을 걸 구하러 간 새에 새끼 다섯 마리가 그 고기를 먹고 다 죽었어요. 사체는 우리가 치웠고요. 새끼가 안 보이니까 아마 우리가 훔쳐간 줄 아는 모양입니다."

"자식 잃은 어미의 눈길이라고 예상은 했습니다."

차 형사가 일어서자 뱅갈고양이는 구슬프게 울면서 어디론가 걸어갔다. 응답하는 목소리가 없음에도 고양이는 엄마 여기 있다며 여기저기로 울음소리를 냈다.

차 형사가 전봇대 쪽으로 손가락을 뻗었다.

"결국 CCTV밖에 없군요. 붕평마을에 카메라가 몇 댑니까?"

"전부 스물 한대인데…."

대답이 자신 없는 걸 보니 무슨 이유가 있겠다 싶었다.

"왜요? 작동이 안됐나요?"

"카메라는 최신인데요…. 희한하게도 밤 11시부터 새벽 2시까지 모든 카메라에 이상이 생겼습니다."

"정전이라도 됐나요?"

"작동이 안됐어요."

"먹통? 누군가 통제실 컴퓨터에 손을 댔나요?"

"아뇨. 그게 아니라 렌즈가 하나같이 그 시간에 침침해졌어요."

"스물 한대 다요?"

"예."

"어디 봅시다."

"고양이 혐오 동호회 같은 거 생각하지 마세요. 21명이 동시에 렌즈에 자루를 씌울 순 없어요. 높은 곳에 달린 CCTV도 정확히 똑같은 시간에 침침해졌으니까요."

그들은 감시카메라를 관리하는 중앙통제실로 들어갔다. 모니터 앞에 앉은 직원이 형사들에게 설명을 했다.

"여길 보시면 정확히 똑같은 시간대에 이렇게 검은 무늬가 번져서 렌즈가 시커멓게 돼버린 겁니다."

"뭐야 이거…."

차 형사의 눈이 커다래졌다. 모든 카메라가 같았다. 11시부터 먹물 같은 암흑이 번져와 카메라 렌즈를 가려버렸다. 기이한 검은 꽃이 피어나 화면을 가린 형상이었다. 움직이는 원형, 그로테스크한 물결무늬, 마디가 진 개구리 피부 같은 이상한 형상들도 있었다. 새벽 2시 후에 다시 무늬가 흩어지더니 복구된 화면 안에서 고양이의 사체들이 잡혔다.

"동시다발로 카메라를 가린 이것들이 대체 뭐죠?"

"저희도 뭔지 도통 모르겠습니다."

"담당직원은 뭘 했죠? 카메라 확인하러 안 갔습니까?"

"사고를 당해 입원해 있습니다."

"무슨 사고요?"

"그 날 통제실에 어떻게 독사가 한 마리 들어온 모양인데 뒤꿈치를 물렸습니다."

4. 폭주

일요일이었다. 섭주초등학교 선생들은 모두 집에서 쉬었다. 임미화는 아침부터 조주애에게 전화를 걸었다. 남편과 아이들을 조조영화관에 보내고 침대에 누운 조주애는 냉큼 전화를 받았다. 임미화는 숨구멍이 뚫린 사람처럼 빠르게 서경을 씹어댔다.

"강서경이 그게 미친개처럼 덤벼서 내가 몸살이 다 났어."

"전염된 거야?"

"그 멍청한 건 비 맞고 돌아다니다 걸린 거지만 나는 신경이 놀라서 걸렸어. 어떻게 갑자기 간이 그렇게 세졌는지 모르겠어. 잡아먹을 것처럼 대들더라니까."

"쥐도 코너에 몰리면 고양이를 문다잖아. 얌전한 게 폭발하면 더 무섭지. 그동안 자기가 좀 심하긴 했지."

"뭘 심해? 좀 바로잡아주려 한 거지."

"걔 얼굴만 봐도 화난다며? 예뻐지니까 더 화나지?"

임미화는 서경의 달라진 외모에 대해 할 말이 있었다. 사실 그 때문에 전화를 했다. 그러나 조주애는 말할 틈을 주지 않았다. 이제 그녀는 아군을 공격하는 데서도 쾌감을 얻었다.

"헛구역질 좀 했다고 입덧이라 덮어씌운 거도 자기 악감정이었잖아."

"흥, 본인만 아는 일이야. 휴가 내놓고 산부인과 갔을지 어떻게 알아?"

"차라리 성형외과가 더 그럴듯한데. 송선희하고 김윤수가 문병 갔잖아?"

"말 나온 김에 그 둘, 요새 사귀는지 자주 만나는 거 있지? 맨날 둘이 뭔가 속닥거리던데…."

"설마? 송선희한텐 용백인가 영백인가 하는 애인 있잖아?"

"말 좀 끊지 말아 줄래? 그게 중요한 게 아니라 내가 둘이 나누는 얘길 몰래 들었거든. 뭐라 그러는지 알아? 목요일에 서경이 오후에 출근했잖아? 김윤수가 서경이 핸드백 안에서 방울 소릴 들었다는 거야."

"방울?"

"응, 우린 아무도 못 들었는데 개만 들었다는 게 내 호기심을 자극하지 않았겠어?"

"열쇠고리였겠지? 하나부터 열까지 서경일 지배하고 싶어 하는 자기라면 열쇠고리 아니라 머리핀이라도 보자 했겠지만."

"내 말 좀 들어보라니까! 근데 그날 서경이가 쓰러지고 걔
네 엄마가 와서 데려갔을 때 깜빡 잊고 핸드백을 두고 간 거
야."

"몰래 열어봤구나."

조주애의 목소리에 호기심이 가득했다.

"뭐 일부러 열어보려 한 건 아니지만 김윤수 말이 하도 궁
금해서…."

임미화가 그날 교무실이 빌 때 몰래 열어본 서경의 핸드백
안에는 정말 방울이 있었다. 그뿐만이 아니었다. 방울이 무속
의 신방울임을 증명하듯 청동거울도 함께 있었다. 그녀가 청
동거울을 꺼낸 사이에 핸드백을 뒤졌기에 김윤수는 방울 하
나만 보았던 것이다.

그 두 가지 물건은 소위 보통 여자의 핸드백과는 어울리지
않았다. 이 거울을 만졌을 때 임미화에게 무서운 기운이 몰
려들었다. 두 개의 먼 옛날 물건들은 귀신을 인정하고 귀신
을 부르고 귀신을 쫓기도 하는 물건이었다.

한참을 들여다본 거울 표면에 자신의 모습이 왜곡되어 비
쳤다. 얼핏 자신이 아닌 다른 여자가 비친 것 같았다. 왜냐하
면 그녀는 쌍꺼풀이 없는데 거울 속 여자는 쌍꺼풀이 두드러

졌기 때문이다. 그 미지의 얼굴은 몸살이 낫고 돌아온 서경과 너무나도 닮았다. 당시 임미화가 서경에게 '이럴 수가…. 설마 니 얼굴은….'이라고 말한 이유가 바로 이것이었다.

"빨리 말해봐. 진짜 방울이 있었어?"

조주애가 재촉했다. 임미화는 옷을 정리하려고 열어놓은 장롱을 바라보며 조주애에게 '오브 코스!'라고 답하려 했다. 그녀의 앞에는 겨울 대비용으로 꺼내놓은 롱패딩 점퍼가 옷걸이에 걸려 있었다.

"그러니까 그 핸드백 안에…."

패딩점퍼가 갑자기 바닥에 떨어졌다. 깜짝 놀란 임미화가 말을 멈추었다. 어디선가 휘파람 부는 소리가 몰려들어 그녀의 귀를 후벼 팠다. 전화기 속의 사람 말이 들리지 않고 말이 달리는 소리가 들려왔다. 눈앞이 캄캄해지면서 집안이 보이지 않았다.

어둠 속에서 갑옷을 입은 장군이 황마를 타고 나타났다. 뱀을 그려놓은 깃발을 펄럭이며 달려오는 장군은 젊은 남자였지만 머리가 백발이었다. 말이 히힝거리며 임미화 앞에서 앞발을 쳐들었다.

장군이 손에 든 비파를 기타 치듯 퉁기자 기이한 음향이 신경을 끊어놓았다. 뱀의 슈슉거림과도 비슷한 그 음에 임미화의 창자는 꼬이고 살결은 퍼렇게 부풀어 올랐다. 임미화가 머리를 붙잡고 악을 쓰자 머리칼이 빠지면서 모공으로 피가 방울방울 배어나왔다. 지직거리는 소리와 함께 머리 가죽이 찢어지고 핑크색 뇌수가 툭 튀어나왔다.

음악이 고조될수록 혓바닥이 길게 뽑혀 나오고 눈알은 둥그렇게 돌출되다가 신경 뿌리까지 튀어나와 너덜거렸다. 임미화를 노려보는 장군이 손에 힘을 주면서 비파를 뜯었다. 갈매기가 절반으로 찢어졌듯 임미화의 몸도 세로 절반으로 찢어졌다. 눈알이 좌우로 추락하고 창자는 비파 소리에 맞춰 뱀처럼 춤을 추었다. 몸속에 가득 찬 피가 폭포처럼 터지면서 하얀 침대를 붉게 물들였다….

"핸드백 안에? 응?" 조주애가 어서 말하라 재촉했다.

"아, 아냐! 내가 잘못 봤어…."

임미화가 공허한 목소리로 말했다. 장군은 사라지고 환각도 사라졌다. 팔다리는 분리되지 않았다. 그러나 심장이 마구 뛰면서 기분이 좋지 않았다.

"자기, 아침부터 나랑 장난해? 대체 핸드백에 뭐가 있었는데?"

"핸드백에…."

옷장에서 검은 뱀이 툭 떨어졌다.

"아아악!"

"뭐야? 미화 씨, 왜 그래?"

전화기가 손에서 떨어졌다.

패딩점퍼의 심장 부위에 떨어진 검은 뱀은 허리띠였다. 그러나 임미화는 더는 아무런 말도 할 수 없었다. 몸살은 강서경한테 놀라서 발생한 게 아니었다. 건드리지 말아야 할 물건에 손을 댔기에 발병한 것이었다.

그녀는 서랍에서 해열제를 하나 꺼내 삼켰다. 입이 떨려 알약이 잘 넘어가지 않았다. 그녀는 물을 찾기 위해 냉장고를 열다가 비명을 질렀다. 반찬통 사이에 검은색, 흰색, 베이지색의 거대한 털 뭉치가 있었기 때문이다. 퉁퉁 부은 채 몸이 굳어 죽은 삼색이였다. 기절한 임미화에게 장군들이 말을 타고 찾아왔다.

서경의 아반떼 승용차가 새벽부터 고속도로를 달렸다. 동두천이 빠르게 가까워졌다. 그녀는 평소 차를 시속 60킬로미터 속도로 몰았는데, 이 날은 거의 160킬로미터로 돌진했다. 그녀의 아버지 강성주 목사의 예배가 있는 날이었다. 그녀의 그림자는 머리 부분이 유독 컸고 뿔이 붙어 있었다.

202

그녀가 목적지에 거의 도착할 때, 강 목사는 연설인지 찬양인지 구분이 안 가는 열변을 토하고 있었다. 이날은 꽤 추웠는데 목사의 연설이 시동을 걸자 교회는 예열도 생략한 과부하 단계가 되어 후끈거렸다. 300명의 신도들은 양손으로 주님을 찬양하다가도 목사의 웅변이 정치적 색채를 띠면 전투태세를 갖춘 바이킹처럼 주먹을 들어 올렸다.

"우리는 하나가 되어야 합니다!"

연단에 선 강성주가 마이크를 잡고 소리쳤다.

"나라는 부모입니다. 나라가 나라다워지려면 나라가 부모 노릇을 잘 해야 합니다. 그러기 위해서는 우리 모두 같은 생각, 같은 가치관을 가진 하나가 되어야 합니다. 지금 시대는 하나님이 던진 시험의 장입니다. 우리의 2세들이 악의 나락에 빠지지 않고 지상의 왕국을 이룩하려면 우리가 부모 노릇을 잘해야 합니다. 그러자면 무엇보다도 지역구를 개편하고 각 후보를 능력 있는 사람으로 교체해야 합니다. 부모 노릇을 살할 사람으로 말입니다. 이것이 하나님이 이끄는 길입니다. 가장 훌륭한 부모이신 하나님 덕에 주 예수 그리스도라는 2세가 태어나 이 세상을 종말에서 구하지 않았습니까, 여러분!"

"아멘!"

300개의 아멘 소리가 천둥과 맞먹었다. 그 때 300개의 고함을 압도하는 단 하나의 고함이 날아들었다.

"아버지! 왜 날 미워했어요?"

300개의 머리가 일제히 뒤돌아보았다.

"아버진 부모 노릇 잘 했다고 생각하세요?"

모세의 기적처럼 갈라진 좌석 사이로 한 여자가 걸어왔다. 목사가 물었다.

"성도님은 누구십니까?"

"딸도 못 알아봐요?"

강 목사에게 잠시 멈칫거리는 기색이 있었다.

"눈도 나빠지셨어요? 안경까지 썼는데도 안 보이세요?"

"아가씨는 내 딸이 아닌데 누구요?"

서경이 연단 가까이로 걸어갔다. 분위기에 압도되어 말리는 이는 하나도 없었다. 강 목사가 깜짝 놀라 안경을 벗었다.

"너로구나. 못 알아보겠구나. 네가 아닌 줄 알았어."

"또 너예요? 왜 내 이름을 안 부르죠?"

"여기서 왜 이러느냐? 네 말투도 네 모습도 평소답지 않구나."

"평소라뇨? 우리가 만난 적이 있긴 했던가요?"

"최근에 만났지 않았느냐?"

그 만남이란 민호와의 상견례로, 서경에게는 깨져버린 결혼이었다. 서경의 눈 속에서 불가사리 형태의 빛이 조금씩 파생되었다.

"그나저나 섭주에 있어야 할 네가 여긴 어쩐 일이냐? 아버진 뜻을 같이하는 성도들과 주님을 찬양 중이다."

"이게 어디 주님 찬양이에요? 정치 구호 찬양이지."

강 목사는 자신을 쳐다보는 300개의 얼굴로 시선을 주었다가 준엄한 얼굴이 되어 딸을 내려다보았다. 서경은 신자들을 둘러보았다.

"기적도 못 보이는 이런 믿음에 미쳤다고 나와? 당신들도 다 알잖아?"

"왜 이러느냐! 집에 가 있어라. 이따가 저녁에 보자."

"저녁은 없어요, 아버지."

"무슨 소리냐?"

"앞으로 두 번 다시 만나지 못할 거예요. 내가 여기 온 건 할 말이 있어서예요."

"무슨 말인지 따로⋯."

"종혁이가 죽은 건 내 탓이 아니에요!"

그녀가 소리치자 벽에 걸린 대형 십자가가 그으윽하고 기울어졌다. 목사도 군중도 얼어붙었다. 말을 마친 그녀는 등을 돌려 걸어 나갔다. 목사가 어지럼증을 느끼고 비틀거렸다. 서경의 걸음은 빨라 순식간에 문을 벗어났다. 강 목사가 마이크를 잡고 말했다.

"애가 어디 아픈 모양입니다. 애야, 가지 말고 거기 서거라!"

목사의 말이라면 무조건 맹신하는 신도 세 명이 서경을 잡으러 나갔다. 서경의 냉소는 휘파람과도 비슷했다.

"너희에게 진짜 기적을 보여주마."

신도 셋이 서경을 쫓아 막 문을 넘으려는 순간이었다. 그중 한 사람이 소리쳤다.

"목사님! 뱀이 있어요!"

"뭐요?"

"세 마리에요. 엄청 커요!"

문 밖에 기다리고 있던 세 마리 뱀이 눈을 떴다. 축축하고 무자비한 포식자의 눈이었다.

검은 뱀들이 S자를 그리며 맹렬한 기세로 교회 안으로 기어 들어왔다. 사람을 물지는 않았지만 그 빠른 몸짓은 다중이 밀집한 공간을 들쑤셔놓기에 충분했다. 300명이 각기 다른 300개의 비명을 질렀다. 말 그대로 목사를 파멸시키기 위한 일당백의 악마적 공연이었다.

강 목사는 비명으로 아수라장이 된 현장을 보며 '주여!'하고 읊었다. 기울어진 십자가는 아무런 기적도 보여주지 않았다.

임미화처럼, 건드리지 말아야 할 것을 건드린 사람은 또 있었다. 임미화에게 빌미를 제공했다고도 볼 수 있는 김윤수였다.

그는 밤새 한잠도 자지 못했다.

집안 어딘가에서 방울 소리가 계속 들려왔기 때문이다. 방울 소리는 점차 커져서 TV소리, 문 닫는 소리, 전화 소리 등 모든 소음을 잡아먹었다. 딸랑거리는 단 하나의 소리가 사람을 미치게 했다. 귀를 막아도 소리는 줄지 않았는데 손바닥을 송곳으로 찌르는 것 같은 통증이 몰려왔다.

손을 떼면 통증은 사라졌다.

통증이 사라진 틈에 송선희에게 전화를 걸었지만 그녀가 하는 말이 하나도 귀에 들어오지 않았다. 예상한 일이라 김윤수는 상대방이 뭐라 말하든 혼자 지껄였다.

"내 귀에서 방울 소리가 계속 들리는데 점점 커지고 있어요. 아무래도 서경 선생의 가방에 손댄 게 문제였나 봐요."

전화를 끊은 그는 패닉 상태로 집안을 걸어 다녔다. 거실을 걸어도, 화장실에 들어가도 방울 소리가 들렸다. 이어폰을 꽂으니 귀가 떨어져 나갈 것처럼 아팠다. 보이지 않는 강서경이 그를 따라다니며 귓가에 방울을 흔들어댔다. 도저히 집 안에 있을 수 없었다. 그는 밖에 나가기로 결심하고 옷을 입기 위해 침실로 들어갔다.

침대 위에 누가 누워 있었다.

하얀 시트로 몸을 가린 사람이었다. 머리까지 덮인 그 사람은 시체안치소의 시신처럼 보였다. 발에만 시트가 덮여 있지 않았는데 하얀 색깔의 버선이 신겨져 있었다. 차라리 맨발이나 양말을 신은 발이라면 이보다 무섭지 않았을 터이다. 하얀 버선은 도시의 삶과 어울리지 않는 원초적인 공포로 그에게 엄습했다.

강 선생의 가방에서 방울을 봤고, 똑같은 방울을 어릴 적부터 어머니의 신당에서 숱하게 보아온 김윤수였다. 어머니는 그에게 무서웠던 기억을 너무나도 많이 주었다. 버선 역시 잊고 싶던 기억과 집요하게 연결되었다.

그는 어렸을 때부터 아이들이 놀렸던 무당 아들이란 말이 싫었다.

선생이 된 후로 어머니와 의절하고 일부러 자신을 모르는 지방으로 내려왔다. 본성의 우울함을 숨기고 과장스럽게 쾌활한 모습만 보였다. 그러나 섭주를 선택한 건 잘못이었다. 무속 행위라는 것이 인간의 행복 추구와 불행 예방과 관련이 있다면, 섭주에서 행해진 무속행위는 항상 악의를 동반함을 서울 청년인 그는 몰랐던 것이다.

김윤수가 침대 위의 사람을 보고 멈칫거릴 때 행거에서 점퍼가 떨어졌다. 쪼그려 앉아 점퍼를 주울 때 버선 끝이 조금 움직였다.

김윤수의 시선이 버선으로 몰렸다. 버선도 사람의 인기척을 눈치 챈 쥐처럼 움직이지 않았다.

갑자기 방울 소리가 멎었다. 남은 건 자신의 심장 박동뿐이었다. 버선은 움직이지 않았다. 김윤수도 움직이지 않았다. 또다시 방울이 요란하게 울리면서 버선 끝이 격렬하게 움직거렸다.

김윤수는 소스라치게 놀라 황급히 옷을 입고 도망치려 했다. 점퍼에 팔을 집어넣을 때 시트의 얼굴 부분에서도 경련이 일어났다.

상대는 더 이상 집 주인 눈치를 보지 않았다. 뭔가가 이불 속에서 고개를 이리저리 돌리고 있었다. 시트에 막혀 부풀어졌다 오므라드는 콧구멍의 윤곽까지 또렷했다. 김윤수의 숨소리도 방울 소리만큼 가빠졌다. 시트에 점이 생겨났다. 핏방울이었다. 가랑비가 소나기로 변하듯 툭툭거리는 소리와 함께 핏방울은 흰 시트를 금세 발갛게 물들였다.

김윤수가 천장으로 고개를 돌렸다. 천장에 거꾸로 붙은 소머리에서 피가 떨어지고 있었다. 피를 받을수록 버선은 발광

하듯 요동쳤다.

"이건 환각이야! 귀신 따위는 없어!"

김윤수가 소리치자 시트 아래에 있던 사람이 벌떡 일어났다. 그는 갑옷을 입은 옛 시대의 장군이었는데 살찐 얼굴에 죽 찢어진 눈이 귀신같았다. 김윤수는 그와 비슷한 얼굴을 어머니의 신당 벽화에서 본 적이 있었다. 장군이 팔을 뻗치자 손에 쥔 긴 창이 김윤수의 배를 뚫고 원룸 벽을 관통했다.

고개를 젖힌 김윤수에게 세상이 거꾸로 보였고, 천장에 붙은 소머리는 거북선의 머리 부분을 연상케 했다. 그 머리가 피를 흘리며 킥킥거렸다. 소의 웃음에 방울이 워낭 소리처럼 조화를 맞추었다. 김윤수가 가쁜 숨을 몰아쉬자 소의 텅 빈 안구 사이로 뱀들이 기어 나왔다. 수십 마리 뱀들의 느린 움직임은 마치 모델하우스를 구경 온 느긋한 집 구매자들 같았다. 착지할 방법을 찾아 허공에서 머리를 갸웃대던 뱀이 한 마리씩 두 마리씩 툭툭툭 떨어졌다.

김윤수의 방안은 금세 뱀으로 뒤덮였다. 그의 몸 위로도 뱀이 기었다. 수백 마리의 뱀에 김윤수의 신체는 점점 파묻혔다. 꿈틀거림이 모든 공간을 장악했다.

비명에 옷을 걸어놓은 행거가 육중한 소리를 내며 쓰러졌다.

환상이 사라지고 방울 소리도 사라졌다. 침대 위에는 아무 것도 없었다. 창에 찔린 흔적도 없었다. 넘어진 행거에서 떨 어진 옷이 바닥을 굴렀다. 무사함을 확인하고도 김윤수의 눈 은 불안하게 굴러다녔다. 살을 맞았다는 확신이 그를 놔주지 않았다. 떨리는 손이 전화기를 놓쳤다가 다시 붙잡았다.

결국 그는 오랜 나날 동안 걸지 않던 번호로 전화를 걸었 다. 수신자 이름엔 '마더'라고 쓰여 있었다.

강 목사는 지친 기색으로 집에 돌아왔다. 윤 여사가 코트 를 받아주었다.

"벌써 오세요? 늦게 마친다면서요?"

"서경이 안 왔소?"

"서경이요? 서경이가 여길 왔어요?"

"그 아이가 교회에 왔소."

"서경이가 동두천에 왔다고요? 세상에! 어제는 급하게 날 올려 보내더니 오늘은 걔가 왔다고요?"

"이상하게 변해서 왔더군."

"엄청 예뻐졌지요? 그죠?"

목사는 운전자 보험 질문에 치아 보험으로 동문서답하는 설계사를 보듯 아내를 바라보았다. 여사가 미소를 거두었다.

"어딨어요? 같이 안 왔어요?"

"내가 먼저 물었잖소? 여기 오지 않았냐고?"

"안 왔는데요."

그녀는 식탁 위의 휴대폰을 집어 들었다. 목사가 말했다.

"소용없을 걸. 교회를 나가고 나서 전화기도 끈 모양이오."

윤 여사가 걸어도 소용없었다. 그제야 서경이가 좋은 일로 동두천에 올라온 게 아니란 예감이 들었다. 목사가 의자에 털썩 앉았다.

"그렇게 극악무도한 방법을 쓸 줄이야."

"무슨 소리죠?"

"성도들 다 모인 데서 앞으로 자길 만날 일 없다느니, 종혁이가 죽은 건 자기 탓이 아니라느니 소리를 질렀소. 걔가 나가고 교회 안에 뱀이 들어와 한바탕 난리가 났소. 아마 그 아이가 뱀을 푼 것 같소. 많은 신도들이 휴대폰으로 촬영을 했소. 몰래 염탐한 반대파도 있을 텐데 조만간 동영상이 돌겠지. 내가 파멸되는 건 시간문제요."

윤 여사는 충격으로 반문하는 데 시간이 걸렸다.

"걔가 왜 그런 짓을 했을까요?"

"어딘가 이상해진 것 같았소."

윤 여사는 서경이 몸살을 앓고 난 후를 떠올렸다. 횟집 사장과의 노상 언쟁, 해상산책로에서 흩뿌린, 말 그대로의 '갈매기 살', 교통순경 앞에서 조련사처럼 다루던 뱀.

"혹시 서경이한테 정신질환 같은 게 있었나요?"

"없소."

"당신한테 차마 얘기 못 했는데, 섭주에 가 있는 동안 서경이한테 이상한 일이 많이 일어났어요."

"어떤 일 말이오?"

"심한 몸살을 앓았거든요. 의사들도 증상을 모른댔어요. 저절로 낫긴 했는데 그때부터 애가 변했어요. 얼굴이 다른 사람처럼 변하고 욕도 하고 성격도 괴팍해지고 사람들하고도 싸우고…. 놀라지 말아요. 애가 해상공원에서 갈매기를 잡았는데…."

윤 여사가 반 토막 난 갈매기와 말 잘 듣던 뱀 이야기를 상세하게 들려주었다. 의외로 목사는 태연한 얼굴로 되물었다.

"그러니까 신병(神病)같은 몸살이었다 그거요?"

"신병이라…. 듣고 보니 그렇네요. 어떻게 아셨죠?"

"자기 엄마한테 받은 피가 어딜 가겠소?"

"그게 무슨 소리예요?"

"서경이는 무당의 딸이오."

213

여사가 소스라치게 놀라 손으로 입을 막았다.

목사가 과거의 일을 들려주었다.

"1980년 즈음 고등학교에 다닐 때 목사님들을 따라 전도 활동을 다닌 적이 있었소. 당시 우리가 맡은 구역은 서울 대방동 달동네였는데 도시 발전에서 소외된 이들이 많은 곳이었소. 그 지역 사람들이 너무나도 거칠고 과격해 전도는 힘들었소. 내가 버틸 수 있었던 건 나를 오빠처럼 따르던 어떤 막노동꾼의 딸 덕분이었소. 그 여학생은 내게 큰 힘이 됐고 사람들을 순화시키는 데도 도움을 줬소. 그 학생 하나 덕에 신도가 늘었다고 해도 과언이 아니오. 예배가 있건 없건 늘 교회에 나와 도움을 줬지. 그녀가 안 나올 때는 내가 사정이 생겨 참석 못 할 때뿐이었소."

"그 여학생의 주님은 당신이었군요."

"비꼬진 마시오. 내가 그 곳에서 신앙 활동을 한 건 서너 달 밖에 안됐으니까. 난 오빠의 감정으로 그녀를 대했지 남자로서가 아니었소. 그래서 몰랐던 거요. 그 짧은 기간 동안 그녀가 나를 그렇게나 심각하게 생각했을 줄은…. 겨울이 왔고 나는 신학대학에 합격했소. 원하던 대학에 들어갈 수 있게 되자 내겐 다른 어떤 것도 떠오르지 않았소. 주임목사님은 전도활동을 그만 두고 입학 준비를 하라고 했소. 그래서 나는 더 이상 대방동을 찾지 않았던 거요."

"그 여학생은 당신을 애타게 찾았겠군요."

"난 그녀를 잊고 지냈소. 두어 달 쯤 후에 그 학생 어머니한테서 전화가 왔소. 애가 몹시 아픈데 기도를 해 줄 수 없냐고. 그 때서야 나도 그녀가 생각나 대방동을 찾았소. 그런데 가보니 그녀는 없었소. 내가 오기 직전에 행방불명이 됐다는 거요. 어떻게 된 거냐 물으니 내가 떠난 후부터 그녀도 교회에 안 나왔는데 열병을 심하게 앓다가 그게 정신병으로 진행되었다는 거요."

"상사병이란 말인가요?"

"아니오! 절대 아니오! 그녀의 부모가 날 원망할 줄 알았는데 결코 그렇지 않았으니까. 진실은 이거요. 내가 떠난 후 그 학생이 어느 날 밤 판자촌 뒷산을 올랐는데 거대한 불덩어리가 나타나 자기한테 말을 걸더라는 거요. 열병은 그때부터 시작되었고, 자기가 불의 딸이라는 소리를 거듭 했다고 해요. 다락에 숨어있는 자가 자신의 혼백을 취하려 한다며 매일 비명을 질렀다고도 했소. 그녀의 부모는 원래부터 아이에게 무녀의 신기가 있었는데 그걸 막아보려고 교회에 적극

적으로 보낸 거였다고 고백했소. 알겠소? 그녀는 신병에 걸린 거란 말이오."

윤 여사는 서경의 모습이 떠올라 마른 침을 삼켰다.

"신병에 걸려도 당신이 곁에 있었으면 교회에 계속 나오지 않았을까요?"

"모르오. 교회 출입으로 신내림 같은 걸 막을 수 있을지는 나도 장담할 수 없소. 진작에 내가 사정을 알았다면 다른 방식으로 도움을 줄 수도 있었겠지. 하지만 난 그녀에 대해 아무 것도 몰랐소."

"그 여자와 서경이의 관계는요?"

목사는 물을 한 모금 마신 후 이야기를 계속했다.

"그녀는 두 번 다시 부모님 앞에 나타나지 않았다고 하오. 대학생이 된 나 역시 학업에 바빠 쉽게 그녀를 잊었소. 그런데 졸업 후 어느 날 가을에 그녀가 불쑥 내 앞에 나타났소. 처음에 나는 그녀를 알아볼 수 없었소. 내가 알던 발랄한 여학생이 아니라 신인 여배우 같은 모습이었으니까.

우린 많은 이야기를 나누었소. 그녀는 내가 떠난 후 병에 걸려 고생했는데 왜 연락 한번 없었냐며 원망을 했소. 오래전 일이고 죄책감을 느낄 일은 아니라고 생각했기에 난 아무 대답도 하지 않았소.

나는 달라진 그녀의 외양을 보고 돈을 많이 번 무속인이

된 줄 알았소. 하지만 무슨 일을 하냐는 질문에 그녀는 답하
지 않았소. 왜 나를 찾아왔냐고 물으니 꼭 한번 보고 싶었다
는 말을 하더군. 해야만 하는 일이 있는데 살아서 못 돌아올
지도 모른다는 이상한 말도 했소. 무슨 일이냐고 물어도 끝
내 답하지 않았소. 그래서 우린 서먹하게 앉아 있다가 차를
마시고 나온 거요.

좀 묘한 표현이지만 그녀는 죽음을 준비하는 사람 같았소.
죽기 전에 생각난 누군가를 꼭 한번 찾아온 사람의 모습 말
이오."

목사는 말을 멈추고 창밖을 바라보았다. 윤 여사는 쉬지
않고 말하던 목사가 긴 시간 침묵을 지키자 고통스럽게 물었
다.

"혹시… 둘이서 함께 밤을 보낸 건가요?"

"미안하오."

"전부인도 알아요?"

"1년 후 전처 모르게 그녀에게서 연락이 왔소. 밖에서 만
났는데 아기를 안고 있었소. 내 딸이라 했기에 신혼이었던
나는 아주 곤란한 입장에 처하게 되었소."

"당신 부인 자리를 노린 거였나요?"

"아니오. 지난번에 말한 일에서 간신히 살아 돌아왔다는데
또다시 부름을 받고 가야 할 입장이라고 했소. 그래서 아기

를 부탁한다고 했소. 교회 앞에 두고 갈 테니 미혼모가 버리고 간 아이를 거둔 것으로 하면 내가 곤란해질 일은 없을 거라 했소. 다행히 교회 앞에서 서경이가 발견됐을 때 우리가 키우자고 적극 나선 이는 내가 아니라 종혁이를 뱃속에 가진 전처였소. 그녀는 서경이를 주워 키운 아이로만 알지 내 친딸이란 사실은 모르오."

"무서운 이야기로군요."

윤 여사는 고개를 흔들었다.

"도대체 뭣 때문에 그 오랜 세월 서경이를 미워했죠?"

"서경이를 맡으면서 집안에 무서운 일들이 일어났소. 과학으로 설명이 불가능한 일들이오. 이상한 소리가 들려왔고 물건이 저절로 깨지거나 움직이는 등의 일들 말이오. 내가 목사이고 서경 어미가 무속인이니 그 모든 일에 자연히 마귀나 사탄 같은 단어가 들먹여졌소. 서경이를 넘길 때 그녀는 내게 이 아이를 예수님의 사랑으로 잘 키워달라고 했소. 무한한 잠재력을 가진 무서운 아이지만 피의 절반이 목사니까 그 잠재력을 누를 수도 있을 거라는 말과 함께 말이오.

난 처음부터 서경일 멀리한 게 아니오. 이상한 일이 일어날 때마다 주님의 품으로 인도하려고 간절히 기도했소. 종혁이가 서경이 옆에서 오토바이에 깔려 죽은 사건이 생기기 전까진 말이오. 종혁이를 잃자 나는 밝은 세상이 사실은 마귀의 태양 아래 펼쳐진 거짓 풍경이라는 걸 깨달았소. 그래서 모든 걸 체념했던 거요."

"서경이가 그랬다고 확신하나요? 그 어린 애가 육중한 오토바이를 밀어서 지 동생을 깔리게 했다고요?"

"서경이가 그랬다는 건 아니오. 하지만 그 아이한테서 어떤 힘이 나온 건 틀림없소."

"증거는?"

"내 믿음이 증거요."

"내가 그 자리에 없었으니 뭐라 할 말이 없네요."

윤 여사가 평소의 그녀답지 않은 무게 있는 얼굴로 목사를 바라보았다.

"나는 서경이 말고 당신이 이상해진 건 아닌지 생각하고 있어요. 며칠을 함께 보낸 내게 서경인 내 배 아파서 낳은 딸이나 같았어요. 허락해도 좋을 결혼을 굳이 반대해서 안 그래도 불안한 애한테 더 상처 주고, 말이 종교지 정치 활동에 빠져든 당신이야말로 어떤 힘에 사로잡힌 사람 같아요. 그건 밝은 힘은 절대 아니에요!"

"당신에겐 미안하오."

"미안할 거 없어요. 서경이한테나 미안하다 말해줬으면 좋겠네요. 당신 딸인데!"

"당신은 그 아이를 오랜 기간 겪지 않아서 몰라요. 애경이가 서경이를 데려가고도 나는 일부러 그 아이와 거리를 뒀소. 서경이가 멀어지고 나서야 내 집에서 무속신앙과 연관된 이상한 일이 일어나지 않았소."

"그럼 서경이를 맡은 동욱이 엄마는 괜찮았나요? 그 집에서도 이상한 일이 생겼나요?"

"안 생겼소."

"왜 동욱이 엄마네는 괜찮았을까요?"

"내가 목사라서 그런 건 아닌가 생각했었소."

강 목사의 표정이 진지했지만 윤 여사는 어이가 없었다.

"혹시 당신 혼자만의 생각 아니에요? 종혁이를 잃으니까 강박적인 생각이 서경이를 이상한 애로 만든 거 아니에요? 당신 혼자만의 믿음으로 서경이를 내쳤다는 생각은 안 해봤어요?"

"맹목적인 믿음이 아니오. 서경의 친모가 내게 가하는 복수일 수도 있다고 생각하오."

"그 말은 무속신앙을 믿는다는 뜻으로 들리는데요? 목사인 당신이!"

"우린 나약한 인간일 뿐이오. 사탄이 진짜 존재하는지, 혹은 그보다 더 무서운 존재가 실재하는지 아무 것도 알 수 없소. 신적 대상의 실존을 가타부타 할 권리조차 우리에겐 없다는 말이오."

220

목사의 가늘게 뜬 눈이 과거를 파헤치는 듯했다.

"내게 서경이를 맡길 때 그녀는 말했소. 신왕님이 부르니 가야만 한다고. 서경이를 데려가면 방해가 되니 그들이 죽일지도 모른다고 말했소. 그래서 서경일 받아들인 거요. 섭주와 다흥의 미제 사건 중에 그 신왕이란 자의 이름이 거론된 케이스가 꽤 있다는 건 여러 사람이 알고 있소. 우연처럼 지금 서경이가 살고 있는 섭주 말이오. 80년대 말에서 90년대 초에 그녀가 어떤 밀교 집단의 범죄에 연루되었다는 소문도 있었는데 그건 헛소문이 아니오. 그녀의 정체는 신왕을 모시는 무서운 무녀, 공권력이 미치지 못하는 사교 집단의 우두머리요."

"대체 그 여자 이름이 뭔데요?"

"안미영."

무거운 침묵이 흘렀다. 추억을 헤집는지, 과거를 후회하는지 목사의 굳은 표정에 변화는 없었다. 윤 여사가 침묵을 깼다.

"서경이가 혼수상태일 때 방울과 거울을 주웠다는 말을 했어요. 핸드백을 왜 그리 손에서 안 놨는지 이해가 갈 것도 같네요. 한번 열어보는 건데. 그걸 줍고 나서 몸살이 시작된 건지도 몰라요. 내가 애 못 낳는 여자라는 것까지 알아냈어요. 아버지한테 들었냐고 물으니 자기가 그런 말을 한 사실조차 모르고 있더라고요."

"난 당신의 비밀을 서경이한테 말한 적 없소."

방울과 거울이란 말에 목사의 눈가가 바르르 떨렸다. 그는 유튜브를 뒤져 뱀 관련 사고를 검색했다. 다행히 아직까지 <교회 뱀 출몰> 따위 동영상은 올라오지 않았다. 그러나 여사가 '영덕 갈매기'를 검색하자 <알프레드 히치콕의 새 : 한국판>이란 동영상이 나타났다. 모녀가 영덕을 찾은 다음 날 올라온 영상이었다. 조회 수는 얼마 되지 않았다. 영상은 흐릿했고 화면은 마구 흔들렸다.

하지만 부부는 해상산책로 위에서 혼돈의 방어 끝에 갈매기에게 역습을 꾀한 사람이 그들의 딸 서경임을 단번에 알아챘다. 갈매기는 종이처럼 반으로 찢어졌다. 목사가 이마를 손으로 짚었고 여사는 기도에 들어갔다.

❀　　❀　　❀

월요일이 되자 학생들이 등교했다. 아침 해를 따라 무리지어 걷는 초등학생들은 새싹을 연상시켰다. 섭주초등학교에서 이 새싹들을 제일 먼저 맞이하는 이는 이순신 장군이었다. 학교 정문에서 100미터를 걸어 계단을 올라가면 본관 건물이 나오는데, 교무실 입구 앞쪽에 이 장군이 서 있다. 12척의 함대 대신 잘 정돈된 화단이 장군의 양 옆을 지키고 있다.

화단 위로는 교실이 있다. 교육의 전당에서 아래를 내려다보는 장군은 조선을 지키는 구국영웅 대신 아이들을 맞이하는 동네 할아버지 같다. 졸업 후 아이들은 선배들이 그랬던 것처럼 이 동상에 환상기담을 부여한다. 그래서 역사 교과서의 충무공은 옛 전장의 사실을 알고 있지만 초등학교의 충무공은 각 학교의 무서운 비밀을 간직하는 것이다.

섭주초등학교의 이순신 동상은 전국 어느 곳보다 특이하고 거대했는데, 금색으로 몸을 칠한 동체는 대형 TV만 한 돌디딤대 위에 놓여 키가 3미터에 육박했다. 칼집에 칼을 넣은 기존의 이미지를 깨고 칼을 앞으로 빼든 모습이어서 위풍당당했다. 칼이라기보다 차라리 노에 가까운 장식물은 실제로 배를 타고 저으면 나아갈 수 있을 정도로 크고 튼튼했다.

어젯밤 숙직한 경비원 장오한은 밤 11시경 이상한 소리를 듣고 교무실 쪽으로 나왔다. 몽둥이로 쇳덩이를 치는 타격의 소음이었다.

탕!

탕!

탕!

건물은 잠겨 있었고 운동장도 텅 비어 있었다. 아무도 없었다. 별 탈 없다는 사실은 좋았지만, 밤의 텅 빈 학교는 장오한에게 공포로 다가왔다. 등 뒤가 서늘해 돌아보니 이순신 장군이 내려다보고 있었다. 동상의 팔이 움직이는 바람에 그는 비명을 지르며 넘어졌다. 손전등을 비춰보니 뱀 한 마리가 이순신의 팔에 몸을 감고 있었다.

또 뱀이다! 왜 이리 뱀이 자주 나오는 거지!

임달복이라면 몰라도 장오한은 뱀을 건드릴 용기가 없었다. 숙직실 쪽으로 몸을 틀던 그의 눈길이 계단 아래 주차장으로 옮겨졌다. 텅 빈 주차장에 단 한 대의 차가 서 있었다. 강서경 선생의 아반떼였다.

'낮에는 없었는데….'

불 꺼진 헤드라이트가 그를 노려보았다. 이순신과 아반떼 사이에 서 있으니 등 뒤에 누가 서있는 느낌이 들었다. 이순신을 쳐다보면 아반떼 쪽에서 느껴졌고 아반떼를 바라보면 이순신 쪽에서 느껴졌다. 정말 아이들이 말한 귀신이 아닐까? 겁에 질린 그는 숙직실로 들어가 BTS의 노래를 크게 틀었다.

모든 아이들이 이순신을 지나쳐 등교한 아침, 강서경은 끝내 나타나지 않았다. 장오한은 누가 쇳덩이를 두드린 얘기는 빼고 교감에게 저 차가 밤부터 있었다고 얘기했다. 김윤수도 출근하지 않았는데 전화를 해도 안 받았다. 임미화는 좀비 비슷한 몰골로 출근했다.

'밤새도록 전남편하고 술이라도 펐나?'

정길성 교감은 임미화를 못마땅한 눈으로 바라보다가 강서경의 차로 눈길을 돌렸다.

'사람이 남고 차만 사라지면 몰라도 차만 남고 사람이 안 보이는 경우는 또 처음이군. 대체 어딜 간 거야?'

임미화가 소리도 없이 다가왔다. 무슨 일이냐는 물음에 그녀는 감정 없는 얼굴로 되물었다.

"교감 선생님. 김윤수 선생이 전화 안 받는다면서요? 점심시간에 제가 한번 집에 가볼까요?"

임미화답지 않은 제안이었다. 교감은 몽유병에 걸린 듯한 임미화의 모습에 놀라 얼떨결에 고개를 끄덕였다.

"그래 주겠소?"

대답도 없이 임미화가 돌아섰다.

'강서경의 학대 신고를 아는 모양이다. 그러니 착한 짓 하려는 거지!'

고개를 끄덕이던 교감의 어깨로 흙먼지가 떨어졌다. 그는 위를 향해 소리쳤다.

"어이, 임달구 씨! 애들도 왔다 갔다 하는데 먼지 좀 안 떨어지게 해봐!"

"예! 교감 선생님!"

건물 옥상에서는 임달구가 인부들에게 페인트칠을 독려하고 있었다. 이순신 장군도 교감처럼 떨어지는 먼지를 고스란히 맞았다.

시설보수 팀의 임달구가 지휘하는 작업은 가을철 학교 새단장 도색 작업이었다. 외주업체가 낡은 건물 테두리에 페인트칠을 하고 임달구가 그 위를 순시했다. 인부들은 몸에 밧줄을 묶고 그네 같은 의자에 대롱대롱 매달린 채 스프레이를 뿌리고 커다란 붓으로 벽을 칠했다. 외국인 노동자도 있었는데 마스크를 쓴 임달구는 그들에게 거리낌 없이 반말이었다.

그의 마음은 콩밭에, 아니 농장에 가 있었다. 그의 동생이 운영하는 농장에는 많은 닭이 있었는데 가족들이 먹을 보양용 닭을 따로 길렀다. 임달구는 학교에서 잡은 뱀들을 동생에게 제공했다.

날씨는 따뜻하고 또 하루가 지났으니 대야 안의 뱀 사체에서 구더기 수백 마리가 수천 마리로 기승을 부릴 터였다. 닭들은 이 구더기들을 남김없이 먹어치울 텐데, 동생에 의하면 이미 뱀독이 번져 벼슬이 벗겨지기 시작하는 닭이 출현했다고 한다. 그 '뱀닭'을 삼계탕으로 만들면 보약 중의 보약이 되는 것이다.

누렇게 뜬 건물 테두리가 도색작업을 거쳐 파란색으로 거듭났다. 새 건물을 얻은 것처럼. 보는 임달구가 흐뭇해했다. 그러나 외국인 노동자가 맡은 왼편 난간에 미처 칠하고 못하고 지나친 부분이 있었다. 물감이 튄 것 같은 옥의 티였다. 임달구는 척척 걸어가 동남아시아 노동자한테 '저기도 빠트리지 말고 덧칠을 하란 말야!'하고 소리쳤다.

그 때 임달구는 반대편 옥상 난간의 끄트머리에 놓여있는 어떤 물건을 보았다. 노동자들은 옥상 아래에 있어 임달구만 그 물건을 볼 수 있었다. 붉은 고무 대야였다. 열 마리나 되는 뱀의 사체를 담아 동생의 농장에 갖다 뒀던 대야. 위에서 보면 구토를 유발할 징그러운 대야.

"이게 왜 여기 있지?"

머리가 어지럽더니 최면술 같은 기운이 번졌다. 그는 걸음을 옮겼다. 위태로운 난간 쪽으로 향하는 걸음은 비척거렸다. 대야에 가까워질수록 그는 주문 같은 소리를 중얼거렸다.

대추나무 사랑 걸렸네

대추나무 사람 걸렸네

대검나무 사람 걸렸네

걸렸네 걸렸네 딱 걸렸네

대야 안이 보였다. 징그러운 무늬들 위로 쌀알 같은 것들의 분주한 움직거림도 보였다. 자신이 가져다 놓은 대야가 맞았다. 구더기 떼는 수천 마리나 되었다. 그는 난간 위로 올라섰다. 발 한번 잘못 디디면 끝장이지만 깨닫지 못했다. 구더기 떼가 너무 들끓어 뱀이 안 보였다.

임달구가 입으로 바람을 불자 구더기 떼가 흩어졌다. 그 사이로 강서경 선생의 머리가 나타났다. 구더기에 파묻힌 허연 시신의 얼굴! 임달구의 머리칼이 곤두섰을 때 강서경이 눈을 떴다. 웃는 그녀가 입을 벌리자 두 갈래 진 뱀의 혀가 구더기를 팝콘처럼 튀겨냈다.

쉭쉭세엑세엑하흐!

임달구는 제정신을 차렸지만 늦었다.

"강 선생!"

균형을 잃은 그의 뒷걸음이 허공을 밟았다.

벽을 칠하던 인부는 육중한 무언가가 자신의 옆으로 추락하는 걸 얼핏 보았다. 이제 막 교무실로 들어가려던 교감은 하늘에서 떨어지는 비명을 들었다. 순식간에 가까워진 폭격

같은 기세를 느낀 것도 잠시, 묵직한 '푹!'소리가 귀를 찢어 놓았다. 거대한 모래가마니를 삽으로 관통시키는 소리, 바로 그것이었다.

"아아악!"

교감 옆의 장오한이 비명을 질렀다. 교감이 고개를 드니, 하늘에서 떨어진 임달구가 허공에 엎드린 채 멈춰 있었다. 이순신 동상의 칼에 떨어져 관통당한 임달구의 배에서 피가 콸콸 소리를 내며 쏟아졌다. 그는 거미와도 같은 자세로 죽었다. 칼은 부러지지 않았고 장군은 미동도 없었다.

누군가의 비명을 기점으로 회오리바람 같은 일대 소란이 일어났다. 사람들이 모여들었는데 특히 아이들 쪽이 두드러졌다. 조주애와 장영화는 새파랗게 질린 얼굴로 임미화를 찾았지만 아무리 찾아도 그녀가 보이지 않았다. 그래서 셋 아닌 둘만이 수다를 떨어댔다.

동상의 얼굴을 때린 나뭇가지 사이로 뱀이 한 마리 기어올랐다.

주차장에 김윤수의 차가 보였다. 그는 집 안에 있었다. 커

229

틈을 쳐 실내가 컴컴했다. 이제 그의 귀에는 방울 소리가 들리지 않았다. 어머니가 내려준 처방 덕분이었다. 그러나 다른 소리가 들려왔다. 강서경 선생의 목소리였다.

'이 자식이 설마 내 핸드백을 뒤져보진 않았겠지? 나름 매너는 좋은데 쥐새끼 같은 구석이 있어.'

김윤수 말고는 아무에게도 들리지 않는 목소리였다. 먹구름 같기도 하고 그림자 같기도 한 것이 집 밖을 에워싼 느낌에 그는 줄곧 시달렸다. 원룸형 오피스텔 안쪽에는 도시적인 라이프 스타일과 어울리지 않는 새끼줄이 걸렸는데 이 줄에는 날이 시퍼런 식칼이 세 자루 걸려 있었다. 베이지 색 현관문 안쪽은 피 칠을 해 붉게 물들였다.

어머니는 말했었다.

"네가 간만에 내게 연락한 게 이런 일 때문이라니 썩 반갑지만은 않구나. 그 귀신의 강약 대소를 내가 알 길은 없다만 신령이 있었다니 예사 존재의 물건은 아닌 듯하다. 네가 그런 물건을 만졌으니 귀신은 언제든 네게 침입할 수 있고 네육신을 지배하에 두고 인격을 변화시킬 수 있다. 급한 대로 계책을 일러줄 테니 그대로 따르거라. 대문 안쪽에 새끼줄을 치고 식칼을 몇 자루 걸어 놓거라. 개 피를 구해서 문에다

뿌려야 사악한 기운이 들어오지 못한다. 백구를 직접 죽여서 바르면 효과가 좋지만 그러지 못할 테니 개고기 시장에서라도 구해 바르거라. 불기(佛器)파는 가게에 가서 금강경 테이프를 사서 고음으로 계속 틀어. 내 머잖아 부적을 써서 내려가마."

금강경 테이프는 사지 않았다. 유튜브에 있었으니까. 그는 어머니의 지시가 있자마자 계속 금강경 동영상을 재생시켰다. 그러나 강서경의 앙칼진 웃음이 들리는가 싶더니 갑자기 인터넷이 끊기면서 금강경 독송도 사라졌다. 집안이 조용해지자 노크 소리가 들려왔다. 툭, 툭 거리는 노크는 순식간에 쾅쾅 소리로 변했고 새끼줄에 걸린 식칼이 흔들거렸다.

"누구세요?"

김윤수의 목소리가 떨렸다.

"나에요. 김 선생."

더없이 침착한 목소리였다. 방울 소리와도 비슷한 목소리.

"임 선생님? 여긴 웬일이세요?"

"김 선생이 출근을 안 하니 나더러 가보라고 하대요. 문 좀 열어봐요."

"몸이 너무 안 좋아 출근 못 합니다."

"어디가 안 좋은데요?"

"귀가 아파요."

"귀요? 그래서 전화 안 받았어요?"

"제 폰은 고장 났어요."

그건 사실이었다. 어머니의 처방대로 준비했을 때 전화기는 더 이상의 작동을 멈추었다. 마치 퇴치해야 할 악귀가 목소리를 바꾸어 전화할지도 모른다는 가능성의 원천적인 차단으로 보였기에 그는 전화기 고칠 생각을 하지 않았다.

"왜 임 선생님이 오셨죠?"

"내가 오면 안 되나요? 교감 선생님이 보냈어요. 문 좀 열어주세요."

"강서경 선생님은 출근했어요?"

"서경이는 중요하지 않아요. 임달구 씨가 죽었어요."

"예? 그 아저씨가 왜요?"

"옥상에서 작업하다가 이순신 장군 칼 위로 추락했어요. 배가 뚫려 죽었죠. 비상이라서 교직원들 다 가야해요. 그러니어서 이 문 좀 열어봐요."

그는 임미화가 웃고 있다고 여겼다. 그녀가 손잡이를 돌리자 고드름 같은 식칼이 흔들거렸다.

"전염될 지도 몰라서 그러니 먼저 가 계십시오. 이따가 갈테니까."

"우린 이미 전염되었잖아요?"

"무슨 소립니까?"

"모르겠어요? 선생님이나 나나 서경이의 물건을 몰래 만졌잖아요. 그래서 이상한 소리가 들리고 이상한 게 보이는 거예요."

김윤수의 입이 떡 벌어졌다.

"선생님도 소리가 들립니까?"

"방울 소리는 내게도 들려요. 그러니 어서 문 열어요."

김윤수는 저도 모르게 문으로 한 걸음 다가갔다. 전래동화의 기묘한 변형이 실시간으로 이뤄지고 있었다. 호랑이가 엄마의 모습을 하고 아이들을 잡아먹으려는 전래동화. 식칼이 한층 격렬하게 움직거렸다.

"그 방울이 뭔지 아세요?"

"옛 시대의 유물이에요. 우리가 손댈 게 아니었어요."

"임 선생님은 어떻게 강 선생님이 그걸 갖고 있는 걸 아셨죠?"

"너랑 송선희랑 속닥이는 거 다 들었어! 어서 문 열어!"

문손잡이가 격렬하게 철컥철컥했다. 현관문에 발라둔 피가 방울져 흘러내렸다. 김윤수의 눈에 생채기와 피로 얼룩진 알몸의 여자가 보였다. 그녀가 머리에 쓴 거대한 소머리가 천천히 김윤수에게로 움직였다. 김윤수가 눈을 비비자 환각은 사라졌다. 손잡이 소리가 한층 격렬해졌다. 당장 그만두라 말하고 싶었다.

"임 선생님이 오신 건 제가 무단결근한 것 때문입니까, 임 선생님 개인 용무입니까?"

"…"

문을 발로 차는 소리가 쾅! 쾅! 쾅! 울렸다. 김윤수는 반복해 듣는 와중에 외울 수 있었던 금강경의 첫 구결을 직접 읊었다. 그러자 요란한 소리가 거짓말처럼 뚝 끊겼다. 새끼줄에 걸린 식칼이 움직임을 멈추었다. 김윤수는 현관에 칠한 피가 자신의 피가 될지 모른다고 생각해 식칼을 하나 손에 쥐었다.

"먼 길 오셔서 죄송하지만 돌아가십시오. 학교는 제가 알아서 가겠습니다."

대답은 없었다.

"임 선생님?"

"여기 있다! 쉭쉭세엑세엑하흐!"

대답은 김윤수의 등 뒤에서 들려왔다. 그의 집은 1층이었다. 김윤수가 고개를 돌리자 환기를 위해 유일하게 열어뒀던 주방 채광창에 찰싹 달라붙은 임미화의 얼굴이 보였다. 임미화는 방범창살 사이로 눈을 커다랗게 뜨고 아래를 내려다보고 있었는데 움직거리는 눈알은 검은 바둑알 같았고 두 배나 커진 흰자에는 핏발이 곤두섰다. 현관문의 식칼이 요란하게 흔들거렸다.

"어떤 선무당이 방귀(放鬼)의 계책을 가르쳐줬구나."

"왜 그래요, 임 선생님! 무서워요!"

임미화는 입을 벌리지 않고도 말을 했다.

"문에다 개 피 칠하고 새끼줄 치고 식칼 내걸면 잡귀를 막는다고 믿겠지? 니가 대하는 상대가 잡귀라고 생각해?"

"당장 돌아가요! 경찰 부르기 전에!"

"경찰한테 뭐라 말할 건데? 무슨 혐의를 씌울 거야?"

임미화가 웃었다. 그녀의 얼굴이 채광창에서 사라졌다. 김윤수는 냉장고에 등을 기댄 채 가쁜 숨을 몰아쉬었다. 전등을 끄고 커튼을 친 집 안은 온통 흐릿했다. 그가 달려가 채광창을 닫으려 했을 때는 기다란 꼬리가 이미 들어온 직후였다.

창살 사이로 들어온 굵은 뱀 한 마리가 개수대 안에서 서서히 고개를 쳐들었다. 살찐 뱀은 찢어진 눈을 한 백사였다. 새끼줄이 끊어지면서 식칼이 땅에 떨어졌다. 벽을 칠했던 피가 녹아내리는 눈처럼 방바닥으로 흘러내렸다. 어머니가 와도 소용없었다. 김윤수는 모든 게 틀렸음을 알았다.

뱀이 날아올라 김윤수의 목을 목도리처럼 감은 후 뼈를 부러뜨릴 기세로 조이기 시작했다. 흐려지는 시야 속에서 김윤수는 갑옷 입은 장군이 자신의 머리칼을 쥐고 질질 끄는 악몽을 보았다.

이 일이 있기 하루 전에, 선희는 서경과 결혼할 뻔했던 민호와 통화를 했다. 애당초 서경에게 민호를 소개시켜 준 사람이 선희였는데 그는 오빠의 친구였다. 전화를 건 이유는 서경의 변화가 의심스러웠기 때문이다. 이미 헤어졌음에도 뭔가 알고 있는 게 없을까 하는 마음에 선희가 먼저 전화했다.

민호는 서경이 어디 있는지 모른다고 답했는데 선희가 먼저 안부를 물어주니 통화를 더 하고 싶은 눈치였다. 선희는 민호가 안됐다는 생각이 들어 자기도 모르게 긴 시간 동안 깊은 대화를 나누었다. 어느 시점부터 민호는 흐느끼는 것 같았다. 그런데 이상했다. 통화하는 사이 선희의 가슴이 뛰고 신경이 예민해졌는데, 마치 이 전화를 거는 장면이 극장 화면이고 보이지 않는 바깥에서 서경이 핏발 선 눈을 크게 뜨고 두 배우를 노려보는 관객이 되었다는 상상이 펼쳐졌기 때문이다.

그 생각이 점점 강해지자 선희는 서둘러 전화를 끊었다. 그럼에도 누가 보고 있다는 감각은 줄어들지 않았다. 뺨이 상기되고 심장이 뛰었다. 서경이와는 직장 동료이고 민호와는 단순한 통화에 불과했지만 나쁜 짓을 하다 들킨 느낌이었다.

느닷없이 전화벨이 또 울려 선희는 옆에 있는 휴지통을 넘어뜨릴 정도로 놀랐다. 다행히 서경이 아닌 남자 친구 용백이었다.

"무슨 전화를 그리 오래 해?"

"그게…. 서경이랑 통화 했어…."

"아, 소경 씨?"

"서경이!"

"하도 그렇게 부르니 습관이 됐다. 소경 씨! 하하."

언젠가 셋이 만난 자리에서 혀가 짧은 용백이 서경을 소경으로 불렀는데 B사감의 얼굴은 빨개지고 고개도 들지 못했다. 장난기 많은 용백은 그 후로도 서경을 계속 소경으로 불렀다. 선희의 제지에도 아랑곳없었기에 서경은 용백을 같은 부류로 봤을지도 모른다. 학교 선생들과 같은 부류로.

"서경이 상처 입어. 담에 만나더라도 이제 그런 장난 하지 마."

"왜? 옆에 없잖아? 전화 통화만 했다면서? 소경 씨랑?"

선희의 빠른 심장 박동은 계속되었다. 서경이 몰래 지켜보고 있다는 느낌이 끊어지지 않았다. 창틀에 얼굴을 붙인 서경이 '너 왜 민호랑 통화해놓고 나랑 했다고 거짓말 해?'하며 육박지를 것 같았다. 용백이 전화를 끊자 누군가 문을 두드렸다. 선희는 신경과민 직전까지 갔다.

"누구세요?"

"나 서경이야."

선희는 하마터면 비명을 지를 뻔했다.

119 구급대는 힘겹게 임달구의 시신을 치웠다. 참극이 있은 후 학생들은 귀가조치를 받았고 선생들만 남았다. 도색 작업 인부들도 작업을 중단하고 조사를 받았다. 경찰은 옥상을 뒤졌지만 아무 것도 발견하지 못했다.

인부들은 임달구가 욕을 하면서 옥상을 돌아다녔다고 했다. 타살의 흔적은 없었다. 경찰은 실족으로 인한 사고사로 보았는데 베트남 인부가 임달구가 떨어질 때 무슨 말을 했다고 증언했다.

"무슨 말을 했는데요?"

차민승 형사가 물었다. 외국인 노동자는 또렷한 한국 발음으로 말했다.

"강, 선, 생."

"강 선생? 강 선생이 누구죠?"

차 형사가 교감에게 물었다.

"우리 학교 선생 중에 강 씨는 하납니다. 강서경이란 이름의 선생님이 있어요."

강서경이란 말에 차 형사가 고개를 들었다.

"제가 찾고 있는 이름하고 같은데요? 지금 어디 계시죠? 혹시 사고 났을 때 옥상에 계시진 않았나요?"

"오늘 출근 안했습니다."

차 형사의 시선은 주차장으로 가 있었다.

"임달구 씨가 그 분과 가까운 사이입니까?"

"아뇨. 별로 마주칠 일도 없는 사이입니다."

"그럼 임달구 씨가 다른 강 선생을 불렀을 수도 있겠네요."

"우리 학교에 강 선생은 하나라니까요."

동상 주변의 핏자국은 아직 그대로여서 이순신 장군은 명량 해전에서 왜군과 싸우다 귀환한 모습이었다. 차 형사는 손가락을 들어 차를 가리켰다.

"저기 06A1234 아반떼, 혹시 강서경 선생 차 아닙니까?"

"예, 맞습니다. 어떻게 아시죠?" 교감이 눈을 크게 떴다.

"강서경 씨란 분을 찾고 있는데 이 학교 선생님일 줄은 몰랐습니다."

"왜 그분을 찾아요? 부모님이 실종 신고라도 한 건가요?"

"실종신고요?"

차 형사가 교감을 돌아보았다.

"출근을 안 하는데 연락도 안 되고 있거든요. 그 때문에 찾는 게 아니었습니까? 차번호는 어떻게 아신 건데요?"

"얼마 전에 뉴스에 나왔던 붕평마을 고양이 사건 아시죠?"

"아, 농약으로 고양이 학살한 뉴스 말이죠?"

"네. 사건 당일 CCTV가 먹통이라 독극물을 갖다 놓은 사람이 누군지 알아내지 못했습니다. 미리 현장을 배회한 사람이라도 있을까 봐 며칠 전 녹화물까지 CCTV를 계속 돌려봤죠. 근데 아주 흥미로운 게 찍혀 있더라고요."

"그게 뭔데요?"

"어떤 여자 분이 뱀한테 습격당한 장면이요. 땅에서 나온 뱀이 그 여자를 죽이려는데 고양이 떼가 달려와 뱀을 물어뜯어 죽였어요. 극혐이에요. 뱀이 2미터 쯤 되었거든요."

"그럼 그 화면 속의 그 여자가 강서경 선생인가요?"

"화질 때문에 그분인지는 모르겠는데 그 여자 분이 타고 나간 차는 제대로 찍혔습니다. 저 차 번호랑 똑같습니다. 차적 조회를 해보니 소유주가 강서경으로 나왔습니다. 섭주초등학교에 저 차가 서있고 강서경이란 선생님이 계신다니 아무래도 동일인물인 것 같은데요."

"그날이 비가 온 날 아니었나요?"

"맞습니다."

"그럼 강 선생 맞을 겁니다. 그 날 휴가였는데 붕평마을에 다녀왔다고 했어요. 뱀 애긴 없었습니다만."

"아, 그렇군요."

차 형사를 제외한 다른 형사들이 옥상을 뒤지고 있었다. 옥상에는 사람이 숨을 만한 곳이 없었고 서경은 물론 구더기가 가득한 대야도 없었다. 형사 반장이 내려왔다. 차 형사는 서경과 그녀의 승용차에 관해 반장에게 말했다. 반장은 싱겁다는 기색이었다.

"발을 헛디딘 사고야. 타살 흔적은 없어. 한국말도 서툰 저 외국인은 뭘 잘못 들었을 거야. 그래도 말 나온 김에 그 강서경이란 선생 집에 한번 가봐. 여기 교감 선생님 말씀이 성격이 좀 이상한 사람이라잖아? 집에 틀어박혀 있을 가능성도 있어. 가서 집에 있으면 붕평마을 고양이 건으로 뭐 좀 알고 있는지 물어봐. 그건 사고사가 아닌 살해사건이니까."

"알겠습니다."

차 형사가 즉시 떠날 준비를 했다. 교감이 생각 없이 내뱉었다.

"왜 하나같이 뱀이지?"

"그건 또 무슨 말씀입니까?"

차 형사가 돌아보았다.

"요새 우리 학교에 뱀이 많이 출몰했거든요. 방역작업도
하고 약도 쳤는데 어디 화단에 새끼를 쳤는지 뱀이 계속 나
오는 거예요. 임달구가 뱀 잡는 일을 거의 도맡았는데 강 선
생도 붕평마을에서 뱀을 봤다니 우리 학교 관련해서는 온통
뱀 천지인 것 같잖아요?"

"죽은 임달구 씨가 뱀을 잘 잡는 모양이죠?"

"동생이 농장을 하는데 뱀닭 만든다고 신나게 잡아들였죠."

임달구의 피로 피 칠갑이 된 이순신 장군은 앞만 쳐다보았
다. 그들은 장군이 아무 말도 듣지 못하는 걸 당연히 여기고
이 얘기 저 얘기를 나누었다.

차 형사와 동료 김 형사가 강서경이 살고 있는 동아아파트
에 도착했다. 학교에서 알려준 번호로 전화를 걸어 봐도 받
지 않았다. 자기들이 해야 할 일을 경찰이 대신 해주니 교감
은 전화번호든 집 주소든 뭐든지 협조했다. 언제부턴가 교감
은 강서경을 만나는 일이 무서웠다.

12층까지 올라간 차 형사와 김 형사가 서경이 사는 1207

호 앞에 이르렀다.

"계세요?"

초인종을 눌러도 대답이 없었다. 이번에는 주먹으로 문을 두들겼다.

"아무도 안 계세요?"

톡톡거리던 노크는 곧 쾅쾅거리는 두들김으로 바뀌었다. 그러자 어디선가 스피커를 크게 높인 노래가 들려왔다.

내 야망 싣고! 내일을 향해! 가자가자가자 당진열차야!

"이게 무슨 소리지?" 차 형사가 어리둥절한 눈으로 김 형사를 바라보았다.

"내 18번곡인데? <야간열차>."

"야간열차는 야간열찬데 학교 종처럼 쩌렁쩌렁 울리잖아."

차 형사는 더 세게 문을 두들겼다.

강 선생님 계세요!
내 야망 싣고! 내일을 향해! 가자가자가자 당진열차야!

"어, 강서경 대신 노래가 응답하네?"

"그러게. 우리 노크에 답하는 거 같은데?"

소리의 진원지를 찾던 차 형사는 서경의 아파트 대문 아래로 사라지는 긴 꼬리를 보았다. 얼룩무늬 뱀이었다.

"억!"

"왜 그래?"

"저리로 뱀이 들어갔어!"

"뭘 헛 걸 보고 그러는 거야? 여기 뱀이 어디 있어?"

차 형사는 멍한 눈을 깜빡였다.

"그러게. 뱀 애길 자꾸 듣다 보니 나도 정신이 이상해지는 모양이야. 저 틈으로 뱀이 들어갈 수 없지."

"그나저나 우리 두 사람 음성이 커지니 저 당진열차도 계속 커지는 거 같은데?"

"또라인가 봐."

마치 그 말이 신호라도 되듯 당진열차가 뚝 그쳤다. 요상한 침묵이 아파트 복도에 남았다. 차 형사는 침묵 속에서 칼처럼 날이 서고 독이 바짝 오른 어떤 기운이 엄습함을 느꼈다. 차갑지 않은 날씨에도 한기를 느꼈고 사람이 없음에도 벽에 그림자들이 움직거리는 환상이 들었다.

갑자기 유리 깨지는 소리와 함께 위에서 뭔가가 날아 추락했다. 곧 저 아래에서 와장창하고 차 부서지는 소리가 들리고 도난방지 사이렌이 울렸다. 여자의 비명이 12층까지 솟구쳤다. 두 형사가 난간을 잡고 밑을 보니 남자 하나가 차에 떨어져 죽어 있었다. 그들은 서로를 바라보았다.

"여기도 추락사야?"

그들의 음성은 거의 고함 수준이었지만 더 이상 '가자가자 가자 당진열차'는 들려오지 않았다. 두 사람은 동시에 위를 바라보았다.

"13층에서 떨어졌어. 바로 우리 위에서."

송선희는 윤 여사의 전화를 받았다. 이전에 문병 갔던 터라 두 사람은 안면이 있었다.

"딸아이가 계속 연락이 안 되네요. 혹시 출근했나요?"

"아뇨. 안 나와서 저희도 찾는 중이에요."

"얘가 어딜 갔지? 어제 동두천에 올라와 놓고 집에는 들르지도 않았어요."

"동두천에요? 서경이 차는 학교에 주차되어 있는걸요?"

"집에도 안 들르고 내려갔나 보네! 출근 안 했다면서요?"

"차는 있는데 서경인 안 왔어요. 어젯밤엔 저희 집에 오기도 했는데 오늘은 전화기도 꺼놨네요."

"어제 서경이랑 만났다고요?"

"네."

선희의 심장이 빠르게 뛰었다. 어젯밤 불쑥 나타난 서경은 이상한 얘길 했다. 몹시 이상한 얘기를. 그 기억을 떠올리기 싫었다. 그 생각만 하면 지금도 몸이 떨렸다.

남자친구인 용백과 전화하고 나서 문 두드리는 소리에 나가보니 허옇게 얼굴을 화장한 서경이 서 있었다. 선희의 눈에 비친 그녀는 분명 '얼굴이 변했다'. 서경이 아닌 다른 여자 같았다. 예전에 없던 쌍꺼풀은 매력적이긴 했으나 너무 이질적이라 무서웠다. 남의 얼굴 가죽을 서경의 얼굴 위에 덧씌운 형상으로, 귀신을 연상케 하는 얼굴이었다. 민호와의 은밀하고 긴 통화 직후에 찾아온 서경인지라 겁이 났다. 둘이 전화 통화한 사실을 그녀가 알고 있다는 망상이 들었다.

"무슨 일이니 서경아? 이 시간에 연락도 없이?"

"김목산 대감이 부정한 재물을 많이 갖고 있어. 우리 황소가 그걸 찾아냈어. 나랑 찾으러 안 갈래?"

"김목산 대감이 누구야?"

"퇴임한 상주 목사(牧使)야."

서경의 눈에 광기는 드러나지 않았지만 짙은 어둠이 감춰져 있었다. 바둑알 같은 눈동자에 흰자는 거의 보이지 않았다. 선희가 황당해 대답을 못 하자 서경이 또 말했다.

"다홍에서 나를 만나러 올 총각이 두 명 있어. 오음과 한

성이라고 해. 너도 같이 만나러 가자. 그 총각들은 입이 무겁
고 선을 지키는데 소문 없이 뒤처리까지 깔끔해."

선희는 와락 겁이 났다.

"너 왜 이러니?"

"뭘?"

"정신 차려. 왜 오밤중에 와서 이상한 소리 하고 그래? 무
섭잖아."

"이상한 소리라니? 내 말이 이상하게 들려?"

"너 좀 이상해진 거 같아."

"정신병자 같단 말이지?"

선희는 뭐라 말해야 좋을지 몰라 평소처럼 그녀를 빤히 쳐
다보기만 했다. 가끔 말싸움 도중에 시선만으로 압승을 거두
는 사람이 있는데 선희가 그랬다. 쳐다보기만 하면 불같은
성질을 가진 상대방은 먼저 할 말, 안 할 말 다하다가 안 할
말에 약점을 잡혀 패배를 거두었다. 예전에 선희가 정신과에
다녔을 때 의사가 가르쳐준 기법이었고 여러 번 가치를 확인
한 전술이었다.

그러나 지금 서경은 정상적인 대화가 먹혀들어 갈 얼굴이
아니었다. 보이지 않는 변화로 쌍꺼풀의 강조점이 작아지자
서경다운 얼굴이 드러났다. 원래의 얼굴을 회복하자마자 표
정에 가득 찬 건 특유의 난색이 아닌 독기였다. 그 표정이

억압된 분노인지 새로운 광기인지 선희는 알 수 없었다. 서경이 빠르게 말했다.

"난 네 그 투명한 시선이 싫어. 사람 빤히 쳐다보는 거. 너는 항상 한마디 던져놓고 가만히 사람을 관찰해. 다 안다는 표정 같기도 하고 한심하다는 표정 같기도 하고 열등감 숨기는 거 같기도 한 표정! 네 눈은 웹캠이고 네 머릿속은 남의 비밀을 들여다보고 싶어서 환장한 악성 프로그램이야!"

"열등감이라니! 내가 왜 너한테 열등감을 가져?"

선희도 언성을 높였다. 서경이 씩 웃었다.

"이제 본색이 나오는구나. 넌 날 아랫것 취급했어."

"그런 적 없어!"

"네가 평소 내게 왜 그리 친한 척 해왔는지 난 알아."

"내가 친한 '척' 했다고?"

"그래. 나한테 해왔던 네 행동은 사실 왕비가 궁녀를 대하는 꼴이야. 존경받는 우아함. 왜 그런지 아니? 넌 내 모습에서 옛날의 네 모습을 봤거든."

"뭐라고!"

"학창 시절의 네 모습을 본 거라고. 왕따에다가 찌질이에다가, 하고 싶은 건 다 남들한테 뺏긴 바보에다가 심한 말더듬이였지."

"그만 해! 밤중에 네 맘대로 와서 이게 무슨 짓이야!"

"나를 핑계로 해서 임미화를 치려고 했지? 임미화가 네 학창 시절의 누군가를 연상케 했으니까. 널 집요하게 괴롭힌 누군가. 아니야?"

"아니야!"

"넌 심한 말더듬이였어. 사람들이 그래서 널 놀렸지."

"아니야..."

"다른 사람은 속일지 몰라도 신령님 눈은 못 속여!"

"난 네 친구야! 너한테 나, 나, 나, 남자 친구까지 소, 소, 소개시켜줬어!"

"그 대머리 멍청이? 결혼했으면 넌 그 투명한 눈으로 날 평생 흐뭇하게 바라봤겠지? '으이구, 불쌍한 서경아. 내가 보내준 노비가 그렇게도 좋으냐? 난 어릴 적 트라우마를 극복했지만 넌 평생 극복 못해. 내가 널 지배했거든. 내가 던진 어리버리 노총각을 네가 가지게 됐으니!' 하하하! 그런 놈은 너나 가져! 너도 임미화랑 똑같아!"

"제발, 그, 그, 그, 그, 그만해!"

서경이 선희를 노려보며 이빨을 갈았다. 선희는 서경의 얼굴가죽이 팽창하다가 수축하고, 흐릿했던 서경의 눈알과 진하고 굵은 낯선 눈알이 교대로 나타나는 기상천외한 광경을 보았다. 마치 두 여자가 한 여자 안에 있는 모습이었다. 공포가 가져온 환각인지 실제로 벌어진 현실인지 구분할 수 없었다. 더 쳐다보다간 미쳐버릴 지도 몰랐다. 다행히 먼저 등을 돌린 서경은 핸드백을 휘휘 돌리며 걸어 나갔다. 정말 그 안에서 방울이 딸랑거렸다. 선희는 10년 만에 말을 더듬은 자신을 발견하고 문에 기대어 흐느꼈다.

'재가 어떻게 내 비밀을 알았을까?'

윤 여사의 말이 어제의 상념을 깨웠다.

"송 선생님한테 할 얘긴 아닌데 애가 아버지한테 막말을 하고 좀 이상한 일이 있었거든요. 저, 서경이한테 소식이 있거든 연락 좀 주실래요?"

"막말을 했다고요?"

윤 여사가 망설임 끝에 교회에서 일어난 일을 얘기해주었다. 선희는 이야기를 듣자 갈수록 서경에 대해 무서운 마음이 생겼다.

'나한테만 그러는 게 아니라 그동안 감정 있던 사람들한테 다 그러는 거 같은데.'

서경이 살던 동아아파트 단지에 형사들과 119 대원들이 몰려들었다.

"오늘 따라 왜 이리 추락이 많지?"

형사반장이 침을 탁 뱉더니 차 형사와 김 형사에게 물었다.

"니들 떨어지는 거 직접 봤다면서?" 반장이 차 형사에게 물었다.

"예. 우리가 강서경 씨 집 문을 두드리는데 위에서 떨어졌어요."

"강서경은 만났고?"

"아뇨. 집에 없습니다."

"카는 학교에 있는데 티처는 어딜 간 거야?"

하얀 천으로 덮인 1307호 남자의 시신이 응급차에 들어올려지고 있었다. 형사들이 1307호로 들어가 간단한 수색을 했다. 이웃 사람들한테 물으니 혼자 지내고 주변의 교류도 전혀 없어 어떤 사람인지 잘 모른다고 했다. 이웃 사람 하나가 소설 쓰는 작가로 알고 있다며 제보를 했지만 자기들은 낮에는 일을 하느라 밖에 있어서 구체적인 건 잘 모른다고 했다.

"자살이 확실합니다."

김 형사가 종이를 반장에게 내밀었다. 펼쳐놓은 노트북 옆에 직접 손으로 쓴 유서가 있었다고 했다. 반장이 안경을 매만지며 읽었다.

'알 수 없는 힘이 지금도 느껴진다. 그것은 연기처럼 피어오르고 뱀처럼 똬리 친다.

이미 알고 있는 힘이 새로운 어떤 힘에 섞여드는 것 같다. 자석의 두 극처럼 서로를 끌어당기다가 또 서로를 밀어내는 이 힘. 그 힘들 사이에 낀 나는 양쪽에서 행사하는 중압감을 더는 견딜 수 없다. 정신이 피폐해지고 육신이 구겨진다. 힘의 원천을 알 수는 없지만 설명할 수 없는 불길한 꿈자리는 막연한 힌트를 주는 듯하다. 사람이 감당할 수 있는 힘이 아니며 어떤 방어책으로도 뚫고 들어오는 그 힘을 막을 수 없다. 육신을 강제로 종료 시켜 정신이 로그인하지 못하게 하는 것만이 해방일지도 모른다. 그러니 나는 뛰어내릴 수밖에 없다.'

"소설 쓰는 놈 유서는 다 이 모양인가?"

반장이 콧방귀를 뀌었다. 차 형사는 '뱀처럼 똬리친다'에 주목했다. 그가 본 뱀은 진짜였을까, 환각이었을까.

학교 분위기가 침울했다. 교무실에서도 교실에서도 흘러나

오는 목소리가 작았다. 아이들은 떠들다가도 선생님이 들어오면 입을 다물었다. 대화 주제는 거의 이순신과 뱀에 관해서였다. 교장과 교감은 유가족의 항의에 골치를 썩였다.

강서경과 김윤수는 아직도 나타나지 않았다. 장영화는 둘이 눈 맞아 어디서 막장 일일 연속극을 찍고 있을지 모른다고 우스갯소리를 던지다가 교감의 핀잔을 받았다. 조주애도 강이나 김의 아파트 문을 강제로 따고 진입하면 침대 위에 있는 둘을 발견할 거라고 킥킥대다가 교감의 야단을 받았다. 임미화는 그런 장영화와 조주애를 전기가 과부하 된 헤드라이트 같은 눈길로 쳐다보았다.

B사감을 미워했던 선생들 몇몇이 수다를 떨어댔다. 교감이 안 보이자 조주애와 장영화도 여기에 끼어들었다.

"성형수술 하고 설쳐대더니 못된 남자한테 오지게 당한 거 아닐까?"

"그게 아니라 멘붕 상태일 걸."

"왜 멘붕이야? 남친이랑 헤어졌다고?"

"산부인과에 갔을 테니까."

조주애의 음성이 확신에 차 있었다.

"외모를 왜 꾸미겠어? 세상 쓴맛을 알았기 때문이지. 이제 타락은 시간문제야. 안 그래, 임 선생? 입덧했다고 자기가 그랬잖아?"

조주애가 임미화의 동의를 구했다. 평소 서경의 외모를 씹어대던 그녀들은 서경이 예뻐지자 그럴 권리가 없다는 듯 악랄한 헛소문에 기름을 부었다. 그러나 임미화는 기대를 채워주지 않았다.

"뱀을 보고 구토했다고 그랬지 내가 언제 입덧했댔어?"

임미화의 눈은 검은 동자가 흰 동자보다 커 보였다.

"입덧한 거 같다고 자기 입으로 그랬잖아?"

"아니, 안 그랬어."

"갑자기 왜 그래? 강서경이 고소라도 할까봐 그래?"

"정신들 좀 차리지? 특히 조 선생 당신부터."

임미화가 자리를 떠났다. 선생들이 입을 쩍 벌렸다. 대놓고 망신당한 조주애가 발작이라도 일으킬 것처럼 씩씩댔다.

"앞장서서 욕할 때는 언제고 그새 회개해 광명 찾았나?"

"그러게. 기적이라도 접했나 봐." 장영화가 맞장구쳤다.

김윤수의 어머니 진숙은 평소 입는 개량한복 대신 외출복으로 갈아입고 차를 몰았다. 동서울 톨게이트를 지나자 밀렸던 차량 정체가 조금 해소되었다. 그녀의 마음은 실타래처럼 엉켰는데 운전대를 잡은 손은 사시나무처럼 떨렸다.

'어쩌자고 윤수가 그런 짓을 했지?'

아들을 만나러 간다는 들뜬 맘 따위는 없었다. 차의 트렁크에는 피를 묻힌 부적과 액막이를 할 무구(巫具)들이 잔뜩 쌓여 있었다. 그러나 그걸로 상대를 이길 확률은 없었다. 그녀가 가는 길은 죽음에 이르는 길일지도 몰랐다.

그녀는 선생이 되어 자기 곁을 떠나는 윤수에게 신신당부한 기억을 떠올렸다.

"내가 서른여섯 나이에 낳은 너는 신기가 강해 어미를 이어 세습 무직(世襲 巫職)의 길을 걸어야 할 운명이었다. 날 원망할 일이 아니라 신과의 조화를 이해해야만 할 일이야. 그 길을 따르지도 않고 이제 날 떠난다니 무척 슬프구나. 끝내 무업(巫業)을 받아들이기 싫거든 절대로 무가(巫家)와 연관된 일체를 배척해. 무속과 연관된 물건을 만지지도 말고 그런 음악을 듣지도 말고 무녀를 가까이 해서도 안 돼. 이 어미를 잊고 사는 것처럼 어미가 하는 일 모두도 잊고 사는 거야. 알았지? 내가 하는 말을 어기면 화가 닥칠지도 몰라."

그녀는 울면서 아들을 보냈고, 윤수는 돌아오지 않았다.

그런 윤수에게서 며칠 전 연락이 왔다. 거의 4년 만이었다. 어머니의 경고를 가벼이 여기고 정체불명의 신방울에 손을 댔다고 한다. 그 후 악몽이 이어진다고 했다. 윤수의 어조는

255

소름이 끼쳤고 또 슬펐다.

"방심이 키운 화에요, 어머니."

하나밖에 없는 아들이라 그녀는 불안했다.

어제 진숙은 꿈을 꾸었다.

왼쪽으로 대해(大海)가, 오른쪽으로 육지가 있는 검은 길을 그녀는 걸었다. 갑자기 해수면 위로 뱀 떼가 출몰했다. 새까맣게 둥둥 뜬 S자의 움직거림은 점점 속도가 붙었다. 육지쪽으로 도망을 치니 지상에도 뱀들이 등장해 빠르게 기어왔다. 해군과 육군이 좌우에서 충돌하려는 광경이나 진배없었다. 그러나 이들의 목표는 진숙 하나였다. 뱀 떼에 포위되어 나아가지 못하는 진숙이 문득 하늘을 올려다보니 어둠이 닥쳐오고 있었다.

태산을 넘어뜨리는 신비의 거체가 나타났다. 키가 하늘에 닿는 어떤 신선이 대지를 갈랐는데 얼굴에는 등잔 같은 눈이 세 개 붙어 있었고 발치에는 말을 탄 네 장군을 거느렸다. 그들에게 무릎 꿇려 붙들린 사람은 아들 윤수였다. 창과 칼이 윤수를 바짝 겨누고 있었다. 아들의 이름을 불렀다간 그대로 죽일 걸 알기에 그녀는 입을 다물었다. 그때 소대가리를 머리에 쓴 여자가 멀리에서 나타나 장군들 사이로 걸어왔다. 진숙은 용한 보살은 아니었지만 들은 풍월이 있어 이렇게 탄식했다.

256

'전설의 사파왕과 우녀로구나!'

소머리 여자가 펄럭이는 살색 천을 던졌다. 진숙이 발아래에 떨어진 천을 주워들다가 기겁했다. 눈코입이 뻥 뚫린 김윤수의 껍데기이자 뱀이 벗어던진 허물이었다. 장군들이 일으켜 세운 윤수의 표정이 변했다. 부정한 입무(入巫)에 성공해 악귀의 강신(降神)을 이룬 반 인간, 반 귀신의 모습이었다.

진숙은 잠에서 깨어났고 아들을 귀신들에게 빼앗겼다는 사실을 깨달았다. 아무리 전화해도 윤수는 받지 않았다.

"사파왕과 우녀야! 큰일 났어! 사파왕과 우녀야!"

속도계 눈금이 저절로 올라갔다.

달리는 차 위로 뭔가가 떨어졌다. 나뭇가지 같은 그것은 얼룩무늬 뱀이었다. 진숙이 놀라 핸들을 꺾자 차가 위태롭게 요동쳤다. 뒤에서 빵빵거리는 소리가 들려왔다. 그녀는 브레이크를 밟았으나 말을 듣지 않았다. 속도계가 한계치 이상으로 상승했다. 있지도 않았던 음료수 캔 하나가 브레이크 아래 단단히 박혔다.

뱀의 눈과 보살의 눈이 마주쳤다. 눈이 셋인 거체가 환영처럼 떠오르면서 그녀는 모든 게 틀렸음을 깨달았다. 차는 앞서 가던 유조트럭과 전속력으로 충돌했고 폭발은 운전자를 삼켜버렸다. 그녀는 아들을 만나지 못하고 그렇게 죽었다.

송선희는 학교를 찾아온 차민승 형사를 만나고 있었다. 임달구의 사망사건 관련으로 온 그는 강서경을 캐려는 목적이 있었다. 수사 경력이 우수한 차 형사는 학교에 도는 분위기를 단번에 눈치 챘다. 강서경은 왕따였고 송선희가 그나마 친한 사이라는 사실도 알아냈다. 차 형사는 빈 사무실에서 노트북을 열어 송선희에게 어떤 동영상을 보여줬다. 2미터 넘는 뱀에게 공격당한 여자의 영상에 선희는 놀란 가슴을 쓸어내려야만 했다.

"서경이가 맞네요. 그날 몸살 난 이유를 알겠어요. 이런 뱀한테 습격당했으니 쇼크 받은 거겠죠."

"이 영상을 보면 강 선생이 뭘 줍고 나서 뱀이 나오는 거 같지 않아요?"

선희는 김윤수가 말한 방울을 떠올렸지만 얘기하지 않았다. 그녀는 형사가 자신을 떠보는 건지도 모른다고 생각했다.

"고양이 사건 때문에 서경이를 수사하시는 거죠?"

"용의자 아닌 목격자로서 그분을 만나려는 겁니다. 그런데 학교에 안 나온다고 하시니…."

"저도 어디 있는지 모르겠어요. 전화기도 꺼져 있더라고요.

어디서 사고라도 당한 건 아닌지 걱정이에요."

"임달구 씨가 죽은 걸 알고 있을까요?"

"저도 몰라요."

차 형사도 선희도 임달구가 추락하기 전에 강 선생을 불렀다는 사실을 알고 있었다. 선희의 얼굴이 약간 상기됐다.

"그러고 보니 걔가 정신이 좀 이상해진 거 같은데 어쩌면이 뱀 때문인지도 모르겠네요. 너무 큰 충격을 받아서요. 제정신이 아닌 소리를 했거든요."

"어떤 소릴 했는데요?"

"김목산 대감이 부정한 물건을 갖고 있는데 그걸 찾으러가자느니, 오성과 한음, 아니 오음과 한성이란 총각들이 있는데 만나러 가자고 했죠."

"이런 괴물 같은 뱀이라면 정신줄 놓을 수도 있겠죠. 강서경 선생은 애완동물을 키웁니까?"

"아뇨. 동물이라면 질색하던 애였어요."

선희가 도로 물었다.

"저 보자기에서 주운 게 뭘까요? 형사님은 알고 물으시는거 아닌가요?"

"아뇨. 이 화면상으론 도저히 모르겠어요. 송 선생님도 모르세요?"

"잠깐만 앞으로 돌려보실래요?"

차 형사가 동영상 되감기를 했다.

"스톱, 거기요."

화면은 고양이 떼가 뱀을 잔혹하게 유린하는 사이 서경이 기어서 도망가는 장면을 담고 있었다. 고양이들 서너 마리가 그녀 앞뒤로 달렸다.

"보세요. 넘어지기 전엔 검은 물체 두 개가 땅에 놓여 있었는데 애가 기어갈 땐 보이지 않아요."

"어, 그러네요. 고양이들한테 채인 줄 알았는데."

"고양이들이 왔다 갔다 해서 쉽게 눈에 안 띈 거예요."

"그럼 어디 갔죠? 강 선생 옷 속으로 들어갔나? 손도 안 댔는데?"

선희는 그 물건을 알아보았다. 둘 중 하나는 틀림없이 김윤수가 말한 방울이었다. 그런데 방울 말고도 무속의 물건이 하나 더 있었다! 사각형을 띤 번쩍이는 물건이.

무슨 마술처럼 그게 서경의 옷 속으로 사라졌다. 김윤수의 목격은 사실이었다. 방울이 있었고 또 다른 물건도 있었다. 그게 동영상 속에서 감쪽같이 증발했다. 정말 무속과 연관된 어떤 일은 물리적 현상의 초탈이 가능한 걸까? 작두 위를 걷고, 부적으로 귀신을 퇴치하고, 불을 삼키고….

저 물건을 주운 후 서경은 죽을 병 같은 몸살을 앓다가 거짓말처럼 나았고, 성격과 외모가 변했다. 자신의 숨은 과거를 무당처럼 알아냈고, 민호와의 전화통화 후 일종의 경고처럼 모습을 드러냈다. 그리고 학교에는 끊이지 않고 뱀이 출몰하고 있다. 날짜를 따져보니 서경이 봉평마을에서 기형의 회색 뱀을 만난 이후부터이다.

지금 상황과 아무 관련이 없는데 가만히 보면 그렇지만도 않은 것 같다. 그런 막연함이 선희는 불길했다.

"어디로 사라졌을까?"

차 형사가 동영상을 뚫어져라 쳐다보았다.

"모, 모, 모, 모, 모르겠어요."

선희가 다시 말을 더듬었다.

방과 후 텅 빈 교실에서 책을 챙기던 조주애는 임미화를 생각했다.

"전화까지 해서 씹어댈 땐 언제고 이제 와서 지 혼자 천사 드립을 해?"

텅 빈 교실에서 노한 음성이 메아리쳤다. 그녀는 교탁에 손을 척 짚었다.

"나만 나쁜 년 됐잖아?"

무서운 생각이 느닷없이 몰려들었다. 강서경과 임미화가 한 패가 되어 자신을 죽일지도 모른다는 어처구니없는 생각이.

'그러고 보니 강서경도 임미화도 얼굴이 변했어. 왜 그런 거지?'

손등이 따끔했다. '아야'하고 보니 뭔가에 물렸는데 벌레는 보이지 않았다. 손등으로 피가 두 방울 솟았다. 이빨 자국 같았다. 그녀는 티슈를 꺼내 피를 닦은 후 창문을 살폈다. 벌레가 들어올 틈은 없었다. 창 너머 옥상이 시야에 들어온 건 그때였다. 어떤 여자가 공허한 얼굴로 옥상을 배회하고 있었다.

"서경이잖아! 쟤가 왜 저기 있지?"

임달구가 죽기 전에 그녀의 이름을 불렀다는 사실이 떠오르면서 무서운 생각이 머리를 스쳤다. 추락에 서경이가 관련되어 있을지 모른다는 생각이.

"어머머. 설마…."

조주애는 휴대폰으로 장영화를 불러냈다.

"임달구가 떨어졌던 옥상에 서경이가 나타났어."

"그게 정말이야?"

"내가 교실에서 봤는데 방금 저리로 휙 지나갔어. 어, 또 지나간다."

조주애의 손가락이 옥상에 있는 대형 물탱크를 가리켰다.

"잘못 본 거 아냐?"

"진짜라니까. 서경이 차도 여기 세워져 있잖아."

"여기선 안 보이는데."

"1층에선 당연 안 보이지!"

"그럼 걔가 임 씨를 떠밀기라도 했다는 거야?"

"요즘 서경이 똘기 충만한 거 못 봤어? 백팔십도 변했잖아. 시달리고 시달리다가 묻지마 살인 욕망 쯤 느낄 수도 있지."

"왜 임달구를 죽여?"

"시범케이스지."

"그럼 우리도?"

"살생부에 올랐을 수도 있지!"

"그래도 청약 1순위는 임미화일 걸?"

장영화의 음성에 선생인지 학생인지 구분할 수 없는 장난기가 생겨났다.

"올라가 보잔 말이지?"

"물탱크에 서경이가 있으면 우린 살인범 체포자가 될지도 몰라. 『선암여고 탐정단』처럼 <섭주초등 탐정단>이 되는 거지."

"그건 선생이 아니라 학생들이 주인공 아냐?"

"갈 거야, 말 거야?"

"학교 분위기가 이런 데 거기 올라가는 게 좀 그렇지 않을까?"

"지금 아니면 올라갈 기회도 없어."

임달구의 사고 직후 교장은 교사들을 불러서 말과 행동을 조심하라고 했다. 사고 발생지에도 가지 말라고 했다. 지금 두 사람은 교장의 말을 어기려는 참이었다.

"좋아, 가보자."

3분 후 만난 두 여자는 교무실을 지나 '출입제한'이라고 써 붙인 문을 열고 비상계단을 올랐다. 옥상으로 가는 철문은 잠겨 있지 않았다.

"봐, 이게 안 잠겨 있으니까 서경이도 들어갈 수 있었던 거야."

조주애가 앞장섰다. 넓은 옥상 위로 오후의 푸른 하늘이 시야에 들어왔다. 철제 사다리가 붙은 거대한 물탱크가 그녀들 전방 50미터 앞에 버티고 섰다. 굵은 파이프 관이 연통을 연상케 해 사각 물탱크는 시체소각장처럼 보였다. 그것 빼고는 아무 것도 없었다. 임달구가 본 붉은 대야도 없었다.

"방학이 돼야 물도 빼고 청소도 할 텐데. 지금 저 안에 서경이가 들어앉아 있다고 생각하다니 점점 미쳐가는 건 자기 같은데?"

장영화가 조주애에게 말했다.

"누가 저 안에 있다고 그랬어? 옥상 어딘가에 있다 그랬지. 흥, 또라이들은 무슨 짓도 다 하니까 자기 말대로 저 안에 들어가 있을 수도 있지. 난 왼쪽으로 갈 테니 장 선생은 오른쪽으로 가봐. 조심해. 걔 보기보다 힘세다."

조주애가 성큼성큼 걸었다. 최근에 에폭시 처리를 새로 한 바닥은 거울처럼 그녀들의 모습을 비추었다. 둘은 왼쪽, 오른쪽으로 갈라졌다.

조주애가 은색의 파이프 관을 넘을 때 바닥의 그녀가 같이 관을 타넘었다. 바닥에 물이 고였는데 어딘가 새는 곳이 있는 모양이었다. 그녀는 수면에 무수한 원형의 파동이 이는 것을 보았다. 걸음을 멈추어도 파동은 그치지 않았다. 최면술에 걸린 느낌이 오면서 그녀는 자신이 지금 어디 있는지를 잊었다. 장영화도 떠오르지 않았다. 원형의 파동은 뱀이 움직이는 듯한 S자로 바뀌었다. 아까 피가 난 손등에서 심한 통증이 느껴지면서 수면에 자신의 얼굴이 비쳤다. 그녀는 넋을 놓고 얼굴을 바라보았다.

그녀의 머리 뒤, 물탱크 위에 누가 서 있었다. 소복을 입은 귀신인데 거대한 머리에 뿔이 두 개 돋아 있었다. 황급히 고개를 돌렸지만 탱크 위에는 아무도 없었다.

"뭐 좀 나왔어? 조 선생?" 장영화가 소리쳤다.

조주애는 대답하지 않고 앞으로 걸어가다가 발걸음을 멈추었다. 바닥에 A4용지의 문서가 떨어져 있었다. 그녀는 문서 앞에 쪼그려 앉아 손을 뻗었다.

<2019 섭주초등학교 소방훈련 시나리오>

"뭐 좀 나왔냐니까, 조 선생? 우리 괜히 올라온 것 같은데?"

조주애는 장영화의 목소리를 듣지 못했다.

문서 제목이 희미해지면서 소의 머리가 그림처럼 새겨졌다. 피를 흘리는 소머리였다. 뻥 뚫린 소의 눈구멍 사이로 쌍꺼풀 진 눈이 나타나 조주애를 노려보았다. 털로 뒤덮인 사람의 팔이 A4용지를 뚫고 솟구쳤다. 우악스러운 다섯 손가락이 조주애의 얼굴을 사로잡고 놓아주지 않았다. 눈알이 파이고 코는 휘어지고 머리칼은 뽑히고 입술은 찢어지자 얼굴에서 피가 분수처럼 뿜어져 나왔다. 조주애의 얼굴이 반으로 갈라지고 피에 젖은 소의 머리가 솟아올랐다.

극히 짧은 순간이었으나 고통은 무한정으로 길었다. 그녀가 비명을 지르자 장영화가 달려왔다.

"괜찮아? 왜 그래?"

장영화의 목소리가 떨렸다. 조주애는 손으로 얼굴을 덮은 채 비명을 지르고 있어서 그녀가 정상적으로 보이지 않았다. 장영화는 얼굴을 덮고 있는 조주애의 손가락을 살짝 당겼다. 그제야 그녀는 멍청한 얼굴로 손을 떼고 자기 얼굴을 어루만졌다. 상처는 없었다. 바닥을 살폈지만 아무 문서도 보이지 않았다.

"왜 그러냐니까? 떨고 있잖아?"

"아무 일도 아냐! 그냥 내려가자!"

조주애가 울먹였다.

"무슨 일이야?"

"무서워! 그냥 내려가!"

"나 겁주려고 그런 거 아니지?"

조주애 때문에 정작 공포에 질린 건 장영화였다. 두 여자는 선착순으로 달리기라도 하듯 계단을 달려 내려갔다.

저녁이 되었다. 조주애는 임달구의 빈소에 오지 않았다. 전화한 장영화에게 그녀는 몸살 때문에 움직일 수 없다고 말했다. 장영화도 기분이 찜찜해 빈소에 안 가고 부조금만 전했다. 교무부장 배준철은 임달구의 빈소에서 교장, 교감과 동석했으나 빨리 자리를 벗어나고 싶었다. 임달구의 유족들은 그들에게 악감정을 갖고 있었다. 무리한 업무 지시는 없었는지, 안전조치는 충분히 했는지 집요하게 결점을 잡으려 했다.

"배 선생. 강 선생이랑 김 선생한테서는 아직 연락 없었나?"

교장이 교무부장에게 물었다.

"예, 없습니다."

"학교 꼴이 말이 아니군."

배 선생은 교장의 말이 귀에 들어오지 않았다. 그는 강서경을 생각하고 있었다. 며칠 전 어머니란 사람과 전화할 때 그는 말을 함부로 했다. 원래 말투가 싸가지 없었지만 충분히 뒷감당할 수 있을 건방짐이었다. 계급이 깡패였으니까.

그런데 임달구의 영정사진을 보자니 이상하게 겁이 났다. 임달구는 이순신의 칼에 죽기 직전, 도요토미 히데요시나 선조 임금을 부르는 대신 강 선생의 이름을 불렀다. 이유도 모르면서 배준철은 자기도 같은 꼴을 당할까 봐 겁이 났다. 나쁜 짓을 저질러놓고 보니 자라보고 놀란 가슴 솥뚜껑만 봐도 놀라는 격이었다. 그래서 교장과 교감에게 인사하고 서둘러 상갓집을 나왔다. 만약 강서경이 출근한다면 사과라도 할 작정이었다. 집까지 달려 지하주차장에 차를 세운 후 내렸는데 누가 어깨를 잡았다.

"형님!"

"깜짝이야! 윤수! 너 어디 갔다 왔어?"

김윤수였다. 그런데 모습이 평소와 달랐다. 정확히 말해 스타일이 변했다. 귀에는 구멍을 뚫었고 눈썹은 문신을 했다. 활달한 모범 선생과 어울리지 않았다. 유행을 이끄는 멋쟁이 같지 않고 누군가를 연상시켰는데 그 누군가가 잘 떠오르지 않았다.

"그냥 좀 방황했습니다."

김윤수의 표정이 공허했다. 눈은 어두운 지하주차장에서도 번쩍번쩍 빛을 발했는데 배준철은 윤수의 얼굴이 쥐를 노리는 뱀 같다고 여겼다. 느리게 목을 빼다가 추스르는 김윤수의 느린 동작은 정말 뱀을 연상시켰다.

"임달구 죽은 거 알아?"

"예. 임미화 선생에게 들었습니다. 상문살 때문에 직접 가지는 못하고…. 포장마차에서 소주 한 잔 안 하실래요?"

운전 때문에 상갓집에서 술을 사양한 배준철이었다. 교감한테 닦달당할 일이 태산 같았는데 김윤수가 제 발로 와주니 한 잔 하고 싶어졌다.

"네 방황의 이유를 한번 경청해볼까?"

두 사람은 지하주차장을 나가 어둠이 깔리는 거리로 나섰다. 단골 실내포장 '술을 받으라!'에 전등이 켜져 있었다. 두 사람이 자리 잡은 테이블에 숯불이 활활 타올랐다.

"무슨 방황을 했길래 그간 연락을 피했냐?"

"교육학에서 가르쳐주지 못한 지식을 접했는데 머리가 복잡해서요."

김윤수는 공허한 얼굴로 대꾸했다.

"주식해서 돈 땄냐?"

"세속의 부는 내세의 불멸 앞에서 헛된 겁니다."

"뭐야? 도라도 깨우치고 왔냐?"

김윤수는 투명한 눈으로 약간의 비웃음까지 띠고 배준철을 바라보았다.

"그렇습니다. 우리 인생은 유한합니다. 언제 갈지 모르는 인생, 절대적인 내세를 의지하고 그 의지의 믿음을 무한경쟁이란 이름으로 포장한 약육강식 세상에 퍼뜨려야 합니다. 임달구 씨 보세요. 한 방에 저승으로 갔잖아요."

"임달구가 내세의 믿음이 부족해 죽었다는 말로 들리는구나."

"그는 학교에 나타난 뱀을 잡아 영양탕을 만들려고 했습니다. 현실의 직분조차 잊고 사적인 욕심만 내세웠습니다. 내세에 대한 믿음 없이 쾌락만 추구했던 것입니다. 하필 그 대상이 이무기가 되고 용이 되는 신적 존재였습니다. 뱀이야말로 내세의 선택받은 존재인데 임달구가 죽을 짓을 한 거죠."

배준철은 술이 취하기도 전에 대화가 이상하게 돌아간다고 생각했다. 아니, 김윤수의 머리가 돌았다고 생각했다.

"혹시 강서경 선생 어딨는지 알아?"

"모릅니다. 왜 그러시죠?"

"학교에 안 나왔거든. 연락도 안 되고. 너처럼."

"만나면 용서를 구해야 할 일이라도 있는 건가요?"

배준철의 당황한 표정을 본 김윤수의 얼굴이 환해졌다. 마치 기회를 주는 지혜자의 얼굴처럼. 배준철은 윤 여사와의 통화 내용을 김윤수가 아는 것 같아 반발심이 일었다. 그래서 퉁명스레 대답했다.

"용서는 무슨! 임달구가 추락하기 직전에 강 선생의 이름을 불렀기 때문이지. 우리 학교에 강 선생은 강서경 하나뿐이잖아."

"강 선생님이 떠밀기라도 했단 말입니까?"

"그건 모르지. 강 선생은 안 보이는데 차는 학교에 있거든."

배준철이 소주잔을 들어 입에 털어 넣었다.

"근데 이상한 게 뭔지 알아? 강 선생 집의 위층 남자도 임달구처럼 추락해 죽었단 거야. 이상하지 않아? 꼭 강 선생이 마녀가 되어 마법을 부린 거 같잖아. 안 그래도 요새 확 뒤바뀐 모습으로 사람 놀라게 하던데."

"여자의 변신은 무죄란 말도 몰라요?"

김윤수가 고개를 들이밀었다. 검은 동자가 가득한 그의 눈은 웃고 있었다.

"혼자 드시지 말고 건배하시죠."

배준철이 김윤수의 제안에 잔을 들었다.

"아, 생각났다."

"뭐가요?"

"너 귀 뚫은 거랑 눈썹 문신한 거랑 누가 생각난다 그랬잖아? 맞아, 남자 무당이야."

"비유를 해도 그런 비유를 하다니!"

김윤수의 얼굴에서 어떤 색깔이 이마부터 목까지 내려가는 듯한 기운이 보였다. 핏줄이 희미하게 색깔의 이동경로를 드러내주었다. 배준철의 잔과 김윤수의 잔이 부딪쳤다.

"아야!"

배준철은 따가움을 느끼면서 모기 같은 게 손등을 물었다고 생각했다. 실제로는 건배를 세게 한 김윤수의 잔이 깨졌을 뿐이다.

사장이 쟁반을 들고 다가왔다. 배준철의 눈에는 그 여자가 임미화로 보였다. 임미화가 불판을 올려놓고 쟁반을 쏟아 붓자 꼼장어가 아닌 뱀이 쏟아졌다. 뱀들이 불길 위에서 미친 듯이 춤을 추었다. 누런 비늘이 마디진 뱀들의 요동은 소금 맞은 지렁이의 모습이었다. 연기와 함께 지독한 노린내가 피어올랐다. 배준철이 의자를 넘어뜨리며 쓰러졌다.

"왜 그래요?"

깨진 잔을 든 김윤수가 그를 쳐다보았다. 배준철의 호흡이 가빠졌다.

"너…."

배준철의 앞에는 김윤수가 없었다. 사람 크기의 백사 한 마리가 김윤수의 옷을 입고 김윤수의 안경을 쓴 채 혀를 날름거리고 있었다.

"괜찮아요? 왜 그래요?"

"응?"

환각은 사라졌다. 배준철의 앞에는 김윤수가, 그 옆에는 '술을 받으라!'의 사장이 있었다. 뱀 인간도, 임미화도 아니었다. 사장이 쟁반에서 불판으로 부은 건 죽어있는 양념 꼼장어였다. 배준철은 겁에 질려 연거푸 소주잔을 들이켰는데 술이 아닌 다른 것이 내면에서 점점 퍼지고 있었다. 그것은 내세에 대한 믿음으로 가득 찬 의지였다.

하루에 두 사람이나 죽자 조용하던 섭주 경찰서 형사계가 바빠졌다. 뺑소니 교통사고 건도 생겨 교통순경들까지 형사계로 몰려오는 바람에 좁은 사무실은 분주했다. 저녁 어스름에 노숙자 하나가 파출소에서 형사계로 넘어왔다. 그는 '나는 자연산이다' 횟집의 수족관을 파괴한 용의자였다. 낮에 차 형사와 함께 동아아파트를 찾았던 김 형사가 파출소 순경한테서 그를 인계받아 취조에 나섰다.

"어족 자원이 뭔 죄가 있어 수족관을 깼어?"

"변화하는 색깔이 그렇게 하라고 시켰습니다."

"그게 뭔데?"

김만호 형사는 능글능글하게 물었지만 노숙자의 대답은 더없이 진지했다.

"숨 쉴 때마다 무늬가 바뀌는데 색상도 변화합니다."

"당신이 훔친 오징어 말하는 거지?"

"그것의 정체는 아무도 모릅니다. 그건 기어 다니는 공포입니다."

"기어 다니는 공포?"

김 형사는 냄새나는 의복에 어울리지 않는 노숙자의 정체가 궁금했다. 그가 구사하는 언어는 실생활과 동떨어지면서 현학적이었다. 오호, 혹시 이 사람 사연이 있어 숨어 다니는 학자는 아닐까?

형사계 문이 열리면서 야식 보따리를 쥔 남자가 들어왔다. '나는 자연산이다' 사장이었다. 그는 뺑소니 건 때문에 모여든 교통경찰들을 보고 어리둥절해했다.

"사무실 잘못 찾은 줄 알았네. 형사계가 아니고 교통계인 줄 알았어요."

그러더니 김 형사를 보고 아는 척을 했다.

"수고 많으십니다. 그놈이 파출소에서 이리로 왔다고 해서요. 아, 저 거지 새끼 맞네. 얌마! 교도소 가려면 술집 가서 무전취식 할 일이지 왜 내 수족관을 때려 부셨냐?"

노숙자가 힐끔 횟집 사장을 바라보았다. 덥수룩한 수염 사이로 명리학자와도 같은 준엄한 훈계가 흘러나왔다.

"당신이 사기 쳐서 이 사단이 난 거야. 그 여자를 화나게 하면 안 돼."

이 뜻밖의 말은 횟집 사장을 당황케 했다. 그는 형사 대신 직접 노숙자를 취조했다.

"그 여자가 당신한테 시킨 거야? 돈을 주고? 잡아떼도 소용없어! 빨리 불어!"

"그 여자가 누군데요?"

김 형사가 사장에게 물었다. 대답은 노숙자가 했다.

"당신 수족관을 깨라고 시킨 건 변화하는 빛이야."

그는 김 형사한테도 말했다.

"저 자가 죽은 오징어를 활어로 속여서 팔았어요. 그 여자가 고기 맛을 안 게 그때가 처음인데 사기를 당했으니 화가 난 거야. 변화하는 색깔은 내 손목을 감고 수족관으로 인도

275

했어. 그리고 명령했어.”

“미친 지랄을 떠는군.” 횟집 사장이 말했다. “죽은 오징어를 바꿔 팔았다고 잡아먹을 것처럼 광분한 여자가 있었어요. 그 때 저 새끼가 옆에 있었죠. 그 여자 이름도 알아요. 옆에 있던 엄마가 서경이라고 불렀어요. 어이, 거지야! 난 죽은 오징어 안 팔았어!”

“강서경?”

옆에 있던 차 형사가 자리에서 일어나 다가왔다. 김 형사와 차 형사의 눈이 마주쳤다.

“이름이 서경은 맞는데 성은 몰라요.” 횟집 사장이 말했다.

“그 사람 차 본 적 있어요? 은색 구형 아반떼 승용차 몰지 않았나요?”

“맞아요. 앞 범퍼에 기스 난 아반떼.”

차 형사는 노숙자를 돌아보았다.

“이봐, 아저씨. 그 변화하는 색깔이라는 게 혹시 뱀 무늬는 아니겠지? 잘 생각해봐.”

차 형사는 파출소 순경이 보여준 CCTV 화면을 생각했다. 노숙자가 팔에 감은 스카프 같은 건 분명 뱀이었다. 노숙자는 눈을 깜빡거리며 말하지 않았다. 대답을 가로막는 어떤 그늘이 그를 뒤덮고 놓아주지 않았다. 차 형사는 눈에 신경을 집중해 그런 노숙자를 관찰했다. 뺑소니 사고 건으로 몰려와 있던 교통경찰 중 하나가 그들에게 다가왔다. 차 형사가 고개를 들었다.

"양 순경은 왜?"

"며칠 전 교통단속 나갔을 때 뱀이 내 어깨에 떨어져 큰일 날 뻔한 적이 있었어요. 근데 신호 위반한 여자가 날 구해줬어요. 애완동물처럼 뱀을 만지고 부렸다고요. 면허증 이름이 강서경이었어요."

차 형사의 미간이 좁아졌다.

강서경!

"또 뱀인가?"

송선희는 붕평마을에서 큰 뱀에게 죽을 뻔하다가 고양이들에게 구조된 후 아반떼 승용차를 타고 떠난 여자가 서경이 맞다고 했다. 애완동물을 키우지는 않는다고 했다. 뱀을 만지고 부렸다고? 그녀는 뱀한테 공격당한 처지였잖아? 대체 무슨 일이 일어난 거지?

차 형사가 손에 힘을 주다가 볼펜을 부러뜨렸다.

밤이 깊었다. 텅 빈 섭주초등학교 건물에 한 남자가 나타났다. 그는 눈을 떴지만 학교 풍경을 보는 게 아니었다. 운동장에 널린 허연 점액질을 보고 있었다. 거미줄 같기도 하고 투명 그물 같기도 한 그것은 여자의 형상을 띠고 있었다. 가까이서 봐야만 뱀이 벗는 허물임을 알 수 있는데 얼굴 부분이 강서경과 비슷했다. 비척거리는 걸음이 지뢰를 피하듯 허물을 밟지 않더니 이순신 장군 동상 앞에서 멈춰 섰다. 그를 부르는 소리는 이곳에서 나오고 있었다.

'배준철! 교무부장 배준철!'

나무 뒤에서 여자 하나가 손을 짚고 나왔다. 얼굴이 허연 그녀는 눈이 자두처럼 빨갰다. 심한 몸살로 얼굴이 수척하게 변한 조주애였다.

"선생님도 불려나온 건가요?"

조주애가 물었다. 배준철은 고개를 끄덕였다. 그의 얼굴도 시체처럼 창백했다.

두 사람이 동상 앞에 나란히 섰다. 눈이 네 개가 되고 정신이 일체가 되자 그와 그녀는 볼 수 없던 것을 볼 수 있게 되었다. 그것은 눈이 셋인 도인과, 양 옆으로 두 명씩 선 장군들이었다.

그리고 이순신의 투구 위에 서 있는 서경도 볼 수 있었다. 밤바람이 그녀의 긴 머리를 휘날렸다. 한 손에 벗어던진 소의 머리를 쥐고 있음에도 그녀는 너무 아름다워 감히 B사감

이라 부를 수 없었다. 물리적으로 볼 수 없는 이들 여섯 형
상은 배준철과 조주애가 어떤 상황을 맞이하고 나서야 볼 수
있었다.

그것은 은덕을 입은 것으로, 혹은 살을 맞은 것으로 불러
도 무방하리라.

"내세를 위해 속죄합시다."

배준철이 먼저 무릎 꿇었다.

"의지를 갖고, 평생 속죄해요."

조주애도 무릎을 꿇었다. 신비의 여섯 형상은 어느새 사라
지고 없었다. 이순신 동상 곁의 화단에서 거대한 검은 그림
자가 천천히 솟아올랐다. 배준철과 조주애는 지금까지의 삶
을 잊고 새로운 세상으로 삼켜지게 되었다.

5. 사파왕(蛇爬王)과 우녀(牛女)의 전설

"뭐? 5명이나 출근을 안 했다고?"

다음 날 조회 시간, 교장은 호통을 쳤다. 강서경, 임미화, 김윤수, 조주애, 배준철의 자리는 비어 있었다. 교장이 교감을 한층 더 몰아댔다.

"얘네들 뭐야? 파업하는 거야?"

"파업이라면 요구사항이 있을 텐데 전화 안 받는 파업은 없지요."

"누가 전활 안 받아?"

"전부 다요."

교감이 교장에게 설명했다.

"조주애 남편은 어젯밤 조주애가 임달구한테 문상 간다고 나가서 안 돌아왔다고 합니다. 장영화하고 같이 문상 간다며 나갔는데 정작 장영화는 조주애가 안 간대서 자기도 문상 안 갔대요. 배준철 부인은 임달구한테 문상 간 남편이 안 돌아왔는데 찾아보니 주차장에 차는 있더랍니다. CCTV를 돌려보니 문상 안 온 김윤수처럼 보이는 남자랑 어딜 나가더라네요. 임미화도 문상 안 온 채 그냥 사라졌고요. 다섯 명 다 전화를 안 받습니다."

교장은 교감이 일일이 문상 왔다, 안 왔다 수식어를 붙이니 말귀를 잘 못 알아들었다. 다섯 명 다 연락이 안 되는 것만은 확실했다.

"대체 무슨 일이지? 임달구 혼백이 그 사람들을 데려가기라도 했나?"

"임달구 말인데…. 뱀이 자꾸 교내에 출몰합니다. 잡을 사람이 없어요."

"안 잡아도 좋아. 119 부르든지 교감 당신이 그냥 죽여. 애들만 못 물게 해."

이런 뱀만도 못한 자식, 뱀한테 콱 물려 죽어라.

교감은 속으로 교장을 욕했다.

장영화는 한 패였던 두 여자를 생각했다.

나만 놔두고 임미화와 조주애가 어딜 간 거지?

어제 숙직했던 경비원 이진수가 교감을 찾아왔다. 그는 밤늦은 시간에 쇠를 두드리는 소리가 나서 순찰을 나갔는데 이순신 동상 쪽이라고 했다. 장오한이 들었던 소리와 일치했는데 가보니 현장에는 아무도 없었다. 가마솥 뚜껑을 때리는 소리 같기도 하고 동상을 치는 소리 같기도 했는데 동상 어디에도 흠집 난 곳은 없었다.

이진수는 교감에게 CCTV 영상도 보여주었다. 화면 안에 두 사람이 나타났다. 조주애와 배준철이었다. 두 사람이 예식장에서처럼 나란히 걸어 CCTV 앞에 섰고 잠시 후에는 무릎까지 꿇었다. 그러자 검은 물감 같은 게 번지면서 렌즈를 가렸다. 화면이 온통 컴컴해졌다. 20여 분 후 물감 같은 무늬가 사라지고 화면이 복구됐을 때는 조주애도 배준철도 보이지 않았다.

"저것들이 야밤에 학교에서 뭔 짓거리야?" 교감이 황당해했다.

"보통 사이가 아닌 것 같습니다."

"비밀 결혼식이라도 올린 겐가?"

"충무공이 주례 섰고요?"

"이 상황에 농담이 나와?"

교감이 피가 나도록 입술을 깨물자 이진수는 머리 위 비행기가 아군 수송기가 아닌 적군 폭격기임을 알아챈 사람처럼 웃음을 지웠다.

"화면 가린 시커먼 건 뭐야?" 교감이 물었다.

"저도 모르겠습니다."

1학년 4반 담임 신중경이 뛰어 들어왔다.

"교감 선생님! 우리 반 애들 두 명이 사라졌어요. 이세진하고 나정호요! 학부모한테서 전화가 왔어요. 어제 오후 늦게 뱀 구경하러 나갔다는데 연락 두절이래요."

섭주 경찰서에 어떤 여자가 찾아와 면회를 신청했다. 담당 경찰은 접견 신청서를 손에 들고 유치장에 들어갔다.

"최영우. 누가 면회 왔는데?"

"날 찾아올 사람 없수다."

"이름 이희수. 관계는 친척."

"그런 친척 없어요."

"매력 있는 여자던데. 친척 아닌가 보군."

슬쩍 떠본 미끼를 최영우가 덥석 물었다.

"아, 그 희수요? 만날게요."

잠시 후 청바지에 티셔츠 차림의 삼십대 여자가 접견실로 들어왔다. 생머리의 매력적인 얼굴을 알아보는 데는 한참이 걸렸다.

"보살님 본명이 이희수요?"

"당신이 가고 나서 사고가 끊이질 않았어!"

설신보살은 인사도 생략하고 야단을 쳤다.

"보다시피 잡혔는데 뭐가 끊이질 않아? 형사한테 위촉받고 날 취조하러 왔어?"

"뱀 사건이 계속 터지고 있어. 다홍 말고 당신이 있는 여기 섭주에서!"

"뜬금없이 무슨 뱀 타령이야? 엮으려면 소하고 엮어야지."

"소머리 쓴 그 여자의 신랑이 바로 뱀의 왕이야!"

최영우는 푹하고 웃었다. 설신보살의 진지한 모습은 대학 수학능력시험이 뭐냐는 질문에 '수학 과목만 치는 대입 시험'이라고 대답하는 '사차원' 같았다.

"농담하는 거 아니니 그런 눈으로 보지 마요."

존댓말을 들으니 설신보살답지 않았다. 최영우는 이제 끝이라는 듯 어깨를 으쓱했다.

"무당은 부업이고 동화 작가가 아가씨 정체야? 내가 하자던 굿 안 해서 찾아온 모양인데 한 푼도 없어. 체포당하고 다 압수당했어. 훔친 돈이거든."

"이제 실토하네! 도박으로 딴 돈 좋아하네. 짚단 더미 안에 넣은 돈, 상갓집 돈이지?"

"맞아. 문제 있어?"

"저주받은 흉가가 죽은 자한테 가야 할 돈을 받아들이니까 귀신이 눈을 뜬 거야. 저승노잣돈하고 비슷하게 생각하면 돼.

당신 때문에 돌아오지 말아야 할 귀신이 돌아오게 됐다고. 그 흉가는 그냥 흉가가 아니야. 우녀를 구속시킨 감옥이었어."

"우녀는 또 누구고 뭔 헛소리야? 훔친 돈 써보지도 못하고 잡힌 것도 억울한데 말 나온 김에 소머리 국밥이나 한 그릇 사주고 가."

"당신 때문에 살인사건이 일어나고 있다고! 사람을 뱀의 제물로 바치는 살인사건이!"

면회실은 형사계와 가까웠다. 언성이 커지자 형사들 몇몇이 면회실을 들여다보았다. 설신보살이 최영우에게 고개를 바짝 들이밀었다.

"뭐 하나 물어보자. 다흥에서 훔친 인간이 왜 섭주에서 붙잡혔니?"

"이 여자가 오빠뻘 남자한테 왜 말끝마다 반말이야?"

"대답이나 해! 내가 묻는 게 아니라 신령님이 묻는 거야!"

"서울로 가려고 했는데 그게 실패했으니 여기서 잡혔지."

"왜 실패해?"

"경찰들 감시가 심했으니까."

"그럼 다흥에서 섭주로 올 때는 심하지 않았고? 도난 뉴스로 한창 시끄러울 때였는데."

최영우의 표정에 변화가 일어났다. 그는 목소리를 낮춰 애기했다.

"그게 좀 이상하긴 해. 몸살을 앓을 땐 돈뭉치 들고 시내를 걸어도 안전했거든."

"이제 이해해? 짚단 더미에서 나온 물건이 당신을 지켜준 거야. 원하는 곳에 갖다놓을 때까지 안 잡히도록."

"그 방울하고 거울이 소머리 쓴 여자 거야?"

"맞아. 그거 붕평마을에 묻었지?"

최영우가 놀란 눈을 크게 떴다.

"돌팔이 무당인 줄 알았는데 백발백중이네! 경찰한테도 그 얘긴 안했는데. 맞아, 그걸 제선정 아래에 묻고 나니까 몸살이 사라졌어. 근데 날 보호하는 기운도 사라졌어. 몸살이 나으니까 바로 지명수배가 되었거든. 고장 난 병원 CCTV 몇 개가 복구됐다나?"

"그 소머리는 당신이 이뻐서 보호한 게 아냐. 자기 물건 되찾고 신내림 할 대상 새로 찾으려고 당신을 임시로 부린 거라고. 당신은 남자라서 대상이 되지 못했고 거기 묻은 걸 파헤친 여자는 우녀의 혼백을 받았을 거야. 그래서 뱀이 여기저기 나오는 거야. 이제 사파왕까지 깨어났을 테니까."

"뭔 소린지 하나도 모르겠네! 하나도!"

"이것만 알아둬. 당신이 이 세상에 아주 위험한 악귀들을 풀어놓았단 사실."

"그러니까 소머리 귀신 남편이 뱀 신인데 방울하고 거울 주은 여자가 소머리 귀신이 되어 남편을 불러낼 수 있다 이 말 같은데?"

"바보는 아니네. 붕평마을에 가보니 경찰 저지선이 설치되어 있더군. 벌써 무슨 사고가 생긴 거야. 누가 파헤쳐 갔는지 몰라도 빨리 잡아야 해. 안 그럼 사람들이 더 다쳐."

"뉴스 안 봤어? 그 폴리스 라인은 고양이 떼가…."

설신보살은 맘이 급해 그의 말을 자르고 물었다.

"제선정에 묻은 다음 어떤 여자가 주워갔는지 안 지켜봤어?"

"안 지켜봤지. 몸살이 떨어졌는데 지켜볼 일이 뭐 있어? 그럼 보살도 누가 그 신물을 가져갔는지 안 가져갔는지 모르는 거네."

"가져갔어."

"어떻게 알아?"

"뱀이 여기저기 출몰한다 그랬잖아! 겨울이 다가오는데도!"

그녀는 가방에서 책 한 권을 꺼냈다. 『통악산 무속 신화』라는 제목이 붙어 있는 너덜너덜한 책이었다.

"이 책 구하느라 애먹었어."

"유치장에서 책이나 보고 있으라고?"

"나는 당신한테 자백 받으러 온 게 아니야. 이 책의 내용을 확인하러 온 거지."

"뭔지 한번 봅시다."

"당신한테 보여줄 게 아냐."

"그럼?"

"형사한테."

"왜?"

"이 책으로 자세히 설명해줘야 CCTV를 보여줄 거 아냐? 아저씨가 묻은 성물을 누가 주워갔는지."

인사도 없이 설신보살은 면회실을 떠났다. 그녀는 경찰서를 나가지 않고 형사계로 들어갔다. 다흥 병원 조의금 절도 사건 담당은 이윤철이란 형사였다. 이 형사가 섭주에서 최영우를 체포했다. 설신보살은 이 형사에게 대강 자기소개를 한 후 말했다.

"최영우가 붕평마을에 뭘 묻었어요. 10월 19일에 제선정을 찍은 CCTV를 봐야 해요."

"조의금 가방은 회수했어요. 금액도 거의 맞아 따로 묻은 건 없을 텐데요?"

"내가 뭘 도둑맞았거든요."

"뭐를요?"

"신거울하고 신방울이요."

"귀한 건가요?"

"예."

"정말 무속인 맞으세요?"

설신보살은 유튜브를 접속해 동영상을 보여주었다. '새 집 이사하실 때, 사업이 실패할 때 설신보살을 찾아주세요'라는 동영상이었다. 머리를 넘기고 비녀를 꽂은 동영상 주인공은 그녀가 맞았다. 조회수는 저조했다.

이 형사는 귀찮다는 표정으로 프린터에서 A4용지 한 장을 꺼냈다.

"저희가 알아보고 연락드릴 테니 거기 종이에다가 자세히 적어놓으세요. 거울하고 방울 가격하고 생김새도요."

"나는 다홍에 사는 무속인이에요. 시간이 없어요. 최영우가 흉가에 돈을 묻고 나서 귀신이 따라온다며 날 찾아왔었어요. 실제로 그 흉가엔 무서운 귀신이 살고 있었어요. 최영우는 그 귀신 때문에 몸살을 심하게 앓았죠. 그가 날 찾아왔을 땐 방울하고 거울을 갖고 있었어요. 돈을 묻은 자리에서 나왔다고 했죠. 최영우는 그 물건들을 섭주 제선정에 묻어 뱀 신을 부활시킨 거예요."

"예, 전부 지당하신 말씀입니다. 근데 지금 제가 너무 바쁩니다. 그러니 다음에 얘기하면 안 되겠습니까?"

"안 믿는 거 알아요. CCTV만 보여주시면 되요. 붕평마을에 전화하니까 경찰에서 가져갔다고 하더라고요. 이유는 말하지 않았어요."

이 형사는 고개를 외면했지만 그 옆에 있던 차 형사는 그러지 않았다. 그는 이야기를 엿듣고 있었다. 설신보살이 계속 말했다.

"내가 확인하고 싶은 건 하나에요. 누가 그걸 꺼냈는지요. 그걸 꺼낸 여자가 사파왕에게 공물을 바치기 위해 더 많은 사람들을 희생시킬 거예요. 혹시 최근 들어 실종 사건 같은 게 없었나요?"

"실종 사건이야 늘 있죠."

이 형사가 고개를 저었다.

"죄송하지만 그런 이유로 민간인에게 수사 증거물을 함부로 보여드릴 순 없습니다. 자, 저희가 알아보고 연락드릴 테니…."

"수사라고 했나요? 벌써 거기서 무슨 일이 생겼나요?"

"고양이들이 떼로 죽은 사건이 있었어요."

"고양이요?"

"예. 그것 때문에 CCTV 영상을 우리가 압수한 겁니다. 어떤 고양이 혐오자가 농약을 고기에 발라 뿌렸어요. 자, 돌아가셨다가 다음에 오세요."

이 형사는 자기 일에만 몰두했다. 듣고 있던 차 형사가 설신보살에게 다가왔다.

"이봐요 보살님, 나한테 그 사파왕인지 뭔지 애기 좀 해줄래요?"

이 형사가 어이없다는 표정으로 두 사람을 바라보았다. 차 형사의 표정은 진지했다.

"저도 믿진 않지만 얘길 해보라는 건 방금 뱀을 언급하셨기 때문이에요. 사실 며칠 전에 제선정에서 큰 뱀 한 마리가 고양이들에게 죽은 사건이 있었어요. 고양이들이 죽은 건 그 뒤의 일이에요. 현장에 있던 여성은 지금 행방불명인데 그 사람 주변에 이상한 일들이 일어나고 있어요."

"그 여자가 신물을 가져간 거로군요. 안 봐도 알아요."

설신보살이 차 형사에게 책을 내밀었다. 이 형사는 '너 미치지 않았냐'는 표정으로 차 형사를 바라보았다. 설신보살은 차 형사에게 고개를 끄덕였다.

"내 말을 이해하려면 예습이 필요해요. 이 책은 섭주에서 일어난 기이한 무속 신화를 열거한 책이에요. 「붕평마을 전설」이란 부분만 읽어보면 되요. 이걸 먼저 읽으면 다 얘기해 드리죠."

"원래 책을 안 좋아하는데 꼭 봐야 해요?"

"지금도 어딘가에서 사람들이 뱀한테 죽고 있을 거예요. 귀찮아도 읽으세요. 그래야 이해가 가능하니까."

차 형사가 책 표지로 눈길을 떨구었다. 『통악산 무속 신화』는 대학교 전공서적처럼 크고 무거웠으며 낡았다. 바쁜데 무슨 짓들이냐 투덜거리는 이 형사를 무시하고 그는 책을 펼쳤다. 「다홍과 섭주의 동기감응」 「돌아래 마을 비화」 「올빼미 눈의 무녀, 치효성모 전설」 「귀경잡록은 실재하는가」를 넘긴 후에야 비로소 「붕평마을 전설」을 접할 수 있었다.

「사파왕과 우녀의 전설」

일단 인용문을 들어 글의 분위기를 잡고자 하는데, 용천담적기(龍泉談寂記[6])를 보면 이런 글귀가 나온다.

경북 용궁현 근처의 진산에 살고 있는 강 선비가 산길에서 해가 저물어 어떤 동굴 안으로 들어가 쉬려고 하였다. 그곳에 한 노옹이 숙박하는 것은 상관이 없지만, 사냥 나간 세 남자가 곧 돌아올 텐데 자칫 잘못하면 어떤 위험이 닥칠지도 모르니 마음 단단히 먹으라고 이야기하는 것이었다.

강 씨는 공포에 질려 도망쳤지만 사방은 어둡고 길도 보이

---

6. 조선 중종 김안로가 유배지에서 기록한 야담 설화집.
위 인용문은 일제 강점기 일본인 민속학자 무라야마 지준(村山智順)의 저서 『조선의 귀신』 중 '민간에서 믿고 있는 귀신 : 사정(蛇精)'에 소개한 용천담적기 내용을 발췌.

지 않아 할 수 없이 가까운 숲 속에서 하룻밤을 지내려고 하였다. 잠이 들려고 할 때 산골짜기가 진동하는 소리에 놀라 눈을 뜨자, 세 마리의 큰 뱀이 스르륵 동굴 안으로 들어가 대장부로 변신하여 노인과 무슨 이야기를 하고 있었다. 귀 기울여 들어보니 한 장부가 산야를 찾아다녔지만 사냥감이 없어 물을 길러 온 용궁현 수리(首吏)의 딸 발뒤꿈치를 물어 기혈을 충분히 빨아먹고 왔다고 이야기했다.

노인은 이 이야기를 듣자 매우 놀라면서 큰 실수를 하였다고 질책했다. 현에서 으뜸가는 관리이고 보면 불가능한 일이 없으므로 각종 명약을 찾기도 하고 빌기도 할 것이고, 또한 만약 정월 상해일(上亥日)에 기름을 그 상처에 바르고 낫 이음쇠에다가 기름을 발라 울타리에 꽂아놓으면 우리 일족은 모두 죽게 되는데 정말 대단한 사람을 해쳤다며 탄식하는 것이었다.

이 말을 들은 선비는 다음날 아침 용궁현으로 가보았다. 과연 수리의 딸이 앓고 있었고 사람들이 야단법석을 피우며 모여 있었다. 강 선비는 산중에서 들은 이야기를 해주고 상처에 기름을 바르고 기름을 칠한 낫을 울타리에 꽂고 빌고 나서 동네 사람들과 함께 동굴에 가보았더니 네 마리의 큰 뱀이 겹쳐서 죽어 있었다.

경종실록(1723년)에는 이런 기록이 있다.

"이 가을에 삼남에 홍수가 났다. 충청도의 문의, 회의, 청주 등의 고을은 민가 1천여 호가 떠내려갔고 익사한 사람이 수천 명이었으며, 무림사 수백 간이 일시에 물에 잠겨 승려와 속인[7]으로서 죽은 자가 대단히 많았다. 경상도의 거창, 대구, 밀양 등 고을은 물에 떠내려간 것이 1천 수백여 호였고 익사자가 또한 1천 명을 넘었으며….''

바로 그 해 가을, 경상도 북부의 다홍 역시 홍수의 참화를 피할 수 없었다. 쏟아지는 물 폭탄에 바위가 굴렀고 고목도 뿌리가 뽑혔다. 관아가 파손되었고 장승도 두 동강났다. 초가 삼간은 물론 가축이 떠내려갔고 들짐승조차 살기 위해 사람이 의지한 판자 위로 뛰어올랐다. 말 그대로 하늘에 구멍이 뚫린 재난이었다.

고지대에 사는 백성들은 상대적으로 피해가 적었는데 그들의 홍수 목격담 중에 소름 끼치는 것들이 있었다. 대표적인

---

7. 불가에서 승려가 아닌 일반 사람을 이르는 말.

이야기가 '물에 떠내려간 집채만 한 뱀'으로, 문제의 뱀은 눈이 셋에 갑옷 같은 비늘 껍질을 갖고 있다 했다. 굵기는 통나무요, 길이는 대략 30자인데 긴 몸을 이용해 기반이 탄탄한 목표물을 척척 감으며 유연하게 떠내려갔다고 했다. 어떤 맹인은 이 광경을 보지 못했으면서도 뱀의 정체가 인간들에게 진노해 모습을 드러낸 동해바다 용왕이라는 풀이를 남겼다.

무수한 작은 뱀들이 떼를 지어 떠내려갔다는 징그러운 목격담도 있었다. 이 현상에는 비를 내리게 한 이무기들이 멈추는 방법을 알지 못해 저희들도 휩쓸려갔다는 해석이 따랐는데 사실상 이무기라는 전설의 동물을 직접 본 이는 아무도 없었다.

이 눈을 믿지 못할 현상들의 해석은 긴 흉년에 시달려 오관(五官)의 기능이 저하된 사람들의 환영이라는 게 가장 그럴듯했다. 백성들의 고달픔이 하늘에 닿아 종말론적인 믿음이 대두되고 세상이 어지럽던 시절이었다.

또 다른 목격담 중에는 '소를 타고 떠내려 온 처녀'가 있었다. 많은 사람들이 소의 등에 업힌 채 조난 신호를 보내는 처녀를 실제로 보았다. 다홍에서 홍수를 만나 떠내려 온 이 처녀는 사공들이 내민 장대를 잡지 못하고 표류하다가 섭주 붕평마을에 이르러서야 구조가 되었다.

당시의 붕평마을은 남자들 없이 과부들만이 사는 촌락이었다. 여자들에게 둘러싸여 지상으로 올라온 처녀는 소를 끌어안고 통곡했다.

촌장이 불상사의 원인을 묻자 처녀는 닷새 전부터 다홍에 장대비가 시작되었는데 집이 계곡 아래에 있어 변을 당했다 했다. 식구들이 피난 준비를 하는 동안 그녀는 외양간의 소를 꺼내오다가 순식간에 산사태가 일어나 집을 덮쳤다.

미처 나오지 못한 부모형제들은 그대로 파묻혔고 이들을 구하려다 동분서주하던 처녀도 불어난 물을 이기지 못하고 흙무더기와 함께 떠내려갔다.

떠오르고 가라앉으며 흘러가다가 죽음에 이르기 직전 따라온 소가 그녀를 등에 업었다. 방향도 없이 무작정 헤엄치던 소도 어느 때부턴가 힘이 다해 자맥질을 거듭하다가 죽음이 임박했을 때 한 무리의 여자들이 달려와 둘을 구조한 것이다.

이 가련하고 감동적인 이야기에 과부촌 사람들은 그녀에게 외양간이 달린 오두막을 한 채 주고 마을에 살게 했다. 오갈데 없는 그녀는 크게 기뻐하며, 별심이라는 이름을 버리고 촌장이 지어준 우녀(牛女)라는 이름을 받아들였다.

그렇게 우녀는 섭주 사람이 되었다.

홍수가 그치자 우녀의 얼굴에도 재난의 상흔이 사라졌다. 그녀의 얼굴에 과부촌 사람들은 놀랐다. 악취 풍기던 외양 속에 은행나무 열매처럼 아담한 미모가 자리하고 있었기 때문이다.

전혀 농부의 여식답지 않은 그 미모는 유명 기루의 기생을 떠올리게 했고 보기 드물게 큰 쌍꺼풀은 모두의 부러움을 샀다.

다행히 여자들만 모여 사는 마을의 특성이 그녀의 초월적인 미색에 남편이 흑심을 품을지도 모른다는 불안을 잠재웠다. 쓸데없는 시비라도 있을까 봐 우녀는 항상 먼저 사람들에게 머리를 숙였고 묵묵히 소와 더불어 밭을 갈았다. 애초 오두막집을 얻을 때에도 그녀는 마을에서 가장 떨어진 헌집을 달라고 했는데, 이 어둡고 외딴 주거의 선택으로 그녀의 겸손은 더 많은 칭찬을 받았다.

모두가 그녀를 좋아했고 텃세를 부리지 않았다. 과부촌에 살기에는 아까운 청춘이라며 대처로 보내려고도 했으나 우녀가 생명의 은인들과 사는 게 도리라며 거절했다.

우녀와 22살 동갑내기인 과부 옥화는 소리 없이 우녀를 관찰했다. 옥화는 지나친 우녀의 친절에 얼굴 가죽 안의 탈바가지를 본 듯했고 무엇이건 비위를 맞추는 행태에 상대방의 정신을 해이하게 하는 심리적인 전략을 느꼈다.

마을은 1인 1가구로 서른 채의 집에 서른 명의 과부가 살았다. 달도 없어 깜깜한 어느 밤이었다. 과부촌에 적응하지 못하고 늘 대처로 떠나고 싶어 하던 양평댁에게 우녀가 찾아왔다. 우녀는 상주 목사를 지내다 퇴임해 고향 다홍으로 낙향한 김목산 대감이 부정한 재물을 많이 갖고 있다는 소식을 전해 주었다.

양평댁이 우녀에게 그 얘기를 왜 자기한테 하냐고 물으니 그녀는 지난 장마 때 떠내려 온 그집 금궤를 자기 집 소가 우연히 발견했다고 했다. 김 대감 댁에 곡비(哭婢)로 일을 나가봤기 때문에 금궤를 잘 안다는 우녀는 아무도 몰래 둘이 차지해 한양으로 뜨자고 했다. 의심하는 양평댁에게 우녀는 뭔가를 보여주었다. 보자기에서 꺼낸 순간 촛불 끈 방이 환해진 그 물건은 황금이었다. 재물이 발하는 빛이 양평댁의 눈을 멀게 했다. 체념적인 공동체 사회에서 욕망의 탈출구를 발견한 양평댁은 우녀를 따라나섰다.

우녀가 양평댁을 이끌고 간 장소는 제선정이었다.

금궤는 정자 아래의 모래톱에 묻혀 있다고 했다. 양평댁이 우녀의 안내로 백사장을 걸어 소나무 숲까지 왔을 때 어둠을 밝히는 세 개의 눈이 나타났다. 움직이는 금덩이로 착각한 양평댁 앞에 '집채만 한 뱀'이 모습을 드러냈다. 양평댁은 지하여장군이란 별명의 거구였으나 신축성 있는 뱀의 한입에 몸이 삼켜졌다. 그녀는 두 팔과 두 다리로 뱀의 턱을 지탱해 버텼으나 뱀은 그녀를 강물 속으로 끌고 들어가 저항과 비명을 동시에 막았다. 힘이 다한 양평댁은 뱀의 제물이 되었다.

다음 날 마을 사람들은 텅 빈 양평댁의 집에서 과부촌이 지긋지긋해 떠난다는 편지를 발견했다. 사람들이 욕설을 퍼붓고 우녀는 눈물까지 보였으나 옥화는 떠난다는 양평댁이 정작 내버려 두고 간 엽전을 주목했다.

며칠 뒤, 첫날밤 남편을 잃고 제천에서 붕평마을로 흘러든 윤향이란 과부에게 우녀가 찾아왔다. 그녀는 다홍에서 나를 만나러 온 오음과 한성이라는 별명의 총각이 있는데 같이 만나러 가지 않겠느냐고 은밀히 물었다. 윤향은 귀가 솔깃했으나 너무나도 다른 우녀의 모습에 거부감이 들어 거절했다.

우녀는 그 총각들이 입이 무겁고 선을 지키는데 소문 없이 뒤처리까지 깔끔하다는 귓속말을 전했다. 우녀의 입김은 뜨거웠고 윤향은 열이 전염되듯 달아올랐다. 허연 달은 풍만했고 뜨뜻한 바람이 다리 사이로 불어 산짐승이든 사람이든 암수를 불문하고 욕망을 부채질하던 밤이었다. 우녀가 음란한 이야기를 늘어놓으며 거듭 바람을 잡자 외로움에 허덕이던 윤향은 그저 얼굴이나 한번 보자고 우녀를 따라나섰다.

두 사람이 향한 곳은 제선정이었다.

우녀의 지시로 윤향이 먼저 정자에 올랐다. 우녀가 둘을 부르겠다며 뻐꾹뻐꾹 소리를 내자 남자 둘 대신, 집채만 한 뱀이 강에서 솟아올라 대번에 정자까지 들이닥쳤다. 휘영청 뜬 달이 뱀의 모습을 선명히 비추었다. 갑옷 같은 비늘조각, 삽처럼 큰 혓바닥, 불타오르는 세 개의 눈. 윤향은 이 모든 것을 똑똑히 보았지만 뱀의 입안으로 삼켜지면서 기억이 끊어졌다.

윤향의 모습이 보이지 않자 사람들이 그녀의 집을 찾았다. 잘 정돈된 방 안에는 '나는 피가 뜨거워서 남자가 있어야만 살 수 있다. 그래서 이 마을을 떠나는 바이니 나를 찾지 마라'는 편지가 밥상 위에 놓여 있었다. 우녀가 울고 과부들

이 욕설을 퍼부었다. 그럴 아낙네가 아닌데 하며 혀를 차는
사람도 있었다.

옥화는 두 편지의 글씨체가 한 사람이 쓴 것처럼 비슷하다
는 사실을 눈치 챘다.

김 과부와 이 과부는 버섯을 캐러 갔다가 길을 잃어 통악
산을 헤맸다. 이리 걷고 저리 엎어지고 요리 울고 그리 무서
워하다가 강물 소리를 듣고 안도의 한숨들을 쏟아냈다. 마을
로 이어지는 하산 길은 찾았지만 어느덧 시간은 밤이었다.

어둠에 싸인 모래사장이 눈에 들어왔다. 촌장이 알면 몰래
남자들을 만나고 온 게 아니냐고 경을 칠 게 뻔했다. 둘은
소리도 없이 빠르게 걸었다. 배가 고파 채취한 버섯을 생으
로 먹었는데 걷는 사이 겁이 사라지고 기분이 좋아졌다. 사
물이 움직거리고 구름 속을 거니는 듯했다. 환각 성분이 든
독버섯을 먹었지만 그녀들은 알지 못했다.

마을 표시나 다름없는 제선정이 가까워졌다. 김 과부가 무
슨 소리가 들린다 했고 이 과부는 정자 위에 누가 있는 것
같다고 했다. 두 과부는 소나무 숲으로 몸을 숨겼다. 정자 위

에서 홀로 떠드는 여자 목소리가 들려왔는데 누구한테 말하는지 상대방은 답이 없었다.

"간격을 둬야지 이렇게 자주 섭식을 하면 들통 안 날 것 같아요?"

"날 의심하는 눈초리가 느껴진다고요!"

"뭐요? 오늘 부른 건 그 때문이 아니라고요?"

두 과부는 귀를 쫑긋 세웠다.

"저게 누구 목소리더라?"

"들어본 목소린데 누군지 모르겠어."

"그나저나 누구한테 말하는 거지?"

두 과부는 어둠 때문에 드러나지 않는 여자의 정체를 알아내려 눈에 힘을 모았다. 강물 소리는 시원하게 가슴을 때렸고 때마침 먹구름 사이로 드러난 달은 두 과부 다 일찍이 경험한 수줍고 기대에 찬 첫날밤의 노출을 상기시켰다. 이유도 모르면서 어떤 기운에 의해 두 과부의 몸이 달아올랐다. 어쩌면 버섯의 부작용 때문인지도 몰랐지만 그 곳엔 그들만 있는 게 아니었다.

외부의 어떤 힘이 사물에 작용을 하고 있었다. 서서히 기어들고 둥글게 말다가 길게 뻗는 전대미문의 기운이었다.

달빛이 정자 위의 여자가 공중으로 솟구치는 광경을 비추었다. 통나무 같은 거대한 뱀이 벌거벗은 여자를 감싸 안은 채 승천의 몸짓을 보이고 있었다. 고운 여자의 얼굴 앞에서 괴수나 다름없는 뱀이 연신 입을 벌렸다. 그건 잡아먹으려는 위협이 아니라 짝짓기에 들어선 동물의 애무였다. 두 과부는 독버섯이 발하는 환각효과가 틀림없다고 고개를 흔들었으나 떨려오는 몸을 어쩌지 못했다.

"세상에! 우녀잖아!"

"조용히 해!"

이 과부가 김 과부의 입을 막았다.

그 서슬에 마른 가지가 딱하고 밟혔고 둘은 숨을 죽였다. 폭약이 터지는 듯한 풍덩 소리와 함께 두 사람이 있는 곳까지 물보라가 튀었다. 두 사람은 움직이지 않았다. 오직 침묵만이 세상의 주인이 되었다.

김 과부가 나무 사이로 고개를 들이밀고 보니 제선정에는 아무도 없었다. 이 과부가 뒷길로 도망치자며 김 과부를 잡아끌었다. 그녀들이 등을 돌린 순간 풀숲을 헤치며 달려오는 대단한 기세가 있었다. 막 일어선 두 사람은 그 기세에 충돌해 몸이 멀리 날아갔다.

과부들을 뿔로 받은 것은 우녀의 황소였다. 쓰러진 과부들에게 접근한 황소는 눈을 부릅떴는데 그 모습이 호랑이 같았다. 버섯 때문에 꾸는 꿈이라며 기어이 자기 최면을 거는 두 여자에게 뿔과 무게를 이용한 무참한 공격이 시작되었다. 두 사람은 부러지고 박살난 사체가 되어 강물 속에 내던져졌다.

이틀 후 물고기를 잡으러 강가를 찾은 과부들이 피에 젖고 찢어진 옷자락을 발견해 촌장에게 바쳤다. 옷자락에 묻은 소의 털은 옥화가 발견했다. 옥화는 우리 마을에 어떤 사람이 온 뒤로 이상한 일이 벌어지고 있다고 대놓고 촌장에게 고했다. 우녀는 시선을 내리깔았지만 가끔 고개를 들 때의 사나운 두 눈은 옥화를 향했다.

일주일 후, 옥화도 증발해 버렸다. 어떤 편지도 남기지 않고 연기처럼 사라져버렸다. 마을에 어수선한 기운이 돌아다녔다. 우녀는 평상시보다 조신하게 지냈는데 일할 때 입는 삼베 누더기가 긴 무명천으로 바뀌어 있었다. 하지만 시간과 순리를 초월해 불러오는 배를 가리기엔 역부족이었다.

과부들이 사라지면서 해괴한 일이 생겼다. 마을에 뱀이 자주 출몰한 것이다.

사람들은 초가집 지붕에서, 나무 위에서, 정주간 아궁이에서 병아리나 강아지를 칭칭 감아 삼키는 뱀을 목격했다. 통악산 곳곳에서 땅을 뚫고 솟은 흔적과 허연 뱀의 허물이 목격되었다. 어디서나 징그럽게 턱을 이완시키는 뱀의 모습이 보였다. 냇가에는 개구리가 사라졌고 곳곳의 새둥지도 텅 비게 되었다.

뱀은 종류도 다양했다. 녹색 몸에 검은 눈을 가진 뱀, 얼룩 무늬에 올빼미 같은 눈을 가진 뱀, 두 개의 머리를 가진 뱀, 능구렁이, 살모사, 까치독사, 산무애뱀, 백사…

그 많던 쥐도 씨가 말랐는데 살아남은 것들은 산으로 도망쳐 들쥐가 되었다. 하지만 산 속에도 뱀이 늘어났기에 들쥐가 되어도 안전하지 않았다. 새끼 노루, 어린 승냥이까지 뱀에게 잡아먹혔다.

뱀의 출몰이 절정에 달했던 그 날 아침은 통악산에도 변화가 있었다.

나무와 풀숲으로 가려진 산야마다 소리 없는 움직임이 있었다. 사람이 날개가 있어 하늘에서 내려다본다면 마치 산 자체가 머리를 터는 듯한 요상한 광경을 볼 수 있을 터였다. 바람이 전혀 불지 않는 날이었음에도 풀이 움직거렸고 가지가 휘어졌다. 풀이 사사삭 소리를 냈고 그 안에서 어떤 것들이 잽싸게 움직였지만 과부촌 사람들은 아무것도 보거나 느끼지 못했다.

비밀스런 움직임은 우녀의 집을 방향으로 잡고 있었다. 가까운 곳의 새가 날아오르고 사슴이 뛰어 달아날 때 우녀는 동서남북으로부터 신속히 좁혀오는 포위망을 눈치 챘다. 그 건 뱀들이 다가오는 게 아니었다.

그녀는 주문을 외우며 품속에서 방울을 꺼내 흔들기 시작했다. 딸랑거리는 다급한 음향이 온 마을에 울려 퍼졌다. 농사에 몰두하던 과부들이 놀라 고개를 들었다. 그러자 집을 에워싸고 돌던 움직임이 정체를 드러냈다. 무장한 군졸들이었다. 구군복 차림에 전립을 쓴 현감이 환도를 뽑자 창칼을 든 무수한 군졸들이 풀숲에서 쏟아져 나왔다. 그들 뒤편에는 촌장의 은밀한 지시로 길 안내를 맡은 옥화가 있었다.

"요녀가 동패를 부르려 한다! 막아라! 방울을 흔들지 못하게 하라!"

다홍 현감의 명에 군졸들이 우르르 달려와 우녀를 잡고 방울을 빼앗았다. 그 중 하나가 소리쳤다.

"애 밴 여자입니다, 사또!"

"며칠 전까진 저러지 않았어요!"

옥화가 외치자 다홍 현감의 기세도 이어졌다.

"귀신의 농간일 뿐이다. 인정을 베풀지 마라!"

우녀는 쌍꺼풀이 진 눈으로 무섭게 현감을 노려보다가 이어서 옥화를 노려보았다. 어느새 촌장과 과부들이 달려와 우녀의 오두막은 인산인해를 이루었다. 촌장이 다홍 현감에게 말했다.

"소를 몰고 뱀을 부리는 요물의 소문은 쇤네도 들었습니다. 하지만 저 아이일 줄은 과부들이 사라지기 전까진 몰랐습니다."

"요물이 처음부터 본색을 드러내면 사람들이 이리 쉽게 당했겠는가? 이미 구례, 충주, 영천, 안동의 네 고을이 삼목거충(三目巨蟲)에 당해 많은 사람들이 죽었다네."

우녀는 무릎을 꿇고 있었지만 흉악한 눈은 숲 어딘가를 쏘아보고 있었다. 입으로 뭐라 중얼거리는 걸 본 다홍 현감이 급히 말했다.

"주문을 외운다! 저것의 입을 막아라!"

그러나 우녀의 명령을 들은 황소가 더 빨랐다.

허연 동자만 남은 눈을 뜬 채 숲을 박살내며 달려온 황소가 군졸들을 덮쳤다. 뿔로 받아버리고 앞발로 내리찍는 질풍취우의 육탄전이 펼쳐졌다. 창칼은 두 동강이 나고 팔다리는 부서지고 오두막은 붕괴되었다. 사람들이 뒤얽혀 쓰러지고 일부는 소의 뿔에 허공을 날기도 했다. 황소는 말처럼 두발로 몸을 지탱한 채 포효해 사람들을 공포로 몰아넣었다.

군졸들이 원형으로 소를 에워싸 창으로 응전했다. 화가 절정에 달한 황소가 콧김을 뿜을 때 포수들이 개를 풀었다. 십여 마리의 개가 달려들어 황소의 몸 여기저기를 물고 놔주지 않았다. 황소는 몸을 흔들어 몇 마리를 날려 보냈지만 이번에는 빈틈으로 화살이 퍼부어졌다. 화살을 맞고도 황소는 저항을 멈추지 않았으나 명중이 배가 되고 점차 고슴도치가 되어가면서 힘을 잃어갔다. 육중한 몸이 쓰러질 때 우녀는 하늘을 향해 피눈물을 쏟으며 절규했다.

"기어 다니는 왕이신 사파전하! 늦기 전에 당신의 처와 우공을 구해요!"

검은 동자가 돌아온 황소가 쓰러져 숨을 몰아쉬었다. 눈이 셋인 거대 뱀은 끝내 나타나지 않았다. 우녀는 묶인 채로 다가가 소에게 얼굴을 비벼댔다. 개들을 떼어 놓은 군졸들은 우녀와 황소를 꽁꽁 묶어 섭주 동헌으로 끌고 갔다.

섭주 현감은 다홍 현감의 십년지기라 체포에 적극 협력하기로 밀약이 된 상태였다. 그 역시도 '소를 끌고 다니는 여자'에 관한 괴소문을 진작부터 알고 있던 터였다. 자기 관할에서 변이 커지기 전에 외부 세력과의 양동 작전으로 참사를 막아낸 사실에 그는 안도했다.

사건의 전말은 이렇다. 이전해 봄부터 외부와 격리된 마을만 골라 나타나는 소와 여자가 있었다. 지역명을 밝히지는 않겠지만 역질이 돌아 관에서도 방치한 소읍, 내세 신앙을 근거로 자급자족 삶을 영위한 은둔 산촌, 병의 치료를 기원하러 모여든 비밀 동굴 등에 소와 여자가 모습을 드러냈다. 국법의 손길이 미치지 못해 범죄가 벌어져도 공적인 도움을 요청할 수 없고, 오히려 외부에 알려질까 자력으로 해결책을 찾는 비합법적 장소들이었다.

별심, 난희, 초설 등의 다양한 이름으로 나타난 그 여자는 능란한 화술과 빼어난 미모, 한편이 되게 하는 매력, 갸륵한 농녀(農女)의 모습으로 공동체 사회를 파고들었다. 탄탄히 유지되던 집단은 그녀와 소를 맞아들인 후부터 분열을 겪었으며 구성원이 하나둘 사라지는 비극을 겪게 되는데, 겉모습에 속아 아무도 실종 사건에 그녀를 결부시키지 않았다.

당시 어지러웠던 사회에 『사파대왕현신록(蛇爬大王現身錄)』이라는 책이 세간의 물의를 일으켰다.

내용인즉슨 원래 인간의 조상은 뱀이요 사람도 뱀의 한 변형인데, 영장을 자처한 인간이 스스로를 널리 복되게 한다는 구실로 뱀을 천하에 혐오스럽고 약삭빠르고 위협적인 존재로 몰아가서 이를 징토하기 위해 뱀의 절대자인 사파왕이 천상계에서 천하로 강림한다는 것이다. 세 개의 눈으로 과거를 꾸짖고 현재를 성찰하며 미래를 예언하는 사파왕은 장차 모든 악행의 근원인 인간의 팔다리를 잘라 기어 다님을 신의 보행으로 통일시킨 후, 가진 자가 없는 자를 **빼앗고** 힘센 자가 약한 자를 괴롭히는 세상을 종식시켜 새로운 천상계를 지상에 이룩한다고 한다.

도참비서의 성격을 띤 이 책은 북두칠성이 지시했다며 훈련대장을 암살하려 했던 훈련원 습독관(習讀官) 장문도가 저술하였다. 발광병의 대물림 내력을 가진 그는 암살이 실패로 돌아가자 훈련원을 이탈해 계룡산에 숨어 살았다.

어느 날 산중에 굿하는 소리가 들려 가보니 스무 살짜리 무녀가 낭떠러지에서 홀로 강신가무(降神歌舞)에 열중해 있었다. 속세를 초월한 신비의 마음이 서로 간에 통한 두 사람은 냉수 혼례를 올리고 동거를 시작했는데 며칠 뒤 황소 한 마리가 산중의 오두막을 찾아왔다.

그 소는 눈빛이 뱀과 비슷했고 되새김질을 하지 않았지만 두 사람을 잘 따랐고 맹수의 접근을 충실하게 막아냈다. 산속에 나타난 영농 가축이 수상하긴 해도 외롭기도 하고 반갑기도 해서 두 사람은 소를 가족으로 받아들였다. 장문도는 언젠가 먹을 것이 떨어지면 이 소가 훌륭한 끼니가 될 것이라 내심 생각했다.

어느 흐린 날 무녀는 어지러운 꿈을 꾸고 "오늘 밤 귀한 손님이 찾아올 것이다"라고 예언했는데 아무도 찾아오지 않았다. 약초를 캐러 골짜기에 들어갔다가 독사에게 물린 장문도만이 밤늦게 기어 들어왔을 뿐이었다. 독에 잠식당한 그의 혼수상태는 무섭고 길게 지속되었다. 소가 다가와 얼굴을 핥자 장문도는 의식이 혼란스런 상태에서 머리 허연 도인의 모습으로 나타난 '눈이 셋인 남자'를 직접 만나 대화를 나누었다. 그가 바로 눈 셋의 거대 뱀 사파왕이었다.

사흘 만에 깨어난 장문도는 해독이 채 되지 않은 상태에서 붓과 종이를 가져오게 해 초인적인 정신력으로 꿈속의 대화를 기록으로 남겼다. 식사도 잊고 잠도 없는 7일간의 집필은 희대의 예언서 『사파대왕현신록』으로 완성되었고, 그와 동시에 장문도는 숨을 거두었다. 무녀는 남편을 장사지낸 날 밤에 사파왕이 찾아오는 꿈을 꾸었다. 사파왕은 '이승의 지아비는 한 줌 흙이 되었지만 나는 너의 영원의 지아비다. 너는 나를 새 지아비로 삼아야 한다'고 말하며 해야 할 일을 알려주었다.

무녀는 진정한 신이 자신에게 내렸음을 깨달았다.

다음 날 책을 품에 안은 그녀는 소를 데리고 세상으로 나섰다. 꿈의 신묘함이 황소에게도 작용한 건지 소는 마치 개나 고양이처럼 행동했다. 그녀가 유랑과 유랑 사이 잠을 잘 때 사파왕은 꿈으로 계시를 주었다.

책은 도참사상에 심취한 선비 유하준의 집 앞에 몰래 던져졌고, 천지개벽의 진리를 알아본 유하준은 책을 필사해 몰래 배포시켰다. 두 권이 네 권이 되고 네 권이 열여섯 권으로 늘어나는 복사는 세상을 파고들어 팔도로 돌려졌고 각처에서 백성들의 반항의식을 일깨웠다.

공권력의 관심이 유포자 검거에 쏠린 사이 그녀는 새신랑의 인신공양을 위해 국법의 손길이 미치지 않는 은밀한 모임을 파고들었다. 수많은 사람이 행방불명의 형식으로 사파왕의 희생물이 되고 공동체는 붕괴되었다. 희생자가 늘어나는 사이에도 팔도 각처를 거치는 그녀의 꼬리는 밟히지 않았다. 그러나 신을 자처하는 왕일지라도 천재지변은 다룰 수 없는 모양이었다.

다홍의 나병촌까지 잘 접수하고 있을 때 대홍수와 맞닥뜨린 그녀는 황소와 함께 섭주까지 떠내려 왔고 몸을 추스를 사이도 없이 사파왕은 성급하게 과부촌에서도 일을 개시하라 명했다. 그러나 그곳 여인들은 바보가 아니었고 민관의 협력에 외부의 원조까지 더해져 우녀의 거사는 실패로 돌아간 것이다.

다홍 현감에게 붙잡힌 우녀는 섭주 동헌의 어두운 감옥에 간혔다. 아무도 그녀를 찾지 않았고 말을 걸지 않았다. 급격히 불러오는 배 만큼이나 우녀는 바깥에서 무서운 계획이 형세를 불려가고 있음을 직감했다.

옥사의 문이 열린 것은 이틀 후였다. 길게 늘어선 횃불 사이로 처음 보는 사람들이 서 있었는데 하나같이 늠름함과 냉혹함을 고루 갖춘 헌헌장부들이었다. 그들은 한양에서 파견된 다섯 명의 포도청 종사관들이었다. 천리 길을 쉬지 않고 달려온 이들의 행적은 사건의 중차대함을 알려주고 있었다.

관할 구역인지라, 섭주 현감이 우녀에게 고개를 들이밀었다.

"네가 그간 여럿 마을을 결딴낸 영악한 계집이란 걸 안다. 여기 있는 사람들은 오랑캐를 쳐부수는 손자병법은 물론 귀신 다루는 음양비법까지 통달한 분들이다. 네가 아무리 사람들을 속이는 구미호 일지라도 이 종사관들 앞에서는 소용없다. 그동안 사람들을 어떻게 해쳤는지 순순히 자백해라."

다섯 명의 종사관은 포도청의 인재들이었다. 한양의 미제 사건은 물론 지방의 대형 사건도 이들이 관여하면 해결을 보았다. 그들 역시 불온서적 『사파대왕현신록』을 읽은 적이 있고 우녀를 따르는 신비스런 이야기도 알고 있었다. 그러나 그들은 뱀 신이 결부된 비현실적인 이야기를 믿지 않고 오히려 우녀와 장문도를 지능적인 살인마 부부로 보았다.

실상 종사관들의 목적은 훈련대장을 척살하려 했던 장문도의 체포였다. 그들은 장문도가 죽지 않고 어딘가에 숨어서 우녀를 조종해 살인을 교사하고 있다고 믿었다.

여럿 마을을 결딴낸 위험한 여인인 만큼 다섯 종사관은 그녀를 재우지 않고 하루에 한 명씩 일대일 취조를 하기로 했다. 한 종사관이 하루를 취조하고 나흘을 쉬지만 우녀는 자백할 때까지 전혀 잠을 자지 못하는 것이다. 강제 불면의 고통에 시달리고 다섯 지능인의 수사를 종합하면 주도면밀하게 짠 거짓 진술도 들통이 날 수밖에 없을 것이었다.

다섯 종사관은 취조에 앞서 회의에 들어갔다.

"이번 일이 정말 사람의 범죄라고 보나?"

살찐 얼굴에 찢어진 눈을 가진 이종겸 종사관이 말했다.

"당연하지. 우리가 그걸 밝히려고 여기 모인 것 아닌가?"

덥수룩한 수염의 애꾸눈 종사관 김다술이 답했다.

"그런데 며칠 만에 불러오는 저 여인의 배는 뭐지?"

얼굴은 다섯 중 가장 동안이었으나 머리가 하얀 최형무 종사관이 물었다.

"무슨 병에 걸린 모양이야. 흉년 아닌가? 굶다가 먹지 못할 것을 먹으면 오장육부에 병이 생겨 배가 저런 식으로 나올 수도 있네."

317

두 눈과 얼굴이 불타오르는 듯한 종사관 정동창이 말했다.

"섭주 현감은 귀신을 믿는 모양이더군. 여자가 황소를 부리는 걸 봤다면서."

이렇게 말하고 피식 웃는 이는 나머지 네 사람보다 머리 하나는 더 큰 거인 종사관 오규석이었다.

첫날, 이종겸이 우녀를 찾았다. 그는 『사파대왕현신록』의 필사본을 우녀가 앉아있는 취조용 나무판 위에 던졌다.

"이걸 네 남편이 저술했지?"

"그렇소."

"장문도는 발광병이 있는 자였어. 북두칠성이 시킨다며 훈련대장 이마에 칼을 박아 넣으려 했지. 세상을 혼돈되게 하려고 이 따위 잡설을 쓴 거야."

"그 책은 사바세상과 관련이 없소. 천상계의 참 진리와 세속의 발광병을 애써 연결 짓지 마시오."

이종겸은 특유의 찢어진 눈을 부라리며 중국 사신처럼 살찐 뺨을 쓰다듬었다.

"눈이 세 개인 왕 따위가 어딨느냐! 천하는 귀신이 아닌 실사구시의 학문으로 다져지는 것이다. 붕평마을의 네 집에서 독버섯이 한 보따리 나왔어. 그걸 먹여 사람들을 죽였지?"

"그건 두 과부가 캐 온 걸 내가 주위 숨겨놓은 것이오.

그런데 그 버섯은 정신을 미혼케 하는 성분이 있소. 사파왕을 알현하고 싶으면 당신도 그 버섯을 씹어보시오."

아무리 물어도 요지부동이었다. 이종겸은 장문도가 어떻게 많은 사람을 죽였는지 알고 싶어 했고 우녀는 사파왕이 병든 영혼들을 구제했다는 답만을 고집했다. 이종겸은 혀를 차며 우녀를 감옥으로 돌려보냈다. 목에 칼이 걸린 우녀는 잠을 이룰 수 없었다. 그 와중에도 그녀의 배는 불러왔고 가끔 진통도 느껴졌다.

이튿날은 애꾸눈 종사관 김다술이 들어왔다.

"너희 부부는 살인을 재미로 했어. 사슬로 함께 묶어 끌고 갈 것들 같으니라고. 그렇지, 연쇄살인마라는 호칭이 너희에게 어울리겠군. 자, 솔직히 털어놓아라. 어떻게 사람들을 죽였느냐?"

"몇 번을 말해야 알아듣겠소? 믿음을 가진 이들이 내세를 위해 스스로 사파왕을 따라간 거란 말이오."

"그런 가공의 존재는 없어! 너희 부부가 범인이야! 장문도가 어디 있는지 말해! 시체들을 어디에 묻었는지도 말해! 태웠느냐?"

우녀는 빛이 일렁이는 눈으로 김다술의 애꾸눈을 노려보았다.

"나는 내 지아비인 사파왕의 눈으로 미래를 본다. 네가 뭐라 그랬느냐? 연쇄살인마? 그 말은 가까운 미래에 쓰일 것이다. 넌 생애에 이룬 모든 업적보다 그 한 마디로 후세에 이름을 남길 것이다."

"장문도가 어디 있는지나 말해! 살아있지? 이런 대실종은 너희 둘이서 벌일 수 있는 게 아냐! 추종자들도 있지?"

"그 분의 추종자는 이 세상의 모든 뱀이다."

김다술도 그녀의 자백다운 자백을 듣지 못하고 돌아갔다. 진술은 일관성이 있었고 허언이라고는 없었다. 그날 밤 옥에 홀로 갇힌 우녀는 하혈을 했고 진통에 시달리다가 양수가 터졌다. 갑자기 한 줄기 바람이 불어 횃불이 꺼지더니 그녀를 지키는 옥졸이 기절했다. 그녀는 목격자를 잠재운 채 어둠의 배려 속에서 어미의 정성으로 출산의 비명을 참았고 다섯 자식을 낳았다.

울지 않는 대신 아이들은 꿈틀거렸다. 검고, 희고, 노랗고, 빨갛고, 회색인 다섯 마리의 뱀이었다. 회색 뱀의 몸집이 가장 커 장남이 되었다. 그녀가 휘파람을 불자 뱀들이 어미젖을 찾는 아기들처럼 그녀의 소매 안으로 사라졌다.

사흘째는 머리가 하얗고 얼굴이 동안인 최형무 종사관이 들어왔다. 우녀의 몰골은 처참한 상태였다. 최형무는 내시처럼 싸늘한 얼굴로 물었다.

"다른 종사관은 몰라도 나는 네 주장을 믿는다."

그는 『사파대왕현신록』을 들고 흔들었다. "이 책은 여러모로 내 흥미를 끌어. 나름 앞뒤에 조리가 있다."

"다섯 명 중에 듣는 귀가 막히지 않은 자도 있소이다 그려."

"이 책에 나오는 혼탈백사(魂奪白蛇)가 실재하는가?"

"그렇소."

"본 적이 있느냐?"

"보진 못했소."

"못 봤으면서도 어떻게 있다고 자신하지?"

"맛보지도 않고 바닷물이 짠지 어떻게 아시오?"

"그 말은 너도 들어서 아는 사실이란 건가?"

"믿음의 진리는 바다만큼 크다는 거요. 당신이 눈으로 보는 것만이 세상의 전부가 아니오."

"네 음성이 활기가 차구나. 병색이 사라졌어."

"믿는 사람을 눈앞에 대했으니 내 어찌 기운을 회복하지 않겠는가?"

우녀의 음성에 힘이 들어갔다. 이상함을 느낀 최형무가 놀라 취조용 탁자를 옆으로 치웠다. 그녀의 배는 피를 쏟은 혼적이 있었지만 원래대로 들어가 있었다.

"네 배가 들어갔구나! 아이를 낳았느냐? 어떤 눈속임을 나한테 가한 것이냐?"

최형무가 우녀의 머리채를 잡자 그녀의 눈에서 불가사리 모양의 녹색 빛이 파생되었다. 최형무는 다급히 허리춤의 칼집에 손을 올렸으나 우녀가 빨랐다. 그녀가 양팔을 앞으로 뻗치자 밀폐된 옥사 안에 거센 바람이 일고 소매가 최형무의 눈앞에서 펄럭였다.

"속세의 개 노릇을 그만두고 천상의 공신이 되거라! 분에 넘치게도 넌 내 아들을 받게 될 것이다!"

우녀의 소매에서 노란 뱀이 전광석화처럼 튀어나와 최형무의 입속으로 사라졌다. 오장육부까지 진입한 뱀에 최형무는 숨이 막힌 사람처럼 버둥거리며 탁자를 넘어뜨렸다. 괴로운 버둥거림이 한동안이나 계속되다가 잠잠해졌다. 소란을 듣고 사람들이 달려왔지만 최형무는 그 사이 아무 일도 없는 것처럼 앉아 있었다. 그러나 그의 눈빛은 두 번 다시 예전으로 돌아가지 않았다.

"아무 것도 아냐. 취조 중에 내가 화를 참지 못했네. 자네들 네 명, 잠시 나 좀 보세. 할 이야기가 있다네."

그는 동헌의 별실로 네 종사관을 모았다. 그의 두툼한 구군복 안에는 우녀의 자식 네 마리가 숨어 있었다. 입안에 들어가는 방식으로 사파왕의 뱀 네 마리가 네 종사관의 몸을 차지했다.

그날 오후부터 관아에 다섯 종사관의 모습이 보이지 않았다. 밤이 되어도 돌아오지 않았고 다음 날이 되어도 돌아오지 않았다. 며칠이 지나도 돌아오지 않았다. 다홍과 섭주의 현감은 불안을 느꼈다. 입증할 수 없었지만 여태껏 그래왔듯 우녀와의 머리싸움에서 그들이 패한 건 아닐까하는 생각이 스쳐갔기 때문이다.

실제로 우녀는 정신의 기운을 회복하고 육체적인 건강까지 찾아 언제든 감옥을 부수고 나올 것만 같았다. 황소 역시 화살의 상처를 극복하고 노려보는 눈길에 악의가 실린 콧김을 내뿜었다.

두 현감은 몹시 불안한 나머지 장문도든 사파왕이든 배후의 존재를 무시하고 그녀를 즉결 처형하기로 했다. 그녀의 배가 원래대로 들어간 반면 옥사 안에서 발견된 탯줄과 핏자국은 불길한 전조였다. 관찰사에게는 그녀가 옥사 안에서 목을 매 자진했다고 장계를 올릴 요량이었다. 시골의 벼슬아치들이기는 해도 그들은 저주의 우환을 진심으로 걱정한 목민관들이었다. 섭주와 다홍은 조선 팔도에서 풀지 못한 괴변이 많이 일어난 지역이었고 미처 방비 못하다가 변을 당한 사건이 많음을 그들은 너무나도 잘 알고 있었다.

먼저 황소가 끌려 나왔다. 냉철함을 유지하던 우녀는 소의 다리에 동서남북으로 밧줄이 묶이자 안정을 찾지 못했다. 사람이 아닌 가축에게 능지처참의 형벌이 개시되려 하고 있었다. 줄 하나마다 말 세 마리가 붙었다.

"사파왕! 사파왕! 당신의 신하를 구해요!"

우녀의 눈에서 불가사리 모양의 빛이 뿜어져 나왔다. 섭주 현감이 등채로 집행의 명을 내렸다. 말들이 출발했다. 황소는 역발산의 힘을 갖고 있었지만 열두 마리 말의 힘을 당할 수는 없었다. 살이 끊어지는 처참한 소리와 함께 거열형이 끝나자 소의 가죽이 갈라지고 피와 오장육부가 쏟아졌다.

"사또! 소의 내장이 움직이고 있사옵니다!"

사령 하나가 소리쳤다. 과연 긴 창자 속에서 꿈틀거리는 한 줄기 내장이 있었다. 관헌들의 놀란 눈이 일제히 집중되었다. 피를 뒤집어 쓴 채 고개를 왼쪽 오른쪽으로 돌리는 그것은 내장이 아니라 작은 뱀이었다. 『사파대왕현신록』에서 해당 내용을 읽은 다홍 현감이 벌떡 일어나 소리쳤다.

"저 뱀을 죽여라! 책의 내용이 사실이다! 저 뱀이야말로 삼킨 자를 조종한다는 혼탈백사야!"

넋을 잃은 사령들이 피 칠갑을 한 백사를 보고 멈칫거렸으나 그 중 몇 명이 칼을 뽑아 다가갔다. 제일 먼저 다가간 장교가 환도로 백사의 목을 베려는 찰나, 쉭쉭세엑세엑하흿! 하는 소리가 대지에 진동했다. 마른하늘에 먹구름이 몰려들었고 번개가 같은 장소에 여러 번이나 내리쳤다. 폭주하는 어떤 기세가 오른쪽으로 다가와 모두의 눈알이 그리로 돌아갔

다. 관아의 문짝이 단번에 박살나면서 집채만 한 뱀이 들이
닥쳤다. 사람들은 뱀이 수박만 한 두 개의 눈 말고도 이마에
눈 하나를 더 갖고 있고, 절간 대들보만한 몸통을 갖고 있음
에 경악을 금치 못했다.

뱀은 흙먼지를 일으키며 담장을 무너뜨리고 대청을 박살내
고 사람들을 물었다. 저항할 생각조차 잊은 사람들이 꼬리에
맞아 날아가고 물려서 날아가고 조여서 부러지고 저희끼리
부딪치고 몸이 잘리면서 아비규환을 이루었다. 공격을 잠시
멈춘 괴수 뱀이 똬리를 튼 곳은 우녀의 곁이었다.

"활을 쏴라! 둘 다 죽여도 좋다!"

다홍 현감의 고함에 정신 차린 군졸들이 창고로 달려가 병
장기를 꺼내들었다. 거대 뱀과 사람들 간의 사투가 벌어졌다.

뱀은 동헌의 절반 이상을 파손시키면서 거의 삼십 여명 이
상의 사람을 죽였지만, 오랑캐의 습격이 잦아 늘 훈련을 게
을리 하지 않던 지방군의 반격도 만만치 않았다. 이성을 잃
은 채 찌르고 또 찌르던 군졸들은 맹목적인 폭력에 중독되었
다. 뱀의 몸통에서 피가 흘러내렸고 군데군데 박힌 화살도
수십 발이었다. 시간이 흐를수록 뱀의 움직임이 느려졌다.

우녀의 눈에서 불가사리처럼 돌던 빛이 사라졌다. 무릎을
꿇은 그녀는 목놓아 울면서 신랑을 죽이지 말라고 애원했다.
동헌에 시체들이 산을 이루며 쌓일 때 마침내 세 눈의 거대

뱀도 축 늘어져 미약하게 꿈틀거렸다. 남은 군졸들이 창으로 꽃을 피우며 뱀을 에워쌌다. 다홍 현감이 틈을 뚫고 들어가 직접 뱀의 숨통을 끊으려고 했다.

"그 뱀을 그냥 두시오!"

보이지 않던 다섯 종사관이 한꺼번에 소리치며 들이닥쳤다. 그들은 갑옷을 갖춰 입고 있었는데 모두 눈빛이 이상했다. 섭주 현감이 물었다.

"아니, 종사관들께선 대체 어딜 갔다 오셨소? 여기는 난리가 났소이다! 보시오, 저 요녀의 말이 사실이었소!"

"흥! 모르겠소? 저 뱀을 이리로 오게 몰이꾼 노릇을 한 건 우리였소."

붉은 눈에 붉은 얼굴을 가진 정동창이 말했다. 뱀을 연상시키는 그의 눈에서 축축한 빛이 뿜어져 나왔다. 섭주 현감이 다홍 현감 옆에 섰다. 맨 상투의 머리에서 피가 흘렀다.

"저 뱀은 쫓겨 온 게 아니오. 요녀를 구출하기 위해 제 몸으로 기어온 거요."

"무슨 헛소리요? 공격한 건 당신들이지만 찾아내서 몰고 온 건 우리란 말이오. 이제 저 뱀은 그 동안의 사건에 귀한 증거가 되었으니 우리가 가져가겠소."

김다술이 하나밖에 없는 눈을 빛냈다. 그 눈도 처음보다 징그럽게 변해 있었다. 다홍 현감이 막아섰다.

"눈이 있으면 여기 죽은 사람들을 보시오! 목숨 바쳐 잡은 건 우린데 왜 공을 빼앗으려 하시오? 장계는 우리 두 사람이 올릴 테니 종사관들께서는 기다리시오."

"무식한 시골 놈들이 고분고분하지가 않구나! 비켜라!"

오규석 종사관이 나섰다. 회색 갑옷을 입은 그는 보통 사람보다 키가 매우 컸고 칼도 소름 끼치도록 컸다. 다홍 현감의 얼굴이 분노로 붉으락푸르락했다.

"아무리 한양 포도청에 있기로서니 이런 안하무인이 어디 있느냐? 당장 그 칼 내려놓아라!"

"네 놈 머리나 내려 놓거라!"

오규석이 기합과 함께 팔을 휘두르자 단칼에 다홍 현감의 머리가 날아가고 남은 몸이 춤을 추듯 비틀거리다 쓰러졌다. 공포와 당혹이 현장에 똬리를 틀었다.

"종사관이 사또를 죽였다!"

이방이 외치자 오규석이 몸을 날려 닥치는 대로 군졸들을 찌르고 베었다. 혼란에 빠진 군졸들은 그의 상대가 되지 않았다. 네 명의 종사관들도 일제히 무기를 드러내 학살을 벌였는데 창과 칼 외에 비파와 불덩어리까지 살육의 도구로 쓰는 요술을 펼치자 군졸들은 극도의 공포에 질렸다. 섭주 현감은 쓰러진 다홍 현감의 몸을 붙들다가 종사관들을 노려보았다.

"놈들이 사악한 주술에 포섭되었구나! 죽여라! 한 놈도 남기지 마라!"

사또가 명해도 군졸들은 겁을 먹어 나서지 못했다. 이미 뱀과의 싸움에 기력을 소진한데다가 다섯 종사관이 베고 찌르고 공중제비를 돌면서 종횡무진 사람들을 죽여 나가니 분위기는 반전되었다. 오규석이 닥치는 대로 베면서 퇴로를 열자 네 종사관이 거대한 뱀을 들쳐 업었다.

우녀는 그들의 관심 밖이었다. 네 장군에게 모셔진 뱀을 바라보는 우녀의 얼굴에는 멀리 가는 자식을 지켜보는 어미의 슬픔이 있었고, 병 든 남편이 낫기 기원하는 아내의 정성이 있었다. 그러나 슬픔이든 정성이든 괴이한 형태의 감정에는 지독한 광기가 가득했다.

섭주 현감이 오규석에게 환도를 휘둘렀다. 오규석이 막아내자 현감의 칼은 두 동강이 났다. 오규석은 현감의 목에 칼을 겨누었다.

"수하들에게 무기를 버리라고 해라."

"그럴 것 없다! 여봐라, 모두 힘을 합쳐 이 사악한 것들을 죽여라!"

현감이 소리쳤지만 이미 군졸들은 손에 든 병기를 내려놓았다. 오규석은 냉소적인 웃음을 날리며 칼을 거두었다. 현감은 그에게 덤비지 못했다. 거대 뱀을 둘러멘 다섯 명이 사라

질 때까지 모두가 그 자리에 얼어붙어 더 이상 나아가지 못
했다.

그날 밤 이후 사파왕이란 눈 셋 달린 뱀도, 다섯 종사관도
본 사람이 없었다. 포도청은 전후 상황도 모르면서 아까운
인재 다섯이 사라졌다며 섭주 현감을 매섭게 몰아붙였다. 현
감은 상부의 문책과 내부적 손실에, 믿을 수 없던 실체적 진
실까지 무겁게 다가와 몸져누웠다. 최선을 다했지만 얻은 것
은 피해와 수치심뿐이었다. 안정을 취하지 못하고 분노에 몸
이 떨려 나락으로 떨어진 건강은 쉽게 회복되지 않았다.
　그는 우녀를 옥에 가둔 채 굶기고 물 한 방울 주지 않았
다. 형방이 땅꾼들에게 뱀을 잡아오게 해 그녀 앞에서 산 채
로 불태웠다. 코를 찌르는 노린내에도 그녀는 반응하지 않았
다. 병석에서 일어난 현감은 비격진천뢰에 화포까지 준비했
으나 그녀가 연루된 사악한 세력은 두 번 다시 나타나지 않
았다. 현감이 아무리 집요하게 취조해도 사파왕이 떠난 우녀
는 더 이상 입을 열지 않았다.
　그녀의 진술대로 '과거의 지아비' 장문도가 죽은 것은

확실했다. 눈 셋의 거대 뱀이야말로 그녀의 진짜 지아비였던 것이다. 과연 사파왕이 떠난 후 그녀의 건강상태는 하루가 다르게 악화되었다.

현명한 이방의 권고로 현감은 마침내 그녀를 옥에서 꺼내 죽을 먹게 했으나 그녀는 아무 것도 입에 대지 않았다. 결국 이틀을 넘기지 못하고 그녀는 죽었다. 그녀가 죽은 자리에는 신방울과 청동거울 하나가 놓여 있었다. 현감은 땅에 묻은 황소의 시신을 꺼내 우녀와 함께 태워버리라 명했는데, 토막 난 황소의 신체는 조금도 부패하지 않아 모두를 놀라게 했다.

현감은 인근의 무당을 불러 굿을 한 뒤 사악한 요물의 처리에 관해 심각하게 논의했다. 무당은 우녀의 머리에 소대가리를 씌워 그녀가 마지막으로 악행을 떨쳤던 붕평마을의 제선정 아래에 묻으라 했고 관헌들이 이를 집행하자 무덤 주변에 부적붙인 말뚝을 여섯 개나 박았다. 붕평마을 과부들은 저주받은 땅을 떠났고 세월이 흐르면서 과부촌은 천민촌이 되었다가 전설의 망각과 함께 평범한 민촌이 되었다.

우녀 가까이 두면 좋지 않은 기운이 생겨난다하여 신방울과 청동거울은 우녀의 시신에서 백 리나 떨어진 다홍으로 보내졌다. 풍수지리에 능한 도인이 음기가 가장 약한 땅을 선택해 깊숙이 파묻게 했다. 도인은 절대로 이 위에 집을 지어서는 안 된다고 경고했으나 시간이 흐르면서 저주의 흉사를 모르는 후대 사람들이 이 땅 위에 집을 지었다. 그 집에 살던 사람들은 하나같이 병을 앓거나 사고를 당해 죽어 나갔고, 마지막으로 지은 집은 3일 만에 주인을 돌연사로 보내 오두막집 대신 흉가라는 이름을 당당히 얻게 되었다.

짚단이 층으로 쌓인, 저승길 입구 같은 이 집은 현재도 다홍의 어느 학교 앞에 가면 볼 수 있는데, 건드리면 무서운 일을 당한다 하여 관청에서도 철거하지 못한다 했다.

우녀가 묻히고 나서, 붕평마을 제선정에는 이상한 목격담 하나가 돌았다. 키가 장승처럼 크고 회색 갑옷을 입은 장군이 무당이 땅에 박아놓은 말뚝을 다 뽑아 강물에 던진 후 스스로 땅속으로 들어갔다는 소문이었다.

목격자는 풍을 맞아 정신이 혼미한 과부였다. 사람들이 확인하려 했지만 우녀를 묻은 땅이 평탄하고 잡초도 변화가 없었기에 과부의 정신상태를 파헤치려 들었지 굳이 땅속까지 파헤치려 들지는 않았다.

어느새 책에 빠져든 차 형사가 복잡한 머리를 드니 설신보살 이희수는 잠시 밖에 나가고 없었다. 믿지 못할 이야기였지만 신비롭고 경이로운 마음을 감출 수 없었다. 환상과 현실의 연결지점 때문이었는데, 이전까지 차 형사의 발이 철저히 현실 쪽에 서 있었다면 지금은 양쪽에 한 발씩을 담근 기분이었다. 강서경의 아파트에서 보았던 뱀도 헛것이 아니라는 생각이 들기에 그는 퍼뜩 머리를 흔들며 부정했다.

설신보살을 기다리던 차 형사는 송선희에게 전화를 걸었다. 서경이 나타나면 서로 연락하기로 해서 그녀의 전화번호를 갖고 있었다.

"혹시 『통악산 무속 신화』라는 책을 보신 적 있습니까?"

"아니오. 그게 뭔데요?"

"섭주에서 일어난 미스터리한 무속 사건을 모아놓은 책인데요. 뱀과 관련한 무속전설이 아주 흥미로워요. 김목산 대감과 오음과 한성이란 등장인물이 나오는데 강서경 선생이 말했던 내용과 동일합니다. 강 선생도 이 책을 봤을 수 있어요."

"뱀 관련 무속 전설이라고요? 서경이가 왜 그런 책을…."

차 형사는 강서경이 이 책을 보고 외운 것이 아니라 알 수 없는 힘에 의해 저절로 똑같은 대사를 읊었다고 생각했다. 김목산, 오음과 한성. 송선희가 거짓말을 했다고는 생각되지 않았다. 눈에 보이지 않는 어떤 힘이 개입되고 있다는, 부정하고 싶은 의심이 점점 커져갔다.

"하나 물어보죠. 강서경 선생이 애완동물을 키우지 않는다고 하셨잖아요? 개나 고양이를 말하는 게 아닙니다. 애완용 뱀 같은 걸 키우진 않았을까요?"

"아니요. 그럴 리 없어요."

"교통순경 하나가 최근에 신호 위반을 한 강서경 선생을 기억하고 있었어요. 뱀이 순경 어깨에 떨어진 모양인데 강 선생이 그걸 손으로 잡고 치웠다는군요."

"그게 정말이에요?"

"순경 뿐 아니라 조수석의 어머니도 목격했답니다."

"형사님 말씀은 그러니까… 서경이가 뱀과 무속이 섞인 어떤 일에 연루되었단 말씀으로 들리는데요?"

차 형사는 긍정도 부정도 하지 않았다. 송선희도 정보를 제공했다. 그녀는 떨리는 음성으로 배준철과 조주애 선생이 충무공 동상 앞에 나타났다가 사라진 이야기를 들려주었다. 중요한 순간에 작동을 방해당한 감시카메라 이야기도 했다. 차 형사는 송선희가 들려준 정보를 봉평마을 CCTV를 가렸던 이상한 무늬와 연관 지어 생각했다. 동일한 방식의 증거 인멸이었다.

설신보살이 사무실로 들어왔다. 차 형사는 강서경 선생 소식이 있으면 서로 연락하자는 말을 남긴 후 전화를 끊었다.

"다른 형사들은 보살님 애길 당연히 안 믿겠지만 나는 약간은 믿는 편입니다. 책 내용이 흥미롭군요."

"애기가 통하는 사람이 하나라도 있으니 다행이네요. 옛날 우리 집안사람 중 누군가와 형사님 집안 중 어떤 분이 멀고 먼 인연이 있어요. 그런 계시가 있네요."

"하하, 동영상 보여드릴 테니 맘에 없는 소리까지 안 해도 됩니다."

"신령님은 거짓말 안 해요."

뱀과 고양이 떼의 사투 동영상을 본 설신보살은 서경의 근처에 떨어진 물건이 신거울과 신방울이 맞다고 단언했다. 최영우가 갖고 있다가 몰래 매장한 그 물건들은 귀신을 깨우는 힘이 있고 귀신의 영향력을 소유했다고 강조했다. 두 물건과 서경이 무력(巫力)으로 이어지기 때문에 고양이와 뱀의 싸움 도중 그녀의 몸 안으로 들어가는 것도 불가능하지 않다고 말했다.

"저 큰 뱀은 뭐죠? 보살님은 아세요?"

"포도청의 오규석 종사관이자 오성신장(五聖神將) 중의 대력신장이에요."

"오성신장?"

"사파왕이 우녀를 통해 낳은 다섯 마리 뱀이죠."

"이 책에 나온, 덩치 큰 종사관의 몸을 차지한 뱀이란 말입니까?"

"믿지 못하겠지만 내 생각엔 틀림없어요."

"그 말이 사실이라면 나머지 네 마리는 어디 있을까요?"

"그건 나도 몰라요."

"그러니까 보살님 주장은 이 책에 나온 과거의 일들이 현재에 부활했다는 말 아닙니까?"

"그래요."

"현실적으로 입증할 만한 게 필요한데."

"요즘 세상이 무속을 믿지 못할 미신으로 팽개치니 아무것도 못 믿는 거예요. 저 거울과 방울이 어떻게 나온 줄 알아요? 최영우가 짚단더미 안에 초상집 돈을 숨겼는데 거울과 방울이 죽은 자의 기운을 알아차리고 저절로 솟아오른 거라고요. 최영우가 잘 아니까 직접 물어보세요."

어느새 고양이 떼죽음이 사건의 핵심에서 제외된 분위기에 차 형사 스스로도 놀랐다.

"아직까지 강서경 선생 주변에 일어난 일이라곤 사고사 두 건, 실종 사건 몇 건 뿐인데요."

"그게 다 사파왕과 우녀의 짓이에요. 사고가 아니에요. 뱀이 간사하게 사고로 위장한 저주라고요. 실종자는 곧 시체로 발견될 걸요?"

차 형사가 책의 해당 페이지를 펼친 후 망설임 끝에 말했다.

"이 책에 나온 것처럼 강 선생이 얼마 전에 동료 여선생을 찾아가 말하더랍니다. 김목산 대감의 물건을 훔치러 가자고요. 오음과 한성 총각을 만나러 가자고도 말했다죠."

"그 강서경이란 여자 어깨에 소대가리 귀신이 올라탄 게 틀림없어요. 지금 어디 있죠?"

"행방불명입니다."

"사라졌다고요?"

"예. 그런데 좀 묘해요."

"뭐가요?"

"차는 직장에 있는데 사람만 사라졌거든요."

"직장이 학교랬죠?"

"예."

"그 학교에 최근 들어 뱀이 자주 나오지 않나요?"

"맞습니다. 교감 말로는 며칠 전부터 뱀이 계속 나왔다고 했어요."

"지금도요?"

"네."

"그럼 강서경은 아직 거기 있을 거예요. 나를 그 곳으로 데려다 주실 수 있나요?"

두 사람은 함께 섭주초등학교로 갔다. 설신보살이 물었다.

"차가 어디 있다고요?"

차 형사는 이순신 장군이 서 있는 주차장 앞으로 설신보살을 안내했다. 보살은 잠자리 눈 같은 자동차 헤드라이트를 잠시 바라보다가 등을 휙 돌려 이순신 장군을 노려보았다. 생명 없는 동상과의 눈싸움이 수 분간 지속되었다.

"CCTV가 중요한 순간에 작동이 안 된 건 뱀이 화면을 가렸기 때문이에요."

"나도 붕평마을 카메라를 가린 게 뱀이라고 예상은 했었어요."

"부릴 수 있는 이가 근처에 있어서 가능한 거겠죠."

그녀가 휘파람을 불었다. 바람이 없음에도 나뭇가지가 흔들거렸는데 뱀이 한 마리 고개를 까딱거렸다. 차 형사는 이순신 동상 앞에 서면서 송선희가 가르쳐준 배준철과 조주애의 실종을 떠올렸다. 동상은 처단의 기운을 안고 그를 내려보는 듯했다. 설신보살이 말했다.

"차가운 기운이 느껴져요. 뱀의 기운이라고 불러도 좋을 거예요. 사라진 선생들은 모두 여기서 변을 당한 거예요. 학교의 허락을 맡아야 수색도 가능하겠죠?"

"그렇죠. 잘 아시네요."

차 형사의 입장을 고려해 그녀는 홀로 교장실을 찾았다. 차 형사는 설신보살과 함께 가고 싶었는데 왜 그런 기분이 드는지 알지 못했다. 그녀가 무녀가 아니었으면 좋았을 거라는 생각이 들었다.

교장은 무당이 학교를 찾아오자 어리둥절했다. 그녀는 사파왕의 이야기는 하지 않고 뱀 귀신이 이 학교에 씌었다는 말만 했다. 사람들의 행방불명이 뱀과 관련 있는데 굿을 하면 더 이상의 안 좋은 일을 미리 막을 수 있다고 했다. 교장과 교감은 황당한 소리라며 곧이듣지 않았다.

공부의 전당에서 공포의 무당이라니!

설신보살은 후회할 거라는 말만 남기고 학교를 나왔다.

"경찰도 나를 믿어주는데 이 학교 선생들은 정말 고리타분해요."

"경찰도 경찰 나름이죠. 나 말고 다른 경찰은 안 믿을 겁니다. 사실 저도 다 믿진 않고요."

"차 형사님은 어째서 나를 믿는 거죠?"

"여긴 섭주잖아요."

그는 커피를 두 잔 가져와 하나를 보살에게 권했다.

"아까 먼 인연이 있다 얘기하셨는데…. 생각해보니 저의 삼촌도 형사였거든요. 보살님처럼 다흥 사람이었어요. 예전에도 무속과 연관된 어떤 사건을 수사하신 적이 있어요."

"지금은 계급이 높겠네요."

"그때가 경장이었으니 지금은 서장쯤 되었겠지요. 행방불명 된 지 30년이 넘었는데 아직까지 소식이 없어요."

"전 원래 섭주 사람이에요. 5년 전에 다흥으로 이사 갔지만."

"난 다흥에서 섭주로 이사 왔는데 가만히 보니 우리는 이상한 대조를 이루는군요."

"사파왕의 거울 이름이 뭔지 알아요? 회연경(回緣鏡)이에요."

"그게 무슨 뜻인데요?"

"돌고 도는 인연의 거울이라는 뜻이죠."

차 형사에게 처음으로 보인 보살의 미소가 매력적이었다. 여자 친구가 없는 차 형사는 왜 그녀의 사파왕 전설을 쉽게 신뢰했는지 그제야 깨달았다. 그런 맘을 아는지 모르는지 그녀의 아름다운 미소가 일순간에 구겨졌다.

"그 방울과 거울을 파괴해야만 두 번 다시 뱀의 왕이 다른 시대에 부활하지 못할 겁니다."

6. 반격(反擊), 반격(半擊)

며칠이 지났다.

서경이 붕평마을에서 거울과 방울을 취한 날처럼 폭우가 내렸다. 사라진 선생들은 아직도 나타나지 않았다. 비가 그치고 날이 개면서 곳곳에 뱀이 출몰했다. 서경의 차는 아직도 학교 주차장에 있었지만 시동이 걸린 적은 없었다.

동두천에서 섭주로 내려온 강 목사와 윤 여사가 동아아파트에 도착했다. 윤 여사가 누른 현관 비밀번호는 다행히 그대로였다. 집안은 오랜 시간 비어있던 것처럼 공기가 탁했다.

"안 좋은 기운이 풍기는 것 같소."

"소리 내지 말고 들어가요. 층간소음에 미친 사람이 위에 살고 있어요."

강 목사는 무슨 소리냐는 시선으로 아내를 바라보았다. 그러나 '당진열차'는 더 이상 들려오지 않았다.

부부는 따로 움직여 서경의 흔적을 찾기로 했다. 윤 여사가 안방에, 강 목사는 작은 방에 들어갔다. 목사는 주인을 잃어 먼지가 쌓인 생필품과 화장품을 보았다. 화장대는 빈약했고 거울은 금이 가 있었다. 원래부터 무생물인 이 물건들은 서경의 부재로 타버린 재처럼 느껴졌다. 문득 딸아이를 외면하고 살아왔던 과거가 떠오르면서 쓰라린 감정이 일었다. 그 옛날 경찰의 현장 검증이 기억 속에 살아났다. 넘어진 오토바이 아래로 그려진 아이의 작은 윤곽. 그 옆에 선 서경은 영혼을 잃은 표정을 지었다.

'종혁이가 죽은 건 내 탓이 아니에요!'

목사는 머리를 감싸 쥐었다.

오토바이에 깔려 서서히 숨 막혀 죽어가던 종혁이.

내 아들 종혁이!

전처는 불교에서 기독교로 개종한 무리들과 방에서 찬양을 드리고 있었다. 서경은 동생 옆에 있었지만 도와달라고 소리치지 않았다. 엄마를 부르러 뛰어가지도 않았다.

도대체 왜!

당시 경찰의 연락을 받고 달려온 강 목사가 죽은 종혁이를 잡고 오열할 때도 서경은 담담히 말했다.

"내가 안 그랬어요."

개종자 가족 중 한 명도 진술했다.

"남매가 마당에서 놀고 있었어요. 여자아이가 계속 오토바이를 만지길래 그러지 말라고 했는데 듣지 않았어요. 예배에 집중하느라 그 뒤의 일은 모르겠어요."

손목이 따끔거려 아래를 내려다보았다. 작은 뱀이 서랍에서 몸을 뻗쳐 목사의 손목을 감고 있었다. 눈이 비닐처럼 매끄러웠다. 놀란 목사는 손을 흔들어 뱀을 떨쳐냈다. 어떻게 뱀이 집 안에 있는지 알 수 없었다. 혹한의 차가운 기운이 방으로 몰아쳐 이빨이 떨렸다. 독이 퍼지는지 눈앞이 흐릿해졌다. 목사는 창세기를 읊었다.

"야훼 하나님이 뱀에게 이르시되 네가 이렇게 하였으니 네가 모든 가축과 들의 모든 짐승보다 더욱 저주를 받아 배로 다니고 살아있는 동안 흙을 먹을지니라. 내가 너로 여자와 원수가 되게 하고 네 후손도 여자의 후손과 원수가 되게 하리니…."

"왜 그래요?"

윤 여사가 들어왔다. 목사가 있는 방은 냉동실 같아서 여사는 입김을 뿜었다. 그녀는 창가에 서서 목사를 바라보았다. 유리창에도 금세 한겨울 같은 김이 서렸지만 윤 여사는 알지 못했다. 목사는 다시 욥기의 한 구절을 외웠다.

"야훼께서 사탄에게 이르시되 네가 내 종 욥을 주의하여 보았느냐. 그와 같이 온전하고 정직하여 하나님을 경외하며 악에서 떠난 자가 세상에 없느니라. 네가 나를 충동하여 까

닭 없이 그를 치게 하였어도 그가 여전히 자기의 온전함을
굳게 지켰느니라."

목사의 믿음을 비웃기라도 하듯 뿌옇게 된 유리창에 사람
의 형상이 나타났다. 목사의 말이 빨라질수록 흐릿한 형상은
차츰 선명해졌다. 아무 것도 모르는 윤 여사는 고드름이 달
린 얼굴로 남편을 바라보았다.

유리창에 나타난 존재는 기독교와 관련 없어 보이는 동양
적인 이미지의 남자였다. 공자나 맹자를 연상케 했지만 유학
적 철학보다는 종말론적인 가짜 선지자가 더 어울렸다. 사악
함의 상징 같은 세 개의 눈으로 윤 여사를 노려보던 그는 네
가 보는 앞에서 네가 소유한 것을 죽여 버릴 수 있다는 듯
목사를 향해 미소 지었다.

벌린 입에서 드러난 건 사람의 이빨이 아니었다. 뱀의 독
니와 갈래가 진 혀였다. 베드로전서를 찾는 목사의 말이 다
급해졌다.

"근신하라. 깨어라! 너희 대적 마귀가 우는 사자같이 두루
다니며 삼킬 자를 찾나니, 너희는 믿음을 굳건하게 하여 그
를 대적하라. 이는 세상에 있는 너희 형제들도 동일한 고난
을 당하는 줄을 앎이라!"

세 개의 눈알이 목사에게 똑바로 향했다. 죽음의 사악한
기운이 몰려들었다. 뱀의 독 때문에 절망적인 몸짓을 하던

목사의 두 팔이 우연히 십자가 형태를 만들었다. 그러자 유리창에 비친 형상이 하하하 웃으며 멀어져갔다. 네가 몸담은 교권(敎權)에 굴복한다는 뜻이 아니라 네 입장을 생각해 굴복하는 척해주겠다는 웃음이었다. 얼음 같은 냉기가 물러가자 윤 여사가 다가와 목사를 붙잡았다.

"괜찮아요? 왜 그래요?"

그는 손목을 내려다보았다. 서랍 안에는 뱀이 아닌 과일 깎는 칼이 피가 묻은 채 놓여 있었다.

"손 베었어요? 아유, 여긴 왜 이리 춥지?"

"당신, 뭘 느끼거나 보지 못했소?"

"뭘 말이에요?"

"아니오."

목사는 자신이 본 것을 말하지 않았다.

두 사람은 거실로 나갔다. 거실에는 큰 거울이 있었는데 맞은편 벽을 비추고 있었다. 벽에는 열십자의 흔적이 하얗게 나 있었다. 최근에 십자가를 떼어낸 흔적이었다. 윤 여사는 흔적을 바라보다가 갑자기 홱 고개를 돌렸다. 그러나 거울에 비친 것은 놀란 토끼 눈을 한 자신이었을 뿐이다.

"왜 그러오?"

"착각이었나 봐요. 누가 거울에 비친 것 같아서요."

그녀는 거짓말을 했다. 누가 비친 게 아니라 등 뒤에서 누가 그녀를 관찰하는 느낌이었다. 거울 속에서.

휴대폰 벨이 울렸다. 송선희였다. 윤 여사가 '아파트에 들어왔어요. 여기도 서경이가 없네요'라는 문자를 보낸 후였다.

"오늘 섭주에 오셨어요?"

"네. 아직 서경이 소식은 없나요?"

"서경이 뿐만 아니라 교사들하고 애들 몇 명도 행방불명이에요."

윤 여사는 몸살을 앓고 난 서경의 기행을 떠올리며 여럿의 실종이 그녀와 연관이 있다는 무서운 예감을 떨칠 수 없었다. 등이 간지러워 그녀는 다시 한 번 뒤돌아보았다. 거울 속에는 아무도 없었다. 그러나 창문을 통해 들어온 빛줄기가 거울에 반사되어 목사의 머리를 반쯤 가리고 있었다. 그건 마치 창 모양의 빛이 목사의 머리를 관통한 듯한 인상이어서 여사는 공포로 몸을 떨었다. 속히 이 집에서 나가고 싶었다.

유명 블로거들이 올린 섭주 맛집 중에 '돌아래 매운탕'이 있었다. 돌아래마을 난정호수에서 잡힌 민물고기를 매운탕으로 조리해 파는 수십 년 전통의 식당이었다. 자연산만 고집

하는 사장의 양심에 특유의 양념이 조화되어 풍미는 소문을 만들었다. 어떤 블로거는 저주받은 호수 난정호가 1976년에 받아들인 목 없는 시체들 때문에 물고기 살이 풍부하다는 글을 올렸다가 삭제했는데, 괴소문이 자꾸만 번져 결국 '돌아래 매운탕'은 저지대 붕평마을로 이전했다. 관광객 덕에 가게는 여전히 번창했고 악소문에서도 해방될 수 있었기에 사장 부부는 옮기길 잘했다고 생각했다.

오늘 아침 '돌아래 매운탕' 주인은 평소대로 나룻배에 그물을 싣고 낙동강으로 나갔다. 두 시간 만에 그가 건져 올린 붕어, 꺽지, 피라미, 쌀미꾸라지 등에 시체 두 구가 섞여 끌려왔다. 성인 남자와 여자의 시체였다. 얼굴 피부가 완전히 사라진 둘의 눈은 둥그렇게 흔적만 남았고 이빨은 활짝 드러나 있었다. 무슨 산성약품에 당했는지 피부가 녹은 상태에서 물에 부푼 형상이 엽기적이라 경찰은 물론 119 대원들도 접근을 꺼렸다.

즉시 정밀 수색이 이뤄졌다. 남자 시체의 뒷주머니에서 지갑이 나왔다. 살해 도구로 의심된 산성약품은 이 지갑까지 녹이지는 못했는지 훌륭한 보관상태의 주민등록증으로 그가 배준철임을 확인시켜주었다.

차 형사의 연락을 받고 교감과 몇몇 선생이 달려왔다. 장영화는 조주애가 노스페이스 옷을 즐겨 입었다고 진술했는

데, 피부와 옷이 군데군데 녹은 여자 시체는 노스페이스 상
표 부분만은 고스란히 남겨 사람보다 강인한 메이커 상품의
진가를 만천하에 입증했다. 그녀가 신은 신발 한 짝도 노스
페이스였다.

차 형사가 배준철과 조주애가 왜 낙동강에서 시신으로 발
견되었는지 머리를 싸매고 있는데 설신보살의 전화가 걸려왔
다.

"꿈자리가 너무 어지러워요. 무슨 일이 생기진 않았나요?"

"섭주초등학교 선생 둘로 보이는 시체가 발견되었어요. 훼
손 상태가 끔찍해요."

설신보살은 시신 상태의 디테일한 설명을 요구했고 차 형
사가 알려주자 자신 있게 말했다.

"시체의 형상이 그런 건 뱀의 뱃속에서 소화되다가 내뱉어
졌기 때문이에요. 사파왕은 사람의 육신보다 정기를 더 중요
히 빨아들이는 악령이니 그런 시체는 더 자주 발견될 거예
요."

차 형사는 전화를 끊고 머리를 눌렀다.

'말도 안 돼. 내가 무당의 말을 믿고 있다니. 아닐 거야.
난 형사야.'

김 형사가 두 구의 시체를 가리켰다.

"동반자살은… 아닌 것 같고, 배준철하고 조주애가 무슨 일

에 연루된 건 분명해. 밤늦은 시간에 학교에 같이 모습을 드러냈댔잖아."

"이순신 장군 동상 앞이었지." 차 형사가 말했다. "며칠 새에 이렇게까지 부패하는 경우가 있을까?"

"우리도 모르는 화학약품을 썼겠지. 요새 유튜브 얼마나 좋아? 총 만드는 법, 폭탄 만드는 법, 화학약품 만드는 법, 온갖 살인 방법은 다 가르쳐주잖아?"

"누가 이런 짓을 했을까?"

"싸이코패스 아니면 원한 관계일 수도 있겠지. 싸이코패스들 대부분이 겉모습은 멀쩡해. 난 그날 숙직했다는 경비원이 의심스러워."

"어째서?"

"배준철하고 조주애가 들어온 건 찍혔는데 나가는 건 안 찍혔잖아. CCTV를 조작할 수 있는 놈도 그 놈이지."

"김 형사야. 그건 조작이 아냐. 그날 CCTV를 막았던 검은 무늬 있잖아, 난 알아. 그건 뱀이야."

"뱀이라면 인공지능 뱀이겠네. 범죄현장을 다 가려주는 뱀이라니."

김 형사가 웃었다. 차 형사가 혼잣말했다.

"낙동강… 붕평마을… 섭주초등학교… 낙동강… 붕평마을… 섭주초등학교…"

차 형사가 담배를 꺼내 무는데 다시 휴대폰이 울렸다. 또 설신보살이었다. 김 형사가 히죽 웃었다. '무당한테 수사 의 존하는 형사라니 이 새끼야, 참 어울리는 조합이다.' 웃음은 비웃음이 되었다.

"그 여자 예쁘지?"

차 형사는 김 형사의 질문에 답하지 않았다.

설신보살은 차 형사에게 '때가 되었다'는 한 마디 말을 남 겼는데 무슨 말이냐 물어도 그녀는 더 이상 대답하지 않았 다.

윤 여사와 안면이 있었기에 송선희는 커피숍에서 쉽게 부 부를 알아보았다.

"서경이한테 또 응급실 갈 일이라도 생긴 건 아닌지 걱정 이에요, 송 선생. 전화기가 아직도 꺼져 있어요."

"절 찾아왔을 때는 건강하던데요?"

선희가 약간 빈정대는 투로 윤 여사에게 말했다.

"송 선생한테 막말을 했다면서요?" 목사가 물었다.

"좀 심하게 퍼부어댔어요. 그럴 애가 아닌데."

선희는 목사를 보자마자 반발심 같은 감정이 일었다. 서경을 B사감으로 만든 것도 모자라 결혼마저 허락 안 한 당사자가 아버지라는 사람이었다. 은혜와 사랑으로 충만해야 할 목회자가 그렇게나 비뚤어져 딸을 방치해 왔던가. 그래서인지 선희는 주로 계모 윤 여사와 대화했다.

"어머니, 그때 서경이 아팠을 때 병원에서도 진단을 못 내렸잖아요?"

"그랬죠."

"붕평마을에서 비 맞은 날 서경이가 찍힌 CCTV가 있어요. 며칠 뒤 서경이하고 관련 없는 사건이 생겼는데 경찰들이 카메라를 앞뒤로 돌려보다가 나온 거예요."

"붕평마을 사건이라면 설마 뉴스에 나온 그 고양이 학살?"

"예. 그거 맞아요."

윤 여사의 안색이 변했다.

"서경이가 거기서 뭘 했는데요?"

"제선정이란 정자 아래에서 뭘 주웠어요. 그게 뭔지는 잘 모르겠어요. 그 후에 큰 뱀이 나타나 서경일 공격했어요. 다치진 않은 것 같은데 그 날 이후로 서경이가 몸살을 앓은 거예요."

그녀는 잠시 뜸을 들이다가 결심했다는 듯 말했다.

"어쩌면 걔가 주운 건 방울 같은 것일 수도 있어요."

목사의 관자놀이가 심하게 씰룩거렸다.

"무병(巫病)이라 말하고 싶은 거요?"

이미 알고 있다는 듯한 목사의 어투에 선희는 놀랐다.

"저도 잘 모르겠어요."

"서경이를 낳은 친모는 무당이었소."

목사의 말은 선희를 경악시키기에 충분했다. 목사가 무녀와 아이를 낳았다니!

김윤수는 언젠가 서경에게 '누님과 나는 공통점이 있는데 그게 뭔지 모르겠다'라는 말을 했었다. 그 공통점이란 무당의 자식이라는 것 아닐까? 알 수 없는 둘만의 감응으로 서로를 알아본? 대체 어쩌다가 목사와 무당 사이에서 서경이가 태어난 거지?

목사는 궁금증을 풀어주지 않고 화제를 다른 곳으로 돌렸다.

"최근에 수원 경찰서에서 연락을 받았소."

목사가 휴대폰을 꺼내 유튜브로 동영상 하나를 보여주었다. 해상공원에서 여자 하나가 갈매기의 집단공격을 받는 영상이었다. 그 여자가 반격을 개시해 갈매기를 찢어 죽일 때 선희는 눈을 의심했다.

"서경이잖아요! 누가 이런 걸 찍어 올렸죠?"

"꼴갑TV란 데서 올렸는데 아마 그 유튜버가 해상공원에 우연히 같이 있었나 봐요. 그보다 여기 댓글을 봐요."

seokyung : 지워주세요.

답이 없었다.

seokyung : 지우라니까요.

꼴갑TV : 정말 본인 맞아요?

seokyung : 지워주세요, 죽이기 전에.

꼴갑TV : ㅠㅠ. 조회수 장난 아닌데….

seokyung : 지워주세요 죽이기 전에 지워주세요 죽이기 전에 지워주세요 죽이기 전에 지워주세요 죽이기 전에 지워주세요 죽이기 전에 지워주세요 죽이기 전에 지워주세요 죽이기 전에….

윤 여사가 말했다.

"우리가 수원 경찰서에서 연락받은 건 이 꼴갑TV 운영자가 죽었기 때문이에요. 그가 사는 데가 수원이에요."

"죽었다고요?"

"아파트 뒷산에서 여자 친구하고 유기묘를 촬영하다가 나무에서 떨어진 독사한테 물려 죽었대요."

그렇잖아도 굳은 강 목사의 얼굴이 더 굳어졌다. 말은 안 해도 그들은 마지막 댓글을 보고 있었다.

sujin 2381 : 야, 너 뭐야 악마야? 진짜 사람이 죽었어. 살려내. 니가 그런 거지?

seokyung : 뱀한테 물려 죽었다며?

sujin 2381 : 니가 그런 거야 살려내!

seokyung : 뱀을 고소해.

더 이상 댓글은 없었다. 목사 부부는 가슴이 내려앉았다. 평소 서경의 어투와는 너무나도 달랐다. 악마에 쒼 여자의 글이었다. 강 목사는 서경이 뱀과 함께 나타난 교회 이야기를 들려주었다. 선희는 서경이 아프고 난 후 학교에 출몰한 뱀 이야기를 했다. 윤 여사는 교통단속 때 서경이 뱀을 다루던 이야기를 했다. 믿을 수 없는 얘기였지만 모두의 증언에 '뱀'이라는 공통점이 있었다. 셋은 충격에 빠져 한동안 대화를 나누지 못했다.

선희의 휴대폰에 문자가 왔다. 이민호였다.

–서경이 돌아왔나요?

–아뇨 아직…. 이따 연락드릴게요.

선희는 휴대폰을 놓고 부부를 바라보았다. 결혼을 반대한 목사 앞에서 서경의 전 약혼자 얘기를 할 수는 없었다. 그러나 겁이 났다. 지난번에 민호와 통화했을 때처럼, 어디선가 서경이 바라보고 있다는 느낌 때문이었다. 얼굴 가죽이 팽창하고 수축하는 서경이 가위를 들고 나타나 '네가 왜 내 남자를 만나!' 하고 머리카락을 자를 것 같았다.

숙직자 장오한은 또 소리를 들었다. 밤 11시경이었다. 이번엔 쇳덩이 치는 소리가 아닌 방울 소리를 들었다. 그의 상의 주머니에는 5만 원을 주고 구입한 부적이 들어 있었으나 아무런 기능도 발휘하지 못했다. 방울 소리가 멈추지 않았으니까. 겁먹은 얼굴로 손전등을 잡은 그는 밖으로 나갔다.

소리가 그쳤다.

어둠 속에서 이순신 동상이 안개에 싸인 채 서 있었다. 장오한은 뱀 한 마리가 CCTV에 몸통을 말아 렌즈를 막고 있음을 보지 못했다. 그는 끈기 있게 동상을 지켜보았다. 동상 뒤에 방울을 쥔 누가 숨어 있을 수도 있었다.

그 때, 교무실 쪽에서 가녀린 비명과 함께 푸드득거리는 소리가 들려왔다. 책상 위 물건이 떨어지는 소리도 잇따랐다. 겁이 났지만 안 가볼 수도 없었다.

장오한은 어둠에 싸인 초등학교만큼 무서운 공간도 없을 거라고 생각했다. 불 꺼진 교무실 안에 들어서니 푸드득 소리는 잦아든 반면 물건 떨어지는 소리는 더 요란했다. 작은 비명은 꺼져가고 있었다. 장오한은 벽을 더듬어 전원 스위치를 올렸으나 불이 들어오지 않았다. 손전등으로 바닥을 비추자 여기저기 흩어진 깃털이 포착되었다. 어둠 한가운데에 징그러운 움직거림이 느껴졌다.

손전등의 조도를 높이자 푸른 구렁이 한 마리가 커다란 비둘기를 둘둘 감고 있는 충격적인 광경이 드러났다. 구렁이의 동작은 느렸지만 잔인했고 과시적이었다. 뱀의 비늘무늬도, 꽉 붙들린 채 삐져나온 새의 발도 구토를 유발하기에 충분했다.

장오한이 쓰레기통을 붙들고 토하는 사이 저절로 전등이 켜지고 TV가 켜졌다. 거기엔 구렁이도 없었고 비둘기도 없었다. 환각일 뿐이었다.

놀란 그는 지역 뉴스 속보가 나오는 TV로 눈길을 돌렸다. 뉴스는 붕평마을 강가에서 발견된 두 시신과 추가로 발견된 아이 시신이 섭주초등학교 교사들과 학생이라고 보도하고 있었다. 예리한 흉기에 절단당한 초등학생은 두 동강 난 형태로 발견되어 충격을 던져주었다.

섭주초등학교 교장과 교감이 교장실에서 만났다. 흥분한 교장의 언성이 높았다.

"내 선생하면서 이런 일은 처음이야. 같은 학교에서 며칠 새 네 사람이나 죽었어!"

"다섯 명이죠. 강서경 선생의 윗집 사람까지."

"그건 추락사잖아. 임달구처럼."

"그럼 나머지는요?"

위신도 체면도 버린 교장은 '처'라는 수식을 남용하면서 죽은 두 사람에 대한 악감정을 감추지 않았다.

"조주애하고 배준철이 시체는 피부가 다 처 벗겨져 흐물흐물했다더구먼. 고압 전류 같은데 감전된 게 틀림없어. 여관비 처 아끼려고 야밤에 학교로 처 찾아와 전기실에 처 들어간 거야. 좁은 데서 붙어 지랄하려니 땀이 처 범벅 됐을 테고 그러다가 테이프 벗겨진 전선을 처 건드린 거지."

교감은 머리가 헝클어진 채 손에는 볼펜을 쥐고 눈에는 힘을 꽉 주는 교장이 베토벤을 닮았다고 생각했다. 월광 소나타 말고 발광 소나타를 작곡하는.

"전기기사 말로는 전기실에는 아무 이상 없다던데요."

"이상 있다고 실토하는 즉시 징계 처 먹을 테니 그러는 거지. 교감도 알잖아. 박 기사가 낡은 전선 새로 처 바꿔달라 그랬을 때 예산 없다고 노한 거."

"맞다고 쳐요. 그럼 시체가 왜 강에서 발견됐습니까?"

베토벤은 잘 쓰던 악보의 진행이 끊어졌는지 볼펜을 떨구었다. 교감은 교장이 있든 말든 눈치 보지 않고 주머니 속에서 전자담배를 꺼냈다.

"신중경 선생 반 아이 나정호는 몸이 반 토막으로 잘렸죠."

"뭐가 말하고 싶은 거야?"

"셋 다 뱀에게 당한 겁니다."

"뭐? 뱀?"

"인터넷에 아나콘다 쳐보시죠."

교장이 몸이 굳은 석고상이 되자 교감이 직접 검색어를 쳐서 기사를 교장에게 보여주었다. 내한한 포르투갈 서커스단이 놓친 아나콘다가 아직도 안 잡히고 있는데 경북 북쪽에서 목격담이 들려온다는 기사였다.

"얘가 아직까지 안 잡히고 있어요. 사람들이 목격했다는 데를 주목해 봐요. 안동 하회마을, 영주 평은댐, 시체가 발견된 붕평마을까지, 전부 낙동강을 따라 흐르지요."

"말도 안 되는 소리! 무슨 초딩도 아니고!"

"그럼 설명을 해보시든지요."

"아나콘다라면서 찍힌 사진은 왜 없어?"

"움직임이 너무 빨라 찍지 못했다는데 곧 사진도 올라오겠죠."

"그 큰 게 잘도 사진 찍히는 걸 피하겠다."

교감이 담배 연기를 뿜었다. 교장이 소리쳤다.

"뱀이 죽였다면 왜 안 삼키고 죽이기만 했을까?"

"배준철하고 조주애 피부가 부식된 건 아나콘다가 소화하다 뱉었기 때문이에요. 뱀은 배가 부르면 적을 만나도 죽이기만 할 뿐 삼키지 않을 때도 있어요. 아마 그 1학년 애도 아나콘다 배가 부를 때 당한 거겠죠."

"아나콘다가 한우 한 마리라도 잡아먹은 후에 그 애를 만난 건가?"

교감이 또 교장을 향해 하얀 연기를 뿜었다. 금연 한 달째인 교장은 그거라도 피우고 싶어 죽을 지경이어서 연기를 따라 눈알이 움직였다.

"임달구가 죽기 전에 부른 이름은 강 선생이죠."

"참, 강서경이 소식은 없어?"

"있어요. 몸살 걸려서 휴가 내던 거 기억해요?"

"비 맞고 돌아 다녔댔지. 미련하게."

"그 날 붕평마을에 갔다가 2미터가 넘는 뱀한테 습격당해 죽을 뻔 했답니다. 그 뒤에 그 여자 성격이 이상하게 변했고 학교에는 계속 뱀이 나오지요. 임달구는 대놓고 뱀을 많이 죽였는데 그가 이순신 칼에 떨어져 죽을 때도 동상에서 뱀이 나타났어요."

"강서경이가 이 사건하고 관련 있단 말이야?"

"뱀 귀신이 쓴 겁니다."

한동안 침묵이 있었다. 교장은 자신이 앉아있는 곳이 정신병원 면회실이고 앞에 서 있는 교감은 장기간 입원중인 환자라는 착각이 들었다.

"맛이 가도 곱게 가야지 교감 당신까지 그러면 안 돼, 당신이 그러니까 나도 맛이 가려고 해!"

"뱀 귀신이 맞습니다."

"그 무당 말을 믿는 거야?"

"믿습니다."

"아깐 아나콘다라며? 이젠 뱀 귀신?"

"여긴 섭주에요!"

교감이 느닷없이 소리치는 바람에 교장이 깜짝 놀랐다.

"나는 태어나서 지금까지 여기서만 살아왔어요. 당신은 섭주가 어떤 곳인 줄 몰라요. 이곳의 땅과 자연하고 대화가 통하는 사람 말에는 귀를 기울여야 해요."

"그게 무속인이라는 말이지?"

"선택받은 사람들이란 말이죠."

"무슨 선택?"

"우리가 보통 사람처럼 평범하게 살 수 있도록 자기들은 평범하게 살지 못하는 사람들이요."

"무슨 소린지 모르겠군."

"나도 잘은 몰라요. 하지만 선한 도움을 주기 위해 진짜

362

길흉화복을 점치는 사람이 있다면 우린 그 사람을 믿어야 해요. 그 무당이 새로 연락을 줬는데 아직 발견되지 않은 이세진이도 어디 있는지 알 것 같다고 했어요."

"기어이 굿을 하자는 말이야?"

"자기한테 맡기면 모든 시끄러운 일을 잠재울 수 있답니다."

"안 돼! 절대로 안 돼! 초등학교에서 굿을 하다니!"

베토벤이 지휘를 하듯 교장은 양팔을 휘둘렀다.

교장이 졌다. 결국 그는 교감의 뜻을 따르기로 했다.

가만히 있기만 하고 뭘 하냐는 학부형들의 항의가 빗발쳤기에 무엇이라도 '모션'을 취해야 했기 때문이다. 나정호가 산에서 발견되어 선생들이 뒷산을 수색했지만 이세진은 발견되지 않았다. 피로에 찌든 얼굴로 교장은 교감을 부른 뒤 그 무당에게 전화해보라고 했다. 교감은 즉시 설신보살을 불렀다.

교장처럼 교감 역시도 사실 뱀 귀신 따위를 100퍼센트 믿지는 않았지만, 나이 지긋한 두 사람은 죽은 이들의 사망 원인이 무엇이건 간에 학교에 재수 없는 기운이 붙었다는 데는 의견을 함께했다.

문명의 최첨단을 달리는 대기업이라도 액막이를 위해 굿판을 열 때가 있다. 당연히 무속행위를 위한 공연장이 차려지고 무녀도 불려온다. 이런 행사를 연다고 부끄러워하지 않고 오히려 제발 나쁜 일 그만 생기라고 기원을 올린다. 하지만 교장은 망신살이 뻗쳐 고개를 들 수 없었다.

굿판을 벌여야 하는 장소가 초등학교 운동장이라니!

뱀 귀신이라니!

교장은 삼류 공포영화 촬영지로 자신의 학교가 지명당한 기분이었다. 교육학의 선현들이 이 사실을 안다면 지하에서 통곡할 노릇이었다. 반면 교감은 시간이 흐를수록 보이지 않는 뭔가를 믿는 면모가 분명해 보였다.

설신보살이 학교에 도착했다.

교감은 그녀가 굿에 드는 비용부터 꺼내리라 짐작했지만 아니었다.

"두 선생이 사라지기 전에 마지막으로 나타난 장소도, 떨어진 사람이 칼에 찔린 장소도 다 이곳이지요?"

그녀는 주차장과 이순신 사이의 공간을 가리켰다. 서늘함이 느껴지는 늦가을 햇살이 그 곳을 비추었다.

"그렇습니다."

"떨어진 사람이 발을 헛디뎠다고 했나요?"

"그렇게 추정하고 있습니다."

"동상의 칼에서 살기가 느껴져요. 살기가 제물이 되라고 그 사람을 유인해 떨어지게 했어요. 언젠가 저 칼은 우리를 벨 수도 있어요."

교감은 침을 꿀꺽 삼켰다. 충무공이 우리를 베다니!

칼을 보는 설신보살의 눈이 빛을 발했다. 매력적인 눈은 틀림없었지만 보통 사람한테서 볼 수 없는 무시무시한 기운이 흘렀다.

"추락하기 전에 강 선생을 불렀다고 했소?"

삼십 대의 설신보살은 육순이 다되어가는 교감에게 거리낌 없었다. 교감은 제 2의 강서경에게 당하는 기분이라 바짝 긴장했다.

"예. 우리 학교에 강 선생은 한 명입니다."

정길성 교감은 임미화 갑질 건으로 면담 당시 왜 강서경에게 긴장했는지 드디어 이해했다. 이 무녀와 강서경이 풍기는 분위기가 너무나도 비슷했다. 강서경에게 흘렀던 그 기운은 다름 아닌 무녀의 기운이었던 것이다!

설신보살이 휘파람을 불었다. 이순신은 미동도 없었다. 그러나 소리에 호응해 나무에서 몸을 감는 뱀이 두 마리나 등장했다. 뱀은 CCTV 근처에서 보살을 향해 혀를 슈슛거렸다. 보살의 눈이 열기를 뿜었고 말투가 무섭게 변했다.

"저 뱀이 중요한 순간에 카메라를 가린 거야. 누군가의 지시를 받고."

"설마 저 동상이 지시했다고 말하는 건 아니겠죠?"

"말했잖아? 뱀 귀신이라고."

그녀가 휘이이 길게 휘파람을 불며 이순신 동상 주변을 성큼성큼 걸었다. 화단에서 뱀이 서너 마리 튀어나와 보살을 피해 도망쳤다. 설신보살이 곁의 나뭇가지를 잡고 힘을 주자 굵은 가지가 이쑤시개처럼 부러졌다. 그녀는 다시 휘파람을 이어가며 수풀을 때리고 가지에 붙은 잎으로 땅을 쓸기도 했다. 곳곳에서 튀어나오는 뱀도 하나하나 쳐냈다.

"여기 열어봐."

그녀가 어딘가를 가리켰다. 교감과 남자 선생들이 가보니 원형의 커다란 쇠뚜껑이 있었다. 주변에 돋아난 수풀은 다른 곳보다 밟힌 흔적이 뚜렷했다. 쉽게 열기 위해 몽둥이로 친 듯한 흠집도 나 있었다.

"이거 우수관 뚜껑인데?" 교감이 말했다.

"사람들 사라진 데가 이 부근 맞잖아?" 설신보살이 야단치듯 물었다.

"그렇지요."

"우수관이 뭔지는 알고 있소?"

"빗물 빠지게 하는 관이지요."

"이리로 빠진 빗물이 어디로 흘러갈까?"

"낙동강이요."

"명심해요. 그냥 낙동강이 아니라 붕평마을 앞 낙동강이라고. 얼마 전에 비가 왔소, 안 왔소?"

"폭우가 왔지요."

"시체들은 어디서 발견됐어?"

"낙동…. 아! 붕평마을 앞 낙동강이요!"

"내 뚜껑 열리기 전에 빨리 이 뚜껑 여시오."

젊은 선생 두 명이 장도리를 가져와 우수관 뚜껑을 열었다. 탱! 하고 열리는 순간 독가스 같은 악취가 솟구쳤다. 안에는 채 덜 빠진 빗물이 고였는데 그 안에 아이 시체 한 구가 누운 채 둥둥 떠다녔다. 물에 잠긴 피부가 허옇게 부풀어 있었다.

"신중경 선생 반 이세진이에요! 우웩!"

철제 사다리의 튀어나온 못에 옷이 걸려 아이는 떠내려가지 않았다. 얼굴 옆으로 조주애의 것으로 추정되는 노스페이스 신발 한 짝도 떠다녔다. 설신보살이 소리쳤다.

"사파왕이 여기 숨어 있었네! 당장 퇴마 준비 하시오!"

강 목사와 윤 여사는 서경의 집에서 묵었다. 딸은 돌아오지 않았는데 윤 여사는 거실의 벽거울이 자꾸만 신경 쓰였다. 거울 안에서 무언가 자신을 부르는 기분이 끊이지 않았던 것이다. 이 때문인지 꿈자리가 어지러웠다. 거울 속에서 여자의 팔이 튀어나와 발목을 잡아당기는 꿈이었다. 목소리도 함께 나왔다.

엄마 살려줘, 엄마 살려줘.

깨어나 쳐다보면 아무 것도 없었다. 공포에 질린 자신의 얼굴과 떼어낸 십자가 흔적만이 거울에 비칠 뿐.

시공을 이탈한 어둠 속에서 서경은 평화롭게 앉아 있었다. 그녀를 둘둘 말아 꽉 끌어안고 있는 거대한 S자의 몸집은 의자이자 담요였으며 집이자 동반자였다. 징그럽기도 하고 아름답기도 한, 거대한 무늬의 연속이 그녀를 안은 채 놓아주지 않았다. 육신은 여전히 서경 자신의 것이었으되 정신은 그 옛날의 우녀가 차지하고 앉았다. 그러나 사파왕이 애무하는 안락한 순간에도 우녀는 가끔 서경이란 여자의 정신이 침범하려는 것을 느꼈다.

'나는 나라고! 지금까지 단 한번도 '나'로 살아본 적이 없었어! 지금의 나도 분명 나란 말이야! 너가 아니라!'

이런 서경의 목소리가 들려올 때마다 우녀는 불편한 듯 몸을 움직였고 이 때문에 그녀를 감싼 무늬 담요도 크게 꿈틀거렸다. 공룡 같은 거대 뱀의 머리가 그녀의 얼굴 앞으로 다가왔다. 세 개의 눈이 쳐다볼 때 우녀는 안도를 느꼈지만 그래도 불안한 마음이 드는 것을 어쩌지 못했다. 이 어려웠던 부활을 멍청한 것의 방해로 망칠 수는 없었다.

그녀는 멍한 시선으로 앞에 서있는 두 명의 포로를 노려보았다. 임미화와 김윤수는 허연 허물에 거미줄처럼 감싸인 채 서 있었다. 머리에 뿔이 붙은 큰 머리 그림자를 거느린 서경이 고개를 들고 사파왕에게 말했다.

"우리를 방해하려는 자들이 있는 것 같아요."

세 개의 눈에서 빛이 뿜어져 나왔고 입에선 삽 같은 혀가 슈욱거렸다.

차 형사는 고양이 사건으로 서장에게 불려가느라 휴대폰을 꺼놓았었다. 설신보살은 그에게 긴 문자를 보냈다.

　—오늘 밤 제가 섭주초등학교에서 굿을 할 거예요. 모든 일이 잘 될 거라 생각하지만 그래도 긴장되어서 가슴이 두근거리네요. 제가 대적해야 할 상대는 매우 강한 령이거든요. 사건의 해결을 위해서, 그리고 저를 위해서 와주실 수 없나요? 제가 하는 굿을 꼭 보여드리고 싶어요. 와주신다면 제겐 큰 힘이 될 거예요.

　아무리 기다려도 차 형사로부터는 답이 없었다. 그녀는 긴장된 한숨을 내쉬고 그 날의 굿을 위해 나섰다.

　밤이 찾아온 학교에 굿판을 위한 무대가 갖춰졌다. 교육의 전당과는 이질적이었지만 이순신 장군 동상과는 묘한 조화가 있었다. 아마도 '전통'과 '장군'이라는 공통점 때문이리라. 교장과 교감 그리고 선생들 몇몇만이 자리를 지켰다. 섭주초등학교 소속 여럿이 변사체로 발견되자 아무도 굿을 반대하지 않았다.

창고에 처박혔던 운동회용 차일이 무대 위에 텐트처럼 펴졌다. 전물상에 제수용품이 오르고 창과 칼도 놓였다. 부적들이 당첨을 바라는 복권처럼 여러 군데에 붙었고 짚단 인형이 마지막으로 제단 위에 세워졌다. 올빼미 같은 노란 단추가 눈을 대신한 인형은 단추가 세 개라는 점에서 특이했다. 불이 붙은 양초가 동서남북으로 배치되었고 그 가운데 광주리가 하나 놓였다. 그물로 덮개를 막은 광주리 안에는 뱀들이 꿈틀거렸다.

굿은 약에서 강으로 나아갔다. 방울 한두 번 딸랑이던 소리가 설신보살이 던진 소금과 팥을 신호로 장구와 징 소리로 바뀌었다. 남자 화랑의 신명나는 연주에 락 공연처럼 분위기가 고조되어 교사들은 흥분했다. 교장이 손을 비비며 직접 머리 조아려 교감을 감동시켰지만 실상 그의 기원은 탈 없는 정년퇴직일 뿐이었다.

설신보살의 버선발이 칭칭쾡쾡 소리에 맞춰 제자리를 껑충껑충 뛰었다. 어느새 그녀의 손에는 칠성검과 부채가 쥐어져 있었다. 우르릉거리는 소리와 함께 난데없는 먹구름이 굿판 구경을 왔다. 교감은 이순신이 내민 칼을 우산으로 바꿔주고 싶었다.

비를 부른 게 설신보살인지 천지신명인지 아무도 알지 못했지만 소나기가 쏟아질 것은 명백했다.

설신보살이 뱀이 든 광주리를 향해 칠성검을 겨누며 뭐라고 중얼거렸다. 국수줄기처럼 엉킨 뱀들이 광주리 안에서 용을 썼다. 짚단 인형 주위를 칠성검으로 쓰다듬을 때 빗방울이 떨어지기 시작했다. 차일이 우산 역할을 했지만 자연의 조화에 역행한 소나기는 순식간에 강해져 돼지머리를 날려보내고 촛불을 단번에 꺼트렸다.

사람들이 당황했지만 설신보살은 굴하지 않고 짚단 인형을 칼로 찔렀다. 푹 소리와 함께 하늘에서 천둥이 쳤다. 광주리 안에서 뱀들이 크게 요동쳤다. 징소리와 장구 소리가 빗소리마저 잡아먹을 때 설신보살은 신을 받은 얼굴로 사설을 늘어놓았다.

물러가라 물러가라
뱀 귀신아 물러가라
발이 없어 안 가느냐
팔이 없어 안 가느냐

섭주땅은 기름지고
통악산은 드높은데
동네마다 인걸이라
짐승들도 귀티난다

너는 발을 못 붙인다
잡귀신은 안 받는다
물러가라 물러가라
소머리야 물러가라
밭을 갈러 못 가느냐
쟁기 끌러 안 가느냐

착한 선생 순한 여자
신병으로 겁을 주고
왕비마마 시켜준다
살살 꾀고 겁박터니
역병 끓는 땅굴속에
나 몰라라 획 버리고
소 낯짝으로 음메 나는 모르오
뱀 낯짝으로 슈욱슈욱
개구리 슬쩍 삼키고 나는 모르오

밤도둑에 능구렁이니
왕은 왕이라도
영락없는 잡뱀 왕이로구나
인정머리 없는 잡귀야!

왕 같지도 않은 너불래기야!
당장 사람들 내놓지 않으면
팔도강산 땅꾼들 데려다가
이미 죽은 한 놈처럼
갈기갈기 찢어 죽인다

불 칼로 지지고 불기름으로 태워
여덟 불 타는 팔열지옥으로 보낼까
뱀탕으로 먹고 뱀술로 담가
땅꾼들만 사는 땅꾼 지옥으로 보낼까

　화랑이 칼 꽂힌 짚단 인형에 불을 붙였지만 비가 들이닥쳐
바로 꺼졌다. 바람에 저절로 몸이 돌아간 건지 몰라도 어느
새 인형의 단추 눈 세 개는 설신보살을 향하고 있었다. 그녀
는 단창을 빼들어 그물을 찢은 후 광주리 안을 푹푹 찔렀다.
피가 튀어 그녀의 팔목과 화려한 무의를 더럽혔다. 삼십 대
초반 매력적인 아가씨의 행위치고는 끔찍한 광경이었다. 허
나 신은 그녀를 선택했고 그녀는 신의 대리자가 되기로 약속
했기에 사회적 규범에 역행하는 모습에도 무서운 전통미와
숭고한 초탈미가 있었다. 그녀는 창을 놓고 다시 칼을 잡았
다.

내놓아라 내놓아라
니가 꼬드긴
죄 없는 사람들 내놓아라

내놓아라 내놓아라
니가 삼키고 뱉은
억울한 혼백 내놓아라
부모들이 피 토하고
억울함에 고변하여
염라대왕 진노하고
옥황상제 심판한다

내놓아라 내놓아라
뱀니로 깨물고
소뿔로 들이받은
죄 없는 사람들 내놓아라

돌아가라 귀신아
살던 시대 살던 곳으로
돌아가라 잡귀신아
두 번 다시 오지마라

돌아가고 내놓아라
죄 없는 혼백 내놓아라
내놓아라 내놓아라
어서어서 내놓아라

광주리 속 뱀들은 몸이 토막 나도 움직였다. 화랑 하나가 횃불을 들이대자 뱀들은 감히 광주리 바깥으로 나올 생각을 못했다.

"이래도 안 내놓을 테냐!"

그녀가 광주리 안으로 손을 넣었다. 뱀 한 마리가 목을 잡혀 꼬리로 그녀의 손목을 감으려 했다. 설신보살의 손이 거듭 원을 그리자 뱀의 몸이 일자로 펴졌다. 칠성검에 뱀이 두 동강나고 머리 따로 꼬리 따로 꿈틀거렸다.

하늘에서 천둥이 치며 땀에 젖은 보살의 얼굴을 비추었다. 그녀의 얼굴은 광기인지 열기인지 분간할 수 없는 기운으로 가득 차 있었다.

누군가 우욱하고 구역질을 했다. 비에 젖은 이순신만이 표정이 없었다.

"이래도!"

그녀가 또 뱀 한 마리를 쥐고 몸을 잘랐다. 검은 하늘에 LED등 같은 번개가 치면서 목이 달아난 뱀을 비추었다.

"이래도!"

바로 그 순간이었다.

그녀가 막 광주리로 손을 뻗칠 때 먼 하늘에서 거리를 좁혀오는 긴 벼락이 있었다. 그것은 벼락을 손에 쥔 자가 구름을 타고 날아와 던지는 영화적인 상상을 일으킬 정도로 방향이 구체적이었다. 번개가 잇달아 두 번 쳤는데 첫 번째는 우수관 안으로 떨어졌다. 그러자 지진처럼 땅이 흔들리면서 거대한 괴수가 내는듯한 기이한 비명이 까마득한 지하로부터 울려 퍼졌다. 건물이 진동했고 거목이 잎과 가지를 떨어댔으며 이순신 장군의 동상마저 흔들거렸다. 선생들 일부가 도망쳤다. 설신보살은 머리에 쓴 전립이 젖혀지고 턱 끈의 알들이 흩어지도록 펄펄 뛰었다.

"할머니! 도와주세요! 제가 감당할 수 없을 거 같아요!"

두 번째 번개는 이순신 장군이 손에 쥔 칼을 직격했다. 우지끈하는 폭음과 함께 박살난 칼은 번개의 힘을 그대로 싣고 날아갔다. 한 손에 뱀을, 한 손에 칼을 쥔 설신보살이 뒤돌아보았지만 늦었다. 일격을 가한 그녀는 이번엔 일격을 되받는 입장이었다.

프로펠러처럼 날아온 장군의 칼이 그녀의 허리를 절단했다. 이 충격에 설신보살의 상반신은 투포환 선수가 던진 쇠공처럼 날아갔고 남은 하반신은 홀로 비틀거리다가 전물상을 뒤엎으며 넘어졌다. 그녀의 하반신 위로 광주리의 뱀들이 기어올랐다. 솟구치는 피가 뱀들을 붉은 색으로 물들였다. 폭우도 씻어내지 못할 색채의 향연이었다. 운동장 끝에 추락한 설신보살의 상반신은 뒤편의 느티나무와 조화를 이뤄 기괴한 조각상처럼 보였다. 그녀는 손에 쥔 뱀과 칼을 결코 놓지 않았다.

학교가 아수라장으로 변했다. 사람들의 비명이 밤하늘을 찢어놓았다. 교감은 몸을 떨며 설신보살에게로 걸어갔다. 아직 죽지 않은 채 몸통이 지상에 붙은 그녀는 하늘을 보며 얘기했다.

"난 이 세상에서 별 볼일 없는 여자였지만 스무 살 때 받은 몸주를 통하여 신의 세상에서 살 수 있었어. 두 세상을 오가며 돈도 명성도 모았지. 세속의 욕심이 신이 내린 직분을 잊게 했어. 이제야 내 할 일을 깨닫고 처음으로 후세를 위해 좋은 일을 했어. 하지만 내가 졌어. 저 귀신을 너무 가볍게 보았어."

울컥 피를 토한 설신보살은 눈앞에 나타난 자신의 몸주를 보았다.

설신보살의 몸주는 특이하게도 자신과 같은 세월을 살다가 죽은 친할머니의 혼백이었다. 이 할머니는 이문보살이라고 불렸다. 그녀는 1980년대 후반에 정금옥이란 여자에게 내림굿을 해주다가 강신을 성공시켜주고도 무서운 살을 맞았다. 정금옥과 그녀 몸주와의 관계에 대해 누설하지 말라는 벌인 셈이었는데, 이 살로 이문보살은 가슴팍에 닿도록 뽑혀져 나온 혀를 죽을 때까지 입안에 넣지 못한 채로 살아야만 했다.

반면 이 접촉에 의해 그녀의 무력도 원기 왕성해져 사업이나 혼인 같은 데서 용함을 발휘했다. 병 주고 약 주듯, 살 내리고 부를 안겨준 셈이었다.

이 할머니가 죽자 손녀가 꿈을 꾸었다. 혀를 가슴까지 늘어뜨린 이문보살이 나타나 손녀를 호랑이에 태워 산천초목을 달리게 했다. 땅속에 묻힌 사람과 동물의 시체들이 소녀의 눈에 보였다.

잠에서 깨어난 소녀는 팔다리가 마비되고 허공에서 들려오는 시끄러운 소리를 30일 간이나 듣게 되었다. 그것은 죽은 사람들이 떠드는 소리였다. 백약이 무효였고 병원에 가도 소용없었다. 30일이 지나자 소리만 들려오던 시체들이 이제 눈에 보이기 시작했다. 허공에 가득 찬 시체들마다 그녀와 눈을 마주치려고 얼굴을 바짝 들이댔다. 소녀는 악착같이 그들과 눈을 마주치지 않았고 이 때문에 병이 악화되었다.

소녀의 엄마가 돌아가는 상황을 이해하고 운명이라며 딸을 설득시켰다. 결국 이문보살을 내림받은 손녀는 이희수라는 세속의 이름을 버리고 몸주의 혀가 튀어나왔다는 뜻의 설신보살이 되었다.

숨이 끊어지기 전 설신보살은 교감의 뒤편 어둠에서 천천히 걸어 나오는 소복 차림의 할머니를 만났다. 그녀의 커다란 혀는 가슴팍까지 닿도록 튀어나왔지만 말하는 데는 지장이 없었다. 설신보살의 할머니이자 몸주인 이문보살이었다.

"내 손녀야. 사파왕은 일개 괴력난신이지만 너는 상대에 대해 잘 알아보지 않았구나. 지금은 뱀이 제철을 만난 가을이고 이미 몇 명을 삼켰으니 독이 오를 대로 오른 때가 아니더냐? 시기를 잘못 고른 탓도 있고 그놈의 용력과 수완이 예전과 달라 너 아닌 다른 무녀가 단체로 치성을 드려도 제압하기 어렵단다. 그러나 사파왕이 인질로 잡은 여자의 친어미는 무력이 극도에 오른 귀녀(貴女)란다. 그 여자가 바로 내게 살을 내린 정금옥의 수제자란다. 그 여자라면 사파왕을 격퇴할 수도 있을 거야."

"그렇다면… 그녀를 부…를 수 있나요…. 할머니?"

몸주는 답하지 않았다. 마지막 질문을 유언처럼 남긴 설신보살은 눈을 뜬 채로 죽어버렸다. 교감은 그녀가 왜 자신을 할머니라고 부르는지 의아해했다.

두 번의 번개는 무(巫)와 무(巫)의 대결이었다. 지하에 은거하던 존재는 이제까지와는 다른 압박을 깨달았고 '자연현상의 직격'으로 형상화되는 무속의 힘에 타격을 입었다. 현대의 세상과 어울리지 않는 고전적이면서 가공할 만한 힘이었다. 광주리 속 인질들 때문에 이성을 잃었던 사파왕은 충격을 받았지만 이내 같은 방식으로 힘을 되돌려주었다. 그래서 설신보살은 '우연한 사고사'로 형상화되는 초월적인 힘에 허리가 잘려 죽은 것이다. 그와 동시에 서경의 아파트에서는 벽거울이 요란한 굉음을 내며 파열해 부부를 경악케 했다.

지하 공간에 있던 서경의 육신은 충격의 순간에 눈이 셋인 금강법체 사파왕과 소머리의 우녀가 한꺼번에 빠져나가는 이탈감을 느꼈다. 더 이상 진리의 성음이 들리지 않았고 허무와 충만의 실체가 보이지 않았다. 그녀를 호위했던 사성신장(四聖神將)도 사라졌다.

갑자기 그녀 혼자만이 남았다.

공포, 허탈, 슬픔, 증오, 원망, 시기, 결벽, 억울, 후회 등의 감정이 한꺼번에 밀려왔다. 그녀는 정신을 집중해 사파왕과 우녀와 사성신장을 불렀지만 아무도 응답하지 않았다.

발아래로 물이 흐르고 위에서도 물이 떨어졌다. 봉평마을에서처럼 그녀는 젖었다. 또다시 혼자 남게 되자 그녀는 어두운 길을 따라 걸었다. 기분이 좋지 않았다. 외롭고 슬픈, 익숙했던 기분이 찾아들었다. 길은 끝이 없었고 온통 암흑천지라 시간의 흐름을 알 수 없었다.

멈추지 않던 그녀는 한 가닥 빛이 새어 들어오는 천장 앞에서 걸음을 멈췄다. 원형의 뚜껑이 덜 닫힌 틈으로 흘러들어온 빛이었다. 그 옆에는 누런 점액의 이물질이 가득한 철제 사다리가 붙어 있었다. 곰팡이와 세균 덩어리였다. 사다리 위에 오른 그녀는 위쪽을 향해 있는 힘을 다해 밀었고, 그녀의 모습을 망가뜨리기라도 하듯 뚜껑은 육중한 소리를 내며 굴러갔다.

비온 뒤의 조명이 밤의 도시를 축축이 밝혔다. 그 곳은 아파트 단지 안의 맨홀이었다. 시원한 공기가 오랜 시간 동안 지하에 있던 서경에게 몰려들었다. 우울한 기분이 공기를 잠식했다. 그녀가 다시 마주한 건 지긋지긋한 현실 세상이었다. 거울과 방울이 보이지 않는다는 점도 그녀의 불안을 부추겼다.

어디로 갔지?

그녀는 자신의 힘이 사라진 건 아닌지 걱정했다. 지난 며칠 동안 그녀는 인생의 최고 전성기를 맞이했었다. 그녀는 아름다운 공주였고 사람들을 무릎 아래로 굴복시켰다. 하지만 지상에 다시 오른 지금은 그런 느낌이 나지 않았다.

눈을 감고 정신을 가다듬었다. 협력자들은 여전히 오리무중이었지만 다행히 힘은 사라지지 않은 것 같았다. 화재현장에 내리는 소나기처럼, 기쁘고 애틋한 감정 하나가 시원스레 몰려들었다. 서경의 얼굴에 미소가 나타났다.

"아버지가 오셨어! 엄마도! 어떻게 알고 오셨을까?"

기쁨은 잠시였다.

백지에 떨어진 먹물처럼 판단력이 흐려졌다. 이성과 합리와 가족애를 미움과 분노와 의심이 대신했다.

"그래! 송선희. 그게 엄마 아빠를 불러들인 거야! 지난번에도 내 폰을 훔쳐봤잖아."

서경은 분노 때문에 교회에서 자기가 저지른 일을 기억하지 못했다. 송선희에게 생각을 집중하자 그녀가 지금 뭘 하는지 눈앞에 선명히 보였다. 선희는 웃고 있었다. 하얀 시트가 그녀의 가슴 아래를 가리고 있었고 그 옆에는 똑같이 맨살을 드러낸 남자 하나가 웃고 있었다. 그 남자는 서경도 잘 아는 사람이었다. 매우 잘 아는.

분노로 머리가 폭발할 것 같았다. 소머리가 날아간 후 그녀의 눈은 이제 천 리 밖이 아닌 만 리 밖을 볼 수 있었다. 선희에게서 바깥으로 힘을 집중하니 그들이 몸을 맡긴 '킹 모텔'이란 간판이 보였다. 이 동네에 있는 숙박업소였다. 선희의 집과도 그다지 멀지 않았다. 가까이 있어서 그녀가 생생하게 보였는지도 모른다.

서경은 달리기 시작했다. 분노로 발걸음에 불이 붙었다.

그녀가 곤경에 처할 때도 두 사람은 쾌락을 나누는 데만 골몰했다. 선희를 향한 서경의 의심은 진실로 밝혀졌다. 선희는 파도가 이는 눈으로 서경을 늘 빤히 쳐다보았다. 역시나 그건 농락이었다.

'넌 내 손아귀에 있어. 난 너에 대해 모든 걸 파악하고 있어. 모든 걸! 내가 말을 안 하고 쳐다보기만 해도 넌 모든 정보를 미리 누설해. 바보 B사감이니까! 네게 소개시켜 준 남자도 내가 재미거리로 삼던 사람 중 하나야. 넌 그 사실을 죽을 때까지 모를 거야.'

서경의 입술이 말려 올라갔다. 거친 욕설과 함께 눈에 핏발이 곤두섰다. 그래, 송선희. 너도 임미화나 다를 바가 없어. 아니, 임미화보다 더 나빠.

서경이 입으로 주문을 외우며 '킹 모텔'에 도착했을 때 카운터에는 아무도 없었다. 주인은 뒤쪽 계단에 갑작스레 나타난 뱀을 상대하고 있었다. 서경이 엘리베이터 버튼을 누르는데 옆에 놓인 화분이 눈에 들어왔다. 그 안에는 칼이 있었다. 마치 그녀를 위한 시험의 준비물 같았다.

서경이 칼을 낚아챘다. 3층에서 내린 그녀가 304호 앞에 섰다. 귀에 힘을 주니 남녀의 음란한 웃음소리가 벽을 뚫고 들려왔다. 남자의 음성이 익숙했다. 한때 그녀와 결혼하자고 속삭이던 목소리였다. 칼이 어둠 속에서 빛을 발했다.

서경이 손을 대자 잠겼던 문이 저절로 열렸다. 이불에 하반신이 덮인 채 한 몸이 된 송선희와 이민호가 보였다. 두 사람은 열락삼매경에 빠져 서경의 침입을 알지 못했다. 서경이 칼을 높이 쳐들었다. 이민호가 헉 하고 선희에게서 떨어졌다. 선희가 비명을 지르며 이불로 몸을 가렸다. 이민호가 선희의 앞을 막아서며 벌떡 일어났다. 서경이 고함과 함께 칼을 휘둘렀다.

"이런 USB같은 새끼! 나보고 동거하자면서 여기 저기 꽂고 다녀?"

"서경아!" 선희가 소리쳤다.

"서경 씨 어떻게 여길!"

이민호가 팔을 붙잡자 칼은 그를 찌르지 못했다. 서경은 머리를 흔들며 악을 썼다.

"다 죽여 버릴 거야! 다 죽여 버릴 거야!"

"강서경! 제발 그러지마!" 선희가 울부짖었다.

"미쳤어? 왜 이래 서경 씨!" 이민호가 칼에 찔리지 않으려고 용을 썼다.

"죽여 버릴 거야!"

"왜 이래 서경 씨! 왜 이러냐고 소경 씨!"

소경 씨!

한 방의 번개가 서경의 머리에 작렬했다. 빛이 번쩍였다. 민호가 아닌 선희의 애인 용백이 위태롭게 서 있었다. 칼날이 스친 그의 팔에서 피가 떨어지고 있었다. 서경은 칼을 놓치고 고개를 떨구었다.

"아니야! 그들이 날 속일 리 없어! 아니야."

서경은 뒷걸음질 쳤다.

선희와 용백이 불렀지만 듣지 않았다. 모텔을 나온 그녀는 별이 빛나는 하늘 아래를 달렸다. 사파왕과 우녀의 성난 얼굴이 하늘을 채웠고 말을 탄 사성신장이 그녀를 버리듯 멀어져갔다. 밤길을 걷는 사람들이 흉측한 몰골의 그녀를 이상하게 바라보았다.

미친 듯이 달려 동아아파트에 다다른 그녀는 엘리베이터를 탔다. 뭔가 잘못되었다는 느낌이 점점 강해졌다. 불 꺼진 집은 침묵에 싸여 있었다. 그녀는 눈물을 흘리며 외쳤다.

"엄마 저 왔어요! 아버지 제가 왔어요!"

그러자 응답은 복도 어딘가에서 들려왔다.

내 야망 싣고! 내일을 향해! 가자가자가자 당진열차야!

서경이 움직임을 멈추었다.

저 노래를 튼 놈은 떨어져 죽었을 텐데!

그러나 소리의 진원지는 옆이었다. 복도식 아파트의 옆 소음이 위 소음과 구분이 되지 않았던 것이다. 위층의 소설 쓰는 남자는 노래의 범인이 아니었다.[8] 그러나 악영향은 뱀처럼 간사하게도 그 사람에게로 향했다. 층간소음으로 다투는 오늘날의 많은 세대 중에 우리 집이 절대 아니라고 항변하는 사람에게 잡아떼지 말라며 고집부리는 이들한테는 이런 귀신의 힘이 작용하는 것은 아닐까.

서경은 피곤한 숨을 몰아쉬며 문을 열었다. 불은 꺼져 있었지만 텅 빈 집엔 온기가 있었다. 가재도구도 잘 정돈되어 있었다. 새엄마의 솜씨였다. 서경 혼자서 지내왔던 집은 온기가 없었다. 전등을 켜니 깨어진 거울조각을 모아놓은 세숫대야가 가장 먼저 눈에 들어왔다.

'저게 깨져서 내 정신이 원래대로 돌아온 거야.'

소파에서 잠이 든 아버지가, 그 아래 이부자리에 누운 새엄마가 눈에 들어왔다. 서경의 눈에서 눈물이 흘렀다.

"엄마! 저 왔어요!"

---

8. 엑스트라 같은 이 소설가에 대해서는 나중에 따로 다룰 한 권의 스토리가 준비되어 있다. 맥거핀 같은 캐릭터에 불평을 제기할 독자들을 위해 미리 알려둔다.

"그래! 내 딸 서경이구나. 어디 갔다 왔니?"

"아버지! 저 왔어요!"

"아가야. 이제야 네가 왔구나, 정말 미안하다."

"엄마, 아버지. 나 엉뚱한 사람들을 죽였어요. 그들만은 날 안 속이고, 안 놀린다 생각했는데 아니었어요. 그들마저 나를 속이고 놀렸어요. 나를 치장하고 꾸며놓고 사람을 제물로 바치게 했어요. 다 나를 갖고 이용만 하려고 했어요."

그러나 이 대화는 서경의 상상일 뿐이었다. 집에 들어온 순간부터 머리가 어지럽더니 몸이 말을 듣지 않았다. 곤히 잠든 부모 앞에서 서경은 비틀거렸다. 귀퉁이 조각만 남은 거울에 그녀의 모습이 비쳤다.

서경이 입은 뱀 무늬 비슷한 원시적인 옷은 누더기가 되었고 머리카락은 하나도 남아있지 않았다. 퀭한 눈에 생채기투성이의 얼굴은 광기에 휩싸인 여자의 모습이었다. 그녀는 머리를 잡고 비명을 지르다가 그대로 쓰러져 정신을 잃었다.

쿵 소리에 윤 여사가 먼저 눈을 떴다. 서경을 알아보는 데는 꽤 시간이 걸렸다. 목사를 흔들어 깨운 그녀는 서경을 부둥켜안고 울음을 터뜨렸다. 목사는 딸의 모습에 경악의 표정을 감추지 못했다.

뒤늦게 설신보살의 문자를 확인한 차민승 형사는 모든 일을 팽개치고 섭주초등학교로 달려갔지만 늦었다. 희수는 끔찍하게 죽은 시체가 되어 허연 시트에 덮여 있었다. 그녀가 입었던 무의 조각이 피에 젖은 채로 여기저기 놓여 있었다.

차 형사는 멍하니 서서 숨을 몰아쉬었다. 그렇게 슬플 일도 없었다. 그녀는 잘 모르는 여자였으니까. 안 지도 얼마 안 되었을 뿐더러 평소 좋아하지 않던 무당이기도 했으니까. 그러나 지금 차 형사의 귀에는 거리의 소음이 들어오지 않고 눈에는 달려오는 자동차가 보이지 않았다.

 ─저를 위해서 와주실 순 없나요?

차 형사가 나무를 잡고 비틀거렸다. 서서히 고개가 떨구어졌다. 그 여자랑 아무 사이도 아닌데…. 아무 사이도 아닌데… 내가 왜 이러는 거지?

흐느낌 때문에 그의 어깨가 들썩거렸다.

7. 서경

눈을 뜨자 밝고 아늑한 천장이 그녀를 맞이했다. 깨끗한 환자복이 입혀져 있었는데 베이고 할퀸 팔에는 링거 줄이 매달려 있었다. 쾌청한 날씨를 만끽하는 환자들이 창밖으로 보였다. 그 곳은 섭주종합병원이었다. 고개를 드니 벽에 걸린 십자가를 슬픈 눈으로 바라보는 아버지가 보였다. 두 손을 가지런히 모은 그는 기도에 열중이었다.

"아버지."

"일어났구나."

강 목사가 기도를 멈추고 침대 곁으로 다가왔다. 그 음성은 어느 때보다 온화했다. 식기를 들고 들어오던 윤 여사가 깨어난 서경을 보고 반색했다.

"엄마."

"서경아! 이제 정신이 드니?"

"내가 왜 여기 있어요?"

"어젯밤에 쓰러져 정신을 잃었잖니?"

"기억이 안 나요."

"기억이 안 난다고?"

"아무 것도 기억 안나요."

"동두천 교회에 온 건 기억나?"

"안 나요."

서경의 백치 같은 표정은 꾸밈이 없었다. 쌍꺼풀이 사라진 그녀는 병약해 보였다. 강 목사는 더는 딸에게 물어보지 않았다.

"나쁜 꿈을 꿨어요. 큰 뱀이 날 쫓아오는 꿈이었어요."

서경이 양팔로 자신의 어깨를 감싸 안았다. 윤 여사는 비구니처럼 깎인 서경의 머리를 보니 가슴이 미어졌다.

"목이 말라요. 물 좀 주세요."

윤 여사가 생수를 건넸는데 서경은 한 모금도 못 마시고 토했다. 화장실을 가려다가 비틀거려 여사가 서경을 부축해야만 했다. 몸이 천근만근으로 무거웠고 팔다리가 말을 듣지 않았다. 간신히 화장실에 들어갔지만 내부 장기도 이상이 생겼는지 소변을 보는데도 의지대로 되지 않았다.

서경은 거울에 비친 자기 모습을 보고도 큰 반응을 보이지 않았다. 뇌에도 인지력의 둔화가 작용하는 듯했다. 머리카락은 다 빠지고 온몸이 상처투성이인데다 잘 맞지 않는 환자복까지 보게 되자 윤 여사는 연신 눈가를 훔쳤다.

의사가 부부를 불렀다. 그는 최근 들어 부쩍 늘어난 섭주의 뱀 사고 환자들이 다 자기 손에서 완치가 되었다며 자부심이 대단했다. 벽에는 TV 토크쇼에 출연해 청중들에게 설명하는 그의 사진이 붙어 있었다. '위장질환과 독사가 가장 무서워하는 의사 김석준' 이란 글귀가 있었다. 날짜를 보니 며칠 전에 방영한 프로그램이었다.

"뱀의 이빨 자국이 몸 여러 군데서 발견되었습니다. 깨물린 곳에 부종이 두드러지고요 현재 환자분의 타액 분비가 증가하고, 의식 혼란이 간헐적으로 보이고, 메스꺼움과 근육의 허탈감을 호소하고 있습니다. 다행히 혈액 세포에 변화는 보이지 않습니다. 여러 마리의 뱀에게 물린 게 분명한데 독사는 거의 없었던 것 같습니다. 환자분의 저항력이 강인한 것일 수도 있고요. 무슨 일을 겪었는지는 몰라도 나을 수 있습니다. 정맥에 항독소 해독제를 투여했고 경과도 좋습니다. 그래도 차도가 없으면 다른 치료법을 계획 중입니다. 생명에 지장은 없습니다. 확실합니다."

부부는 뱀의 언급에 공포를, 의사의 확신에 안도를 느꼈다. 공포와 안도가 뒤섞이니 기대보다 불안이 더 컸다. 서경은 피곤을 호소하며 먹지도 않고 계속 잠만 잤다.

이틀 동안 한 번도 깨지 않고 자다가 사흘째 새벽에는 몸에 반점이 생기면서 열이 39도까지 올랐다. 눈에 띄게 살이 빠지면서 안색이 나빠졌다. 그날 오전에는 혼수상태에서 헛소리를 늘어놓다가 벌떡 일어나 허공에다 원한 가득한 고함을 질렀다. 니들이 뭔데 왜 나만 괴롭히냐며 울부짖었고, 나는 니들 장난감이 아니라 동료가 아니냐 소리치다가 다시 쓰러져 정신을 잃었다.

병마에 시달리는 그녀의 표정은 막다른 골목까지 고양이에게 몰린 생쥐처럼 절박했다. 그녀를 꼬드긴 귀신도, 그녀를 괴롭혀 온 선생들도 이 항변을 들었다면 양심의 가책을 받았을지 모른다. 그것은 무병의 재발이라기보다는 독극물 중독의 후유증과 비슷했다.

무의식중에 보인 에너지의 소진으로 그녀는 더욱 쇠약해졌다. 먹지 못한 그녀의 눈은 움푹 파였고 살은 빠졌으며 죽음에 가까운 그늘이 온몸을 에워쌌다. 걱정이 된 부부는 대형 병원으로 옮겨 달라고 사정했으나 의사는 일시적인 현상일 뿐이며 곧 좋아질 테니 자기를 믿으라고 고집을 부렸다.

송선희 커플과 학교 관련자들이 소식을 듣고 왔다. 그러나 문병 당시 죽음과도 같은 잠에 빠졌기에 그들은 깨어난 서경을 만나지도 못하고 돌아갔다.

"그간 내 행동이 네 마음에 안 들었을지는 몰라도 널 향한 내 맘은 절대 동정심이 아니었어, 서경아. 우린 친구야. 예전에도 그랬고 지금도, 언제나 그럴 거야."

선희는 서경의 손을 잡은 채 눈물을 흘렸고, 팔에 붕대를 감은 남자친구 용백은 꽃바구니를 놓고 갔다.

교장과 교감은 서경보다는 목사 부부를 위문하고 돌아갔다. 두 퇴직 임박자들은 일부 선생들한테 서경이 학대를 당해왔다는 사실이 알려질까 봐 노심초사했다.

장영화는 폐인처럼 누워있는 서경 앞에서 진심으로 참회하며 낫기만 하면 두 번 다시 괴롭히지 않겠다고 다짐했다. 그들 모두는 서경이 정신병을 앓아 육체와 정신이 망가질 대로 망가진 후에 돌아온 줄 알았기에 양심의 가책에 시달렸다.

임미화와 김윤수는 끝내 나타나지 않았다.

병원으로 쳐들어온 차 형사는 물을 게 있다고 고집을 부렸으나 환자의 상태를 보고는 미룰 수밖에 없었다. 설신보살이 죽은 후 그의 신경은 예민해져 있었고 입에서는 술 냄새가 났다.

뱀 사건도 끊이질 않았다.

섭주 대형마트의 분식코너 재료창고에서 냉동 해산물을 꺼내려던 김미정은 홍합을 담은 봉지 안에 뱀이 있는 걸 보고 기절했다. 얼어붙은 뱀은 그녀를 공격하다가 몸이 굳어 물지 못하고 휘어진 엿가락처럼 축 늘어졌다.

섭주 군청 토지과의 최영선 계장은 출근과 동시에 율무차를 한잔 마시려다가 자판기가 작동하지 않는 걸 알았다. 공익요원이 자판기를 열자 율무 가루 안에서 꿈틀거리는 움직임이 있었다. 뱀이 솟아올라 코를 깨물자 피와 율무 가루를 뒤집어쓴 공익요원은 쓰러졌다.

주부인 신애숙은 새로 산 드럼세탁기에 쌓아놓은 옷 뭉치를 던져 넣느라 빨래를 제대로 확인하지 않았다. 세탁을 마친 빨래들은 하얗게 변해서 나왔는데 그 중에는 보라색을 띤 뱀도 한 마리 있었다. 세제와 표백제 목욕까지 한 뱀은 몸에서 광채가 났고 눈알도 또렷했다. 탈수 코스의 초고속 회전에 얼마나 시달렸던지 뱀은 한동안 움직이지를 못했다. 기절한 신애숙도, 사고를 접수한 전자제품 판매원도 한동안 움직이질 못했다.

카페 '안다레 베니레'에서 카푸치노 한 잔과 함께 주식 시장을 검토하던 이정석은 천장에서 테이블로 툭 떨어진 구렁이에 놀라 혼절해 최적의 매도 타이밍을 놓쳐버렸다. 뱀은 이정석의 손가락을 물어뜯어 키보드든 스마트폰 화면이든 두 번 다시 누르지 못하게 해 돈에 대한 욕심을 완화시켰다.

이밖에도 뱀은 여기저기 출몰했다.

서경이 신통력을 발휘했던 때와 다른 점이 있다면 뱀들의 공격성이 한층 강화되었다는 것이다.

"아버지."

서경의 목소리에 강 목사와 윤 여사가 동시에 눈을 떴다. 병실은 취침 등만 밝혀놓아 흐릿했다. 부부가 서경의 침대 곁으로 다가왔다. 서경은 일전에 윤 여사한테 그랬던 것처럼 알아들을 수 없는 말을 늘어놓았다.

"기억났어요. 내가 그 날 붕평마을에 간 건 그 전날 꿈을 꿨기 때문이에요. 꿈속의 목소리가 마을로 가라고 했어요. 제 선정에 가면 낳아준 엄마를 볼 수 있는 능력을 가질 수 있댔어요. 그래서 휴가를 내고 마을로 간 거예요. 하지만 그건 속임수였어요. 거기에는 귀신이 있었어요. 뱀 귀신하고 소 귀신하고 장군 귀신들이요. 그들의 방울과 거울을 줍자 그들이 내게 말을 걸 수 있게 되었어요. 그들은 억눌려 살아온 내게 복수할 기회를 주겠다고 유혹했어요. 난 방울과 거울을 소유해 그들을 받아들였고 그들은 부활에 성공했어요. 하지만 그들도 똑같았어요. 날 미워하는 선생들처럼 날 속인 거예요. 위하는 척하면서 괴롭혔고 어쩔 수 없다는 식으로 사람을 해치게 했어요. 그들을 만나고 난 너무나 무서운 짓을 저질렀어요."

"진정해. 건강부터 회복한 후에 그런 얘긴 해도 늦지 않다."

아버지의 따뜻한 음성에 서경의 표정이 밝아졌다. 윤 여사가 서경의 손을 잡았다.

"아버지 말씀이 옳다. 낫는 게 중요하니 지금은 밝은 기억만 떠올려."

"그들은 나를 이용해 원하는 걸 이뤘지만 엄마를 만나게 해주진 않았어요. 내 친엄마는 누구에요?"

강 목사가 고개를 끄덕이며 입을 열었다.

"우리나라에서 가장 용한 무녀란다. 훌륭한 사람이면서 대장부 같은 여자야. 하지만 난 그 사실이 무섭고 부끄러워서 너를 멀리했단다."

"그렇군요. 내가 그런 분의 딸인데도 꿈속의 사람들은 나를 이용만 했어요. 임달구 씨를 떨어지게 했고 배 선생도 김 선생도 임 선생도 조 선생도 지하세계로 끌어들이게 했어요. 그들 모두가 산 제물이 되었어요. 난 어딜 가나 이용만 당했어요. 하지만 이번 일엔 책임을 질 거예요. 그건 내가 저지른 일이기도 하니까요."

서경은 힘이 드는지 기침을 했다. 윤 여사가 말하지 말라고 했지만 열기에 찬 서경은 듣지 않았다.

"하지만 꿈속에서 날 이용한 자들보다, 꿈 밖에서 나를 이

용한 사람들이 더 미웠어요. 그들은 같이 일을 하고 같은 고생을 하고 같이 기쁨과 슬픔을 나누는 처지인데도 나를 놀리고 괴롭히기만 했어요. 모두가 착한 모습만 화면에 올리는 이기적인 세상이지만, 그 표정 안에는 외로움이 넘쳐흘러요. 그래서 그들은 어떤 사람을 목표로 삼아 놀리고 괴롭혀서 외로움과 고통을 덜어내려 했어요.

결국 난 꿈속 세상을 택한 거예요. 배신당하긴 했지만 그곳에서는 그래도 귀한 아씨 대접을 받았으니까요. 하지만 너무 많은 사람이 나 때문에 죽고 말았어요. 이건 뒤집을 수도 없는 사실이에요. 난 살아나면 안 돼요. 벌을 받아야 해요."

"꿈속의 그 자는 눈이 셋인 악마가 맞느냐?"

"아버지도 그 자를 봤어요?"

"네가 마귀 들렸다는 상투적인 말은 하지 않겠다. 나는 네집에서 너를 괴롭힌 형상을 직접 봤다. 그는 무화의 신령처럼 생겼고 눈이 세 개였어. 십자가로 상대했지만 오히려 나를 비웃더구나. 난 그 자가 성경과는 거리가 멀다는 걸 알았어. 그 자는 현실에 존재하는 악귀야. 그것은 믿는 사람한테는 신선으로 보이고 안 믿는 사람한테는…."

"뱀으로 보일 뿐이죠. 하나님을 배반해 영원히 기는 벌을 받은 뱀이요."

서경이 기침을 심하게 했다. 윤 여사가 목사에게 말했다.

"이제 그만 애를 쉬게 해요. 많이 지쳤어요. 서경아, 더 말하지 마."

"괜찮아요 엄마. 지금처럼 기분 좋은 적이 없어요."

서경은 윤 여사의 손을 힘주어 잡은 채 목사를 향해 미소 지었다.

"아버지가 친절한 목소리로 나랑 대화하시니 너무 좋아요."

"미안하구나. 나는 죄 많은 인간이다. 멀리 있는 것을 구하느라 가까운 것을 잃는 줄 몰랐어."

"제 말을 안 믿어주시면 어쩌나 했어요. 아버지도 그 악령을 봤다니 다행이에요."

"난 목사지만 전통적인 신앙을 부정하지 않아."

"뱀뿐만 아니라 사람 중에서도 악령의 정체를 숨긴 자들이 많아요, 이 세상엔."

"네 말이 맞다. 세상 어느 곳에서도, 심지어 교회에서도 악령은 모습을 감추고 숨어 있다. 나 역시 올바른 인간은 아니야. 나의 지난 신앙생활은 잘못된 길이었어. 가족을 추방시키고 잘못된 정치활동을 종교와 동일시했지."

서경의 기침에 피가 묻어나왔다. 목사가 말을 멈추었다. 급히 비상버튼을 눌러 간호사를 부르려 했으나 서경이 손을 들어 막았다.

"아버지. 종혁이가 오토바이에 깔려 죽은 건요."

윤 여사가 서경의 제지에 아랑곳없이 비상버튼을 눌렀다.

"그만 해, 서경아! 다음에도 기회는 있잖아! 빨리 낫고 엄마랑 바다 구경 또 가야지!"

하지만 서경은 말을 멈추지 않았다.

"종혁이가 구슬을 주우려고 허리를 굽히다가 오토바이를 받치던 지지대가 풀렸어요. 저는 그걸 건드리지 않았어요. 종혁이도 건드리지 않았고요. 어떤 자연현상이 그렇게 만든 건지는 모르겠어요. 너무 순식간의 일이었거든요…. 종혁이를 도우려고 했는데 한 발자국도 뗄 수 없었어요…. 몸이 굳어버렸으니까요…. 그때 그 집 대문 앞에 소복 입은 여자가 나타났어요…. 그 여자가 짚단 인형을 손에 들고 큰 바늘 같은 걸로 찔렀는데 내 몸이 마비가 된 거에요…. 그렇게 되니 어떻게 종혁이를 도울 방법이 없었어요…."

서경의 눈이 천장을 바라보았다.

강 목사는 눈을 감은 채 미동도 없었다.

"죄송해요 아버지. 아버지가 종혁이를 잊어본 적이 없듯저 역시도 그랬어요. 절 어떻게 생각하셨을지 모르지만 전아버지를 이해하려고 노력했어요. 『레 미제라블』의 빅토르위고도 자식을 잃고 나서 정치활동에 투신해 슬픔을 잊으려했거든요."

"넌 세상에서 가장 훌륭한 선생님이야."

강 목사가 감동적으로 고개를 끄덕였다. 서경이 윤 여사와 아버지를 번갈아 바라보며 말했다.

"그런데 위고가 잃은 자식은 아들이 아니라 딸[9]이었어요."

목사는 잠시 침묵에 잠긴 채 고통스러운 표정을 펴지 못하다가 겨우 답했다.

"이제 지난 이야기는 그만 하자꾸나."

간호사들이 달려와 처치가 이루어졌다. 다행히 서경은 안정을 찾았다.

벽을 짚은 팔에 고개를 묻은 목사는 한참을 그 상태로 있었다. 윤 여사는 서경의 곁을 떠나지 않았다.

잠이 든 서경의 핏기 없는 얼굴은 백의의 천사와 죽음의 사신을 동시에 떠올리게 했다. 목사는 서경이 회복되는 대로 그녀가 어디에 있었는지, 행방불명된 나머지 사람이 어디 있는지, 눈이 셋인 악마는 어디에 있는지를 묻기로 했다. 경찰과 얘기하게 하면 딸이 위험해질 수도 있다.

그는 모든 일 처리를 직접 하기로 했다. 서경은 구원을 받은 죄인처럼 행복한 표정으로 잠에 빠져들었다.

새벽에 서경이 기침을 심하게 했다. 기침 사이사이에 '엄마'를 수시로 불렀다. 윤 여사가 일어나 등을 두드렸지만 소

---

9. 1843년, 딸 레오폴딘이 남편과 익사한 사건으로 빅토르 위고는 한동안 문학 활동을 중단하고 정치활동에 관심을 갖게 된다.

용없었다. 서경의 창백한 얼굴이 점점 파랗게 변했다. 목사가 달려가 의사를 불러왔다. 서경이 입으로 거품을 쏟고 발작을 했다.

윤 여사가 의사에게 애가 이런데 어떻게 가만히 있을 수만 있냐고 울부짖었다. 의사는 구급차로 대구 종합병원에 이송하겠다고 했다. 당직 간호사들이 달려오고 침대를 옮기기 위해 분주한 작업이 펼쳐졌다.

그 때 서경이 침대에서 벌떡 일어났다. 언젠가 만날 날을 위해 아껴둔 것만 같은 절망적인 마지막 외침이 입에서 나왔는데 그 대상이 윤 여사가 아님은 분명했다.

"엄마! 엄마 못 보고 나 죽어!"

이 말과 함께 서경은 힘없이 털썩 쓰러졌다. 어둠만이 스며든 눈은 아무 것도 보지 못했고 삶을 지탱해주던 숨결은 더 이상 없었다.

윤 여사가 서경을 끌어안고 흐느꼈고 강 목사가 딸의 귓가에 최후의 기도문을 속삭였다. 간호사들은 목사의 음성이 너무 작아 "…용서하노라…" 하는 마지막 문장밖에 듣지 못했는데, 가장 나이 어린 견습 간호사는 눈을 뜨고 죽은 서경의 얼굴이 어머니의 울음소리와 아버지의 기도문에 반응해 꽃처럼 살짝 미소 짓는 걸 보았다고 생각 아니, 확신했지만 너무 놀라 아무한테도 얘기하지 않았다.

서경의 장례객은 대부분 교인들과 학교 선생들이었다. 장례식장 입구에는 사람 키만 한 십자가가 붙어 있었다. 운전 기사를 거느린 대형 세단에서 우아한 중년 여인이 한 명 내렸다. 여인의 존재감이 워낙 압도적이어서 문상객들 중 바라보지 않는 이가 없었다.

"오랜만이오."

목사의 아는 체에도 여인은 대꾸하지 않았다. 그녀가 향을 피우자 연기가 영정 사진 속 서경의 얼굴 위로 올라갔다. 문상객이 교회 신도 일색이라 향을 피운 사람은 별로 없었다. 사진 속에서도 서경은 자신 없이 웃었다. 중년 여인은 절을 하지도 울지도 않았다. 한 손을 들어 올리더니 사진 속 얼굴을 한번 쓰다듬었을 뿐이다. 어디선가 찬송가 소리가 들려왔다.

"미영이."

목사가 조금 큰 소리로 부르자 여자가 돌아보았다. 허스키한 목소리에는 에너지가 꿈틀댔다.

"애가 죽었다고 원망은 않겠어요. 맡겨놓고 한 번도 안 찾은 내 책임이 크니까."

"어떻게 알고 온 거요?"

"아는 방법이 있죠. 당신 같은 예수쟁이들은 말해도 믿지 못할 거예요."

"그렇게 말하지 마시오. 당신도 한때는 교회에 다녔잖소?"

"당신은 한때조차 교회 아닌 믿음에 마음 돌린 적이 없었잖아요?"

"내게는 언제나 주 예수 그리스도 뿐이오. 하지만 서경이가 눈이 셋인 악령에게 시달렸다가 죽은 사실은 알고 있소."

여자가 선글라스를 벗었다. 설부화용(雪膚花容)이란 성어가 그녀를 위해 만들어진 것처럼 쉰을 훨씬 넘긴 나이임에도 하얀 피부에 시들지 않는 꽃의 얼굴이 드러났다. 그녀가 살짝 웃자 고혹과 잔혹 사이에서 헤맬 법한 힘이 전해져왔다.

"그걸 어떻게 알고 있죠?"

"직접 보았소."

"어디서?"

"서경이 집에서."

역시나 하고 안미영은 고개를 끄덕였다. 검은색 정장 차림의 그녀는 대기업을 경영하는 회장 같아서 전혀 무속인 같지 않았다.

"이문보살이란 노파가 꿈에 나타나 손녀인 설신보살이 죽고 그 다음에 서경이가 죽었다고 말해줬어요. 내 눈에 서경이가 보였어요. 등이 구부정한 그 아인 환자복을 입고 머리를 박박 깎은 채….”

갑자기 여자의 음성에 울컥하는 기운이 서렸다. 눈물이 어린 눈은 그러나 이내 표독스럽게 바뀌었다. 그녀가 등을 돌렸다.

“나한테 긴 스토리 알려줄 거 없어요. 사파왕의 이름 정도는 알고 있으니까.”

“사파왕?”

“만났다더니 정작 이름도 몰랐군요.”

“벌써 가는 거요? 우리 딸을 두고?”

“미안해요 성주 씨. 저 애는 내 딸도 당신 딸도 아니에요.”

“뭐라고!”

목사의 음성이 너무 커서 문상객들이 그들을 돌아보았다. 그가 일부러 내보낸 윤 여사는 아까부터 계속 이쪽을 힐끔거렸다.

“서경이는 우리나라에서 신통력을 인정받은 무당의 딸들 중 하나였어요. 그런 애들을 신왕님은 많이 데리고 있어요. 신연(神緣)으로 맺어진 신딸이라고요. 당신과 나의 딸이 아니라.”

“우리 딸이 아니라고?”

“나는 아이를 낳은 적이 없어요.”

지난 40년 세월이 비수가 되어 꽂히자 목사가 비틀거렸다.

"뭐야? 복수하기 위해 뻐꾸기 새끼를 내 둥지에 밀어 넣은 건가?"

"당신한테 개인감정은 없어요. 단지 신왕님의 명이었을 뿐."

"신왕이란 당신이 일편단심 모시는 신이야?"

"맞아요. 당신의 그리스도처럼 내겐 신왕님이죠."

"신왕이 당신한테 왜 그런 명을 내려?"

안미영이 무감정한 목소리로 시를 읊듯 얘기했다.

"신왕의 세상을 지상에 이룩하려면 이 나라의 가장 큰 종교부터 약화시켜라. 그들 세력자들의 혈관을 속여 신왕의 가짜 핏줄을 침투시켜라. 서경인 기독 교단에서 크게 될 목사인 당신을 뿌리부터 흔들도록 선택된 아이였다고요. 그 아이는 영특한 능력을 많이 가졌어요. 서경이가 자라면서 이상한 일들을 겪진 않았나요?"

다리에 힘이 풀린 목사가 탄식했다.

"겪었지! 내 아들이 죽었어! 그 때문에 내 신앙엔 금이 갔고. 나조차 이상하게 변해버렸어!"

"그런데 서경이는 실패작이에요. 당신은 지금도 세력 있는 목사가 되었고 서경이는 당신 집안을 파멸시키는 대신 홀로 짐을 안고 떠났잖아요."

409

"기독교의 해체가 목적이었나?"

"우리를 제외한 모든 종교의 해체지요. 이 땅엔 가짜들이 너무나 많아요. 사람들을 고통에서 벗어나게 하려면 가짜들은 정리가 되어야 해요."

"이 나쁜 사람!"

목사가 쥔 주먹이 부르르 떨렸다. 안미영이 웃었다.

"그럼 서경이 친엄마는 누구야?"

"나도 몰라요. 당신 아들과 함께 있던 서경이를 한번 찾아간 여자가 있단 말은 들었지만."

목사는 서경이 말한 짚단 인형을 쥔 여자를 떠올렸다. 자기와 다른 종교를 분열시키려고 부모가 아이에게 그런 짓을…. 아니야. 그럴 리 없어.

안미영이 머리를 쓸어 넘기고 선글라스를 꼈다.

"알겠죠? 당신하고 나하고는 아무 상관도 없는 아이에요. 그러나 나는 사파왕을 해치우러 갈 거예요. 신을 참칭한 잡귀를 우리 세상에 허용할 수도 없고 서경이가 날 부르는 꿈속 모습이 잊히지가 않거든요."

안미영은 혼이 빠져버린 목사를 두고 그대로 나가버렸다. 강 목사는 서경의 영정사진으로 눈을 돌리다가 무너져 주저앉았다. 윤 여사가 달려와 물었지만 그는 입을 굳게 다물었다.

410

한때 서경과 결혼할 뻔했던 이민호가 선희와 용백과 함께 빈소에 도착했다. 추도를 마친 민호가 흐느껴 울어도 강성주 목사는 땅바닥만 쳐다보았다. 민호의 시선은 서경의 영정사진에, 목사의 시선은 십자가에 가 있었다. 이윽고 강 목사도 울먹이기 시작했다.

"종말의 세상이다. 하나님의 나라가 멀어지기만 하니 너무나도 슬프구나."

서경을 떠나보낸 후 강 목사는 더 이상 교회에 나가지 않았다. 윤 여사를 동두천에 올려 보내고 텅 빈 서경의 집에서 지냈다. 그는 불도 켜지 않은 방 안에서 끼니를 거르며 기도했다. 그러나 주님은 아무런 답도 주지 않았다. 눈이 셋 붙은 악령도 나타나지 않았다. 주 예수 그리스도도, 사탄도 그를 멀리했다.

캄캄한 새벽에 집을 나온 목사는 장례식장으로 달려갔다. 사람 키만 한 십자가는 아직도 입구에 서 있었다. 목사는 십자가를 끌어안고 한참을 울다가 있는 힘을 다해 뽑아냈다. 다행히 장례식장에는 아무도 없어 그의 행동을 목격한 이가 없었다.

커다란 십자가를 등에 멘 목사는 어둠이 영원히 걷히지 않을 길을 걷기 시작했다.

8. 섭주

붕평마을 강가에 아나콘다가 목격되었다는 소문이 퍼졌다. 소문은 괴담으로 변질되었는데 포르투갈 서커스 예술단 산투 포르투 단원들이 사고로 놓친 아나콘다가 아직 잡히지 않은 상태였다.

붕평마을에 가족끼리 관광을 온 서울의 보석감정사 최용수는 '뉴 섭주 호텔'에서 처남들과 술을 잔뜩 마신 후 갈증으로 새벽잠을 깼다. 친인척들은 모두 잠에 빠져 있었다. 무심코 창문에 섰던 그는 5미터 아래 모래사장 위를 기어가는 거대한 형체를 목격했다. 어둠이 시야를 방해해 기차 같은 물체가 S자 형태로 나아가는 광경만이 간신히 보였다.

그는 혹한기의 길냥이 떼처럼 찰싹 붙어 잠든 처남들을 닥치는 대로 깨우며 휴대폰으로 사진을 찍어댔는데 깜깜한 밤이라 아무 것도 찍히지 않았다. 처남들이 단잠을 방해했다고 야유를 보낼 때 풍덩 하는 소리가 났다. 최용수는 4층 창까지 솟구친 물보라를 괴물 뱀 출현의 증거로 주장했지만 아무도 그의 술주정을 믿어주지 않았다.

서울에 올라간 최용수는 이 목격담을 모 사이트 게시판에 올렸는데, '저장'을 누르자마자 사무실 휴지통에서 튀어나온 뱀에게 발뒤꿈치를 물려 일주일 후에 죽었다.

최용수의 글에 나도 봤다는 댓글을 단 이는 천규한이었다. 마약중독자 천규한은 며칠 전 봉평마을 민박집에서 내연녀 정희애와 함께 필로폰을 투약하고 긴 시간 동안 알몸 레슬링 시합을 벌였다.

새벽녘, 창에 기댄 그의 눈에는 모든 자연이 살아 움직이는 듯했다. 나무가 움직이고 별이 떨어지고 강물이 춤을 추었다. 소 한 마리가 사람의 팔다리를 갖추고 걸어오는 모습에 그는 눈을 비볐다. 소머리 안에는 새로 선택받은 우녀 임미화가 있었지만 천규한은 임미화가 누구인지도 몰랐다. 세포 하나하나까지 도취된 그는 어디서 들은 풍월로 '타우루스10!'하고 외쳤다.

환각효과에 신이 난 그를 거대한 소머리가 천천히 돌아보았다. 마약마저 확 깬 천규한이 다시 눈을 비비자 폭주기관차가 지나가는 징그러운 무늬의 움직임이 있더니 소도 사람도 사라졌다.

---

10. Taurus. 황소자리

천규한은 최용수의 글에 나도 초대형 아나콘다를 봤다는 댓글을 올린 직후 마약수사반 형사에게 체포되었다. IP추적조차 겁내지 않은 그의 댓글행위에는 저 너머 세계의 풍경을 목격한 후 더 이상 정상생활을 유지할 수 없다는 비관적인 공포가 잠재해 있었다.

유치장에서 천규한은 금단현상을 겪었고 소머리 여자가 매일 찾아와 그의 내장을 파헤치는 환각에 시달린 끝에 목을 매 죽었다. 그는 소머리 여자가 입으로 토한 뱀으로 목을 매달았는데, 다른 사람 눈에 이 뱀은 러닝셔츠를 꼬아 만든 끈일 뿐이었다.

원글과 댓글의 퍼나르기로 포르투갈 아나콘다가 섭주 붕평마을까지 흘러들어갔다는 괴소문이 꼬리에 꼬리를 물었다. 며칠 전부터 경북 북부 지방에 아나콘다 출몰설이 대두되었기에 이 괴소문은 나름의 신빙성을 획득했다.

그러다 실제로 섭주와 다흥의 경계지점에서 아나콘다가 포획되었다. 과다출혈로 사망 직전에 발견되었기에 포획은 쉬웠다. 발견 당시 아나콘다는 심각한 부상을 입은 상태였다. 포르투갈 서커스 단원은 자기들의 아나콘다가 맞다고 확인했지만 어떤 희대의 짐승이 천하무적의 뱀에게 치명상을 입혔는지는 그들도 알지 못했다.

'나는 자연산이다' 횟집의 수족관을 깨고 구치소에 들어간 노숙자는 아나콘다가 포획된 날 아침에 예언과도 같은 말을 남겼다.

"정글의 왕 아나콘다라도 진정한 뱀의 왕에게는 복종해야 하는 법인데 놈은 하늘이 높은 줄 모르고 굴종을 거부했기에 눈이 셋인 왕과 무모한 전투를 치렀고 결국 비참한 죽음을 당한 것이다."

같은 감방 사람들 모두가 미친놈이라며 손가락질했다.

이틀 후 점호 시간에 노숙자가 일어나지 않았는데 얼굴이 파랗게 된 채 죽어 있었다. 사인은 심장마비였으나 시체의 표정이 매우 행복해 보여 사람들을 놀라게 했다.

붕평마을 수석 관리인 김선국은 평소처럼 야밤에 일곱 정자를 순찰하다가 제선정의 소나무 숲 사이에서 고개를 쳐든 거대한 뱀 대가리와 마주쳤다. 절반쯤 삼킨 돼지의 몸통 때문에 뱀의 목 부분은 잔뜩 부풀어 있었다.

자지러지게 놀란 김선국이 도망치려 하자 귀에 구멍을 뚫고 눈썹을 까맣게 칠한 청년이 달려와 공격했다. 청년의 발치에는 여러 마리의 뱀들이 기어오르고 있었다. 뱀들에게 장악당한 채 몸에 독이 퍼지자 김선국의 눈에는 청년이 입은 옷이 회색 갑옷으로 보였다. 청년은 하늘에서 내려온 장군이었고 그가 휘두른 일검에 김선국은 즉사했다.

그러나 시체를 부검한 의사는 그의 사망 원인이 뱀독이라고 했다. 즉 그는 뱀에게 물려 죽은 것이다.

서경의 옆집 1206호에 살던 남자는 존속폭행죄로 교도소를 갔다 온 전과자였다. 형제자매들이 돈을 모아 허름한 아파트 한 채를 장만해준 것은 부모에 대한 거듭된 행패를 막기 위해서였다. 일정한 직업이 없는 그는 아파트에 머문 채 거의 바깥출입을 하지 않았다.

그 와중에 원래부터 좋지 않던 정신상태가 더 안 좋아졌고, 예민하던 청력은 거의 슈퍼맨 수준이 되어 벽을 기어가는 벌레가 파리인지 모기인지 알아맞힐 정도였다. 아파트 곳곳에서 들려오는 소음이 자신을 향한 박해라고 믿어 의심치 않은 그는 특히 밤마다 성경을 읽는 옆집 '여선생'에게 원한을 품게 되었다.

성경 낭독이 자신을 향한 '악마퇴치'의 의식이라고 믿은 그는 TV 볼륨을 한계 이상으로 높이는 것으로 대응공격을 했는데 성경 소리가 안 들리게 되자 자기가 이겼다고 기뻐했다.

녹음을 해 둔 '가자가자가자 당진열차야'를 무기로 삼은 악취미는 재미가 붙었다. 그러나 그 여선생이 사라지고 그녀의 위층 남자마저 투신하자 겁에 질린 그는 또 부모에게 행패를 부려 기어이 이사를 가는데 성공했다. 이삿짐센터 직원은 경찰이었고 새로 이사 간 집은 교도소였다.

그는 조직폭력배 두목 옆 감방을 배정받았는데 이 두목은 수시로 벽을 때리고 방귀를 뀌고 트림을 하고 소리를 질러댔다. 문신으로 몸을 도배한 그의 수하들이 감방마다 가득했다.

남자는 약한 여자를 괴롭혀 얻었던 즐거움을 더 이상 얻지 못했고, 가해자에서 피해자로 전락해 하루 종일 소음에 시달리게 되었다. 뱀은 이 사람에게는 나타나지 않았는데 그건 마치 네가 가했던 폭력을 죽을 때까지 직접 당해보라는 계시 같았다.

사파왕은 서경을 생각하고 있었다.

그 아까운 여자가 얼마 전에 눈을 감았음을 알았다. 그녀는 바람과 물과 불을 다룰 줄 아는 능력을 선천적으로 터득하고 있었는데, 그 힘을 다 깨우치지 못한 채 짧은 생을 마감하고 말았다. 그녀의 무적 능력은 우녀보다 월등했지만, 그녀의 잠재력을 억압해 온 것은 신격(神格) 존재와의 미접촉이 아니라 '현실'이라는 장벽이었다.

고대의 만유법체(萬有法體) 사파왕은 이 현실을 잘 이해하지 못했다.

사파왕은 뱀이 지상에 등장할 때부터 존재해왔다. 성경에 뱀이 묘사되기 전부터 존재했고 어쩌면 최초의 파충류일 수도 있었다.

그는 원시인들이 도구를 처음 사용할 때도 있어왔고, 삼국시대에도 모습을 보였으며, 근대에도 뱀 관련 괴사건의 형태로 위엄을 과시했다. 원시인들은 동굴에 침입해 사람을 집어삼키는 큰 뱀이 무서워 벽화를 그림으로써 액막이 의식을 치렀고, 삼국시대에는 돼지와 염소를 바치는 제천행사로 거대 뱀의 분노를 삭였다.

시대를 거치면서 그는 두려움을 느낀 자들에 의해 신격을 터득하고, 급기야 『사파대왕현신록』이란 교리서까지 세상에 나왔다. 인간의 두려움이 커질수록 그의 존재감도 커졌다. 그러나 세월이 흐를수록 뱀의 특성이 간사, 교활, 징그러움 따위로 일반화되자, 그의 신격 가치도 점점 혹세무민으로 격하되었다.

이 세상 인간들의 보행을 '신의 걸음' 즉 기어 다님으로 통일시킨다는 그의 만물평등론은 거짓이었다. 실상은 하나라도 더 삼킬 인간이 많아야 그의 세상도 배부르게 유지가 되는 이치였다. 팔다리가 없는 인간은 붙잡기도 쉽고 소화시키기도 쉬우니까.

그런 음모를 눈치 챈 자들이 있었다. 섭주, 다홍 관아의 동맹군에게 죽음의 위기를 겪은 사파왕은 간신히 도망쳐 회복을 위한 긴 잠에 빠져들었다. 그리고 부활의 기회가 찾아왔다.

죽은 자에게 가야 할 돈이 액운을 발휘하자 저주받은 흉가는 사파왕의 아내 우녀의 혼백을 소환했다. 최영우에 의해 깨어난 우녀는 100년을 잠든 사파왕을 꿈을 통해 찾아갔다. 왕의 법력과 우녀의 영기가 조화를 이뤄 윤회명도(輪回明圖) 회연경과 칠성방울이 지상에 현현했다. 이 두 성물은 부부의 무기이자 약점이기도 했다. 제선정에서 이 물건들을 손에 넣은 강서경은 우녀의 대역이 되었지만 안타깝게도 죽고 말았다.

왜 그녀가 죽었을까?

답은 현실에 대한 사파왕의 인식 부족이었다.

그는 서경의 선천적인 '밀력(密力11)'을 진작부터 알아봤지만 후천적인 '인성(人性)'은 전혀 계산에 넣지 않았다.

서경은 사람을 사람답게 가르치는 선생님이었다. 불우한 운명을 만나 따돌림 받고 외면 받아왔지만 그녀는 어린이들을 바른길로 인도하고, 사람이든 벌레든 살아있는 생명을 무겁게 대한 사람이었다.

사파왕이 혼백을 소화시킨 조주애와 배준철의 육신을 토해

---

11. 은밀한 힘

냈을 때 서경의 몸에서는 우녀의 혼백이 흩어졌다. 그들이 희생당하는 모습에 서경은 흔들렸던 것이다. 그녀의 눈에 비친 두 사람은 '평소 괴롭히던 직장 동료'가 아니라 자신처럼 '어쩔 수 없이 사회적 관계를 유지하면서 하루하루를 살아가는 사람들'이었다.

우녀는 집중이 흐려지는 서경에게 괘씸함을 느꼈지만 참아왔다. 사파왕의 법력이 일개 인간의 양심을 능가할 수 있다고 믿었기 때문이다. 그러나 설신보살이 번개를 끌어들였을 때 서경과 우녀는 분리되었고, 서경은 능력자와 평범인의 중간 상태에서 도망을 선택했다.

그녀는 욕망을 충족시킨 지하를 포기하고 억압받아오던 지상으로 다시 기어 올라갔다. 사파왕과 우녀가 선사한 힘이 여전히 자신의 것인 양 믿고 날뛰다가 속았다는 사실을 깨달았다. 송선희 커플과 층간소음 남자가 증인이었다. 뼈아픈 사실을 인정하자마자 몸을 채웠던 신비의 힘은 목숨을 앗는 뱀의 독으로 변했다.

그래서 서경은 죽은 것이다.

우녀는 제2의 현신으로 임미화를 선택했다. 악독한 면에서는 이 여자가 서경보다 한 수 위였지만 무력이 전무해 내림이 불안했다.

🌿

사파왕은 우녀 임미화와 대력신장 김윤수와 지하 공간에 앉아있었다. 무덤 냄새를 풍기는 지하의 흙은 차가웠다. 건조한 석벽이 그들을 둘러쌌다. 허무의 공간에 생명의 신비는 없었고, 왜곡된 시간 속에서 허상과 실체의 구별은 난해했다.

"긴 혓바닥 할망구를 몸주로 가진 계집이 짐의 존재를 알아냈다. 허황된 책을 읽은 관가의 졸개도 짐을 믿는 눈치다. 그런 믿음들이 짐의 존재에 부담을 준다."

"왕께서는 천상천하에 유일무이한 만년존자 아니십니까?"

김윤수가 왕을 바라보았다. 고양이 떼에게 조각조각 찢긴 회색 갑옷이 몸에 입혀져 김윤수는 일개 교사에서 일기당천의 명장으로 새로 태어났다. 도인처럼 생긴 사파왕은 눈이 셋에 황금 전포 차림이었으나 내상을 당한 듯 묶은 머리칼이 풀렸고 얼굴이 창백했다.

"지금의 인간들은 살아가는 일에 바빠 짐의 존재를 인정하지 않는다. 현세인들은 일하지 못하는 무력감, 치료할 수 없는 전염병, 소외되었다는 기분, 남들처럼 되지 못하는 박탈감, 발전을 따라가지 못하는 뒤처짐 따위를 겁내지 고대의 존재를 겁내지 않는다. 그들의 관심이 눈앞의 현실에만 쏠렸기에 짐은 부활할 수 있었던 것이다. 그러나 아직도 옛 힘을 간직한 자들이 있다. 벽력을 끌어들인 무당을 우습게 본 것도 짐의 방심 탓이 크다."

"왕의 부활은 그 어리숙한 여선생 덕이 아니었습니까?"

거대한 소 머릿속의 눈알이 번쩍였다. 우녀가 아닌 임미화로서 말했기에 사파왕은 위압적인 세 개의 눈으로 그녀를 쏘아보았다.

"어리숙하기 때문에 그 여인을 버리고 그대를 선택한 것이다. 마음이 여린 그 여인에 비해 그대의 마음은 뱀에 가까우니까. 하지만 그대에겐 없는 신통력이 그 여인에겐 있었으니 다음부터 짐에게 질문을 할 때는 예를 갖추는 게 이로울 것이다."

세 개의 눈이 빛을 뿜자 아무 표정도 없는 소머리가 약간 뒤로 물러나는 듯했다. 원형의 돌벽 사이로 겨울을 예고하는 바람이 불었다. 그들은 옥체 지존인 왕과 소머리 쓴 여인과 갑옷을 입은 장군의 모습이었으나, 물리적으로는 눈이 풀린 기성복 차림의 두 남녀와 그 앞의 거대한 뱀 한 마리 형상일 뿐이었다. 둥글게 말고도 워낙 몸집이 커 뱀은 쌓아올린 대형트럭 폐타이어 더미처럼 보였다.

"지금은 잠깐 물러나야 할 때다. 짐과 몸집이 같은 뱀 한 마리와 싸우는 통에 짐의 독은 소진되고 신통력은 감퇴해 심신이 피곤에 처했다. 겨울의 수면에 들어가 새 힘의 충전을 도모할 것이다. 곡마단 출신의 그 천한 남만(南蠻) 잡뱀은 짐이 누군지 전혀 몰랐을 뿐더러 위대한 존재를 대하고도 숭배의 마음이 없었다. 세월이 이렇듯 변했으니 짐 역시도 새 세상의 지식을 터득한 후에 재기풍운할 것이다."

임미화와 김윤수는 공손히 예를 표했다. 하지만 무녀가 끌어온 번개에 지하의 왕이 격퇴당하고 아나콘다와 싸워 힘마저 소진되자 이 두 사람의 세뇌된 머리에는 균열이 생겼다. 신적 존재에 대한 맹목적 복종 대신 가짜 선지자에 대한 우발적 의심이 생겨난 것이다.

지상의 모든 뱀을 사병화할 수 있는 술법이 왜 외국에서 온 뱀에게는 통하지 않는가?

그것은 임미화에게 삼국 시대나 조선 시대에 흥기한 사교를 떠올리게 했다. 대부분 국법으로 진압된 그 사악한 거짓 믿음은 무지몽매한 일부 백성에게만 효과를 발휘했지 외세까지 힘을 뻗친 적이 없었다. 뻗쳤더라면 미스터리 세계사에 이름을 남겼을 것이다.

김윤수에게는 기어 다니는 왕국으로 이 세상을 변화시켜야 한다는 숭고한 계획 사이에 어머니의 얼굴이 자꾸 비집고 들어왔다. 임미화가 가져온 뱀에게 정신을 장악당한 그는 스스로 사파왕에게 갔다. 사파왕은 세 개의 눈으로 김윤수의 두 눈과 심장을 꿰뚫어 보며 말했다.

"속세의 연은 잊어라. 그것은 네가 꾼 꿈에 불과했으며 지금이 너의 진짜 삶이다."

그는 어머니가 교통사고로 사망한 사실을 알았지만 그것조차 꿈의 한 조각이라고 여겼다. 그러나 왕이 부상당한 지금 어머니의 얼굴은 수시로 끼어들었다.

무엇보다 사성신장이 보이지 않는다는 점이 두 사람의 정신을 일깨우는데 한몫했다. 서경을 비롯해 임미화와 김윤수가 육신과 정신을 장악당한 데는 이 네 장수의 영력이 컸다.

그들이 말을 타고 달려오면 천지가 구겨지고 자연의 조화가 역행했다. 불이 물에 옮겨 붙었고 물은 불을 끄지 못했다. 네 마리 말을 제외한 짐승의 다리가 사라졌고 새들조차 날개 달린 뱀의 형상을 갖췄다. 사성신장이 창칼을 휘두르고 광란의 춤을 보이면 몸살이 나고 헛것이 보이고 자의식대로 생각을 할 수 없었다. 하늘에서 비 대신 뱀이 떨어졌고 당하는 이들은 현실 세계를 초탈한 신비주의의 주관적 경험을 했다.

영원히 벗어날 수 없으리라 생각한 네 장군은 사파왕이 다치면서 자취를 감췄다. 그들의 영력이 사파왕으로부터 비롯된 바가 자명하니 어쩌면 그들은 실체가 아닌 허상인지도 몰랐다.

김윤수는 임미화가 쓴 소머리 안에서 쌍꺼풀이 진 눈과 임미화의 눈을 동시에 보았다. 임미화는 아직도 방울과 거울을 가지고 있었으나 어쩌다 정신이 번쩍 들면 왜 자신이 이런 걸 가지고 있는지 의아해 할 때가 있었다. 그럴 때마다 우녀가 나타나 소머리를 조여 잡념을 품지 못하게 했다.

사파왕은 그런 둘을 유심히 바라보았다. 영력이 떨어지자 통제력도 누수되어 둘을 믿을 수 없었다. 허나 죽일 수도 없었다. 임미화를 죽이면 우녀의 혼백도 흩어지니까. 겨울잠에 빠지면 깨워 줄 이 없는 영원한 잠으로 이어질지도 모른다.

깨어남이 기약 없는 잠은 곧 죽음이었다. 그렇다고 둘을 남기기도 불안했다. 인간들은 하나 이상이 모이면 항상 머리를 굴렸으니까. 그 옛날 과부촌의 여자들도 그러지 않았었나.

그는 마침내 하나를 죽이기로 결심했다.

하나만 남으면 쓸데없는 생각은 하지 못할 것이다. 고민 끝에 우녀를 남기기로 했다. 우녀의 거울과 방울이 없이는 다른 시대에 재림할 수가 없다. 게다가 김윤수는 무녀의 자식이어서 언제 강신 능력을 발휘해 그를 위기로 몰아넣을지 몰랐다. 사파왕의 마음을 아는지 모르는지 김윤수가 물었다.

"겨울 동면에 들어가신다면 저희는 어떻게 왕을 기다려야 할지요?"

"홀로 남은 공포 속에서."

사파왕이 아가리를 쩍 벌리니 뱀의 위아래 턱 길이가 2미터에 달했다.

김윤수는 환상 속에서 사파왕이 그의 몸으로 연기처럼 들어오는 걸 보았다. 이내 끔찍한 악취와 함께 위아래로 조여오는 천장을 느꼈다. 독니가 솟고 갈래진 혀가 붙은 거대한 천장이었다. 김윤수는 팔다리를 뻗쳐 내려오고 올라오는 천장을 막았지만 거대 뱀의 턱 힘은 나약한 인간의 팔과 다리뼈를 쉽게 부러뜨렸다.

뱀의 목이 둥글게 팽창하면서 김윤수의 몸은 상반신부터 조금씩 조금씩 삼켜졌다. 버둥거리던 다리가 이내 축 늘어졌다. 돌벽으로 둘러싸인 차가운 공간, 사람을 삼킨 고대의 뱀앞에서 소머리를 쓴 여자가 신음하는 광경은 그로테스크한 한 폭의 그림이었다.

김윤수가 죽자 사파왕은 몸을 둥글게 말고 무한의 잠에 빠져들었다.

섭주 군청 주차장에 안미영을 모시고 온 대형 세단과 그녀를 호위한 세 대의 세단이 자리 잡았다. 군수가 직접 마중을 나왔는데 수도권의 어느 대도시 시장이 직접 전화를 건 후의 일이었다. 같은 정당 소속인데다가 존경할만한 유명인이어서 군수는 시장의 부탁을 마다할 수 없었다. 안미영이란 여자의 요구를 무조건 들어주라는 부탁인데 그 요구가 부정한 청탁이 아니어서 군수는 한숨을 돌렸다.

안미영은 붕평마을을 하루 폐쇄해 관광객의 접근을 금한 뒤 거기서 굿을 하게 해달라고 했다. 섭주에서 최근 일어난 괴사건의 원인인 뱀 귀신을 물리치는 굿이라고 했다. 낙동강에서 변사체가 자주 나와 지역 이미지가 타격을 입던 터라 군수는 고개를 끄덕였다. 경찰도 별 수사력을 발휘하지 못해 용의자 특정도 어려운 상황이었다. 뱀 귀신이라니, 믿을 수 없는 얘기였지만 굿이라도 하면 그래도 낫지 않을까 하는 생각이 들었다.

예천이 고향인 군수는 섭주가 어떤 곳인지 잘 알지 못했다. 친하게 지내고픈 시장님을 만족시켰다는 사실 하나만이 그에게는 중요했다. 과연 시장은 또 전화를 걸어 군수의 협조를 치하했다.

"요즘 세상에는 모두가 기적을 부르짖고 있지만 내 생각에는 눈으로 볼 수 있는 것만이 참 기적이에요. 가령 어떤 사람이 불붙은 이쪽 건물에서 안전한 저쪽 건물로 뛰어가는데 그 거리는 사람이 간신히 점프해 뛸 수 있을 거리라고 칩시다. 그 사람이 맘속으로 기도하고 저쪽 건물로 뛰는데 성공하면 그 사람은 그걸 기적과 섭리로 받아들여요.

오늘날의 기적과 섭리는 다 이런 식이에요. 그 사람의 주관적인 경험 말이오. 그러나 혼자서만 간직해야 할 그 경험을 떠벌리는 순간 그건 기적도 섭리도 아니게 되오. 장사꾼의 상술이 되지. 이런 이기적인 기적, 이기적인 섭리가 오늘날 종교계에 횡행하오. 문제는 그런 기적을 대중 앞에 내세우면 누군가 피해 보는 사람이 반드시 나타난다는 거요. 그 점을 지적하면 탄압이라며 미소로 숨겨왔던 이빨을 드러내지.

안미영은 그렇지 않았소. 그 여자는 점프로 뛸 수 없는 상황에서 죽음을 각오한 내게 점프를 성공시켜 준 여자요. 이건 객관적 경험이오. 곁에서 그걸 본 사람이 하나둘이 아니오. 내가 시장이 된 데는 그 여자 공이 컸소. 과정과 내용에 관해선 말하지 않겠소. 내 수명을 단축시키긴 싫으니까. 그 여자가 한때 큰 범죄에 연루되었다는 소문도 내겐 상관없소.

내가 말하고 싶은 건 이거요. 정말 기적을 주장하고 싶거든 말로만 하는 기적이 아닌 참 기적을 보이라는 것. 그게 이루어지지 않으면 책임을 지라는 것. 그녀가 오늘 하려는 일은 아마도 또 다른 기적의 하나일 거요. 막아서 될 일도 아니고, 얼핏 던져준 언질이 사악함을 제거하는 정화의 굿이라 하니 그저 결과만 받아들여요."

붕평마을은 임시 폐쇄되었다. 따르는 사람들을 대동하고

안미영이 마을 어귀에 섰다. 그녀의 화등잔 같은 눈이 통악산과 낙동강, 그리고 일곱 정자를 훑었다. 매처럼 날카롭고 호수처럼 깊은 그 눈은 산 내부의 혈맥, 물의 기운, 정자에 미치는 바람을 재어 언제 날을 받으면 좋을지를 가늠하는 듯했다.

오후가 되자 그녀의 지시대로 사람들이 마대 자루에 든 가루를 이곳저곳에 뿌렸다. 뱀이 싫어하는 백반가루였다.

등에 십자가를 짊어진 강성주 목사는 끝없이 길을 걸었다. 어떤 음성을 구하는 간절한 표정이 얼굴을 채웠다. 그는 며칠을 걸었지만 사실 섭주에서 계속 맴을 돌고 있었다. 그가 원하는 목소리는 다른 곳이 아닌 저주받은 땅 섭주에서 들어야만 했다.

육신과 의복이 먼지로 더럽혀졌다. 윤 여사를 비롯한 어떤 사람도 그의 고행을 막지 못했다. 말리기도 하고, 억지로 제지하려고도 한 사람들은 결국 포기하고 물러날 수밖에 없었다. 목사는 먹지도 마시지도 않은 채 하늘을 올려다보며 걸었다. 유튜버가 촬영했고 뉴스 기자들도 보도했다. 그러나 목

사는 묵묵히 걸음만 옮길 뿐이었다. 사람들이 건네주는 생수
병도 도시락도 외면했다.

지상의 모든 죄를 끌어안은 듯 목사는 십자가를 내려놓지
않은 채 무거운 걸음을 옮겼다. 초췌한 얼굴에 가득한 건 신
에 대한 헌신과 믿음이 아니라 인간적인 번민과 고뇌였다.

"두목을 잡으려면 먼저 졸개를 족쳐야지."

붕평마을 관리실에서 안미영이 말했다. 군수의 명령대로
관광객의 출입이 금지된 마을에는 최소인원의 관리인만이 남
았다. 무의로 갈아입은 안미영의 모습에 관리인들은 놀랐다.
그녀는 무녀가 아닌, 무녀 역할을 맡은 영화배우 같은 인상
으로 다가왔다. 굿을 보조하기 위해 안미영이 데려온 사람들
도 하나같이 젊은 엘리트의 모습이었다. 나이 지긋한 관리인
들이 평소 알던 무속인들과는 너무나도 달랐다. 인터넷으로
마을의 위성지도와 거리뷰까지 꼼꼼하게 살피던 안미영이 바
깥을 향해 툭 내뱉었다.

"바깥이 왜 이리 소란스러워? 이무기 깨게."

들어간다 못 들어온다 실랑이가 그치고 남자 한 명이 들어

왔다. 화가 난 것처럼 보이는 남자는 신분증부터 내보였다.

"경찰입니다."

"혼자서 오셨어? 단속하러?"

안미영은 그를 돌아보지도 않고 말했다.

"나도 구경하게 해주십시오."

"형사 나리가 수사를 해야지 귀신 쫓는 굿은 왜 보고 싶은데?"

"내가 아는 무녀가 죽었어요."

"설신보살을 말하는 거로군."

안미영이 차 형사의 얼굴을 유심히 쳐다봤다. 젊고 강인한 형사의 숨결에서 술 냄새가 났다. 즐겨서 마신 게 아니라 괴로워서 마셨음을 표정이 말해주고 있었다.

안미영이 빙그레 웃었다.

"내가 옛날에 알던 누구랑 닮았는데? 혹시 성이 차 씨는 아니겠죠?"

"맞습니다."

"과연 사파왕의 회연경이로군."

안미영이 설신보살처럼 거울의 이름을 언급하자 차 형사가 반사적으로 물었다.

"인연의 거울? 혹시 제 삼촌 차종환 씨를 아세요?"

"몰라요. 난 이걸 보고 애기한 거예요."

안미영이 인터넷 화면을 가리켰다. 지도가 사라진 화면에는 옛날 어떤 민속학자가 찍은 거울과 방울 사진이 있었다. 그 오래된 사진 속에도 뱀은 있었다. 안미영은 차 형사를 뒤로 하고 제자들에게 말했다.

"사파왕에겐 오성신장이라고 불리는 다섯 아들이 있어. 세속의 눈으로 보면 더듬이가 붙은 다섯 마리 뱀에 불과하지만 저 너머 세상의 눈으로 보면 갑옷 입은 다섯 장수야. 우녀가 그들을 낳았을 때 포도청 종사관 다섯 명이 이 뱀들에게 몸을 빼앗겼다.

사파왕의 장수가 된 다섯 종사관은 곳곳에서 사람들을 뱀의 공물로 바치다가 인간의 수명이 다하자 땅속에 몸을 숨겨 긴 잠을 잤어. 그들이 수면 중에 흘린 염파에 감응하는 자는 꿈속에서 그들을 보게 되고 홀리게 되지.

이 곳 CCTV를 확인하니 서경이의 신통력에 반응해 가장 먼저 깨어난 놈은 거울과 방울을 지키던 장남이었어. 그 놈이 지상에서 맞닥뜨린 건 사파왕이나 우녀가 아니라 굶주린 길고양이들이었지. 더듬이 하나로 사람을 조종하는 뱀이라도 고양이 앞에선 한낱 지렁이일 뿐이야. 깨어나자마자 싸움에 휘말린 놈은 갈기갈기 찢겨 죽었고 그 사실을 알게 된 네 마리 동생은 더 깊이 모습을 숨겼어. 우리는 그 놈들부터 찾아야 해."

"어디서 사성신장을 찾습니까?"

안미영의 제자가 물었다. 차 형사와 관리인은 이들의 대화에 끼어들 수가 없었다.

"새끼는 어미에게서 멀리 떨어져 있지 않다. 자, 이걸 봐."

안미영이 지도를 확장시키자 사람들이 가까이 다가섰다.

"대력신장이 우녀의 유골을 지킨 곳은 제선정이야. 붕평마을에는 일정한 거리로 붙은 일곱 정자가 있지. 이 정자는 위에서 내려다봐야 해. 우녀가 여기 묻힌 걸 모르는 후세 사람들이 이 정자를 지었을 땐 아마 뱀이 등장한 꿈으로 어떤 계시 같은 걸 받았을 거야. 배열을 보면 답이 나오거든. 제선정에서 시작하면 그 위로 수양정(修養亭), 금오정(禁汚亭), 향활정(響活亭), 조왕정(照往亭)이 있지?"

과연 네 정자가 제선정 위로 위치해 있었다.

"자, 우녀와 장남이 나온 제선정과 그 위의 네 정자를 봐. 정확히 뱀 사(巳)자를 이루고 있지? 제선정은 아래 一에 위치하고 수양정, 금오정, 향활정, 조왕정은 정확히 口자의 네 끄트머리에 있잖아? 이봐요 관리인 아저씨, 이 네 정자 가운데는 뭐가 있소?"

"작은 산성이 하나 있습니다."

"혹시 그 안에 커다란 우물 같은 게 없소?"

"있습니다. 폐쇄되어 뚜껑을 막은 오래된 우물이 있습니다."

"물이 마른 돌벽으로 둘러싸인 지하 공간이 그 이무기가 잠이 든 곳이오. 서경이가 신물을 주웠던 날 이 곳에서 일어난 지진은 그 시각에 사파왕이 깨어났음을 뜻해요. 그 가짜 이무기는 100년 전에 파놓은 지하 통로를 이용해 안팎을 오갔던 게요."

"정말 이무기라는 게 있습니까?"

차 형사가 물었다. 제자들이 어리석다는 시선으로 그를 보았다. 안미영은 차 형사의 뺨을 어루만지며 웃어 그를 당황케 했다.

"모르지, 차종환 씨. 뭐든지 분석하고 밝혀내려는 학자들은 이무기보다 돌연변이라는 단어를 선호할 테니까."

"제 이름은 차민승입니다."

차 형사는 그녀가 뭔가 알고 있는데 말하지 않고 있다고 생각했다.

목사의 고난의 행군은 계속되었다. 등에 짊어진 십자가는 아직도 땅에 내려오지 않았다. 계시를 주는 말씀 대신 겨울을 예고하는 바람만이 귓가에 윙윙거렸다. 비정한 바람 소리

는 이제껏 겪어온 세월을 인정하라는 뼈아픈 독촉으로 가득
했다. 그러면 지상에 십자가를 내려놓고 휴식을 허락할 수
있다는 유혹의 독촉이었다. 목사의 눈에서 눈물이 떨어졌다.
속도가 약간 떨어지긴 했지만 그는 결코 걸음을 멈추지 않았
다.

정자 네 개의 땅을 파는 작업이 시작됐다. 군에서 제공한
포크레인이 투입되었다. 작업 시작 전 안미영은 정자마다 부
적을 붙이고 소금과 팥, 봉숭아 가루를 뿌리면서 주문을 외
웠다. 귀신을 제압하고 뱀을 움츠러들게 하는 이 비방이면
아무리 시끄러운 작업에도 잠든 뱀이 깨지 않는다고 했다.
사람들은 안미영이 주문을 외울 때 구름의 흐름이 속도를 달
리하고 강물의 굽이가 반대로 진행되는 자연의 부조화를 보
았다.
　땅은 깊숙이 파였지만 별 성과가 없었다. 안미영의 냉혹한
얼굴 앞으로 포크레인이 공룡머리처럼 분주히 움직였다. 그
러길 몇 시간 째, 덩이 진 흙무더기 틈새로 요상하게 생긴
물체가 모습을 드러냈다. 거대한 알이었는데 정자마다 1개씩

나왔다. 모두 똑같이 생긴 알이었다. 일본의 설치미술가 쿠사마 야요이의 <호박>처럼 검은 반점들이 무수히 찍힌 노란 타원형의 징그러운 알이었다.

삽으로 쳐 껍질을 깨니 투명한 점액질이 뿜어져 나오면서 누렇게 젖은 뱀의 머리가 튀어나왔다. 왕명으로 갓 잠이 들다가 깬 뱀들의 저항은 맹렬하지 않았다. 그들은 일반 뱀과 생김새가 달랐는데 달팽이처럼 더듬이가 붙어 있었다.

안미영의 제자들이 고리 붙은 장대를 이용해 뱀들을 포획했다. 사성신장을 잡았다는 말을 차 형사와 관리인은 믿을 수 없었다. 그들의 눈에 비친 건 그저 돌연변이 뱀 네 마리일 뿐이었다.

"산성으로 가자."

안미영의 목소리에 흥분이 묻어났다.

작은 산성은 성곽이 아니라 외적 침입에 대비한 일종의 망루였다. 동서남북으로 12개 뚫린 총안을 위해 돌을 쌓아올린 구조물이었는데 돌격하는 지상군을 저격하려는 제작 의도가 분명했다. 입구는 없었다. 멸실 훼손을 방지하기 위해 출입을 금한다는 안내판이 붙었고 자물쇠 달린 강철 울타리가 성 밖을 에워쌌다. 자물쇠는 녹이 슬어 있었다.

밤이 되자 굿을 위한 무대가 차려졌다. 손발이 묶인 돼지 한 마리가 표지판 기둥 옆에 눕혀졌고 눈이 셋인 도인과 소머리를 쓴 여자를 크게 그린 그림이 과녁판에 붙었다. 굿 준비를 하는 사이 젊은 법사 하나가 끊임없이 경을 외웠다. 산성 앞 두 그루의 나무 사이로 튼튼한 줄을 연결했는데 이 긴 줄에는 정육점 후크에 꼬리가 꿰인 뱀 네 마리가 내걸렸다. 뱀은 컸고 징그러웠는데 더듬이 때문에 초거대 민달팽이로 보였다. 네 개의 대야가 뱀들의 머리 아래에 놓였다.

비단 몽두리(蒙頭里)로 갈아입은 안미영이 굿판에 오르자 네 마리 뱀이 사특한 기운으로 주둥이를 벌리고 후크에서 탈출하려고 용을 썼다. 법사가 경문을 멈추고 준비한 막대기에 횃불을 붙였다.

안미영이 굿을 시작했는데 시작부터가 젊은 설신보살의 미숙한 사설과는 달랐다.

"12대신이여 들으소서!

박사대신(博士大神), 작도대신(斫刀大神), 천하대신(天下大神), 지하대신(地下大神), 벽력대신(霹靂大神), 호귀대신(胡鬼大神),

천륭대신(天隆大神), 창부대신(倡夫大神), 군웅대신(軍雄大神), 장군대신(將軍大神), 별성대신(別星大神), 명도대신(明圖大神)이시여! 오늘 귀하게 받은 이 날에 허무맹랑한 잡귀를 벌하는 데 힘을 빌어주소서.

북두의 일곱 성군 칠원이시여. 탐랑성군(貪狼星君), 거문성군(巨文星君), 녹존성군(祿存星君), 문곡성군(文曲星君), 염정성군(廉貞星君), 무곡성군(武曲星君), 파군성군(破軍星君)이시여, 도탄에 빠진 사람들을 살피시고 도탄 몰고 오는 잡귀를 몰아내어 천지를 화평케 하옵소서."

만에서 쾌로, 약에서 강으로 나아가는 무악이 낙동강 위에 번지자 통악산 짐승들도 밤잠을 포기하고 붕평마을로 고개를 돌렸다. 안미영은 사파왕과 우녀의 그림 위로 녹이 슨 식칼을 10개나 박았다. 네 마리 인질 뱀이 몸을 말았고 그림이 생명력을 얻은 듯 꿈틀거렸다.

설신보살을 떠올린 차 형사가 저도 모르게 손을 비볐다. 그녀를 죽인 악귀가 있다면 반드시 처치해달라고. 그러자 안미영이 귀신같은 얼굴을 들고 법사가 든 횃불을 차 형사에게 넘기라고 말했다. 차 형사는 확고히 고개를 끄덕이고 횃불을 잡았는데, 순식간에 강력계 형사의 무쇠 같은 얼굴이 범죄에 인접한 악의 넘치는 얼굴로 변했다.

"자, 그 불로 사성신장을 지져요!"

안미영이 취조를 명하자 차 형사가 횃불을 들이댔다. 불에 닿을 때마다 네 마리의 뱀은 고통에 겨워 몸을 꼬고 둘둘 말았다. 묶인 돼지는 고문을 보는 것만으로도 공포가 차올라 끊임없이 꽥꽥거렸다.

타오르는 횃불 속에 아름다운 설신보살 이희수의 얼굴이 보이자 차츰 형사의 횃불질에도 신명이 났다. 안미영은 펄펄 뛰다가 청룡검을 빼어 들고 차 형사에게 걸어왔다. 뱀이 타는 노린내가 산성 안으로 흘러 들어갔다.

임미화의 몸을 감은 채 사파왕은 깊은 잠에 빠져 있었다. 멀리서 보면 도넛 형상인 뱀의 목 부위에 소의 머리가 붙은 형상이었다. 꿈으로 사람들을 괴롭힌 사파왕이 반대로 꿈으로 당하는 중이었다.

무녀 하나가 다가왔다.

이렇게 무섭게 생긴 무녀는 처음이었다. 허연 화장에 눈은 초승달처럼 휘어졌고 입술은 쥐를 입에 머금고 있는 것처럼 새빨갰다. 슬로 모션처럼 걸어오는 그녀는 웃고 있었는데 양손에 사람 머리를 두 개씩 쥔 상태였다. 사파왕은 네 개의 머리가 우녀를 통해 낳은 자식, 사성신장이란 사실을 알았다.

더 이상 갑옷이 없는 그들은 대역죄인처럼 길게 풀린 머리가 서로 묶였다. 넷 모두 불에 그은 얼굴이었다. 무녀가 하하하 앙천대소를 하더니 네 개의 머리를 집어던졌다. 데굴데굴 굴러온 머리들이 사파왕에게 울면서 탄원했다.

"저 극악무도한 무당의 생간을 씹어 분을 풀게 해주옵소서. 아버지!"

사파왕이 눈을 떴다. 마치 어둠 속에서 세 개의 헤드라이트가 켜진 형상이었다. 소머리 속 여자의 눈도 깨어 있었다.

안미영이 휘두른 청룡검에 뱀 대가리 네 개가 싹둑 잘렸다. 남은 몸뚱어리가 피를 쏟으며 꿈틀거렸다. 피는 미리 준비해둔 대야에 떨어졌는데 안미영은 청룡검을 피에 적셨다.

그녀는 설신보살처럼 사설을 읊지 않았다. 눈짓으로 신호를 보내자 제자들이 달려와 후크에 걸린 뱀의 몸통을 풀었다. 한 명이 돼지의 입에 문 재갈을 풀고 뱀을 그리로 옮겨다 놓았다. 돼지는 약간의 주저 끝에 입으로 들이미는 뱀을 게걸스런 소리와 함께 씹어 먹었다.

사람들 주위에서 차츰 진동이 일어났다. 안미영은 잠시 굿을 멈추고 주위를 돌아보았다. 진동이 심해지면서 그녀는 호소인지 협박인지 알아들을 수 없는 소리를 들었다. 그녀만이 들을 수 있는 소리였다.

"짐은 평생을 내세구제에 힘써 그릇된 이를 없애고 믿는 이를 보호한 공적이 있으며 지금도 널리 그대들을 복되게 하려는 일심으로 편히 쉬지 못하고 있다. 아무 원한도 없는 내 자식들을 그대는 어찌하여 지상으로 끌어내 참혹히 죽이는가? 그대를 백번 천번 죽여도 분이 풀리지 않겠으나, 천지간 유일 왕인 짐의 두터운 은혜로 보듬고자 하니 멀리 다른 곳으로 가서 그대를 필요로 하는 이들을 위해 무업을 쌓길 바라노라. 만일 짐의 말을 듣지 않는다면 그대의 육신을 그대가 저지른 과오와 함께 물어 삼키는 수밖에 없다. 삼가 새겨들으라."

안미영은 아무 대꾸도 하지 않았다. 주문도 외지 않았다. 눈과 입을 무섭도록 치켜뜨더니 빠른 칼질로 이미 죽은 사성신장을 토막 내기 시작했다. 차 형사와 관리인은 물론 제자들까지 이 광경에 간담이 서늘해졌다. 선무당과 달리 그녀는 잡귀의 혼어(混語)에 무대응으로 일관했다.

산성이 크게 진동했고 돌멩이들이 떨어졌다. 사람들이 주춤거렸지만 안미영은 고조되는 무악에 맞춰 펄펄 뛰기 시작했다. 폭발음과 함께 망루가 박살나고 전설의 거대 뱀이 산성 위로 솟구쳤다. 아나콘다 급의 뱀을 국내에서 처음 본 차 형사와 관리인이 경악을 금치 못했다. 뱀은 몸집에 어울리지 않는 스피드로 성벽을 타고 내려왔다.

상황을 예견했다는 듯 안미영이 물러서자 포크레인과 불도 저들이 라이트를 켜면서 괴수 같은 엔진음을 토해냈다. 헤드 라이트에 비친 뱀의 이마에서 차 형사는 세 개의 노란 눈을 분명히 보았다. 포크레인이 거리를 좁혀 와 뱀을 공격하기 시작했다.

안미영은 중장비 차량에 뱀을 맡기고 틈이 난 산성 안으로 걸어 들어갔다.

땀과 진물로 옷이 젖고 등에 감각이 없었다. 지쳐 쓰러질 것 같은 순간, 목사는 가까워진 강물 소리를 듣고 이어서 귀를 찢는 파열음을 들었다. 머릿속에서 빛과 어둠이 차례로 엄습했다. 어쩌면 심판의 날이 도래했는지도 몰랐다.

문득 그는 자신의 존재 이유를 알고 싶었다. 무엇이 그를 이곳까지 이끌었는지 알고 싶었다. 일생에 걸쳐 비춰주고 가

리기를 반복했던 햇살과 그림자가 과연 섭리인지 저주인지
알고 싶었다.

기운이 없었다.

죽음이 근처까지 다가왔음을 느꼈다. 빛을 향하는 예수 그
리스도의 환영이 나타나고, 환자복을 입은 서경의 마지막 모
습이 보였다. 그는 꺾인 무릎을 일으켜 세우고 십자가를 결
코 내려놓지 않은 채 소리가 나는 곳으로 걸었다.

안미영은 등을 돌린 여자 앞에서 멈춰 섰다. 거대한 소머
리가 안미영을 돌아보았다. 우녀가 임미화의 목소리를 빌려
말했다.

"너는 누구냐? 너에게서 사파왕 만큼이나 드센 기운이 느
껴지는구나."

안미영은 대꾸하지 않았다. 소머리 안에서 임미화가 아닌,
옛날에 살았던 어떤 여자의 굵은 음성이 새어나왔다.

"왜 원한도 없으면서 우리를 해치려 하지?"

"나무를 넘어서려는 잡초는 미리부터 잘라야 하니까."

안미영이 차갑게 말했다. 우녀가 괴성을 지르며 달려들었

다. 최영우가 꿈에서 본 것처럼 알몸의 소머리 귀신이 공간 여기저기서 모습을 달리하며 안미영에게 가까워졌다. 그 모습도 두 개로 분리되더니 표독스럽게 생긴 여자와 황소 한 마리로 바뀌었다.

안미영이 비단 저고리를 열어젖히니 안쪽에 붙은 빽빽한 부적이 드러났다. 부적은 虎, 熊, 龍 등 황소를 제압할 짐승의 이름이 적힌 '문자 부적'이 반이요, 탑과 신의 얼굴과 태양 따위를 그린 '도형 부적'이 반이었다. 부적들이 나비처럼 우녀와 황소에게로 날아갔다. 부적의 숫자는 유한했으나 무한정으로 날아갔다.

우녀와 황소는 눈보라에 휩싸인 것처럼 부적 더미에 온몸의 숨구멍이 붙어버려 전신이 꺾였다. 수천 장의 부적에 갇힌 사람과 소의 형상이 비틀거렸다. 좁은 돌벽에 몸이 부딪칠 때마다 산성에는 금이 갔다. 소가 먼저 쓰러지고 우녀가 그 위에 쓰러졌다.

안미영은 우녀의 발치에 놓인 오래된 방울과 청동거울을 알아보았다.

"회연경."

그녀가 방울과 거울에도 부적을 붙이자 우녀와 황소가 사라지고 썩은 소머리를 옆에 둔 채 쓰러진 임미화가 나타났다. 그녀의 몸에 붙은 부적은 수천 장이 아니라 고작 다섯

장이었다.

안미영은 감정 없는 눈길로 여교사를 내려 보았다.

"니가 서경이를 괴롭힌 여자였구나."

죽은 임미화는 답하지 않았다. 안미영이 돌아서 나가자 임미화의 몸에 불이 붙고 산성은 돌가루를 점점 심하게 떨어트리더니 폭발음과 함께 붕괴되었다.

이리하여 고대 존재의 전설은 망각 속에 묻히게 되었다. 위협적인 무속의 비법도 그대로 비밀 유지가 되었으니, 만물의 영장을 자처하는 현대인은 늘 그래왔던 것처럼 생명과학과 유전공학 발전에만 동분서주하게 될 터였다.

사파왕은 가공할 힘으로 중장비 기계를 세 대나 전복시켜 버렸다. 칼과 창을 들고 덤비던 안미영의 제자들이 독니에 물려 몸이 끊어지고, 꼬리에 맞아 날아가고, 얼굴에 강타당해 기절했다. 그러나 사파왕 역시 육중한 포크레인에게 거듭 공격을 당하면서 치명상을 입은 상태였다. 세 개의 눈이 피를 쏟으면서 꿈틀거림은 현저히 줄었다.

그의 은둔지였던 산성이 완전히 무너졌을 때 뱀의 머리는 참담하게 처졌다. 산성 안에서 방울 소리가 들려오더니 안미영이 걸어 나왔다. 거대 뱀이 세 개의 눈으로 그녀를 노려보았다.

"사파왕! 너의 우녀는 죽었다."

그녀는 한 손에는 방울을, 한 손에는 거울을 쥐고 있었다. 세 개의 노란 눈에서 일체의 희망을 잃은 어두운 기운이 번져 나왔다. 안미영은 회연경을 하늘 높이 들어 올렸다.

"이걸 내가 가졌으니 너는 더 이상 아무와도 인연을 맺지 못한다. 인연을 맺지 못하니 사람을 조종할 수도 없다."

뱀이 식칼 같은 독니를 보이며 하악거렸으나 안미영은 꿈쩍도 하지 않았다. 제자들이 그녀의 곁으로 달려와 진을 이루었다. 차 형사도 횃불을 던지고 권총을 뽑았다. 거대 뱀이 무너진 돌무더기를 타 넘으며 기어왔다. 안미영은 그래도 움직이지 않았다.

차 형사가 총을 쏘았다. 공포탄에 뱀은 꿈쩍도 하지 않았지만 두 번째로 발포한 실탄은 이마에 붙은 세 번째 눈에 정확히 명중했다. 거대 뱀 사파왕이 괴성을 지르며 요동쳤다.

안미영이 방울을 흔들며 주문을 외우자 거울에서 한 가닥 광채가 뿜어져 나와 뱀의 눈을 비추었다. 피하려 해도 광채가 저절로 따라갔다. 노린내와 함께 연기가 솟아올랐다. 세 개의 눈이 다 타버려 장님이 된 뱀은 등을 돌려 필사적으로 도망치기 시작했다. 파충류의 포효 속에서 안미영만이 가짜 신 사파왕의 음성을 들었다.

"돌아올 것이다! 지금은 물러나지만 반드시 돌아올 것이다!"

눈이 보이지 않는 사파왕은 혀를 낼름거리며 뱀 특유의 야콥슨 기관(Jacobson's Organ) 감각에 의지해 제선정 쪽으로 기어갔다. 낙동강 안으로 뛰어들 속셈이었다.

"거울이 없어도 살 수 있는 모양이다! 놓치면 안 돼! 숨통을 끊어야 해!"

안미영이 처음으로 다급한 목청을 내질렀다. 제자들이 일어나 뱀에게 달려갔다. 뱀도 부상당했지만 제자들도 부상을 당해 뱀의 속도를 따를 수가 없었다. 모래사장의 감촉을 배로 느낀 사파왕은 목적지에 당도했음을 알고 마지막 힘을 짜내 강물 속으로 돌진하려고 했다.

그런 그의 목적이 달성되기 전, 누가 나타나 앞을 가로막았다.

사파왕은 열을 감지하는 뱀의 피트 기관(Pit Organ)으로 방해자가 있음을 알고 입을 쩍 벌렸다. 일단 물어서 강물로 끌고 들어가면 어떤 인간이라도 능히 죽일 수 있을 것이었다. 하지만 크게 벌린 입은 단단한 장애물에 가로막혀 닫히지 않았다. 앞을 막은 자가 등에 멘 쇠붙이로 뱀의 위아래

턱을 고정시켰기 때문이다.

입이 닫히지 않는 충격과 공포 속에서 사파왕은 낯익은 목소리를 들었다. 서경의 집에서 영적 체험으로 만난 적 있던 인간이었다.

"누구든지 예수 그리스도 안에 있으면 새로운 피조물이라. 이전 것은 지나갔으니 보라. 새 것이 되었도다. 물과 성령으로 나지 아니하면 하나님 나라에 들어갈 수 없느니라, 육으로 난 것은 육이오 성령으로 난 것은 영이니 내가 네게 거듭나야 하겠다. 하는 말을 놀랍게 여기지 말라."

사파왕은 턱을 고정시킨 십자가를 떼어버리려 용을 썼지만 움직일수록 성스러운 힘은 더욱 찬란하게 죄어들 뿐이었다. 강성주 목사는 드디어 등에 멘 십자가의 고통에서 해방될 수 있었는데, 뱀의 형상으로 구현된 사탄을 구속하면서 섭리의 신성함을 깨달았다.

차 형사가 두 번째 실탄을 발사했다. 총알이 사파왕의 머릿속에 박혔다. 사파왕은 낙동강 안의 다른 세상 입구로 들어가려 했지만, 지상에 단단히 발붙인 목사는 두 팔로 붙든 십자가를 결코 놓지 않았다.

뱀의 입에서 울컥 피가 쏟아지고 그가 삼켰던 김윤수가 소화액에 훼손당한 형상의 시체로 튀어나왔다. 최후의 꿈틀거림과 함께 거대 뱀은 움직임을 멈추었다. 시공을 유린하며 인간을 농락한 뱀의 왕이 허연 배를 드러낸 채 수명을 다한 것이다. 인간의 시초라고 알려진 파충류는 이제 악령의 소환이 아닌 자연의 순환에만 호응하여 잡아먹고 잡아먹히는 생태계의 균형을 유지할 것이다.

"주여…. 이 죄 많은 인간의 영혼을 받아주소서."

목사도 힘없이 쓰러졌다. 구름을 뚫고 나온 햇살에 황금빛으로 일렁이는 낙동강은 은혜로움과 성스러움 넘치는 왕국으로 목사를 인도했다.

모든 살육이 끝나자 안미영의 눈에서 독기가 사라졌다. 한순간 목사에게 다가가려고 주저하는 듯했으나 그녀의 발은 결코 움직이지 않았다. 제자들이 그녀를 부축했다.

동두천 자택의 십자가 앞에서 깜빡 잠이 든 윤 여사는 꿈에서 서경과 강 목사를 만났다. 서경의 마지막 말인 '엄마!'가 마음에 걸리고, 목사가 자기를 내버려 두라며 떠나버려 며칠째 잠을 못 이루던 나날이었다.

서경은 영덕 강구 바닷가에서 아버지와 함께 서 있었는데 부녀의 뒤에는 배가 한 척 대기해 있었다. 꿈속의 서경은 쌍꺼풀은 사라졌지만 훨씬 매력적인 아가씨였고, 강 목사는 평소 보이지 않던 미소를 활짝 드러내 진정 자애로운 남편다웠다. 이렇게 밝은 분위기에 세 식구가 함께 있다니 윤 여사는 꿈만 같았다.

부녀는 미소 짓기만 할 뿐 윤 여사에게 다가오지 않았다. 그래서 윤 여사가 그들에게 달려갔다. 기다렸다는 듯 서경이가 꼭 끌어 안아주었고 목사도 밝은 웃음으로 아내의 어깨에 팔을 둘렀다. 그러나 그들은 제자리를 지켰을 뿐 움직이지를 않았다. 윤 여사는 이 시간이 영원히 지속되길 바라며 천국의 눈물을 흘렸다. 그러나 시간은 지속되지 않았을 뿐더러 너무나도 짧았다. 부녀가 윤여사를 놓아주었다.

목사가 먼저 등을 돌려 배를 향해 걸어갔고 서경은 눈물이 글썽이는 눈을 잠시 윤 여사의 얼굴에 두다가 아버지를 따라갔다.

당황한 윤 여사도 곧장 두 사람을 따라갔는데 목사가 여사의 눈을 들여다보며 강조했다.

"당신은 저 배를 타면 안 돼."

서경은 윤 여사의 손을 다시 잡고 오래도록 놔주지 않았다.

"원래 나 여기 오면 안 되는데 엄마 보고 싶어서 잠깐 나왔어. 이제 가야 해. 내게 진정한 엄마는 지금 내가 손을 잡고 있는 엄마 하나뿐이란 걸 꼭 알아줘요. 사랑해요."

두 사람의 눈은 슬픔에 차 있었다. 윤 여사가 나도 가게 해달라고 졸랐지만 부녀는 친절한 손길로 여사를 육지에 남게 했다. 결국 부녀만이 오른 배는 대천사의 나팔 같은 경적을 울리며 출항을 시작했다. 멀어져 가는 배 위에서 서경과 강 목사가 손을 흔들었다. 윤 여사는 되돌릴 수 없을 정도로 일이 잘못되었음을 알았다. 손을 흔들어줄 생각도 잊은 채 그녀는 땅바닥에 털썩 주저앉았다.

배가 서서히 멀어져 갔다.

하늘은 은혜롭게 맑았다. 눈부신 빛줄기가 배를 감싸 안았다. 지난날의 시비를 사과하려는 듯 갈매기 떼가 배의 주위를 돌아 의전행사의 소임을 다했다.

잠에서 깬 윤 여사는 서경에 이어 남편도 세상을 떠났음을 직감했다. 한없는 슬픔이 몰려들었지만 천상의 빛 아래 부녀가 서 있었으니 악연의 비극은 끝이 났고 영혼은 구원을 받았다는 증거이리라.

그녀는 십자가 앞으로 가 두 손을 모았다. 창을 통해 들어온 햇볕이 그녀의 등을 따뜻하게 비춰주었다. 여사는 햇볕에서 강 목사와 서경의 손길을, 그리고 주님의 손길을 느꼈다.

더 이상 뉴스에서는 뱀과 관련한 사건들이 보도되지 않았다.

에필로그

거대한 용을 강물에 던져 넣는 듯했다. 안미영이 사파왕을 낙동강에 떠내려 보내자 더 이상 섭주에는 뱀이 나타나지 않았다. 그녀는 흐르는 강물을 향해 무언가를 뿌리고 던진 후 주문을 외웠다. 제자들이 손을 모으고 절을 올렸다.

관리인은 생물학의 진보를 위해 거대 뱀의 사체를 동물연구소에 보내고 싶어 했으나 흉악함을 뿜는 안미영의 눈을 본 순간 그러지 못하리라는 걸 깨달았다. 죽음의 위협을 발하는 눈매 앞에서 관리인은 그녀가 차지한 거울과 방울이 강물 속에 던져졌는지도 확인하지 못했다.

사실 뱀의 형상을 띠고 나타난 악신이 재림하지 않는 이상 확인할 권리가 그에게는 없었다. 그는 사건을 해결하지도 못했고 무속인도 아니었으니까.

사망한 목사는 신도들에 의해 동두천의 교회로 운구되었다. 안미영은 몇 차례나 죽은 강 목사를 바라보았지만 이렇다 할 애도의 말을 남기진 않았다. 나타났을 때처럼 제자들을 거느린 채 그녀는 다시 어디론가 사라졌을 뿐이다. 그러나 그녀가 보인 야릇한 기운, 무속의 기운은 보이지 않는 면역력처럼 섭주에 고스란히 남아 두려움과 안도를 절반씩 주었다.

서서히 삶은 정상으로 돌아왔다. 사람들은 통금이 해제된 붕평마을에 몰려들어 늦가을 정취를 만끽했다. 선생들이 많이 사라진 섭주초등학교에는 쓸쓸한 기운만이 남았다. 이순신 동상은 철거를 맞이했고, 그 대신 서경을 닮은 신사임당 동상이 들어섰다. 교감은 사람들이 죽거나 사라진 데 대해 책임을 느낀다며 퇴직을 신청했다.

가을이 끝나고 겨울이 왔다.

그 많던 뱀은 땅을 파도 찾아볼 수 없었다. 대신 뱀의 독보다 무서운 코로나19 바이러스가 전 세계를 덮쳤다. 최첨단 문명사회에서 처음 겪는 전염병 대란 앞에서 사람들은 휘청거렸다. 공포와 미학이 공존했던 초현실은 사라지고 속수무책의 현실만이 남았다. 공포는 카타르시스 없이 직접 와 닿는 현실이었고, 현실은 스릴 대신 죽음만이 있는 가장 무서운 공포였다. 뱀이니 신이니 무속 따위는 이제 사람들의 관심 밖이었다. 마스크와 손 소독, 고립과 공포와 절망과 혐오가 새로운 관심거리였다.

윤 여사는 언제나 뉴스부터 확인하고 틈틈이 교회에 나가 이제는 볼 수 없는 남편과 서경을 위해 정성스런 기도를 올렸다. 새로 부임한 목사가 '사회적 거리두기'를 위해 현장예배를 지양하면 그녀는 순순히 명을 받들어 영상예배를 드리고 집에서 기도했다.

하나님을 향한 기도는 교회에서나 집에서나 전혀 다르지 않았다. 아마 주 예수 그리스도는 윤 여사 같은 참 신앙인을 가장 먼저 천국으로 인도하리라. 하지만 그런 윤 여사도 두 번 다시 섭주를 찾지 않았다.

저주받은 장소라는 걸 알았기에.

앞으로도 섭주는 예기치 못한 공포로 사람들을 노릴 것이다. 사람의 마음을 파고들어 공포를 강화시키고 아픔을 알아내어 약화시킨 후 깊은 어둠으로 유인할 것이다. 그것이 섭주 땅을 기름지게 하는 자양분임을 알기에. 아무리 멀어지고자 노력해도 섭주는 또다시 사람들을 부를 것이다. 아니, 사람들이 제 발로 섭주를 찾을 것이다.

그것은 눈을 가리면서도 공포영화를 즐기는 이치와도 비슷하다. 혹은 젊어서 고향을 떠나고 싶어 한 사람이 막상 떠난 후엔 고향을 그리워하는 이치와도 통한다. 지긋지긋하지만 그립기도 한 곳, 초과학적인 비극과 고통과 죽음이 살아서

숨 쉬지만 향수와 교훈과 새로운 삶을 가져볼 수도 있는 곳.

그 곳이 바로 섭주다.

우리 모두가 자라온 고향 안에는 작은 영역과 큰 영역을 아우르는 나름의 섭주가 있다. 폭력에 시달린 곳, 돈에 고통받은 곳, 사람 때문에 아파한 곳, 눈물 때문에 눈을 뜰 수도 없지만 그마저 아무도 알아주지 않는 곳, 그늘이 볕을 가려 사람의 얼굴을 어둡게 만든 곳.

그곳이 바로 섭주다.

말이 통하지 않는 공포보다 말이 통하는 공포가 살아 숨쉬는 곳! 귀신이 득시글거리지만 인간미를 느껴볼 수도 있는 곳!

그 곳이 바로 섭주다.

누구나 공포를 피할 수 없지만 그럼에도 희망은 계속될 것이다. 누구나 죽음을 피할 수 없지만 그럼에도 삶은 계속될 것이다.

<끝>

작가의 말

『피할 수 없는 상갓집의 저주: 살』과 『신을 받으라』를 쓸 땐 괜찮았는데 『올빼미 눈의 여자』부터 집필만 시작하면 몸이 아프고, 꿈자리가 어지럽고, 헛것이 보이고, 눈 속에 불덩이가 들어앉은 듯해 완성에 애를 먹었다.

내 스스로가 무서워지자 방향을 바꿔 한국의 유명한 전래동화를 SF 해학 호러로 바꾼 『신 전래동화』를 쓰는데 작년 한 해를 보냈다. 그 결과 육신이 건강해지고 혼백도 맑아졌다.

그러자 원진살(元嗔煞)을 맞은 것처럼 잠시 미워했던 무속소설이 다시 그리워지기 시작했다. 그래서 이 소설에 나오는 영덕군의 삼사해상공원에 수시로 가서 플롯을 짜고 캐릭터를 구상했으며 스토리를 써내려갔다.

완성하고 보니, 몸이 아픈 건 운동을 게을리 해서고, 꿈자리가 어지러운 건 걱정이 많아서고, 헛것이 보인 건 음주의 증가 때문이었으며, 눈 속의 불은 시력저하 때문임을 알게 되었다.

그러나 내가 『올빼미 눈의 여자』를 집필할 때 산에서 봤던 대감 차림의 수염 기른 남자는 정말 환각이었을까?

무속과 연관된 뉴스를 많이 접하는 요즘이다.

신을 빙자하여 타인에게 해를 끼치는 가짜 무속인은 처벌 받아야 마땅하지만, 신을 의탁하여 타인에게 선을 행하는 참 무속인은 존중받아야 한다. 다른 나라에서 들어오지 않은 한국전통의 무속은 우리 민족의 기복신앙이었고 궁극적으로 '널리 사람을 복되게 하는데' 존재의 가치가 있다.

무서움보다는 아름다움이 많고, 꺼림칙함보다는 신비로움이 넘치나, 허구적 공포물로만 보이는 무설(巫說)을 선 보여 드림은 필자의 재주가 용렬한 까닭이다.

그런 만큼 독자님들께 부끄럽지 않은 장르소설이 되도록 열과 성을 다했다.

『섭주』의 원고를 처음 받아본 대표님과 편집자님이 필자가 놀랄 정도로 좋아해주셨던 기억이 지금도 생생하다. 나의 작은 꿈(夢)을 풍족하게(實) 이뤄주신 그 분들(books)께 감사의 말씀을 전한다.

2021년 7월
박해로

<외숙모 신종갑 여사님이 그려준 박해로 작가>

섭주

1판 1쇄 발쇄 2021년 07월 05일
1판 2쇄 발행 2022년 11월 14일

지은이 · 박해로
발행인 · 주연지

편집인 · 석창진 **편집** · 박영심
디자인 · 김지영 **일러스트** · 백진연 이찬영
마케팅 · 허은정

펴낸곳 · 몽실북스 **출판등록** · 2015년 5월 20일(제2015 - 000025호)
주소 · 서울 관악구 난향7길52
전화 · 02-592-8969 **팩스** · 02-6008-8970
이메일 · mongsilbooks@naver.com
네이버 포스트 · post.naver.com/mongsilbooks_kr
인스타그램 · instagram.com/mongsilbooks

ISBN 979-11-89178-43-7 (03810)

몽실북스에서는 작가님들의 원고를 기다리고 있습니다. 자신만의 이야기를 책으로 만들고 싶다 하시면 언제든지 mongsilbooks@naver.com으로 연락처와 함께 기획안을 보내주세요. 몽실몽실하게 기대하며 기다리겠습니다.